ME LLEVO LA CANCIÓN

MACU TEJERA OSUNA

ME LLEVO
LA CANCIÓN

PLAZA  JANÉS

Primera edición: junio, 2015

Printed in Spain – Impreso en España

ISBN: 978-84-01-38958-0
Depósito legal: B-9.589-2015

Compuesto en Anglofort, S. A.
Impreso en Liberdúplex
Sant Llorenç d'Hortons (Barcelona)

L 3 8 9 5 8 0

Penguin
Random House
Grupo Editorial

Para Bosco y para María

Para Maripi, tan presente

Tuya es la hacienda,
la casa,
el caballo
y la pistola.
Mía es la voz antigua de la tierra.
Tú te quedas con todo
y me dejas desnudo y errante por el
mundo...
Mas yo te dejo mudo... ¡Mudo!
¿Y cómo vas a recoger el trigo
y a alimentar el fuego
si yo me llevo la canción?

LEÓN FELIPE,
Español del éxodo y el llanto

LOS NOMBRES

1

El 1 de mayo de 1945 fue un día extraño en La Capilla. La radio casi logró acallar las conversaciones del café. Y eso era mucho decir en un lugar donde habitualmente se hablaba a grito pelado. La guerra agonizaba en Europa. Apenas faltaban siete días para que expirara sobre la mesa de un despacho de Reims donde los Aliados, tras la rendición incondicional de los alemanes, firmaron el certificado de defunción. Quedaba abierto el frente del Pacífico, adonde acababa de llegar el Escuadrón 201 de las Fuerzas Aéreas mexicanas; pero para un grupo de españoles desplazados en México esa era una cuestión secundaria que no afectaba a sus planes de vuelta a España.

Noticias confusas circularon desde la tarde del día anterior cuando se supo que en Berlín los soviéticos cercaban la guarida de la bestia. En las últimas horas había ocurrido algo dentro del edificio de la Cancillería de vital importancia para el curso de la guerra. Unos decían: «Hitler ha huido». Y otros: «Hitler se ha rendido». Y también se oía: «Los rusos lo tienen, Berlín ha capitulado». Se hablaba de ello en los corrillos de la plaza del Zócalo y en los cafés de chinos de San Juan de Letrán, hablaba de ello el encargado de los boletos del cine Encanto y el vendedor ambulante de cuchillos de la esquina Velázquez de León con Díaz Covarrubias.

Y en las pulquerías Los Duelistas y La Hija de los Apaches, y en el vestíbulo del hotel Regis y en el guardarropa del cabaret Waikikí, no se hablaba de otra cosa. Y si uno se paraba a escuchar la voz de la calle en cualquier otro punto del Distrito Federal donde dos o más personas se detenían un minuto a charlar, enseguida descubría que ese, y no otro, era el asunto del día.

Entre los españoles que guardaban silencio en el café pendientes de las noticias se encontraba el arquitecto Eduardo Toledo. Era un hombre delgado, alto, de aspecto tímido, de pelo negro peinado hacia atrás y ojos profundos y oscuros sombreados por ojeras. Poseía ese atractivo inconsciente, sereno, que agrada tanto a las mujeres como a los hombres y una sonrisa que estaba en sus labios y en sus ojos y en la que siempre había una sutil pincelada burlona que suavizaba su expresión y los ángulos de su cara. El programa *Interpretación Mexicana de la Guerra*, transmitido por la XEW, informaba de la última hora desde Europa:

> Como se avanzó en boletines anteriores, a las once de la noche hora de Londres se informó desde el cuartel general del Führer que «Adolfo Hitler ha caído en su puesto de mando de la Cancillería del Reich luchando hasta el último aliento contra el bolchevismo y por Alemania». Estas palabras han sido pronunciadas por la radio de Hamburgo a las veintiuna cincuenta y ocho. Antes de morir nombró sucesor al gran almirante Doenitz. El nuevo Führer se ha dirigido al pueblo alemán con estas palabras: «Hombres y mujeres alemanas, soldados de las fuerzas armadas alemanas, nuestro Führer Adolfo Hitler ha caído. El pueblo alemán se inclina reverentemente ante él. Él se dio perfecta cuenta del peligro terrible hace ya mucho tiempo y dedicó desde el primer momento todo su ser a la lucha entablada contra el peligro. El final de todo ello ha sido su muerte heroica en la capital del Reich. El Führer me ha nombrado sucesor».

Hitler muerto. Un murmullo recorrió el café. También esa era una posibilidad de la que se había hecho eco la calle. Entre mesas altas y lámparas bajas, el humo de cigarrillos y el olor a cebolla frita se mezclaban otras tardes con las charlas sobre fútbol, ciencia y toros en aquel lugar más parecido a un cabaret que a una iglesia. No era un salón de Dodge City ni una posta de caballos de la Pony Express, pero en su interior había más hombres en busca y captura que en todo el Oeste americano. Los facinerosos eran obreros metalúrgicos, sindicalistas, estudiantes, maestros, médicos, poetas, artistas por cuya cabeza Franco habría pagado una buena recompensa. Haber permanecido leales al gobierno de la Segunda República los había convertido en elementos peligrosos, traidores a la patria, forajidos de leyenda. El café había sido fundado en México DF por Rosa y Francisco Jover, dos de los exiliados republicanos también presentes aquel día y con los que el arquitecto Toledo compartió la travesía del *Sinaia* seis años atrás. Un letrero a la entrada indicaba: A FINISTERRE, 8.562 KILÓMETROS. Esa era la distancia entre la puerta del local y el punto más próximo de España. Cada día, en palabras del doctor Gallardo, una de las celebridades en hematología que el exilio había llevado a México, en su viaje por la red de vasos sanguíneos la sangre recorría esa distancia más de diez veces al completar una vuelta al cuerpo: «Una gota podría ir y venir de España cinco veces desde que sale del corazón hasta que vuelve a pasar por el mismo punto», explicaba entusiasmado de que algo tan pequeño pudiera obrar semejante maravilla. Uno de los lados del local desembocaba en una hendidura en forma de abanico ocupada por un pequeño escenario donde algunas tardes se leía poesía o se improvisaba un alegre tablao flamenco. Este lugar en forma de ábside, en el que León Felipe dijo aquello de «en un poema no hay bandos, solo hay una causa, la del hombre», era el que había sugerido a Toledo, cuando se hizo cargo de la reforma, el nombre del café. Cerca de los ventanales que daban a la calle, a mano izquierda según se entraba, estaba la patria chica de los vascos. Solían ocuparla, cuando no estaban en el Centro Vasco de la calle Madero, varios miembros de la selección nacional de Euskadi que se habían quedado a vivir en México tras una gira por Sudamérica. Fue Agustín Eguinoa, uno de los masajistas del equipo, el que cierta tarde llevó a La Capilla un Judas con la efigie de Franco. Lo había encargado en el taller de la familia Lamadrid para la hoguera de sábado de Gloria. Cabeza grande tocada por un gorro de cuartel que degradaba al general y lo dejaba reducido a simple soldado, rostro de hiena feroz, cuerpo rechoncho, locura reflejada en grandes ojos que miraban sin mirar y parecían perpetuamente extraviados. A pesar de su fiero aspecto, el muñeco no dio miedo a nadie, se instaló en una esquina del café durante semanas y solo cuando alguien cayó en la cuenta de que se había convertido en un habitual más de La Capilla, se decidió que ardería en una pira el día que los Aliados ganaran la guerra y precipitaran con su victoria la caída del dictador. Ese día parecía no andar ya muy lejos. Al lado de los vascos, silla contra silla y espalda contra espalda, se había hecho hueco la mesa que frecuentaban los médicos. Su tertulia era la más concurrida del café y la animaban, además del doctor Gallardo, los pediatras Ugarán y Castilla, quienes por ir siempre en pareja habían recibido el sambenito sangrón de «ahí viene la Guardia Civil sanitaria» y también el cardiólogo Murillo y el especialista en infecciosas Peio Solana. Estaba la tertulia de los poetas y la de los fotógrafos, a la que pertenecían los hermanos Estrella, la de los cartelistas y los políticos, la de los maestros, escritores, empresarios y artistas. Estas distinciones se pasaban por alto a menudo y nadie se acordaba de ellas cuando las conversaciones saltaban de mesa a mesa y se elevaban en el aire en una amalgama de acentos de todos los rincones de

España a los que se unían los de Elías y Gaspara, los únicos empleados mexicanos de aquel sagrado lugar. Muchos clientes de La Capilla llevaban dos relojes: en la derecha el que marcaba la hora de España; en la izquierda, el de la hora local. El del corazón siempre sincronizado al de la derecha. En tardes distintas a la de este día, abundaban las conversaciones que empezaban por «Si no fuera por Franco...», pero Franco era algo que había sucedido y a ello se debía que aquel grupo no muy numeroso de españoles respirara, con inquietud y esperanza, pendiente de las noticias que venían de Europa.

Doenitz ha continuado su alocución con estas palabras: «Mi primera misión es salvar al pueblo alemán de ser aniquilado adelantándonos al enemigo comunista. Británicos y norteamericanos nos estorban el conseguir este fin, lucharemos y nos defenderemos también contra ellos. Lo que el pueblo alemán ha conseguido y sufrido en esta guerra es único en la Historia. En los tiempos venideros de angustias para nuestro pueblo haré todo lo que esté a mi alcance para crear unas condiciones de vida soportables para nuestras valientes mujeres, hombres y niños. Para conseguir todo esto necesito vuestra ayuda».

Al lado de Eduardo Toledo se removieron los hermanos fotógrafos Gabino y Mauricio Estrella.

—Justo ahora que me había decidido a deshacer la maleta parece que volvemos a casa —bromeó en voz baja Mauricio.

Toledo, algo absorto, no sonrió. Tampoco los pintores Marcial Rubio y Pepe Somoza, que habían oído el comentario.

—No está claro que se pueda volver tan pronto —dijo Gabino entre susurros a su hermano—. A Franco nadie le ha echado todavía, que yo sepa.

Gabino ocultaba desde hacía meses sus ojos tras unas gafas

oscuras y erguía la cabeza del modo que lo hace aquel que depende de su oído más que de ningún otro sentido, como si con ese gesto desplegara una antena invisible de las orejas.

—Chis, por favor, no se escucha el boletín —pidió una voz tímida a corta distancia.

—Es cuestión de tiempo —opinó, animoso, Mauricio, bajando la voz.

—¿Cuánto tiempo? —intervino Somoza—. Esa es la cuestión.

—Espero que no mucho más del que tarden los alemanes que queden vivos en poner cara de *yo no he sido* y marchar por la Unter den Linden a favor de la paz —replicó Mauricio.

Voces educadas chistaron de nuevo para ahogar los comentarios. Hubo un movimiento general de traslación desde el fondo del local hacia el rincón de la barra donde estaba la radio. Elías, el camarero, rozó los hombros de Toledo al repartir licores a su espalda. Entregaba los vasos con sigilo, como si temiera que el menor ruido ahuyentara ese algo sagrado que flotaba en el aire.

—Hoy sí que parece esto una capilla, don Eduardo —musitó a su oído.

La radio decía que los rusos iban ganando la batalla en la capital alemana pero aún había bolsas de resistencia. Nadie sabía, y ahí casi empezó otro debate, cuántos berlineses cabían en una bolsa de esas.

—Elías, ¿has puesto a enfriar a la *viuda* que nos prometió don Paco para el día que acabara la guerra? —quiso saber Pepe Somoza cuando el camarero pasó a su lado.

—¿No deberíamos esperar a que se rindan los japoneses? —preguntó Paco Jover.

—Entonces, adiós a la viuda —se lamentó el menor de los Estrella.

—Las únicas banderas blancas que hay en Japón tienen un

sol rojo bien visible en el centro —musitó Marcial—. Y esas no sirven para rendirse.

—Antes de aceptar que han perdido la guerra se hacen todos el haraquiri en uno de esos actos solemnes que tanto les gustan a los nipones —le dio la razón Gabino—. En una plaza pública. Un suicidio colectivo.

—Esperemos a ver qué hace el Escuadrón en Filipinas. Tengo muchas esperanzas puestas en él. —La voz de Mauricio iba acompañada siempre de un envoltorio alegre que no había logrado alterar ni la guerra ni el exilio.

—Los héroes del Escuadrón pondrán fin a la guerra, presidente Ávila locutus —se burló Gabino.

—Chis —urgió una voz.

—Chis —ordenó una segunda.

Se alejaron un poco de la radio para no molestar. Pero no se callaban.

—La guerra la ganará MacArthur pero ellos estarán junto a él en el desfile de la victoria —se reafirmó Mauricio—. Ya veremos cuántos mexicanos a punto de nacer van a llevar los nombres de los liberadores del Pacífico.

—Serán héroes pero no han sido bendecidos con el don de la oportunidad —continuó Gabino—. Llegan a la guerra justo cuando se está acabando.

—Pero eso no es culpa suya. Llevan tres años esperando a entrar en combate —recordó Mauricio.

—Llegar tarde y salir pronto. La mejor fórmula para ahorrarle al presupuesto nacional una buena partida en pensiones a las viudas —se burló Somoza.

—¿Qué quieres decir?

—Se deja constancia de que se ha combatido a favor de la libertad pero no se desangran las arcas del Estado en una intervención larga.

—Lo que quiere decir —aclaró Marcial— es que a lo mejor

resulta que sí son oportunos después de todo. Por lo menos para la Hacienda mexicana.

—Solo digo que el papel de esos hombres va a ser determinante, al menos para subir el ánimo de los que llevan cinco años en el frente. —La fe ciega de Mauricio en el potencial moral del país de acogida no convencía a nadie.

—Y yo te digo que te has creído toda la propaganda patriótica porque eres un ingenuo —opinó Marcial—. Siempre lo has sido.

—Estoy enamorado de este país. ¿Qué voy a hacerle? —admitió Mauricio.

—Yo amo a este país tanto como tú, pero si yo fuera mexicano no estaría ahora mismo soñando con desembarcar en algún puerto del archipiélago filipino, eso te lo aseguro —continuó Marcial.

—El caso es que tú ya eres mexicano. —Mauricio rió.

—Sigo sin tener ninguna gana de ver de cerca al señor Hirohito.

—Yo también espero no volver a pasar en lo que me queda de vida a menos de un país de distancia de una oficina de reclutamiento —le dio la razón Paco Jover.

Eduardo Toledo llevaba un rato callado.

—Puede que Mauricio tenga razón... con lo de volver pronto, me refiero —opinó como si emergiera de una bruma—. A nadie en Europa le han quedado ganas de tener como vecino a un dictador.

—No termino de verlo —musitó Gabino—. No termino de vislumbrar cómo van a quitárselo de encima.

—Franco tiene los días contados —opinó, optimista, Rosa Jover.

—Aunque habrá muchos de nosotros que ya estén preparando las maletas para esperar su caída desde Francia, eso desde luego —continuó Gabino.

—¿No habrá un bien nacido entre los libertadores del viejo continente que le obligue a dar cuentas ante un tribunal? —se preguntó Paco Jover.

—Ante un pelotón me vale —apostilló Somoza.

—¿Qué significa «ha caído»? —inquirió Marcial de repente—. ¿A manos de quién ha caído Hitler? ¿Qué ha querido decir ese Doenitz?

Era cierto. Ninguno había reparado en ello hasta ahora. Pepe Somoza observó, al darle lumbre, que a Toledo le temblaban las manos.

—Los soviéticos no han sido. Para ellos vale más vivo que muerto —dijo el arquitecto inclinando la cabeza sobre la llama.

Ese temblor aparecía en ocasiones y no podía atribuirse a los nervios ante el esperado fin de la guerra. Al enderezarse para expirar el humo Toledo sintió sobre él los ojos del muralista y en un acto reflejo se apretó las manos. Recordó esa misma mirada en los ojos de su mujer Blanca cuando temió que aquellas leves sacudidas repentinas y caprichosas afectaran a su pasión por la arquitectura. Se acordaba de la fecha exacta en que había empezado todo, el 7 de agosto de 1936, el día que cayeron las primeras bombas sobre Madrid. Lo que la ciencia no pudo, lo pudo sin embargo su amor por el dibujo. Su pulso se afirmaba al trazar líneas en un plano o al esbozar caricaturas sobre el papel, como si del contacto con el lápiz brotara la confianza que la guerra le había arrancado y que había dejado en él aquella secuela nerviosa.

Toledo recorrió el local con la vista y se detuvo en la puerta. Se quedó mirando hacia la calle. Toda aquella cháchara sobre lo que ocurría ese día en Berlín no lo distraía de lo verdaderamente acuciante. Mantuvo la mirada unos instantes sobre los ventanales. La gente que cruzaba por la acera pasaba de largo. Ni siquiera miraba al interior del local. Era posible que la persona que se había encontrado esa mañana no apareciera por allí a pesar de que Eduardo, torpemente, había dicho adónde se dirigía: «Llego tarde. Mis amigos me esperan en La Capilla». Sacó un lápiz del bolsillo y boceté con movimientos rápidos un grupo de cabezas dirigidas al rincón de la barra donde estaba la radio. El dibujo hizo su efecto y enseguida sintió cómo se aplacaba su ansiedad. La de este día se debía a algo que permanecía aún en secreto para todos sus amigos. También para sus hijos: Mariana, Inés y Carlos. Ese algo lo remitía al episodio más vergonzoso de la guerra, un episodio que durante siete años había tratado de olvidar y del que solo en una ocasión había hablado con Blanca. La caricatura, que alguien le arrancó sin estar acabada, fue pasando de mano en mano antes de quedar prensada bajo uno de los ceniceros que limpiaba Gaspara. Los habituales de La Capilla se buscaban siempre en los trazos sutiles con los que Toledo les daba carta de naturaleza y les hacía adquirir conciencia de que pertenecían a aquel café que era su segunda y, de momento, única patria.

«Dadme también vuestra confianza puesto que vuestro camino es también el mío», ha continuado Doenitz. A continuación han sonado las notas del himno nacional de Alemania, salutaciones «Heil Hitler» y varias marchas militares.

—Creí que de los alemanes lo habíamos visto y oído todo, pero me sigue pasmando su poca vergüenza, «muerte heroica» —masculló Mauricio.

—¿Y qué quieres que diga la radio del Führer? ¿Que ha sido un cobarde y se ha quitado la vida antes que caer en manos de Stalin? —inquirió su hermano.

—Eso no se sabe todavía —opinó Jover.

Cuando la música del *jingle* que patrocinaba el espacio dio fin al boletín de noticias, los grupos empezaron a dispersarse por los rincones del café. En busca de una mesa caminaron piernas enredadas en conjeturas y esperanzas.

—Pero nos lo imaginamos. —Mauricio y Gabino se atropellaron fraternalmente.

—Lo que sí se sabe es que los soviéticos no se lo han cargado —opinó Mauricio.

—Ni tienen el cadáver —le dio la razón el mayor.

Los demás irrumpieron en enjambre en la discusión.

—Habrían dado ellos la noticia.

—Y lo ha hecho Doenitz.

—Luego lo tienen ellos, los alemanes.

—Si yo fuera Hitler tampoco querría caer vivo en manos de los rusos.

—A lo mejor ha sido uno de los suyos.

—A los dementes como él no se los cargan los suyos.

—Lamentablemente.

—Si eso fuera así, hace seis años que habríamos vuelto a España.

—O no habríamos tenido que marcharnos.

—Ese Doenitz debe de ser otro cabrón como Hitler.

—O no lo habría nombrado sucesor.

—Hitler prohibió la rendición y se cargó a todos los que pronunciaban esa palabra en su presencia —recordó Marcial a todos—, la guerra durará hasta que no quede un solo nazi vivo.

—Toda esta sangría a cuenta de la *raza aria*, y cuando acabe la guerra no va a quedar en Alemania ni arios ni alemanes de ninguna otra clase. —Paco Jover arrastró y juntó dos mesas.

Gabino levantó el cenicero que había prensado la caricatura sin firma de Toledo, la examinó de cerca, de otro modo no la hubiera visto, y reconoció en ella a Rosa y Francisco, a Gaspara, a judas Franco encaramado a la radio y a otros rostros familiares del café. Había uno, sin embargo, que no pertenecía a ninguno de los presentes, que se había colado en el dibujo de manera subrepticia, como si el subconsciente de Toledo hubiera dirigido su mano. Guardó la caricatura en un bolsillo y se unió a sus amigos distraídamente. Rosa creía que Marcial exageraba, los alemanes deseaban la paz tanto o más que los Aliados. El pueblo alemán estaba cansado de guerra.

—Os digo que con Hitler muerto la rendición está al caer, uno o dos días a lo más tardar —aventuró Mauricio—. Podrías darnos un adelanto para celebrar la muerte de ese bastardo.

—Pinche bastardo —corrigió Somoza.

Paco Jover obedeció. Se fue y volvió con dos botellas de la viuda Clicquot y una bandeja con vasos. Somoza le quitó una botella de las manos y la descorchó. Marcial no estaba tan seguro de que todo acabase tan pronto como deseaban y apoyó su opinión en los datos que había dado la radio oficial británica.

—Lo dijo anoche la BBC: los berlineses están locos, se están enfrentando a los tanques del ejército ruso con bombas caseras y la poca munición que arrancan de los cadáveres que hay por las calles. Hay combatientes de once y doce años.

—Ahí tienes tu bolsa de resistencia.

—Están dispuestos a entregar hasta la última gota de su sangre por el Führer. La guerra en Europa puede durar aún varias semanas.

—Pero decirlo no lo han dicho, que se trate de un suicidio —musitó Rosa repartiendo los vasos que Somoza iba llenando.

—Sería un golpe para la moral alemana. Pero eso es lo que ha sido.

—¿Y dónde está escondido su Estado Mayor?

—Sí, ¿y cómo es que ese Doenitz sigue vivo? ¿Desde dónde ha emitido esa declaración?

Mauricio propuso un brindis por el pronto fin de la guerra

y todos alzaron sus vasos y bebieron. Durante unos instantes el champán burbujeó entre hipótesis sobre dónde estaba el cadáver del canciller y quién lo tenía, sobre si Eva Braun estaba viva o muerta o sobre si el discurso de Doenitz no sería más que una estrategia calculada para distraer a los Aliados y ganar tiempo para permitir salir a Hitler de Berlín vivito y coleando, y se dejó aparcada la inquietud que todos sentían bajo la superficie de la cháchara y las burbujas, qué pasaría ahora en sus vidas, qué escribiría el futuro en las agendas de este grupo de españoles cuyos destinos sentían unidos desde hacía seis años. Algunos tenían la nacionalidad mexicana desde el año 1940, cuando se acogieron al ofrecimiento del gobierno mexicano de concederla a todo aquel que la solicitara. Muchos habían fundado negocios aquí, habían traído a México a sus familias, habían escolarizado a sus hijos en colegios creados por y para españoles, en muchos latía ya sangre mexicana por simple devoción y agradecimiento al único país que les había ayudado a salir del infierno. Nadie se atrevía a plantear en serio la vuelta, pero esta sobrevolaba la mente de todos como una pareja de cigüeñas a punto de posarse en un campanario.

En ese momento, Blanca entró en La Capilla junto a sus hijas Mariana e Inés. Blanca, pensó Gabino posando su deteriorada vista en ella, era una de esas mujeres que cruzaban un cuarto oscuro y velaban los negativos que hubiera colgados, una de esas mujeres que hacían innecesario el invento de la luz eléctrica, se parecía tanto a la actriz Jeanette MacDonald que en cierta ocasión un productor americano que estaba en Londres buscando localizaciones quiso llevársela a Hollywood para que fuera su doble en una película. Pero para Gabino era cien veces más guapa que la actriz norteamericana. El corazón de su hermano Mauricio chisporroteó como si acabaran de rozarlo dos cables pelados cuando la mirada de Inés lo buscó, así había sido desde que descubrió su sonrisa en la cubierta del *Sinaia*, desde que disparó la primera foto —furtiva— de la familia Toledo. La belleza de Mariana no podía competir con la de su madre y hermana pero destacaba por una piel dorada que ninguna de ellas poseía, una melena ondulada y abundante por la que su abuela Betty le puso el apodo de *Gypsy*, y un aire melancólico y distante que no apagaba el brillo de unos enormes ojos castaños e inteligentes. Tenía un canon de belleza difícil de clasificar, de corte clásico y misterio moderno, como si una de las bellezas raciales de Romero de Torres fuera fotografiada por Man Ray. Sería una perfecta modelo para la Marianne francesa, le había dicho su padre muchas veces, y como a la heroína de la libertad guiando al pueblo la había dibujado otras muchas. Eduardo se levantó a recibirlas. Tras ellas entró Guillermo Barón, español al que nunca le había gustado que lo asimilasen con los exiliados. Él ya estaba allí cuando llegaron los primeros refugiados políticos, dejaba claro a quien quisiera escucharle. Era un emigrante económico. No tuvo que huir de ninguna parte. Él no arreglaba sus asuntos huyendo. Consideraba a los que se fueron de España un grupo de perturbadores a los que, como decía el chiste que corría entre los gachupines, se les había acortado el dedo índice de la mano de tanto golpear la mesa diciendo: «De este año no pasa, Franco cae». Cuando se fundó el café aparecía de vez en cuando para enturbiar las aguas de este templo civil que era para él un nido de peligrosos librepensadores. Luego fue sintiendo aprecio por alguno de los habituales, los que tuvieron la generosidad de aceptarle a pesar de sus provocaciones, entre ellos Eduardo. Estrechó una amistad que nunca hubiera soñado con los miembros de la tertulia de los empresarios y poco a poco se convirtió en un asiduo. Blanca besó a su marido en la mejilla y explicó que se habían encontrado a dos cuadras con Barón y decidió escoltarlas hasta el café.

—Gracias por haberlas acompañado, Guillermo, pero no era necesario —le agradeció Eduardo dando por concluida, e innecesaria, su presencia en el café.

—¿Te quedas un rato con nosotros? —La armoniosa pregunta de Blanca detuvo la marcha de Barón hacia la salida.

—¿Me quedo? —Buscó su aprobación entre los miembros de la fraternidad a la que no pertenecía.

—Claro, toma algo con nosotros —se vio obligado a pedirle Eduardo ante el silencio de todos.

Y Guillermo Barón asintió y acompañó amable a Blanca y a sus hijas hacia la mesa. Gabino, Pepe Somoza y Marcial trajeron banquetas y añadieron una mesa, y la conversación sobre si volver o no volver a España quedó postergada pues era algo que no querían hablar delante de Barón.

No, pensaban los hombres en silencio mientras Jover ofrecía champán a los recién llegados, Barón no era uno de ellos. No habría sido admitido en el *Sinaia*. En el buque que salió de Francia en mayo de 1939 no había españoles partidarios de Franco como él. De haberlos habido, habrían sido arrojados por la borda sin contemplaciones.

2

A bordo del *Sinaia* el mundo parecía un lugar apacible.

—Te voy a decir una cosa que no sabes y que me dijo en cierta ocasión Siqueiros. ¿Sabes lo que me dijo? —Somoza guardaba su turno para cortarse el pelo. Marcial Rubio, a su lado, se dejaba acariciar la cara por un viento de dieciocho nudos según el último parte del tiempo.

—Voy a echar de menos esta brisa cuando pisemos tierra, cuando lleguemos a Veracruz. La brisa es lo mejor de este viaje —respondió.

En cubierta se hacía cola para todo. Para el comedor y las duchas, para las toldillas que protegían del sol y para el baile, cola para atravesar los pasillos y también para sentarse en los bancos. Había cola para ir de un puente a otro, para hablar con Susana Gamboa, máxima representante del presidente Cárdenas durante la travesía, y para bajar a las bodegas donde estaban los dormitorios comunes, también para ver el anuncio con las horas de las conferencias y para acceder a la enfermería. Eran tales los atascos que se formaban que hasta el periódico del barco, en su sección «Vida a bordo», se había hecho eco del asunto: «Con tanta *cola* corremos el riesgo de quedarnos todos *pegados*».

Pepe Somoza se pasó la mano por la cabeza. Tampoco llevaba el pelo tan largo, se dijo, pero le daba calor. Además, quería estar presentable para cuando llegaran a tierra y fueran recibidos por las autoridades y el pueblo de Veracruz.

El barco había salido del puerto de Sète, en el sur de Francia, a mediodía del 25 de mayo de 1939, de eso hacía diez días. Para la delegación mexicana que acompañaba a los mil seiscientos exiliados españoles rumbo a México había dos tipos de viajeros a bordo: los que habían suspendido la memoria en voz alta de la guerra y no hablaban de ella, y los que la llevaban a cuestas y no hablaban de otra cosa. Para unos y otros la sensación no era la de haber huido de la represión, sino la de haber escapado de una tumba.

—La verdadera naturaleza del arte es revolucionaria. El arte que no nace con vocación de cambiar el mundo nace muerto y obsoleto. Eso dijo.

—¿Quién? —preguntó Marcial.

—¡Quién! ¿De quién estamos hablando?

Los dos pintores solían acortar el tiempo de espera discutiendo sobre la naturaleza de su trabajo o sobre sus planes para cuando llegaran a México. Uno y otro sostenían posturas diferentes solo por el placer de hacer más llevaderos los tiempos muertos entre turnos.

—Dime un solo artista que lo haya conseguido —dijo Marcial.

—¿El qué?

—Cambiar algo del mundo con su obra. Lo más mínimo. Hoy en día a cualquiera se le llena la boca hablando de las posibilidades transformadoras del arte.

—Cualquiera no. Es Siqueiros, Si-quei-ros, el Coronelazo.

—Ese solo hace cartelones. Cuando pinta parece que todavía lleva un fusil en la mano. Lo suyo es la propaganda.

—¡Propaganda!

Marcial Rubio trató de hojear el diario que se publicaba a bordo:

—Hoy cruzamos el mar de los Sargazos —informó a su amigo.

—El *Guernica*, por ponerte un ejemplo —continuó Somoza, indiferente a la información sobre las coordenadas marítimas—. Coincidirás al menos en que ni las batallas de Uccello ni las de Delacroix pueden comparársele. La gente no sabe que a punto estuvo de tener color.

—Una historia más de las que se cuentan.

—Pero esta es cierta. Días antes de exponerlo, a Picasso le dio miedo la reacción que podría producir en los visitantes del Pabellón de España. Temió que resultara demasiado tenebroso.

—Y con razón.

—Era una obra demasiado dolorosa y el blanco y el negro no hacía sino acentuar el dolor, como en un grabado de *Los desastres de la guerra*. Varios amigos, entre ellos Malraux, le propusieron que viera una prueba y calibrara su efecto.

—Le dio color —soltó Marcial con incredulidad.

—No, ahí le acompañó el ingenio que tenía. Recortó papeles de seda de distintos colores que fue poniendo sobre las figuras aquí y allá para hacerse una idea.

Ahora sí Marcial parecía interesarse por la historia.

—¿Quién tuvo esa idea?

—No sé de quién fue la idea. No sé bien la historia. La oí en alguna parte. Lo que sé es que gracias a ello se dio cuenta de que si hubiera aplicado color habría traicionado su naturaleza. Y ahí está el resultado. No hay otro que explique mejor la barbarie. Si el *Guernica* sonara, el sonido que saldría de él sería insoportable. A veces contemplas el cuadro en silencio y te parece escuchar el grito de sus figuras, el relincho del caballo, el lamento de la madre con el niño muerto entre los brazos, el crepitar de las llamas, los llantos, las sirenas...

—Solo lo has visto en una fotografía y hablas de él como si le hubieras sostenido los botes de pintura a Picasso.

—Y luego está la historia de esa lágrima.

—¿De qué hablas ahora?

—Una lágrima roja que durante algún tiempo colgaba de los ojos de la mujer que grita junto al caballo. Algunos visitantes a la Exposición de París la vieron. No me digas que no te intriga saber qué fue de ella.

La brisa que tanto gustaba a Marcial hacía difícil la lectura del periódico del barco. Desde el segundo día de navegación, el *Sinaia* publicaba un diario que llevaba el mismo nombre en el que colaboraban muchos de sus pasajeros. Algunos lo hacían con crónicas, poemas o reflexiones, otros con chistes o con comentarios sobre la vida durante la travesía. Un espacio del periódico estaba reservado cada día a la figura del presidente Cárdenas, a sus discursos y a sus reformas. Gracias a los artículos del periódico y a las charlas de Susana Gamboa, la figura del mandatario se había hecho cercana y querida para todos. Él y los dos hombres que habían hecho posible aquel viaje, Isidro Fabela y Narciso Bassols, eran considerados por muchos de los pasajeros como los ángeles guardianes del *Sinaia*. Marcial enrolló el periódico a la espera de que amainara el viento.

—Y eso de cambiar el mundo, ¿te lo dijo Siqueiros o te lo dijo alguien que lo había conocido? —preguntó distraído.

—Bueno, me lo dijo alguien que combatió con él en el frente de Teruel.

—Acabáramos.

—Pero para el caso es lo mismo.

—¿Cómo va a ser lo mismo conocer en persona a una gloria nacional de México que de oídas o por referencias?

—No lo conozco aún, pero voy a conocerlo. Y tú, si quieres, también. Yo te lo presento en cuanto lleguemos.

Gabino Estrella pasó cerca de los pintores y siguió camino hasta localizar con la vista a sus hermanos Mauricio y Daniel. Una vez cumplido con éxito el servicio de avistamiento, se palpó el bolsillo de la camisa. Notó el tacto duro de sus papeles doblados. Era un gesto que repetía a menudo y que le recordaba una y otra vez que no soñaba, que viajaban rumbo a México y que allí, sobre su pecho, estaban los papeles que los autorizaban a emprender una nueva vida. Inspiró hondo y los pulmones se le llenaron de aire. Era aire y alegría mezclados. Desde hacía días sostenía en precario equilibrio la dicha que le impulsaba a gritar, a saltar, a abrazar a los desconocidos, y una contención que creía obligada. Un reglamento no escrito le impedía dar rienda suelta a su felicidad. Hacerlo habría sido en cierto modo mancillar la memoria de los hombres que, con peor fortuna, no habían podido embarcar rumbo a México y seguían encerrados en los campos de internamiento del sur de Francia. Sonaban las primeras notas de la romanza de «Bohemios» a cargo de la Agrupación Musical del barco y aquella dicha que trataba de contener la reconocía también en los rostros de algunos pasajeros que reían por nada y bailaban. Eran, como él, felices. Y no lo ocultaban. Aún no lo saben pero una música como aquella será para ellos, a medida que pasen los años en México, una caricia dolorosa, una dulzura que raspa el alma y a la vez la escuece y alivia. A veces, cuando el peso de la alegría se le hacía insoportable, Gabino se ponía cara al viento, los ojos bien abiertos, y lloraba como un niño porque sentía que no podía expresar esa emoción de otro modo, porque sentía que así, de esa manera pueril pero eficaz, abría una vía de escape y se libraba de esa sobrecarga. Esta mañana no lloraba, disfrutaba del aire y la luz, la música y la belleza de las dunas de olas en torno al barco; solo quedaban nueve días para pisar el suelo de Veracruz. Le llegó la voz de Daniel. A pocos metros su hermano menor entretenía a un grupo de niños y hablaban de la forma de México asomados a un mapa. Veían en el dibujo del atlas la forma de un cucurucho, la de una corneta, la de los cuernos de un toro... Al niño que dijo eso todos se le echaron encima. No se veían los cuernos por ninguna parte. Daniel salió en su defensa.

—No está mal visto lo del cuerno —analizó Daniel—, un cuerno de la abundancia. Fijaos cómo se estrecha el país hacia abajo, ¿lo veis? Eso es lo que será para nosotros ese país, abundancia de trabajo y de paz. ¿Quién sabe algo del país que nos recibe? Después de diez días en el barco algo habréis aprendido, digo yo.

—El presidente se llama Cárdenas.

—Es amigo de Negrín.

—Y enemigo de Franco.

—¿Quién sabe algo más? A ver, el joven de la esquina de la mesa, el que cierra los ojos para pensar mejor.

El aludido, un chaval de ocho o nueve años, se llevó un codazo de su compañero de banco. Abrió los ojos de golpe. Todos rieron. El recién despertado no entendía nada. Una voz dijo:

—Era el único país que nos quería.

Y otras estallaron en un guirigay:

—El único no era. Mi primo se fue a Rusia.

—Allí también quieren a los españoles.

—Sobre todo a los niños comunistas.

—A los de Franco, no.

—¿Cuándo comemos?

Siempre había hambre atrasada.

—Nosotros no somos de Franco, somos de Negrín.

—Mi padre es de Indalecio Prieto.

—Pero manda más Negrín.

—Y a mi qué.

—Que Prieto es un ladrón. Se ha quedado con dinero de Negrín.

—Eso es una trola.

—De Negrín y de todos los españoles. Lo dice mi padre.

—Los rusos no hablan nuestro idioma.

—Pero también son rojos como nosotros.

—¿Cuándo comemos?

El coro de voces blancas se alzaba sobre la música de la banda. El que cerraba los ojos para pensar volvió a quedarse dormido. El balanceo del barco le provocaba narcolepsia. Un pequeño quiso trepar a las rodillas de Daniel. Daniel lo sentó sobre sus piernas.

—No discutáis, por favor. Prieto y Negrín tienen sus razones para pensar como piensan y hacer lo que hacen. Tienen puntos de vista diferentes, eso es todo. Prieto no se ha quedado ningún dinero. Es solo que quiere administrarlo a su modo. Esperemos. Seguro que se acabarán entendiendo. Más nos vale. Y de la vida de México, ¿qué? ¿Qué cosas sabéis de allí? Qué les gusta, qué comen, cómo suena la música que cantan...

Mauricio Estrella tomaba fotos de los pasajeros y los tripulantes con su Leica. También del grupo de niños que rodeaba a su hermano menor. Gabino vio que Eduardo Toledo se le acercaba por la espalda.

—Mauricio, ¿podrías retratarnos a mi familia y a mí? Nos gustaría tener un recuerdo del viaje.

Mauricio siguió a Eduardo hasta el banco donde estaba su familia. Se habían conocido en el puerto de Sète aunque no fue hasta el tercer día de travesía cuando coincidieron en uno de los turnos de comedor y empezaron a tratarse. Aunque Toledo no lo supiera, Mauricio los había retratado muchas veces. Blanca y sus hijos Carlos, Mariana e Inés levantaron la vista. Carlos, de nueve años, le hizo preguntas sobre la cámara. Mauricio le dejó mirar a través del objetivo mientras le explicaba algo sobre los encuadres y la luz.

Durante un segundo, Inés, a la que sus hermanos y padres a veces llamaban Mus, cruzó su mirada con Mauricio y le sonrió. No debía de tener más de catorce años. Tal vez no los hubiera cumplido todavía, pensó el fotógrafo. Esa sonrisa que él ya había capturado otras veces y que guardaba secretamente en sus carretes le hizo perder la noción de dónde estaba y qué le estaba diciendo Toledo sobre él, su trabajo en España, sobre unos primos lejanos que les esperaban en Veracruz. Volvió a la realidad en el instante en que Inés le despojó de su atención y bajó la vista al libro que leía sobre México y que le había prestado Susana Gamboa.

Mauricio agrupó a la familia Toledo para sacar la foto y tuvo que luchar contra el objetivo de la cámara para que, animado de vida propia, no focalizase su único interés en la belleza insultante de Inés. A cierta distancia, Gabino les daba la espalda y se asomaba a la borda. Él no pertenecía al grupo de pasajeros que llevaba la carga de la guerra como una joroba, pero tampoco se olvidaba completamente de ella. Cualquier pequeño detalle a cualquier hora del día le hacía palanca en la cabeza y le destapaba de pronto el tarro de recuerdos. Habían pasado más de diez días desde que salieran de Francia y aún no lograba entender cómo habían sobrevivido a la huida de España, a los bombardeos de los aviones nacionales cuando cruzaban los Pirineos, a los días pasados en el campo de Saint Cyprien. Era un milagro que no se explicaba. Pero no quería pensar en los campos. Prefería pensar en el día que por fin salieron de Francia. Aquella alegría borraba toda la amargura. Repasaba una y otra vez detalles del embarque que se le habían quedado grabados. La llegada a Sète en los trenes procedentes de los campos de internamiento; los hombres llegaban en uno, y las mujeres, con sus hijos, en otro. Recordó cuando se vieron a distancia en el punto de encuentro y se llamaban a gritos y se saludaban y lloraban de emoción después de meses sin verse y sin saber nada de sus familias. Recordó cuando después de un tiempo separados por vallas y por la guardia senegalesa que impuso orden a gritos y algún que otro culatazo, por fin les dejaron abrazarse entre lágrimas; cuando de madrugada, después de un largo día sin probar bocado, les repartieron té y galletas. Y no se le fueron de la cabeza otros detalles que le hubiera gustado retratar con su máquina y que habían quedado impresos en la placa fotográfica de su memoria: la forma de caminar del hombre que tenía una alpargata en un pie y en la otra un zapato y que no aceptó el par en buen estado que le ofrecieron las damas del Comité Británico, el que se abrigaba con una bandera republicana, los que viajaban sin maleta porque no tenían nada que meter en ella, los que protegían sus gafas más que a su vida, los que ocultaban alguna enfermedad y aguantaban los picores para que no les impidieran embarcar, los que maldecían a los guardias senegaleses, los que escupían el suelo de Francia, el país que tan duramente les había tratado. Esa noche, en Sète, antes de subir al barco, también se fijó en otra cosa, los grupos familiares. Le obsesionaba distinguir a los pasajeros que iban solos de los que habían logrado reagrupar a sus familias. Los Estrella no eran la única familia completa o casi completa que viajaba en el barco. Las había de hasta diez miembros, ocho hijos y los padres. Esos sí que podían considerarse tocados por la fortuna. Y estaban los Toledo y los Castilla, los Jover, los Abella, y tantos otros a los que solo conocía de vista. Todos los que habían conseguido llegar hasta allí eran muy afortunados. Habían entrado en esa lista que se convirtió en una obsesión desde que se oyó hablar de la ayuda mexicana en los campos de concentración. El presidente Cárdenas se ofrecía a recibir a todos los españoles defensores de la Segunda República que quisieran instalarse en su país. Les ofrecía la hospitalidad de México, un lugar bajo el sol, paz y trabajo. Todos querían salir de Francia y entrar en *la lista*. Antes de saber qué nombres habían caído en ella ya se oían planes para cuando pisaran suelo mexicano. A unos los esperaban parientes que los alojarían en sus casas, otros aspiraban a un empleo en el ferrocarril, la construcción o la enseñanza. Unos hablaban de crear un periódico solo para exiliados, otros de prepararse para volver a España en cuanto se pudiera. Recordaba el alivio que sintió cuando un miembro del SERE, el Servicio de Evacuación de los Republicanos Españoles, les comunicó que formaban parte de los primeros mil seiscientos españoles acogidos por el gobierno de Lázaro Cárdenas. Si Mauricio y él habían sido inscritos como fotógrafos, Daniel lo había hecho como campesino: «Tengo más posibilidades de que me admitan si voy como trabajador del campo. Están pidiendo gente para repoblar el norte». De nada había servido las objeciones que Mauricio y Gabino pusieron a la iniciativa de Daniel. No querían separarse de él al llegar a México. Tenían que permanecer juntos. Pero Daniel impuso su voluntad. Quedó inscrito como emigrante agricultor y aún no sabía a qué lugar del norte del país iban a destinarle.

Mauricio había terminado de tomar la instantánea de los Toledo. Se había quedado hablando con Blanca y sus hijos. Eduardo aprovechó esta distracción de su familia para pasear solo por el barco. Encendió un cigarrillo y cruzó la cubierta sorteando a grupos de pasajeros y abandonándose al placer de la soledad. Muchas veces la buscaba, era una persona en presencia de su familia y otra muy distinta cuando estaba solo. Cuando estaba con su mujer y sus hijos se imponía una entereza que descuidaba cuando no le podían ver. Se relajaba. Bajaba la guardia. Era como un buzo que se libera de una escafandra. Necesitaba esos momentos para encontrarse con ese otro yo que habitaba dentro de él, un yo más precario, menos sólido que el que mostraba ante todos. No hacía nada excepcional en sus paseos. Solo observaba, a ratos se preguntaba cuántos de los pasajeros con los que se cruzaba eran combatientes, cuántos habían participado en la guerra no desde las oficinas o los despachos, sino desde las trincheras, o desde las líneas avanzadas, a cuántos les sabía aún la boca a sangre. Escrutaba los rostros como si tratara de encontrar la respuesta en un gesto, una sonrisa. Buscaba hermanarse con aquel en cuyos ojos veía que había sido atravesado por las mismas emociones que él. Había algunos pasajeros que alimentaban la memoria común hablando abiertamente de los combates en los que habían participado, de los frentes que habían conocido. Otros callaban. Tal vez, como él, eran hombres cuyos nervios se hicieron trizas en algún momento. No terminaba de perdonarse esas debilidades a pesar de que las comprendía y aceptaba en los demás, no se las perdonaba a pesar de que volvió a combatir una vez se había puesto a salvo. Volvió porque quiso. O porque necesitaba demostrarse que no era una rata. Solo un hombre que a veces tenía miedo. Como tantos. Como casi todos.

Anoche, casi de madrugada, le habló a Blanca del muro con el que soñaba a veces, una pared se levantaba frente a él. Lo más fácil sería pensar que lo importante era lo que escondía, lo que no se veía, eso que había *detrás*, pero no era eso. Era el muro lo que era importante, por sí mismo; en el sueño lo tenía muy claro. Lo relacionaba con México, se había convertido en una pequeña fijación para él. Hasta cierto punto le divertía, era su Kaaba, su cubo de la Meca, hacia donde confluían algunas líneas de este viaje. Y lo dibujaba a veces. Le daba formas distintas. A veces era un bloque compacto, otras tenía el perfil de una zeta o de una ele. Inés les había oído hablar y se había levantado. Se sentó con ellos en la oscuridad.

—A lo mejor es una pared que tienes que construir para protegernos de algo —dijo de manera alegre Blanca—. Nuestro caballero andante.

—A ver si ahora va a resultar que vengo a México a levantar paredes con mis manos —bromeó con su hija y su mujer.

Les habló de lo más extraño, su tacto de piedra pero a la vez de un tejido horadado, como si fuera de encaje. Eso sí que es intrigante, dijo Inés. Tiene una filigrana fina por la que uno puede pasar las manos y acariciarla, continuó Toledo, tiene partes hundidas y bordes. Son letras, dijo Inés. En la oscuridad Eduardo buscó la mirada de su hija. A lo mejor *pone algo* en esa pared, añadió la niña. Sí, a lo mejor era una palabra escrita, labrada, dijo Blanca. Eduardo no lo sabía. Y ya no lo sabría. El sueño se esfumó. Inés hizo interpretaciones ligeras, buscó significados estrambóticos a lo que podía decir, rieron bajando la voz, hablaban en susurros para no despertar a Carlos y a Mariana. Luego Inés volvió a su cama y los tres se quedaron dormidos.

Toledo se detuvo junto a las barcas de salvamento. Miró a lo lejos, escrutó el horizonte, donde la línea de luz entre el mar y el cielo reverberaba y daba a este mediodía, en ese punto exacto del paisaje, la apariencia de un espejismo lechoso. Rara vez miraba directamente al mar, ni se permitía recordar que estaba en medio de un océano. Le angustiaba pensar que bajo el casco del barco se abría un acantilado de agua de una profundidad que solo imaginarla mareaba, una especie de vacío que se oscurecía y adensaba a medida que se alejaba de la superficie, un vacío como el que sentía a veces crecer dentro de él, al que no lograba ponerle nombre. Dos pasajeros, no muy lejos de él, echaban un cigarrillo bajo las escaleras que comunicaban los puentes. Solo se les veían las puntas de los pies. Algo entrecortadas le llegaron sus palabras. Su tono era airado, bronco.

—Han conseguido meter en la lista a casi todos los suyos, y los demás que se apañen. Y si los nuestros se pudren en los campos de concentración franceses por no tener carnet del partido, allá ellos. No haber sido tan libertarios. Eso es lo que piensan. Así es como actúan.

—No son de fiar. Pero eso no es nuevo.

—Nunca lo han sido. Ellos asesinaron a la revolución, la apuñalaron por la espalda. No quiero tener los mismos problemas que ya tuvimos defendiendo a la República. En cuanto pise México no quiero saber nada de los comunistas. El mejor guarda dentro de él un asesino de la calaña de Líster. Tú haz lo que quieras, pero yo no quiero más trato con ninguno de ellos.

Eduardo comprendió que eran cenetistas y hablaban de la gente del SERE, a los que acusaban de favorecer a los comunistas. Algunos de los exiliados procedían de las filas anarquistas y les habían reprochado desde el primer día haber manipulado las listas del exilio en su beneficio. Ya había habido algún altercado entre unos y otros en los comedores o en cubierta. El último había ocurrido cuando empezaron a escribirse las pancartas que engalanarían los puentes del barco a su llegada a México, pancartas que mostraban su apoyo al último presidente del Consejo de Ministros de la República. Algunos pasajeros del barco pidieron que no se aludiera a Negrín en ellas pues no todos los que viajaban a bordo estaban de acuerdo con el papel que había jugado, y ese apoyo explícito podía ahondar las divisiones que ya empezaban a hacerse evidentes en el viaje. Los más extremistas lo acusaban de la derrota de la guerra. Los responsables del SERE habían tenido que intervenir para mediar entre miembros de una facción y otra y para evitar el bochorno de que se reprodujeran en el barco las mismas rivalidades que habían desangrado al bando republicano durante la guerra.

—Nos odian. Siempre nos han odiado. Odiaban nuestra libertad, nuestro entusiasmo revolucionario.

—Nos acusan de resentidos. ¡Resentidos nosotros! Y ellos asesinos. Eso es lo que son.

—Si de algo se nos puede acusar fue de ser demasiado pusilánimes con asesinos como ellos. Cuántos compañeros no se bajaron los pantalones cuando dejaron que los militarizaran.

—Cedimos nuestras posiciones, pusimos la revolución en manos de los partidos.

—De eso sí somos culpables. No quiero saber nada de ellos. Los que no siguen a Stalin con los ojos cerrados y no respiran sin una orden de Moscú se han vuelto unos despreciables burgueses.

—Espero que Negrín no esté esperándonos en Veracruz. Se me escapó en Francia. De haberlo visto le habría dicho todo lo que pienso de la gente como él. Si lo veo, me va a costar no escupirle a la cara delante de todas las autoridades mexicanas.

Eduardo se quedó escuchando, pegado a las barcas, entristecido al comprobar que seguiría encontrándose con el pasado del que huían en la tierra que los acogía, entristecido por que en la paz haya que seguir procediendo como en la guerra, por que el odio viaje agazapado en el barco. ¿Acaso era posible que la guerra no les hubiera enseñado nada? Pensó, como tantos otros, que a lo mejor para poder vivir en paz en México con todos los españoles que viajaban con él en ese barco había que pagar un precio, un precio en olvido y un precio en silencio, tal vez esas fueran las monedas de cambio. Pero ¿dónde se obtenían?, ¿qué banco las ponía en curso?, ¿cuánto valían?, ¿quién las tenía?

—¿Necesita compañía, capitán?

La voz de su hija Mariana, de dieciséis años, cayó sobre él como un lazo en un rodeo.

—Pregunta mi madre, su señora esposa, si se esconde usted de su familia.

—A tu madre le da miedo que salga a dar una vuelta fuera del barco y luego no encuentre el camino de regreso.

—Cree que marca usted distancias y me envía en misión de

reconocimiento. Como estás tan misterioso... Y estos paseos que das a solas...

—¿Tú también temes que me caiga del barco?

—¿Qué hacías? —Mariana se abrazó a la cintura de su padre.

—Darme la gran vida. Disfrutar de las vistas.

—Lo mismo que todos, matar el tiempo. Se hace interminable. ¿No estás cansado, papá?

—No recuerdo que hayan abierto un departamento de quejas en el barco. Como no haya sido en los últimos minutos...

—Ya lo sé.

—Pues eso.

—Pero es que estoy harta de oír hablar de la guerra.

—Quejarse no sirve de nada. La gente se tiene que desahogar. ¿O crees que no tiene derecho?

—¿Por qué no trata todo el mundo de olvidarla? A veces también a mí me gustaría escapar del barco con tal de no oír más esa palabra.

Eduardo sonrió, una sonrisa cargada de profundo pesar. Clavó los antebrazos en la barandilla, cerró los puños y apoyó la frente encima. Mariana, de tanto oír historias, creía que lo sabía todo sobre la guerra. Pero no sabía nada. Ignoraba que era la prueba más terrible que podía ponerse a la voluntad de vivir de un hombre, ignoraba lo difícil que era resistirse, en medio de la desesperación, a la tentación dulce de abandonarse a la muerte y acabar con todo. Los nombres de los compañeros caídos pesaban demasiado sobre los hombros de los que aún quedaban en pie. Toledo recordaba los de casi todos. Había presenciado muchos suicidios. Algunos bajo la falsa apariencia de *caídos en combate*. La guerra no era como una enfermedad mortal o un drama familiar. No era como morir en un incendio o ahogado. La guerra tenía una cualidad sucia que dejaba manchados de por vida a todos los que la habían atravesado. Sin embargo, pensó Eduardo, podía recordar en algunos casos aislados de compañeros o superiores que habían logrado salir de ella casi sin mácula. Eran aquellos que habían conservado la capacidad de conmoverse ante los muertos, los heridos, los mutilados, los hambrientos y los aterrorizados pero no habían dejado que la emoción los trastornara, los que nunca habían robado, aun estando en su mano hacerlo, una ración de comida, los que no habían traicionado sus ideales, los que nunca habían vejado a un prisionero o vengado en él la muerte de un ser querido, los que no se habían dejado dominar por el odio o la desesperación, los que nunca habían huido y ni siquiera habían considerado hacerlo, los que, a diferencia de él, nunca se habían roto. De todas las tragedias que había presenciado en los últimos días de la guerra, ninguna había dejado en él una huella más honda que la de la familia de campesinos que decidió quitarse la vida ante la llegada de las fuerzas de Franco, ya Cataluña estaba perdida y comenzaba *lo peor*, el desquite, la revancha. Cinco cuerpos colgados de otros tantos árboles: un padre, una madre, los tres hijos. La pequeña de ocho o nueve años. Los tres menores de la edad de sus propios hijos. Por un instante Eduardo imaginó su propia vida colgada de aquellos árboles, aquella familia no podía ser tan diferente de su propia familia, tendrían las mismas alegrías y penas, las mismas peleas y bromas. ¿Qué les diferenciaba de ellos? Que los suyos estaban a salvo y que él seguía vivo. Mientras los descolgaban, Eduardo se preguntó cómo habría sido el momento del adiós, quién habría dicho antes esa palabra, o si habrían preferido irse todos a la vez o alguien ayudó a los pequeños, tal vez el padre, a colgar de aquella rama... No quiso saber qué había ocurrido en realidad. Sabía que no habría tenido entereza para soportarlo.

—No hay que desesperarse. Dentro de una semana habremos llegado —dijo a su hija.

—¿Cómo es la prima Leonora? —preguntó Mariana.

—Ya sabes que no nos hemos visto nunca. Es nieta de una hermana de mi abuela que emigró mucho antes de que los aires de la revolución llegaran a México. Por carta parece muy amable y cariñosa.

—Tiene que serlo para habernos invitado a venir.

Sonaron aplausos lejanos. Los músicos daban por terminado el concierto.

—¿Te das cuenta? —dijo Mariana.

—¿Qué?

—Dejaremos el barco y no habré bailado ni una vez contigo, papá. Otros padres bailan con sus hijas.

—Eso no podemos consentirlo de ninguna de las maneras. Esta noche serás mi pareja de baile.

Se hizo un silencio grato y caluroso. Era un placer poder estar con su hija sin decir nada. Mariana le miró a los ojos.

—A mí puedes decirme lo que te pasa. Aunque tengas que hablarme de la guerra. No me importa que tú lo hagas.

Eduardo miraba las piernas de los dos cenetistas que asomaban por debajo de las escaleras. Aún le llegaba el rumor de alguna palabra armada con las balas del odio. Quería pedirle a su hija que se protegiese de discursos como esos. Advertirle de los rencores de la guerra. Pero no lo hizo.

—Me pasa que tengo ganas de abrazar a mi prima, de llegar y empezar nuestra segunda vida. Eso es lo que decía el otro día un pasajero en el comedor, que este viaje es solo un paréntesis entre dos vidas. Y tenía razón.

—Un paréntesis entre dos vidas.

—Anda, vámonos a ver qué hacen los demás.

—No, espera, papá.

—¿Qué? ¿Qué miras?

—¡Allí! Creo que he visto saltar algo fuera del agua.

Inés se refugió en el camarote que les habían concedido

por viajar en familia. Era un espacio pequeño en el que dormían los cinco. Era agobiante y caluroso pero en comparación con los dormitorios comunes donde se dormía vestido, los piojos saltaban entre las mantas, se oía permanentemente el ruido de las máquinas del barco y el calor era sofocante, podía considerarse un lugar privilegiado. Había algo irreal en las horas que iban desde la comida hasta la cena que no le gustaba. Era un limbo temporal que le hacía pensar que el viaje no acabaría nunca.

Blanca abrió la puerta y entró.

—No comprendo que te guste más leer aquí que en cubierta.

—Me aburro si no cambio de sitio.

—¿De verdad no te entristece estar aquí encerrada?

—A lo mejor me duermo un rato.

—Qué poco sociable. Aislamiento marca Toledo.

Blanca se sentó junto a su hija.

—No sé por qué no habéis heredado de tu padre las cosas buenas de su familia —bromeó—, algunas hay.

Inés le rodeó el cuello con sus brazos y pegó su mejilla a la de su madre.

—¿Y si nos quedamos un rato así, pegadas?

—¿Qué te pasa, Mus? —preguntó Blanca.

—Estaba mareada con tanto meneo. —Inés se soltó del cuello de su madre.

—Entonces ni se te ocurra ponerte a leer.

—No leía.

Blanca reparó en que había algunas fotografías dispersas sobre la cama; las tocó distraídamente.

—¿Y esto? —preguntó.

Su mirada se deslizaba por ellas como por una superficie resbaladiza, como si no le afectaran. Pero era todo lo contrario. Inés la obligó a detenerse en una en la que aparecía junto a Eduardo por la época en que se conocieron. Ella tenía dieciséis años y él, diecinueve.

—Papá parece un viejo a tu lado.

—Qué exagerada.

—Tú no habías acabado el colegio y él ya iba a la universidad.

—Todas mis amigas tenían novios mayores. A algunas les llevaban diez años. Las cosas eran así. Entonces no salías con chicos de tu edad.

—¿A que es un viejo para mí alguien que tenga veinte años?

—No.

Blanca amontonó las fotos y se quedó mirando a su hija. De los cinco Toledo, Inés era la que absorbía con más facilidad las novedades, la que con mayor rapidez se adaptaba a ellas. Blanca percibía su espíritu de titiritera y estaba segura de que no le costaría ser feliz en México.

—Mauricio debe de tener *veinte años* —dijo a su hija.

Inés se encogió de hombros con desdén y le quitó las fotografías de la mano. Fue a guardarlas.

—No veo la necesidad de viajar con cosas que hace daño mirar —dijo Blanca, práctica—. ¿Por qué las has traído?

—Las dejaste olvidadas en el hotel de Francia.

—No se me olvidaron. Las dejé ex profeso en la habitación de Cardesse.

—No tenías derecho.

—¿Ah, no, señorita?

—Son de todos.

—Había que dejar cosas que no nos hicieran falta. Solo nos dejaban viajar con lo indispensable.

—Las he traído por si no volvemos nunca a España.

—¿Ya estás pensando en la vuelta y todavía no nos hemos ido del todo?

—Tú también piensas en la vuelta.

—No es verdad.

—Entonces ¿por qué te has traído las llaves de la casa de Madrid?

Inés metió las manos debajo de la sábana y sacó un llavero del que pendían unas llaves. Las había encontrado en el bolso de su madre que a veces hurgaba. Blanca no supo qué decir. También a ella le había sorprendido darse cuenta de que las llevaba.

—Dime la verdad, mamá: ¿somos nómadas?

Nómadas. No había sabido qué contestar a Inés, que siempre la desconcertaba con sus preguntas, pero había sido lo suficientemente ágil para sortear la respuesta que le había venido a la cabeza: que se abría un período en que, como decía la prensa de derechas de México, serían gallinas en corral ajeno. Inés la desconcertaba con sus preguntas. No era incisiva como Mariana. Solo curiosa. Había sido iniciativa de Leonora, cuando comenzó la guerra en España, buscar a los sobrinos nietos de su abuela, sus primos lejanos, para ofrecerles hospitalidad en México. De los cuatro hermanos Toledo, solo Eduardo había permanecido fiel al gobierno legítimo de la República. Rafael, su hermano mayor, se había unido al bando rebelde y lo mismo había ocurrido con sus dos hermanas, Paula y Marga, y sus maridos. Eduardo había perdido el contacto directo con sus hermanos aunque seguía teniendo noticias por Blanca, que había mantenido correspondencia regular con sus dos cuñadas y excepcional con Rafael. Desde los primeros meses de la contienda Eduardo había formado parte de un batallón de ingenieros encargado de construir aeródromos, carreteras, casamatas, búnkeres. Por sus relaciones familiares con Inglaterra, acompañó a Londres a una comisión que iba a negociar la compra de carbón y alimentos para el gobierno de la República. Esa había sido la primera vez que Eduardo se había reencontrado con su familia desde enero de 1937. Por entonces Blanca, hija de español e inglesa, llevaba meses trabajando para el Comité Británico de Ayuda a los Niños del Pueblo Español que se había creado tras la visita de seis parlamentarios ingleses a España en otoño del 36. Había sido la madre de Blanca, Betty, que había vuelto a Inglaterra al enviudar, la que presionó a su hija para que sacara a los niños de España y fueran a vivir con ella a Londres. Era su obligación ponerlos a salvo. Eran los primeros meses de la guerra y aún pensaban que el Ejército Popular no estaba solo. Creían posible convencer a Inglaterra de que el gobierno de la República no representaba al bolchevismo soviético y España no iba camino de convertirse en ningún satélite de la Unión Soviética como trataban de propagar los militares sublevados y las fuerzas de derechas que los apoyaban. La diplomacia española creía posible hacer que Inglaterra rompiera el Acuerdo de No Intervención en España que había firmado junto a otros países europeos. El embajador, Pablo de Azcárate, se había entrevistado con sir Robert Vansittart, subsecretario permanente del Foreign Office, para denunciar lo que ocurría en España. Alemania e Italia se habían saltado el Acuerdo y habían decantado el equilibrio de fuerzas en la guerra. Ya no se trataba de combatir a los militares rebeldes; se trataba de una guerra internacional en la que se combatía, además, a las poderosas fuerzas alemanas e italianas que los apoyaban y proveían de tropas, aviones, dinero y armas modernas. Por eso, admitía, estaban recibiendo ayuda de la URSS, la única nación que había comprendido que el Acuerdo de No Intervención era papel mojado. Inglaterra no quería entrar en conflicto con Alemania y trataba de mantener su aparente neutralidad y equidistancia. Con ello creían evitar entrar en una guerra frontal que pudiera desarrollarse sobre el escenario europeo. Entonces los esfuerzos de la diplomacia española se dirigieron a lograr ayuda para que la No Intervención se hiciera valer en la práctica forzando a Italia y Alemania a retirar su apoyo, pero también ahí Azcárate fracasó. En pocos meses quedó al descubierto la verdad que se ocultaba bajo el paraguas de la neutralidad británica: Inglaterra, secretamente, confiaba en la victoria de los insurgentes. Cuando los intentos con el gobierno inglés fracasaron, Azcárate dirigió sus esfuerzos a Francia, pero este país también dejó claro que no iba a poner en peligro sus relaciones con Inglaterra. La verdad era que todo el apoyo que se le negaba a Azcárate se le dio más o menos soterradamente al duque de Alba, que con su trabajo para lograr lealtades para la España de Franco, logró gracias a sus contactos llegar hasta donde Azcárate no pudo, a los despachos del primer ministro inglés, ministros actuales y ex ministros, y hasta el círculo del mismísimo rey Jorge VI. Blanca rogó a su marido, una vez hubo terminado su misión en Londres, que no regresara a España. Pero tras dos meses en la capital inglesa, Eduardo había vuelto a combatir. Desde que lo hiciera, la correspondencia con Leonora había quedado en manos de Blanca. Las dos mujeres, a lo largo de meses, habían ido preparando el viaje que pasó de ser una posibilidad lejana a convertirse en algo urgente cuando la guerra se perdió y Eduardo pudo salir de España y se reunió con su familia en París.

—¿México? —había preguntado Eduardo con angustia la mañana que Blanca le propuso exiliarse—. ¿Por qué no quedarnos en París? ¿O en Londres? ¿Por qué... cruzar el Atlántico?

Caminaban del brazo por Montparnasse esa mañana de abril. Era el primer momento que pasaban a solas desde la *reunificación* tal y como de manera algo melodramática Inés había bautizado el encuentro de la familia. La guerra se había perdido, habían caído Barcelona, Madrid y Valencia, y Franco había puesto su siniestra rúbrica a la guerra con aquel mensaje a toda la nación: «En el día de hoy, cautivo y desarmado el Ejército Rojo, han alcanzado las tropas nacionales los últimos objetivos militares. La guerra ha terminado». Y había bautizado el año de 1939 como el año de la Victoria.

Desde que se vieran en el vestíbulo del hotel Capbreton, los niños no se habían despegado de Eduardo, temerosos de que volviera a marcharse, de que el fin de la guerra en España solo fuera un sueño colectivo del que iban a despertar en cualquier momento para descubrir que su padre no estaba a su lado. Habían pasado más de dos años separados, tiempo durante el cual Blanca había mantenido viva la presencia de Eduardo a través de las cartas que recibían o las noticias que generaba para ellos como pequeños partes de campaña. En un mapa de España colgado en la pared de la cocina de la casa de Londres, Blanca distribuía banderitas para mostrarles dónde se encontraba su padre en cada momento. Con dibujos les explicaba las líneas de defensa que planificaba para los frentes y ciudades que aún estaban en poder de la República. Daba noticias de su marido todos los días aunque para ello hubiera tenido que acudir a recuerdos del pasado o pequeñas invenciones con las que combatía su ausencia. Aquella mañana Eduardo no ocultaba la angustia ante la idea de poner más de ocho mil kilómetros de distancia entre ellos y su hogar *permanente*. Blanca creía que ya no había nada permanente en su vida y cuanto antes aceptaran que una especie de *improvisación* se había instalado en ella, antes recuperarían, paradójicamente, el control.

—Si no aceptamos que ya no podemos aferrarnos a nada de lo que teníamos será más difícil adaptarnos... a lo que viene —le había dicho a Eduardo—. Lo único estable que habrá en nuestras vidas a partir de ahora será el cambio.

En París se habían reencontrado muchos republicanos con sus familias. Probablemente la mayor parte mantenían esos días de abril la misma conversación: ¿instalarse en Francia? ¿En Inglaterra? ¿Viajar a México, a Cuba, a la Unión Soviética? ¿Qué hacer a partir de ahora? ¿Qué iba a ser de ellos, de sus familias? ¿Volverían pronto a España? ¿Qué ocurriría con los amigos y familiares que habían dejado atrás?

—Leonora quiere que vayamos —había continuado Blanca—. Y yo también creo que es lo más sensato... de momento. Ya lo he hablado con los niños.

—Dejar Europa, irnos tan lejos... de España.

—Va a estallar otra guerra. Hemos sobrevivido a una, ¿no sería mejor no tentar a la suerte?

Blanca era consciente de la fragilidad de Eduardo, no mayor ni menor que la de cualquier otro combatiente republicano de los muchos que encontraban ese mes de abril en las calles de París. Nadie que hubiera vivido el horror deseaba exponerse a otro infierno. Pablo de Azcárate había dejado la embajada en Londres y ahora, a cargo del SERE, preparaba la marcha masiva de exiliados a México. Era cierto que podrían haberse quedado en Londres, pues, aunque estallara la guerra, Alemania *nunca* se atrevería a bombardearla, pensaban, pero la opción de México había ido cobrando vida y empuje ante los ojos de Blanca a través de la correspondencia que mantenía con Leonora. Pasearon un rato en silencio. Blanca observaba cómo Eduardo se maravillaba con cada detalle que reafirmaba la paz, su asombro ante el hecho de que no faltaran cristales en ninguna ventana, que los tejados de las casas permanecieran sobre los edificios con sus tejas y pizarra intactas, que funcionaran sin incidentes los ascensores, los autobuses, el metro, que las tiendas estuvieran abiertas y abastecidas de ropa y comida, que las raciones de los platos de los restaurantes fueran abundantes, que el pan supiera y oliera a pan, que cada herido o enfermo tuviera acceso a un hospital o puesto de socorro, que los conductores llenaran a capricho los depósitos de gasolina, que hubiera agua caliente en los grifos del hotel a cualquier hora...

Eran las doce del mediodía cuando de pronto todas las campanas de París se pusieron a sonar. Se detuvieron frente a un parque a disfrutar de aquel espectáculo sonoro magnífico. Eduardo encendió dos cigarrillos y puso uno de ellos en los labios de Blanca. Ella vio en ese gesto un detalle esperanzador. Ese sencillo hábito de encender dos cigarrillos y entregarle uno que era tan propio de Eduardo le pareció una señal de que debía confiar en que poco a poco volvería a ser quien había sido. En un banco del parque, una mujer escuchaba el concierto de campanas mientras daba un biberón a su hijo, una imagen que ofrecía una medida exacta de la paz, por mucho que el ambiente que se respirara en cualquier punto de Europa fuera prebélico y estuviera cargado de siniestros augurios. En apenas un año, soldados con uniformes alemanes luciendo brazaletes con la cruz gamada patrullarían por ese mismo parque y las calles de París poniendo carteles encabezados con la palabra «Verboten» en farolas, escaparates y muros de las calles, colocando la bandera del Tercer Reich en lo alto de los principales monumentos, incautando coches y botes del Sena, emplazando puestos de ametralladoras y requisando los bistrots más afamados y los hoteles más lujosos para sus oficiales. Pero esta mañana no pensaban en ello. Las campanas ahuyentaban ese presagio de guerra. Eduardo se quedó mirando a la mujer que sostenía a su hijo en brazos unos segundos, luego se volvió hacia Blanca. Desde el reencuentro, cada vez que la miraba le inundaba aquel sentimiento cálido de pertenencia. Gracias, querida, dijo de pronto. ¿Y eso a qué viene? preguntó Blanca. Viene a que habría sido comprensible, y completamente legítimo, que intentaras que te contara... ¿Qué? ¿La guerra? Interrumpió ella. ... y sin embargo no me has preguntado nada, continuó él. Se debían muchas conversaciones. El silencio en torno a la guerra era el más atronador pero había otros silencios, la guerra no era el único tema pendiente entre ellos. La familia de Eduardo era otro de esos asuntos sobre los que transitaban como si pisaran brasas. Rafael Toledo salía en algunas fotos de la prensa junto a Franco. Ahora que habían ganado la guerra, su pertenencia al círculo de confianza del dictador hacía presagiar que jugaría un papel determinante en el nuevo orden. Las dos hermanas de Eduardo, que también habían tomado partido por el Alzamiento, le aseguraban en cada carta que el objetivo de los militares sublevados solo había sido salvar a España del caos y de los asesinatos de religiosos, y rogaban a Blanca que hiciera recapacitar a Eduardo y lo convenciera de cambiar de postura, de arrepentirse. Rafael podía, desde su posición privilegiada, lavar su pasado, hacerle *perdonar* sus errores. Las peticiones de Laura y Marga nunca habían encontrado eco en Blanca, quien había respondido que ellos no tenían nada que hacerse perdonar, y a pesar de sus diferencias ideológicas las tres mujeres se las arreglaron para mantener su relación epistolar. Y aunque los lazos afectivos entre Eduardo y sus hermanos no se habían roto del todo porque los afectos no se tachan de la noche a la mañana, los cuatro sabían que se había perdido para siempre la antigua relación fraternal.

—No tenía intención de atosigarte a preguntas —le había dicho Blanca a su marido—. No hay nada que tengas que contar si no quieres.

Blanca había respetado su decisión de no hablar de la guerra a sabiendas de que ese silencio impuesto podía convertirse en una de esas bombas que no estallaron al caer y el menor roce un buen día las hace explotar descubriendo que mantenían intacto todo su poder mortífero. Pero también a sabiendas de que si hubiera hecho hablar a Eduardo de la guerra, su relato habría estado salpicado de agujeros que él se habría esforzado en ignorar y ella en fijar en su memoria. He vuelto con algunos desperfectos, pero volveré a ser el hombre que era, te lo juro, poco a poco, dijo con una sonrisa. Era el primer reconocimiento explícito de que no era el hombre que había sido. Blanca habría podido ir más allá, penetrar en esa verdad que le ofrecía como una asunción de todo lo que había cambiado entre ellos; podría haber dicho que le hubiera gustado ser el nexo entre el hombre que había ido a la guerra y el que había vuelto de ella, podría haber dicho que le habría gustado oír de sus labios que su recuerdo le había sostenido durante los treinta meses de infierno. Pero no dijo nada de eso.

—Más le vale, capitán. Hay mucha tropa esperando *su regreso* —dijo en tono ligero.

Los ojos de Blanca sonreían de una manera que a Eduardo le resultó irresistible. Arrojó el cigarrillo al suelo e hizo lo mismo con el suyo, se inclinó sobre ella, notó el aliento cálido y fresco que salía de su boca, la besó, y fue como si ese beso llenara de una manera instantánea el vacío de los años de separación. Sintió el impulso de acariciar su pecho y sus caderas. El reconocimiento de su cuerpo se producía aquel día en aquella calle y frente a aquel parque y lo transportaba a una dicha conocida y añorada. La deseó. Era la familiaridad y la sexualidad recobradas. Eduardo supo que nunca se olvidaría de ese momento de un modo tan mágico y sublime por el sonido de las campanas.

Dijeron sí a México. Eduardo le hizo prometer que lucharían contra ese sentimiento de que ya no había *nada permanente* en sus vidas. Los niños necesitaban arraigo y era responsabilidad suya crear las condiciones para proporcionárselo.

Blanca le prometió que lo harían.

Y empezó la cuenta atrás.

De día se encontraban con otros españoles que preparaban el viaje como ellos en las oficinas del SERE que coordinaban los permisos para emigrar y los pasajes. Era difícil alcanzar los mostradores donde se recogían los visados. Las oficinas siempre estaban atestadas de gente. De noche, en el hotel, los niños se abrazaban a su padre y se acurrucaban sobre él en el sofá de la habitación. Uno a uno se quedaron dormidos mientras Blanca reanudaba la correspondencia con Leonora y ultimaba los detalles de su llegada. A veces, de noche, mientras ella escribía, Eduardo abría los ojos como si algo lo hubiera sobresaltado y se incorporaba en la cama; se quedaba mirando a Blanca, pero en realidad era como si no la viera. Blanca leía un miedo atroz en sus ojos y comprendía que estaba reviviendo la guerra, o tal vez un episodio concreto de ella del que no hablaba y tal vez nunca hablaría. Luego Eduardo volvía a acostarse y cerraba los ojos; los niños, arracimados en torno a él ajenos a la angustia que vivía, seguían durmiendo en la confianza de que mientras no se despegaran de su padre, nada malo podía sucederles. Blanca sabía que el terror de sus ojos tenía algo que ver con los últimos meses de la batalla de Cataluña, pero nunca le preguntó por lo que ella secretamente siempre llamó *el incidente del Ebro* y del que tenía una experiencia propia que tampoco le quiso contar en ese momento a su marido.

El mes y medio que estuvieron en París antes del viaje, mientras aguardaban a que se reagrupara a los mil seiscientos refugiados que iban a embarcar en el *Sinaia*, Eduardo logró familiarizarse de nuevo con todas las situaciones que comporta la paz, una paz frágil que no iba a tardar en romperse cuando el mundo se viera sacudido por la guerra contra los nazis pero que por entonces le dio a Eduardo la sensación de que podía durar para siempre.

El reencuentro con su marido no había sido fácil y el futuro estaba lleno de dificultades, pero Blanca se había negado a aceptar que los días felices era algo que había dejado atrás, los días felices volverían en México igual que las flores renacen después del invierno. Estaba segura de eso.

Solo había que esperar.

A las tres y media de la tarde había reunión en el comedor de la cubierta C para hablar de la economía agrícola mexicana. Se había convocado a los ingenieros agrónomos y de montes, a los peritos agrícolas y a los trabajadores del campo. Daniel acudió a la charla y allí fue informado de las condiciones agrícolas de México, de cómo afectaba a la producción del suelo su localización, bien en las mesetas, bien en las costas oceánicas o en las penínsulas, del clima árido o semiárido del norte, adonde él iría destinado, frente al húmedo del sur y el sudeste. Entre los asistentes a la conferencia había una muchacha que acompañaba a su padre, emigrante agricultor. Se llamaba Nuria y tenía la misma edad que Daniel, dieciocho años. Ya se habían visto otras veces aunque no habían hablado. Daniel se las arregló para acercarse a ella.

Uno de los presentes no escuchaba la charla, hablaba con el compañero de mesa sobre los movimientos de Hitler en Europa y cómo les estaba haciendo la vida imposible a los polacos de Danzig: «Si Hitler sigue con sus reclamaciones, antes de dos meses se va a armar una buena en Europa».

—¿Crees que habrá guerra contra Alemania? —preguntó Nuria a Daniel, que también está pendiente de la conversación.

Era la primera vez que se dirigía a él.

—¿Yo? Pues...

—Creo que Churchill y los franceses le pararán los pies a Hitler antes de que vaya demasiado lejos. ¿Tú qué crees?

Creo que tienes unos ojos preciosos, y una boca de ensueño y que me gustaría besarla. Pero no lo dice. En cambio:

—Podría no haber guerra. Quiero decir que al menos no es inevitable del todo.

—¡Eres un pacifista! —dijo ella, alegre.

—La presión sobre Alemania todavía puede tener efecto.

—Pero ¿y si no la hay? —preguntó ella.

—No durará mucho.

—¿Y si dura?

—Franco tardará más en caer. Pero caerá igualmente.

Por unos instantes volvieron al asunto de la conferencia. Prestaban atención o fingían prestarla porque en realidad estaban pendientes el uno del otro.

—¿Adónde irás cuando lleguemos a México? —quiso saber ella.

—Aún no lo sé. ¿Y tú? ¿Y tu familia?

—Solo somos mi padre y yo. Creo que iremos a Chihuahua. Pero a lo mejor nos llevan a otra parte. Ojalá...

—¿Qué?

—Ojalá no te envíen muy lejos de nosotros.

Daniel rezó secretamente para que así fuera.

Los gritos y las risas de los niños irrumpieron en el comedor. Algo ocurría en cubierta. Todos salieron a ver de qué se trataba, los niños reían y gritaban al ver los peces voladores que saltaban del agua.

—Parecen torpedos.

—Parecen pájaros.

—Tienen alas.

—Son aletas, burro.

—Son alas.

—Están escoltándonos a México.

—Mirad cómo brincan en el agua.

—Son los peces voladores de los Sargazos —le dijo Daniel a Nuria.

—Son preciosos.

—Se comen todas esas plantas que ves sobre el agua. Son golosos, como las personas.

La superficie del mar estaba inundada de filos pardos y verdes.

—¿Sabes de dónde dicen que proceden esas algas?

—¿De dónde?

—De la Atlántida, está justo debajo del barco, hundida en las profundidades.

—Hala... La Atlántida...

—Lo dice Verne en *20.000 leguas de viaje submarino.*

—¿De verdad? No lo he leído.

—Yo te lo voy a regalar.

No eran unas palabras dichas a la ligera; eran un pacto de futuro.

Daniel y Nuria contemplaron el baile de peces y rieron. El barco hizo un movimiento brusco y Nuria se apoyó en él para no caer. Daniel sintió su olor y su calor. Había momentos en la vida, pensó, que a uno le gustaría vivir dos veces. Aquel era uno de esos momentos.

3

Cuando Leonora y Gabriel llegaron al puerto de Veracruz aún faltaban horas para que desembarcaran los pasajeros del *Sinaia*. En los muelles, sin embargo, no cabía ya ni un alma. Trabajadores de los sindicatos con pancartas y banderas tricolor saludaban al barco que estaba anclado en la bahía a cierta distancia aún de la ciudad. Aquí y allá se podían leer cálidos mensajes de amistad y fraternidad: BIENVENIDOS SEÁIS, HERMANOS ESPAÑOLES; ESPAÑOLES DEFENSORES DE LA LIBERTAD, HABÉIS LLEGADO A VUESTRA CASA; VIVA LA REPÚBLICA ESPAÑOLA. Sonaban cánticos alegres y también las sirenas de todos los barcos atracados que daban de este modo la bienvenida a los refugiados.

—¿Te esperabas algo así? —preguntó Leonora a su marido, luchando por no perderle entre la multitud.

No solo se veía tráfico en los muelles. En los edificios del puerto la actividad era frenética, entraban y salían empleados uniformados que corrían con permisos y órdenes de última hora. Los trámites para el acomodo y el desembarco no habían cesado ni un minuto desde que la víspera el *Sinaia* atracara detrás de la isla Sacrificios a la espera de poder entrar en el puerto con las primeras luces de la mañana. Las autoridades portuarias habían dejado sus dependencias para que los representantes de los gobiernos de Hidalgo, Michoacán, Puebla, Veracruz, Coahuila y otros estados pudieran preparar los trámites para acoger a los españoles que desearan instalarse en sus territorios. Se habían acondicionado varios edificios para gestiones administrativas y para que el doctor González Rivera y su equipo de ayudantes pudieran prestar los primeros servicios médicos —exámenes, vacunación, incluso órdenes de ingreso en el Hospital Militar de Veracruz— a los pasajeros que requirieran atención médica. Iba a hacer tanto calor que la mayoría de la gente vestía ropa blanca y llevaba la cabeza cubierta por sombreros o pañuelos. Y solo eran las siete de la mañana.

—Nunca había visto a los mexicanos tan volcados en recibir a alguien —opinó Gabriel—. El conserje del hotel tenía razón. Han debido de dar feriado a toda la ciudad.

—A todo México, querrás decir. Aquí hay más gente de la que vive en todo el estado de Veracruz.

Leonora bostezó, se sentía excitada y exhausta a un tiempo, no había podido dormir por los nervios y, harta de dar vueltas, se había levantado a las tres de la madrugada. A pesar de que había abandonado el lecho tratando de no hacer ruido, Gabriel encendió la luz y preguntó qué hora era:

—¿Te desperté? —se había disculpado Leonora.

—Es difícil dormir cuando la cama se mueve como si hubiera una estampida de búfalos bajo el colchón.

—No te he dejado descansar. Eso sí que no me lo perdono.

—¿Qué hora es?

—Hora de que vuelvas a dormir. Te despertaré por la mañana.

Pero Leonora lo había dicho de ese modo que daba a entender a su marido que en siete vidas que hubieran vivido no le habría perdonado que lo hiciera. Necesitaba su compañía y que le ayudara a templar los nervios.

Trataron de avanzar por el malecón esquivando cetemistas, niños, vendedores ambulantes. Los responsables de migración ya estaban a bordo del buque para cumplir los últimos trámites antes de autorizar el desembarco de los pasajeros. Solo faltaba la llegada de las autoridades de la nación y de la Confederación de Trabajadores. En los barcos de la Marina mexicana los marineros y oficiales se preparaban para formar sobre cubierta. Al fondo se veía la silueta del *Manuel Arnús*. El buque, propiedad del gobierno de la República Española, iba a alojar a una parte de los varones. Otros pasajeros se acomodarían en la Escuela Naval, en los hoteles de la ciudad y en los campamentos que se habían acondicionado para atenderlos. Cuando las sirenas de los barcos enmudecían, el viento traía la música lejana de la banda que tocaba a bordo del *Sinaia*. Eran canciones de guerra y canciones de paz. Sonaron las notas de «Suspiros de España». Leonora conocía esa música, la había escuchado de niña en casa de su abuela. «Quiso Dios, con su poder...», canturreó y se sorprendió al ver que algunos de los compatriotas que la rodeaban también la coreaban. Rieron cómplices, como si fueran miembros de una hermandad secreta, la de los descendientes de españoles, y esa música fuera el santo y seña que acababa de identificarlos.

—Mi abuela decía que ese es el auténtico himno de España —dijo emocionada, y al elevar la vista su gesto se contrajo en una mueca de desagrado.

Siguiendo su mirada, Gabriel alzó los ojos. Buitres negros sobrevolaban la bahía. Era una bandada pequeña pero sus alas negras parecían crespones que enlutaban el cielo. Si se adentraban en el mar no se alejaban mucho de la costa. Parecían estar también pendientes del desembarco. Eran la única presencia sombría de aquella mañana jubilosa y brillante.

—No empieces a ver presagios —dijo a su mujer.

—No veo. —Y tras una pausa...—: Pero son de mal agüero.

Leonora recibía burlas de su marido cada vez que se asomaba a sucesos cotidianos con lo que él llamaba *dioptrías melodramáticas* heredadas de su familia, pero a pesar de sus burlas ese era un rasgo de su carácter que, lejos de exasperarle, lo enamoraba más de ella.

—Me hacen pensar en muertos. —Leonora buscó la medalla que siempre llevaba colgada del cuello y la besó.

—¿Crees que van a bajar a picotearnos la cabeza? —Gabriel jugó a protegerla con su sombrero.

—Creo que nunca falta un zopilote para una bestia muerta. —Ella se lo devolvió—. Tal vez alguien del barco...

—Pues lo que yo creo es que también les dan la bienvenida a su manera.

A Leonora no le convenció la visión amable de su marido, pero se distrajo viendo cómo varias de las mujeres empezaban a abrir sus paraguas para proteger su piel. Echó de menos su parasol. Buitres. ¿Solo a ella le habían dado escalofríos? Tal vez otro día hubiera contemplado su vuelo sin alterarse, pero esta mañana no era una mañana cualquiera. En el periódico del hotel había leído la noticia que había ensombrecido su ánimo durante el desayuno: «Millares de asesinatos en España. Cada nueve minutos se condena a un republicano; no hay apelación y el fusilamiento se realiza sin demora». «La paz causa más estragos que la guerra», le había dicho a Gabriel, y a continuación este le había arrancado el periódico de las manos para que no siguiera leyendo. No la quería triste esa mañana.

Se acercaron a un puesto a comprar refrescos.

—Esto parece la entrada de Maximiliano y Carlota en el DF —dijo Gabriel al hombre que lo atendía.

La multitud avanzaba con dificultad por el estrecho pasillo que había quedado transitable en el malecón.

El vendedor les explicó que días atrás se habían producido las primeras trifulcas entre los favorables a la llegada de espa-

ñoles y los antirrefugiados. Los anticardenistas habían tratado de desprestigiar la campaña a favor de la llegada masiva de
emigrantes acusando al presidente de acoger en el país a una
horda de rojos que venían a reavivar la discordia de los mexicanos revolucionarios. Temiendo que los contrarios al asilo
de los españoles organizaran una protesta en el puerto, las organizaciones de trabajadores habían invitado a los jarochos a
neutralizarles preparando un recibimiento caluroso. Y vaya
si lo habían logrado.

—¿Y usted de qué lado está? —preguntó Gabriel.

—Quien más quien menos tiene un abuelo español. A los
que vinieron a hacer las Américas no los paso, pero a los que
vienen con la mano tendida el saludo no se les puede negar.

—Entonces es de los que los reciben con agrado.

—Es bueno para el negocio.

—Sí, hoy va a vender muchas aguas frescas. ¿Cuánto le debo?

—Otra cosa es que vengan a quedarse con nuestro trabajo
o a llevarse lo que no se pueden llevar. Sus antepasados ya se
llevaron bastante.

Varios coches oficiales cruzaron detrás de unas vallas y se
detuvieron al borde del agua. Gabriel y Leonora vieron descender de ellos a las autoridades que venían a dar la bienvenida
oficial en nombre del gobierno de la nación y de la organización más poderosa de trabajadores. Estaba el secretario de
Gobernación, García Téllez; el líder sindical de la Confederación de Trabajadores de México, Vicente Lombardo Toledano, y el enviado del presidente Cárdenas, Alejandro Gómez
Maganda. Había otros hombres a los que no reconocieron.

—Creo que el hombre que acompaña a Maganda es el doctor Negrín —dijo una voz.

—¿Quién? ¿Dónde? —se interesaron otras.

—El más corpulento, el del sombrero panamá. El que se
seca la frente con un pañuelo.

Leonora intentó ver algo entre las cabezas que se interponían entre ella y las vallas.

—¿Lo distingues, Gabriel? —preguntó a su marido.

Y al abrirse un hueco entre los brazos levantados del hombre que tenía delante alcanzó a ver de espaldas a un señor que llevaba un traje de hilo blanco. En las últimas semanas su imagen había sido habitual en los diarios de México. Negrín había ido no solo para recibir a los exiliados sino también para intentar arreglar con Indalecio Prieto el asunto del tesoro del *Vita*. El incidente del *Vita* era uno más de los muchos asuntos pendientes que enfrentaban a los dos políticos. Ante la inminente derrota de la República, el gobierno de Negrín había logrado sacar oro y otros bienes de España con el fin de atender los gastos que iban a ocasionar el desplazamiento masivo de españoles y el mantenimiento de los órganos de gobierno en el exilio. El buque había llegado a México y ante la ausencia del doctor Puche, el hombre elegido por Negrín a hacerse cargo de los bienes, Cárdenas había entregado a Indalecio Prieto su custodia. Desde entonces *don Inda*, como se le conocía en el país, se sentía legitimado para gestionarlo y se negaba a entregarlo al presidente del Consejo de Ministros.

Negrín volvió la cabeza y durante unos segundos Leonora y él cruzaron sus miradas. A pesar de la distancia que los separaba se sintió traspasada por la intensidad que transmitía. Era la mirada de un hombre que soportaba un gran peso a sus espaldas, al que se reprochaba que hubiera firmado la retirada de las Brigadas Internacionales frente a la Sociedad de Naciones en septiembre de 1938 como gesto para obligar al ejército de los sublevados a hacer lo mismo con sus efectivos extranjeros, al que habían acusado de forma malintencionada de ser el responsable del desastre final del bando republicano y de haber sacrificado cientos de vidas por no haber aceptado rendirse meses antes cuando ya la guerra se veía perdida.

Enseguida las autoridades del puerto llevaron a los recién llegados hasta unas lanchas que pusieron proa hacia el barco anclado en mitad de la bahía.

Una hora después, el *Sinaia* empezó a aproximarse al puerto. Gabriel apretó el brazo de su mujer para evitar perderla. Cada vez era más difícil moverse entre el gentío. Cada vez el calor era más sofocante. Gabriel vio entre la multitud a un funcionario del ayuntamiento de la ciudad al que conocía vagamente. Fue él quien les dijo que, una vez descendieran los pasajeros del barco, irían al Palacio Municipal donde les aguardaba un acto de salutación y bienvenida. Gabriel sugirió a Leonora ir hasta el palacio para buscar un buen sitio antes de la ceremonia. De nada serviría quedarse allí ya que no podrían aproximarse a sus primos. Aunque a Leonora le hubiera gustado presenciar el desembarco, comprendió que su marido tenía razón y que era mejor marcharse.

La segunda vida para los Toledo iba a empezar a las once de la mañana, cuando abandonaron el barco y pisaron el puerto de Veracruz. Cada uno de los hombres, mujeres y niños que descendieron por la pasarela se emocionaron al ver de cerca lo que ya se había vislumbrado desde el barco, que la ciudad se había echado a la calle para recibirles. Mexicanos de todas las edades les salían al paso y los saludaban como a hermanos que regresaran de un largo viaje.

—¿Es usted español?

—Con gusto les saludo.

—Bienvenidos a México.

—Están ustedes en su casa.

—Hermanos, ¿quieren tabaco?

—Güeritos, vénganse a comer a mi casa.

—Tengan, para aplacar la sed.

Cervezas heladas para los hombres, flores para las mujeres, caramelos para los niños, discursos, banderas, frutas y canciones para todos. Antes de descender del barco, los Toledo habían tenido un pequeño sobresalto.

—¿Dónde está tu hermano, Mariana? —preguntó Blanca a su hija, angustiada ante la ausencia de Carlos.

—Debe de estar con papá.

Mariana cerraba las maletas y se aseguraba de que no quedara nada olvidado en el camarote.

—No está con él, tu padre ha salido a buscarlo.

—Inés, ¿lo has visto tú? —preguntó Mariana a su hermana—. Inés, que si...

—Ha ido a despedirse de los marineros. —Inés bajó los ojos, avergonzada.

—¿Qué? —preguntó Mariana con incredulidad.

—Menuda idea. —Blanca se asomó a cubierta—. A quién se le ocurre. Con el jaleo que hay. Solo falta que lo perdamos ahora. Voy a buscarlo. No os mováis del camarote.

Pero no hizo falta. Carlos llegó corriendo acompañado de su padre, que lo había encontrado. Intercambió una mirada acusadora con Inés, que se estrujaba el faldón de la blusa.

—Que sea la última vez que te separas de nosotros —lo amonestó Blanca.

—Perdón. —Carlos no recordaba haber visto nunca tan nerviosa a su madre.

Inés, con un gesto de culpa y arrepentimiento, agradeció el silencio de su hermano.

—Y encima olía que apestaba en las bodegas —oyó que le decía Carlos refunfuñando cuando los cinco abandonaron el camarote para el desembarco.

Aquella tarde, a las tres y media, en el comedor del hotel Imperial de Veracruz Leonora pudo por fin abrazar a Eduardo y su familia. Fuera, en las calles, seguía el tráfico incesante de gente, una riada de mexicanos y españoles cuyo entusiasmo seguía creciendo y al que no habían logrado desgastar ni los largos discursos de las autoridades, ni el calor, ni el cansancio, ni el temor por el futuro de los recién llegados, ni el recelo de los nacionales porque aquellos les levantaran un puesto de trabajo. En las sonrisas de muchos refugiados aparecía escrita la palabra «esperanza» a pesar de que aún no tenían, como decían de ellos los diarios, *ni silla donde sentarse*. Mientras Gabriel, Blanca y los niños se resguardaban tras una comedida barrera de timidez, para Eduardo y Leonora fue como si el mundo hubiera cesado de girar a su alrededor. Dejaron aflorar con naturalidad los sentimientos de fraternidad heredados, los vínculos que los unían a pesar de no haberse visto nunca antes. Las palabras les salían atropelladas, se interrumpían con alusiones a los parientes comunes de los que ambos descendían, y no dejaban de mirarse y de tocarse como si necesitaran certificar a cada momento que eran reales, que por fin se habían reunido. Blanca observaba a Eduardo y comprobaba con satisfacción que estaba más comunicativo y abierto de lo que había previsto. Le emocionó sentir la mano de su marido, bajo la mesa, buscando la suya, apretándola. Sus ojos se cruzaron un instante y a ella le pareció que volvían a ser los del apasionado estudiante de diecinueve años que iba a esperarla a la salida del colegio y le hablaba de elementos y estructuras y cargas y arbotantes mientras la acompañaba caminando a casa. Aquella pasión había desaparecido y había dejado paso a un extrañamiento que no era innato sino sobrevenido por los estragos de la guerra. Gabriel y Leonora, México, Veracruz, el recibimiento cálido que les habían dado... Todo ello había obrado el milagro de abrir una fisura por la que de pronto asomaba el hombre ligero y confiado del que se había enamorado tantos años atrás. Blanca lo sabía, sabía que sería así y que no se había equivocado al insistir en viajar a México. Todo eso leyó Mariana en los ojos de su madre y sintió la misma emoción que ella al contacto de la mano de su marido bajo la mesa. Tal vez allí en México habría una esperanza para ellos. No solo para el matrimonio de sus padres. Para ella y sus hermanos, también. Para todos.

Mauricio, Gabino y Daniel Estrella fueron alojados en el *Manuel Arnús*. Se decía que a bordo de este barco había viajado Federico García Lorca; muchos refugiados buscaban su espíritu por los camarotes y en los puentes. Se escuchaban sus versos en el aire cálido de la noche, se recordaba su vida y se evocaba Granada y el romance de la Guardia Civil por el que se decía lo habían asesinado, y todo ello se mezclaba con el eco dichoso y embriagador del recibimiento que México les había dado esa tarde. En las reuniones que habían tenido lugar con los representantes de los distintos estados les habían dejado claro que podían elegir en qué lugar de México querían instalarse. Ningún español estaba obligado a radicarse allí donde no quisiera vivir. Daniel había desaparecido durante horas buscando una entrevista con los responsables de la colonia agrícola de Pachuca, en el estado de Hidalgo. Consiguió que le inscribieran en el registro de españoles que el día 17 partirían con el grupo en un tren nocturno. Entre los ya admitidos en la colonia estaban Nuria y su padre.

Esa noche, Mauricio leyó por enésima vez la nota que Carlos le había hecho llegar de parte de su hermana durante el desembarco, cuando bajó corriendo a la bodega:

~~Querido. Estimado.~~ Querido Mauricio, aunque la señora Gamboa dijo durante el viaje que las niñas mexicanas se convierten en mujeres a los quince años y están preparadas para casarse, quiero que sepas que no pienso hacerlo hasta haber cumplido los dieciocho. Para entonces tú ya tendrás veinticinco y aunque serás algo ~~viejo~~ mayor para mí estoy dispuesta a considerar una oferta de matrimonio. Inés.

Sonrió ante aquel ultimátum de efecto retardado: Inés cumpliría dieciocho en cuatro o cinco años. Para entonces Franco habría caído y ya habrían vuelto a España y seguramente habrían dejado de verse mucho tiempo antes. En cinco años habrían pasado muchas cosas y ninguno de los dos estaría ya en México.

En cubierta, esa noche, Gabino contemplaba la silueta del *Sinaia* anclado a cierta distancia del *Manuel Arnús*. Se preguntaba cuándo y cómo volvería a cruzarse con los amigos que había hecho durante el viaje, si se separarían sus caminos para siempre. Eso era algo que trataría de evitar. Había llegado a apreciar a Eduardo Toledo y a Marcial y a Pepe Somoza, había sentido que unos lazos invisibles los ligaban y que juntos se hacían más fuertes, menos sensibles al regusto amargo de la derrota. Estar con ellos era como estar en una esquina iluminada de España, solo fuera de esa esquina se sentía el *extrañamiento*. Buscó la silueta de la isla Sacrificios, pero desde donde estaba no podía verla. Recordó la tarde anterior. Qué nervios habían pasado al llegar a la isla, por fin estaban frente a las costas de México. México se podía ver y oler y casi tocar y sentirlo. Por la noche había habido baile, el último baile a bordo, y vino, música, y habían engalanado los puentes con las pancartas. Él no se había atrevido a sacar a bailar a ninguna mujer del grupo de amigos que celebraba que el viaje había acabado. Se había conformado con mirar y mover los pies y dejar que el corazón se le llenase de aquel instante, de aquel momento de felicidad. De todos modos nunca había sido de los que bailan. Hubo el homenaje a Susana Gamboa, una gran mujer que se había desvivido por todos durante el viaje y que les había prometido que traería a muchos refugiados más. Poco a poco el cansancio había ido venciendo a casi todos y cubierta se había ido despejando. Solo quedaban unos cuantos rezagados, como él, que no podían dormir. Apoyado en la barandilla, contempló la ciudad de Veracruz e imaginó el futuro para él y sus hermanos. Recordó como si estuviera pasando en ese momento que al cabo de media hora Blanca apareció a su espalda; tampoco ella podía dormir, estaba demasiado nerviosa ante lo que les esperaba, le dijo. Gabino miraba las estrellas, maravillado de cómo se ve el cielo nocturno en el mar. «Quien no se consuela con estas estrellas es porque no quiere», dijo. Blanca siguió su mirada. Hacía días que Gabino dormía en cubierta, en cualquier rincón; le gustaba mirar las estrellas antes de cerrar los ojos. Blanca nunca había dormido al raso. Gabino lo había hecho muchas veces y le dijo que eso era algo que tenía que probar al menos una vez en la vida. La ayudó a ponerse un chal que se le había resbalado de los hombros. Ahora la noche es perfecta, pensó. Qué felicidad fue estar con ella. Recordaba su risa y ahora, en el *Manuel Arnús*, su eco lo invadía por dentro y llenaba tanto su pecho que amenazaba con hacer estallar los botones de su camisa.

En el camarote los miembros del comité de bienvenida habían dejado periódicos y revistas estatales y nacionales. Después de revisar todas las publicaciones, Mauricio tomó una decisión que compartió con sus hermanos: iría a buscar trabajo en *El Nacional* no solo porque fuera un diario cardenista sino porque había percibido en él el trato más cálido a los exiliados.

Al día siguiente, antes de despedirse de su hermano menor, que se iba a Hidalgo, Mauricio tomó una segunda decisión:

—Escríbenos a la dirección de *El Nacional*.

—¿No es mejor que lo haga a las oficinas del SERE? —preguntó Daniel.

—Tiene razón, aún no sabes si vas a conseguir el trabajo —opinó Gabino.

Pero Mauricio estaba convencido de que solo la determinación de trabajar en el periódico le daría el empuje suficiente para lograr el empleo y no cambió de idea. Ahora trabajar en *El Nacional* no era una opción, era una necesidad, el único medio de poder comunicarse con Daniel.

Mauricio abrazó a su hermano pequeño.

—Siempre has caminado por el lado optimista de la acera —dijo Daniel.

Aquel sería el último abrazo que los dos hermanos iban a darse en mucho tiempo.

4

El teniente médico Juan Bravo Cisneros había conocido varios frentes antes de ir a parar, en marzo de 1938, al frente del Este. Sus primeros pasos en la línea de fuego habían sido en Somosierra, adonde había llegado con una columna de Sanidad integrada por voluntarios, muchos de ellos de la FUE. Antes de la sublevación de los militares había realizado sus prácticas en el Hospital Provincial de Madrid y se había interesado, solo desde el punto de vista teórico, por dos males de la Primera Guerra Mundial: el pie de trincheras y el corazón de soldado. El primero hacía referencia a los graves daños que causaba la prolongada exposición de los soldados a los peligros de las trincheras. No al de las bombas, las balas o los gases, sino al de las bajas temperaturas y la humedad. Los pies permanecían hundidos en la nieve, el agua y el barro durante semanas, la piel se ablandaba, se dañaban los tejidos, huesos y arterias, y se originaban heridas severas que terminaban en gangrena y amputación. El segundo se refería a los trastornos emocionales derivados del sufrimiento continuo y los interminables combates. El mal, según describía el diario de un médico francés que participó en las duras batallas del Somme, había hecho presa en tres de cada cuatro combatientes de la

Gran Guerra incapaces de levantar un muro ante los horrores que tuvieron que vivir. Los estudios teóricos del teniente Bravo quedaron interrumpidos en julio de 1936, pero muy pronto iba a enfrentarse a muchos casos prácticos como aquellos descritos por el doctor francés. La guerra que empezó el 18 de ese mes le sorprendió antes de acabar las prácticas de cirugía y su estancia en el hospital se prolongó durante meses.

Al Provincial iban a parar la mayor parte de los heridos de los distintos frentes de Madrid, el de Carabanchel, el de la Universitaria, el de la Casa de Campo, el de Usera. También llegaban los heridos graves de Extremadura y los de la sierra de Madrid. Aunque era una instalación sólida y bien equipada, dada la naturaleza de la mayoría de sus pacientes parecía un hospital de campaña.

En los hospitales de campaña instalados cerca de la línea de fuego la sangre era considerada «oro rojo». En ambos bandos su abastecimiento se había convertido en una obsesión. Circulaban todo tipo de historias apócrifas acerca del modo en que se obtenía y conservaba a un lado y otro de las líneas; se hablaba de sangre que se vendía, que se robaba, que se fabricaba. Se hablaba incluso de sangre que se extraía de los cadáveres. La sangre era un tema de conversación frecuente no solo entre el personal sanitario sino también entre los soldados y los civiles. Había planes para interceptar y robar al enemigo las famosas ambulancias frigorífico que la transportaban, y se decía que un rosario de espías operaba en cada bando trayendo y llevando información sobre los avances médicos del enemigo.

A la zona republicana había llegado el rumor de que al otro lado de las líneas existía una nueva clase de combatiente, un cuerpo de donantes a cuyos miembros se conocía como «soldados de sangre», jóvenes de complexión robusta cuya principal misión no era luchar sino actuar de banco vivo de sangre y a los que se mantenía en retaguardia, alejados de la primera línea de fuego. En el bando leal a la República no existía nada parecido; no lo necesitaban, decían algunos con jactancia. Tenían al doctor Durán-Jordà, impulsor de las matraces de 300 cm^3 con dispositivo autoinyectable y sistemas de neveras para la conservación de la sangre, y a dos médicos pertenecientes a las Brigadas Internacionales que habían conseguido importantes logros en las transfusiones. Sus nombres eran Norman Bethune, a quien se conocía como «Doctor Sangre», y Reginald Saxton, «Reggie el inglés». Ambos se habían conocido en el célebre Instituto de Transfusión Hispano-Canadiense que se creó en Madrid a principios de la guerra financiado por el Comité de Ayuda a la Democracia Española, organización canadiense que habría entregado a Bethune diez mil dólares para abrir su centro en la calle Príncipe de Vergara. Bethune había sido el impulsor de las unidades móviles de sangre y con su camioneta, en la que se podía leer «Unidad Canadiense de Transfusiones», recorría España de norte a sur para llevar sangre a todos los frentes. Su unidad móvil permitía realizar transfusiones in situ que salvaban muchas vidas. «Llevar la sangre a los heridos en vez de los heridos a la sangre», esa era su máxima. Tanto Bethune como Reginald Saxton seguían con interés los estudios del doctor Yunin, médico hematólogo que en la Unión Soviética había logrado transfundir con éxito sangre de cadáver a novecientos pacientes. «Un método tan macabro solo puede haberlo concebido una mente comunista», se burlaban de él en el bando de los sublevados. Consciente de la escasez que había para atender a los heridos de los frentes, Saxton había tratado de conseguir autorización oficial por parte del gobierno de la República para aplicar las técnicas de Yunin a gran escala, pero nunca le fue otorgada.

El teniente Bravo conoció al doctor Saxton en el hospital de sangre que el británico había organizado en una cueva a un kilómetro del pueblo de La Bisbal de Falset en la primavera del 38. El Ebro separaba las líneas enemigas: la orilla izquierda defendida por las fuerzas del ejército del Ebro de Juan Modesto, la derecha a manos de las fuerzas marroquíes del general Yagüe. La entrada a la cueva hospital de Santa Lucía parecía una gran armónica desdentada. El interior era oscuro, húmedo, con grandes desniveles en el suelo que impedía disponer eficientemente las camas y las mesas. Precarias lámparas de aceite se repartían a lo largo de la cueva creando extrañas sombras chinescas en las paredes y los suelos; la luz del generador y las provenientes de los focos de las ambulancias aparcadas frente a la puerta se reservaban para las cirugías y amputaciones. Tenía espacio para ochenta camas, quirófano y una sala de curas para enfermos menos graves. Fuera de la cueva había varias tiendas que servían de almacén para material sanitario y sala de médicos y enfermeras, despensa y cocina. A un lado de la cueva brotaba un manantial de agua a la que se atribuía propiedades curativas para las enfermedades de los ojos. Saxton era célebre por haber salvado muchas vidas en los frentes más duros de la guerra: en Grañén, Teruel, Guadarrama, el Jarama y, sobre todo, en Brunete. El reconocimiento de su valía iba a menudo seguido de la coletilla de que no le hacía ascos a la sangre de los muertos. Según la historia que circulaba, varios testigos le habían visto extraerla de los caídos tras un bombardeo en Teruel: «Los hombres mueren, pero durante un tiempo su sangre sigue latiendo en las venas. No sería un buen médico si dejara que se perdiera y no sirviera para salvar una vida». En los meses que estuvo trabajando junto al británico, Bravo no presenció ninguna transfusión de sangre de cadáver a heridos, pero su práctica no le habría escandalizado. De algún modo había hecho suya la perspectiva de Saxton, era una manera de permitir que la muerte de unos fuera útil para los que aún estaban vivos: «La mala suerte de unos, ¿por qué no puede ser la buena suerte de otros?», solía decir cuando surgía el debate entre los demás médicos españoles del Santa Lucía. Saxton comprendía los reparos éticos que ello generaba «en cierta generación de médicos», pero también creía que la medicina del futuro debía romper las barreras que limitaban su práctica cuando de lo que se trataba era de salvar vidas. Había que sensibilizar a la población para que comprendiera que nada hay más sagrado que la vida y que por preservarla había que liberarse de los prejuicios que estorbaban a la medicina y le impedían alcanzar cotas más altas.

Los pacientes que llegaban a los hospitales de sangre lo hacían divididos en médicos y quirúrgicos. En los puntos de clasificación cercanos a la línea de fuego se les había asignado una «M» o una «Q» que se escribía en su ficha médica y se colgaba de su ropa antes de entrar en las ambulancias. En Santa Lucía se aislaba a los infecciosos a la espera de que fueran derivados a hospitales de referencia. Fiebre tifoidea, neumonía, tuberculosis, blenorragia y sífilis eran las enfermedades más comunes con las que tenían que verse los médicos militares. La sulfamida blanca estaba racionada y ni siquiera se podía tratar con ella a los pacientes civiles que la hubieran requerido. En las épocas más duras de los combates, el ochenta por ciento de los heridos que llegaban no sobrevivían. Los médicos, incluso cuando las bombas acosaban el hospital y los estruendos hacían retumbar el suelo y arrancaban trozos de roca de las paredes, se veían tan superados por la llegada de heridos que no tenían tiempo de sentir miedo por sus vidas. «Hay una anestesia, hacia la posibilidad de nuestra propia muerte», escribió el doctor Bravo en sus notas al poco de llegar. Además de Saxton había otros médicos y enfermeras de las Brigadas Internacionales, como Douglas Jolly, Patiente Darton, Minnie Dawson o Joan Punser, que adiestraban a contrarreloj a los voluntarios en el tratamiento de los diferentes tipos de lesiones debidas a los proyectiles o trozos de metralla, a las causadas por la onda expansiva o por aplastamiento. Los pacientes craneoencefálicos y los heridos en el abdomen y el tórax aterrizaban directamente en la mesa del quirófano. Los quemados eran estabilizados con los pocos recursos de que disponían y muchos de ellos morían antes de que pudieran evacuarlos a los hospitales generales de la retaguardia. Lo mismo ocurría con los heridos que llegaban en shock tras haber perdido mucha sangre. A veces no se contaba con el oxígeno necesario para atenderlos o faltaba la sangre para las transfusiones. Una buena parte de las lesiones de trauma que no eran consideradas urgentes y otras afecciones como diarreas, migrañas, infecciones leves, avitaminosis, lesiones por accidentes de tráfico o úlceras, eran relegadas a la espera de los escasos momentos de calma que dejaba la atención más perentoria.

Los daños psicológicos de los soldados eran objeto de un examen más pausado solo cuando descendía la actividad de los quirófanos y los combates concedían una tregua. Así lo exigía la urgencia de la guerra. En Santa Lucía no se atendían enfermedades mentales. Los casos de histeria o neurosis que ocasionalmente recibían eran «errores de traslado» y estaban de paso a la espera de ser evacuados a los centros de reposo y tratamiento especializado.

El azar que iba a cruzar el camino del doctor Bravo con el del hombre que meses después iba a salvarle la vida se puso en marcha una mañana de julio de 1938 coincidiendo con los preparativos de la gran operación sobre el Ebro. El plan, elaborado a lo largo de varios meses, iba a situar al otro lado del río, en la orilla defendida por los rebeldes, a ochenta mil hombres de tres cuerpos del ejército de la República. Con ello se pensaba reconquistar el territorio perdido y, sobre todo, detener el avance de los franquistas hacia Valencia, objetivo que se iba a cumplir al menos en los primeros meses de la batalla.

Durante semanas el ejército republicano había enviado nadadores nocturnos a la otra orilla para recabar información sobre el número de las fuerzas rebeldes, la posición de los observatorios y el emplazamiento de la artillería enemiga que iba a hacer frente al desembarco de las fuerzas republicanas. A ello se unían las fotografías tomadas por la aviación y un estudio encargado al Cuerpo de Ingenieros sobre las condiciones para el cruce de los carros de combate, pasos adecuados para el traslado de tropas y características del fondo del río para el tendido de puentes. Aquella mañana una avería retrasó las comunicaciones. La que hablaba de un desprendimiento que se había producido en un tramo del Ebro llegó cuando ya se habían puesto en camino trescientos zapadores que transportaban piezas de puente ligero hacia ese lugar. Ante la urgencia de verificar cuál era la situación de la orilla, un capitán de ingenieros que partía hacia Montblanc, donde estaba la sede del tribunal jurídico del Ejército del Ebro, recibió la orden de adelantarse a la columna de zapadores. El capitán se puso al mando de un grupo de reclutas de dieciocho años recién incorporados a su posición. En su macuto, junto a planos topográficos y cuadros de medidas llevaba un documento de alto secreto que debía entregar al Cuerpo Jurídico en Montblanc, misión que debido a las nuevas órdenes recibidas y al ataque de la aviación rebelde que sufrieron en las cercanías del río, quedó indefinidamente aplazada.

5

Los Toledo se tomaron unos días para viajar. Junto a Leonora y Gabriel recorrieron la distancia de cuatrocientos kilómetros entre Veracruz y la capital en dos coches alquilados. Hicieron paradas en la Cascada de Texolo, Xalapa y en Tlachichuca, en las cercanías del Citlaltépetl.

—Es imposible guardar un secreto en esta familia —protestó Inés cuando descendía del coche para visitar el Parque Nacional que rodea el volcán.

—No irás a montarle un numerito a tu hermano por algo que ha hecho sin querer —intercedió Blanca mientras repartía sombreros de jipijapa y chaquetas para todos—. Se le ha escapado. Además, no tiene ninguna importancia.

—Si fuéramos ingleses de verdad esto no pasaría —dijo Inés a su madre.

—¡Las ganas! —la provocó Carlos.

—Ellos sí que saben estar con la boca cerrada. —Inés sacaba y metía las pajitas sueltas del sombrero—. Y a los que no saben les cortan la cabeza y asunto arreglado.

Carlos se llevó la mano al cuello teatralmente. Durante el trayecto, sin que nadie lo presionara, había contado que su hermana estaba enamorada y escribía cartas secretas a Mauricio. ¡Cartas secretas! Pero ¡si solo le había escrito una! Que lo estaba no era una novedad, pero Inés nunca pensaba que era de dominio público. Lo de las cartas era otra cosa. Le dio vergüenza. Indicaba un exceso de romanticismo. Carlos se burlaba e Inés le declaró un odio eterno que duró pocos segundos. Para calmar los ánimos durante el viaje, Blanca había hecho un comentario a la ligera que, sin querer, hizo removerse a Mariana en el asiento de atrás.

—Al menos que una de mis hijas sepa lo que es enamorarse de verdad.

Eduardo, al volante, miró a Blanca y luego buscó a su hija mayor por el retrovisor. Mariana desviaba su mirada hacia el paisaje que atravesaban tratando de ocultar su malestar por lo que acababa de decir su madre. Blanca había olvidado por un instante por lo que pasaba su hija mayor o jamás habría hecho ese comentario.

—¿No crees que deberías pedirle perdón a Inés? —sugirió Eduardo a su hijo cuando Inés se alejó del coche.

—No he hecho nada malo, mamá ha dicho que se me *ha escapado*.

Eduardo no insistió. Carlos lo pensó mejor y apresuró el paso detrás de Inés.

—A lo mejor tiene que arrojarse al volcán para aplacar la furia de los dioses —bromeó Mariana—. La niña es de aúpa, con menos no creo que se conforme.

—Qué imponente es el bicharraco este.

Eduardo observaba la cima del volcán. Mariana siguió su mirada. A pesar del sol de junio, el aire era frío y húmedo. Los picos del volcán aparecían nevados y por debajo de la cumbre un aro de niebla, como un tul nupcial desgarrado por el viento, ocultaba parte de la montaña. Eduardo se quitó los prismáticos y se los pasó a su hija. Mariana observó la cumbre durante unos instantes.

—Qué raro —dijo.

—¿Qué?

—Los volcanes nevados, que no se derrita la nieve con el calor que debe de salir de allí dentro.

Leonora y Gabriel habían ido a enterarse de los horarios de la visita guiada al parque. Se perdieron en el interior del edificio de información.

—¿A qué huele, papá? —preguntó Mariana de pronto.

Aún quedaban en el pueblo restos de la celebración del Corpus Christi que había tenido lugar cuatro días antes.

—A cohetes.

—A *cuetes*.

El aire olía a pólvora y en palabras de Inés, que empezó a gritar y a saltar como si le hubiera picado un alacrán, también «a sacrificios humanos».

—Está como una cabra. —Mariana se echó a reír.

Blanca llegó hasta ellos e hizo señas a sus hijos menores para que se acercaran.

—No empecéis a hacer la guerra por vuestra cuenta. Esperad a los demás. Pues sí que está esto animado...

Grupos reducidos de turistas aguardaban cerca de la entrada al parque, y poco a poco iniciaron la ascensión al volcán acompañados de guías uniformados. Gabriel y Leonora se reunieron con ellos, traían unos folletos del parque y los repartieron. Habían decidido que sería más divertido hacer la excursión por su cuenta y todos estuvieron de acuerdo en prescindir de la visita guiada. Al detenerse a estudiar el recorrido Mariana notó que el suelo temblaba. Había algo sutil parecido a un gemido sostenido en la claridad del aire, era como si la tierra se lamentara.

—No hay de que preocuparse, ha sido un pequeño seísmo —dijo Gabriel con tranquilidad.

—¿Un terremoto? ¡Un terremoto! —explotaron los niños.

—¡Qué poco ha durado! —se lamentó Carlos.

—¡A Dios gracias! —dijo Blanca.

Gabriel puso la mano sobre el pecho de Carlos y explicó que a los mexicanos les ponían al nacer un sismógrafo ahí, en el corazón, para medir terremotos.

—Y por suerte esta vez estamos a salvo, la aguja no se ha alterado ni tanto así.

—Yo hubiera preferido uno de campeonato.

—Este niño es tonto —gruñó Mariana.

Mientras Gabriel y Eduardo estudiaban el terreno y elegían el recorrido, los niños imaginaban qué pasaría en caso de un terremoto de consecuencias devastadoras; Leonora se acercó a los pequeños y rebatió a su marido:

—No le hagáis caso, no es nada de eso. Ese temblor que habéis notado es el aullido de Orizaba, el águila de Nahuani, que sigue llorando su muerte. —Y muy misteriosa se puso a contarles la amistad entre Nahuani la guerrera y el águila que, al saber su muerte, se estrelló contra el suelo y dio origen al volcán.

Inés y Carlos recibieron con entusiasmo la leyenda y ascendieron por los cerros ásperos y secos a las afueras de Tlachichuca escoltando a Leonora y exigiéndole más detalles de la historia. Los tres se detenían a cada rato. Eduardo y Gabriel encabezaban la expedición señalando los puntos de interés con ramas que habían ido recogiendo del suelo y Mariana y Blanca los seguían a buen paso. Los gritos alborozados de Inés y Carlos se oían cada vez más lejanos y Mariana se volvió para buscarles con la vista. A Leonora solo se la veía gesticular mientras señalaba el cielo y a veces abría las manos como si fueran las alas de Orizaba; otras veces hacía un gesto de ataque con una lanza invisible como si fuera la guerrera.

—Qué paciencia tiene la prima Leonora con ellos —reflexionó Blanca, siguiendo la mirada de su hija.

—Espero que no se le acabe —respondió Mariana—. El águila esa pudo haber buscado un lugar menos inhóspito para levantar un volcán.

—¿Por qué dices eso?

—Me da escalofríos este sitio.

—¿Y eso por qué?

—Inés tenía razón en lo que ha dicho: hay algo lúgubre en el ambiente, como si fuera verdad que alguna vez hubiera habido sacrificios humanos.

—Siempre hay historias en torno a los volcanes. Y, por lo general, truculentas.

—¿Por qué no habrán tenido hijos?

—No se te vaya a ocurrir preguntárselo.

—A lo mejor no han podido.

—Por eso es mejor no sacar el tema.

—Hace dos días no nos conocían de nada y ahora es como si formaran parte de nuestra vida desde siempre.

—Hay gente que tiene esa cualidad, la de hacerte sentir en casa enseguida.

—¿Y toda la gente que venía con nosotros? La gente del barco. Familias enteras, como nosotros, pero sin parientes ni nada en México. A su edad, gente tan mayor, empezar de cero...

—No es empezar de cero, al menos no del todo.

—¿A qué te refieres?

—El gobierno ha logrado sacar dinero de España para ayudarnos. Y están los acuerdos con las instituciones mexicanas de las que nos hablaron en el barco. La República no va a dejar desasistida a la gente que luchó por ella.

—¿De dónde sale ese dinero? El viaje, las ayudas...

—De España; al ver que se perdía la guerra, se envió dinero a Francia y a México para mantener los gastos del gobierno y de los refugiados.

—Pero ¿de dónde ha salido, mamá?

—De los bancos, de los fondos de la República, de incautaciones...

—No habrá ayuda para tantos. Somos muchos. Y más que vendrán. Toda esa gente que se quedó en Francia acabará llegando.

—Eso espero. Aunque si estalla la guerra...

—¿Qué?

—Muchos se quedarán atrapados, no sé cómo van a salir de allí. No se va a poder seguir fletando barcos si hay guerra contra Alemania.

—¿Tendrán que volver a España?

—No lo sé.

—Sería terrible.

—Por eso hay que pensar en la suerte que hemos tenido.

—Sí, mucha suerte.

—En unos meses, ya verás, las cosas habrán cambiado mucho para todos nosotros. Y en cuanto se pueda, vosotros a empezar el colegio.

La idea de volver a las clases no volvía loca a Mariana.

—Yo también quiero trabajar.

—¿Qué? —Blanca la había oído perfectamente.

—Que no quiero volver al colegio.

—Eso ya puedes ir quitándotelo de la cabeza.

—Podría dar clases de piano y ayudaros con los gastos y aquí la gente trabaja desde muy joven, ya oíste a los mexicanos en el barco.

—No quieras hacerte mayor antes de tiempo, hija.

—En Inglaterra me decías que tenía que madurar, ahora me dices que no corra...

—Tú misma has dicho antes que no crees que haya trabajo para todos. Y para alguien tan joven como tú, excuso decirte. Ya habrá tiempo de que nos ayudes, pero cuando acabes de estudiar, Mariana. Antes, no.

Blanca se puso una rebeca por encima de los hombros.

—Se nota que vamos ascendiendo, ¿lo notas? ¿No tienes frío? Me he quedado destemplada.

Mariana se enfundó la chaqueta. Parecía haberse apenado de pronto. Blanca notó que esquivaba su mirada.

—Eso que he dicho en el coche...

—¿Qué?

—Lo de antes, lo de tu hermana, eso de que al menos ella está enamorada. No sé por qué lo he dicho. Me ha salido sin pensar lo que decía. Perdóname. Creo que ha sido una de las mayores tonterías que he dicho nunca.

Mariana no dijo nada. Blanca vio a Eduardo mover los brazos a lo lejos.

—Tu padre nos hace señas. —Se volvió ladera abajo—. Y tus hermanos y Leonora, míralos, qué atrás se han quedado.

Blanca les llamó y logró meterles prisa con gestos.

—Por lo menos parece que aligeran.

—¿Lo pensarás al menos?

—Ya hablaremos.

Leonora por fin alcanzó al grupo y se acercaron a beber agua de una fuente, los niños le habían dejado con la boca seca. Gabriel les habló de los animales del parque y de que estuvieran atentos a la aparición de los linces o de las zarigüeyas que allí recibían otro nombre. El paisaje de pronto cambió y a lo lejos apareció el contorno de un bosque. Los adultos se encaminaron hacia él mientras Carlos e Inés quedaban rezagados buscando las huellas de los animales de los que Gabriel les había hablado.

—¿Cuándo crees que volveremos a casa? —preguntó Carlos.

—Chis, los vamos a espantar.

Carlos calló durante unos instantes.

—Pero ¿cuándo? —preguntó de nuevo.

Inés se había agachado a mirar de cerca la tierra. Con los

dedos sucios escarbaba entre las piedras donde le había parecido ver esconderse un lagarto.

—Qué grande era. Parecía un camaleón. ¿Lo has visto? Era una cosa... tremebunda.

Carlos se agachó a su lado.

—Nunca —dijo de pronto Inés. Sonó como si solo quisiera fastidiarlo, tal vez por lo que había pasado en el coche.

—Porque tú lo digas.

—Ahora somos nómadas. Mamá lo admitió durante el viaje —repuso Inés sin dejar de buscar al lagarto—. Bueno, más o menos dijo eso. Cree que no volveremos. Podríamos comprar un carromato y así no estaríamos cambiando de casa todos los años.

—¿Y cómo íbamos a llevarlo de vuelta a España? No nos dejarían meterlo en ningún barco.

—Te he dicho que no vamos a volver. No seas pesado.

Habían emprendido camino pero se habían salido sin querer de la senda de los mayores. Carlos vio la expresión de angustia de Inés.

—Y ahora, ¿por dónde seguimos? —preguntó.

A cierta distancia un grupo de excursionistas seguían a un guía del parque.

—Sigamos a ese grupo, pero date prisa.

—¡Mariana! ¡Mariana! —se puso a gritar Carlos.

—Que te calles. Solo hay que ir en dirección al pico.

—¿Qué pico?

—El del volcán, Carlitos chorlito.

El grupo se les había escapado. Cada vez estaban más desorientados. Se detuvieron al llegar a un montículo con tres cruces, y en el centro de cada una, un corazón atravesado por un puñal. Inés se aproximó a ellas. Qué macabros eran los mexicanos. No pensaban más que en la muerte. Claro que así le perdían el miedo al asunto. En cambio ellos...

—Nos la vamos a cargar por habernos perdido —dijo Carlos.

—Si te dan miedo, no las mires —le provocó Inés.

—No me dan ni pizca.

Para demostrarlo, Carlos clavó la mirada en las cruces. Les tenía miedo pero disimulaba. Inés daba pasos pequeños sobre la sombra que proyectaba la más alta, abría los brazos como si anduviera por un cable de funambulista. Carlos la imitó.

—Yo no pienso quedarme en México para siempre. —El chico ya se veía enterrado junto a aquellas cruces.

—Pues te aguantas. Ahora ya somos mexicanos, que te quede claro.

Junto a las cruces había un pequeño altar y sobre él una estampa de Jesús, otra con un esqueleto vestido de fiesta y un bote vacío de pintura sostenía unas flores secas. Carlos se acercó. Inés se pinchó con las flores que parecían cardos.

—Esta excursión es como visitar un cementerio. Qué cosa más macabra.

—Nos la vamos a cargar.

Doblada junto al florero había una cinta que alguna vez había sido blanca y ahora era amarillenta. Inés la cogió y descubrió que acababa en un trozo cuadrado de tela; era un escapulario con una leyenda: «Detente bala, el corazón de Jesús está conmigo».

—¿De dónde salen? —dijo una voz a sus espaldas.

Carlos e Inés se giraron y vieron a un anciano que sostenía un machete en las manos. Había salido de detrás de los matorrales. Inés agarró la mano de su hermano.

—Ahora sí que nos vamos.

—No se asusten. Son para cortar las flores del cactus. Y también para esto.

El anciano blandió la hoja hasta que el sol incidió de tal modo sobre ella que un resplandor alumbró el rostro del Cristo barbado.

—¿Que no les gusta? El Cristo de la Buena Muerte.

Sonreía como un prestidigitador orgulloso del éxito de un número de magia.

—No hay que tenerle miedo a la pelleja, pero sí a la compañía que traiga.

—Mis padres nos esperan —dijo Inés.

—No tengan prisa. ¿De dónde son ustedes?

—Españoles —respondió Carlos, soltándose de la mano de Inés.

—Ah, españoles.

—Y también ingleses —rectificó Inés.

—Ah, también ingleses.

El hombre repetía todo lo que decían. Se acercó a ellos. El temor que le producía la cercanía del machete era menor que la curiosidad de Inés. Preguntó qué clase de Cristo era ese que había nombrado.

—El que ayuda a bien morir. El que nos acompaña y sostiene la mano en el umbral entre este mundo y el otro. Cuando viene la pelona. Acérquense a verlo mejor.

Inés y Carlos obedecieron. La figura del Cristo les daba repelús, pero más la cercanía del anciano y su respiración hedionda.

—Al diablo se le combate a diario —dijo el hombre—, y también el día último está allí para arrebatarnos el postrer suspiro y llevarnos con él.

—Yo no creo en el diablo —conestó Inés.

—Ni yo —la secundó Carlos.

—Pero el buen Cristo no lo permite si le has entregado antes tu alma —continuó el viejo como si no los hubiera oído—. Morimos solos, pero no es bueno morir solos del todo o el diablo haría de las suyas.

Dicho esto, cerró los ojos y cruzó las manos sobre el pecho a la manera de las momias de las pirámides. Carlos miró a

Inés, que se encogió de hombros. El hombre salió de su postura mortuoria con su sonrisa desdentada. Les preguntó su nombre y por su familia. Le dieron el nombre de todos. Contaron que acababan de llegar en un barco con otros españoles que huían de la guerra, pero no lo hacían por cobardía sino para prepararse a luchar de nuevo. Cuando Mariana vino a buscarles detectó un penetrante olor a descomposición.

—¿Qué andáis haciendo? ¿Estáis tontos o qué?

—No se enoje, *mijita*. Soy yo que les enredé conversando. ¿Esta es Mariana? —preguntó a los niños.

Mariana se revolvió incómoda al oír su nombre y se quedó mirando el machete.

—Es para los cactus —la tranquilizó Carlos.

Inés le mostró el altar.

—Una vez la muerte sorprendió aquí mismo a un hermano —dijo de pronto el anciano—. En ese mismo lugar. Ahora guardo su tumba para que nadie venga a molestarlo.

—Bueno, vámonos de aquí —dijo Mariana.

El anciano la miró durante unos instantes y antes de despedirse aludió al pesar que Mariana llevaba consigo; lo había visto al asomarse a sus ojos, atravesados por una línea de niebla, como la que rodeaba la cumbre de la montaña y ocultaba su fuerza.

—Aún va a durar un tiempo, pero ese pesar pasará —añadió antes de perderse tras los matorrales por donde había salido.

—Que sea la última vez que os separáis del grupo —les advirtió Mariana de mal humor y echó a andar—. Nos estáis dando el día a todos. No hacéis más que enredar y retrasarnos.

Durante la ascensión Inés le dijo que no tenía por qué enfadarse con ellos, no era culpa suya lo que había dicho el anciano sobre el pesar ese. Era un hombre de más de cien años, seguro que se equivocaba, opinó Carlos.

—Yo no creo en esas tonterías —dijo Mariana—, y vamos a cambiar de tema de una vez.

Inés apretaba la mano.

—¿Qué llevas ahí? —preguntó Mariana.

—Nada, que me he pinchado y me aprieto.

—¿Dónde os habíais metido? —preguntó Eduardo cuando los alcanzaron a la entrada del bosque—. No podemos estar esperándoos todo el día.

—Es que esto es tan bonito.... —dijo Inés.

—El viejo de las cruces nos estaba enseñando que... —empezó a decir Carlos. Inés le dio una patada.

—¿Qué cruces?

—¿Qué viejo?

Los tres hermanos se volvieron ladera abajo para buscar las cruces pero no pudieron dar con ellas. Era como si alguien las hubiera borrado del paisaje. O tal vez solo habían perdido el rastro del camino. Cuando a Inés se le agarrotaron los dedos y empezó a dolerle la muñeca de tanto apretar, abrió la mano; allí, arrugado y sucio, estaba el escapulario que se había llevado.

Al salir del bosque, que visitaron detrás de un grupo de turistas norteamericanos, se detuvieron a comer en una pequeña cantina donde se hablaba del accidente de Sarabia, el Lindbergh mexicano, ocurrido unos días antes. Algunas botellas bajo el recorte del periódico con la noticia estaban abrazadas por moñitos negros. Carlos, esta vez, tuvo que admitir que Inés tenía razón con lo de los muertos. Estaban obsesionados.

El héroe de la aviación mexicana que pilotaba *El conquistador del cielo* se había hundido con su avión en las aguas del río Potomac y la tragedia no solo había sumido en el luto al estado de Durango, sino a todo México. Inés y Carlos leían la noticia con morboso interés.

—Él sí que era el auténtico aguilucho. Les dio una lección

a todos esos gringos y los pulverizó en todos sus récords —dijo el cantinero.

—Los héroes se van y *la mugre* viene a quedarse —opinó una voz alejada.

Inés y Carlos apartaron la mirada del periódico y observaron la reacción de sus padres, que fingieron no haberlo oído y se sentaron en una mesa. Gabriel preguntó a sus primos si no preferían buscar otro bar, pero Eduardo no vio razón para ello.

El descenso por la montaña fue silencioso y sombrío. Una congoja extraña había hecho nido en el grupo. De vuelta al coche descubrieron que alguien había robado dos maletas. Leonora, avergonzada por el recibimiento que el país daba ese día a sus primos, sugirió poner una denuncia en la comandancia, pero Gabriel sabía lo que podían esperar de la policía: una mirada acusadora que vendría a decir «haber cuidado mejor sus pertenencias». Inés lamentaba la pérdida de las fotos que había traído escondidas y Blanca sonó creíble al decir que eso no era nada de lo que no pudieran prescindir en el futuro, solo eran recuerdos, y los recuerdos, comida para el tiburón de la pena.

A excepción de Mariana, nadie vio en ese expolio una señal de lo que les esperaba en el futuro, sino un signo de la vida que dejaban atrás; no era una advertencia sobre las dificultades a las que tendrían que enfrentarse, un «ojo, esto es lo que os espera», sino una oportunidad de poner punto y final al pasado. Si había un momento fronterizo entre el «antes» y el «a partir de ahora» era ese protagonizado por siete pares de ojos que se asomaban a un maletero revuelto, violado. Eduardo fingió contagiarse del alivio que Blanca trataba de transmitir a su familia. Se echó a reír.

—Lo bueno es que peor que ahora no vamos a estar, de aquí en adelante las cosas solo pueden mejorar.

A Mariana le molestaban todas las tonterías que decían

para disfrazar la canallada que les habían hecho. No sonrió ni participó de las bromas. Luego, en el coche, se hizo la dormida para que nadie le hablara. Había sido un mal día desde por la mañana. Estalló en lágrimas silenciosas que solo Inés y Carlos presenciaron. Las cartas recibidas durante tres años se habían ido con el ladrón de las maletas. Un botín del que el tipo se desharía sin medir el daño que había causado. Su madre se había equivocado al decir que podrían prescindir de todo lo robado. Ella no podría. Lloró todo el viaje hasta que, agotada, se quedó dormida sobre el hombro de Carlos, que iba sentado en medio de las dos hermanas. Inés se aguantaba las lágrimas y de vez en cuando sorbía los mocos y ahogaba un suspiro. Sabía que el robo de las maletas era por su culpa, por haberse llevado el escapulario del viejo. Dios había castigado a su familia porque ella era una ladrona. Si robas algo te tienen que cortar la mano, lo decía el Código de Hammurabi. O la Biblia, ya no se acordaba bien de dónde lo había leído. Una cosa horrible. Tremebunda. A Inés ya le dolía mucho la mano que iban a cortarle. La derecha con toda seguridad. Nunca más podría tocar el violín. Para ella, la música se había acabado para siempre. Esa noche llegaron por fin al DF.

Dos días después, Leonora y Gabriel llevaron a Eduardo y a Blanca a conocer los principales brazos de estrella del DF, un recorrido rápido por la Alameda Central, el Zócalo, la calle de la Moneda, el paseo de la Reforma, la avenida Juárez y otras vías del centro histórico que les permitiría ubicarse poco a poco en la ciudad. Les hablaron de los cinco lagos sobre los que se levantaba aquel núcleo que había dado origen a la ciudad. Algunas calles todavía seguían siendo arenales por los que transitaban carros y jinetes. Los puestos ambulantes de fruta o tortillas les hicieron pensar en España, pero ninguna figura les resultó más familiar que la del barquillero con su pequeña ruleta de hojalata. Hicieron una parada en La Especial de París, una heladería que había hecho célebre el eslogan «los buenos helados crean amistades largas». La excursión terminó en la Universidad Nacional Autónoma de México, la UNAM donde Gabriel trabajaba.

A media tarde, cuando estaban a punto de acabar la visita a las distintas escuelas, avanzando por el pasillo en dirección a donde ellos se encontraban, Eduardo vio venir a un hombre al que hubiera deseado no encontrarse en México. Gabriel lo señaló alzando el mentón.

—Es Nicolás Falcó. Te lo presento.

—No es necesario. Lo conozco.

Las dos mujeres se volvieron hacia el hombre de unos sesenta años, de aspecto elegante, sienes plateadas y cejas aún oscuras y pobladas, que caminaba en su dirección. Eduardo notó que su ánimo segregaba una sustancia de alerta como la que pone en guardia a los animales frente a sus depredadores.

—¿Quién es? —preguntó Blanca como si hubiera sido capaz de percibir el cambio en el ánimo de su marido.

—Fue profesor mío en la Escuela de Arquitectura —dijo Eduardo con normalidad.

Lo que no dijo es que lo conocía no solo por su actividad docente. Durante meses habían pertenecido al mismo batallón. Cuántos oficiales, pensó Eduardo, como aquel hombre que ahora tenía delante, creían necesario establecer una atmósfera de terror en los soldados para evitar dejar un espacio libre en la cabeza donde pudieran alojarse ideas u opiniones. El hombre que había dicho: «En la guerra no se tienen opiniones. Las ideas en la guerra son más peligrosas que las bombas y hay que erradicarlas», acababa de reparar en él. Eduardo no retrocedió ante su mirada ni ante la secuencia de recuerdos encadenados que estallaron simultáneamente en su cabeza. En un segundo vio pasar una ráfaga de instantáneas bélicas. Era un ingeniero brillante pero un ser humano arrogante, áspero y lleno de zonas oscuras. Un hombre abyecto para la mayoría de los soldados que habían estado bajo su mando. El gigante férreo y arrojado que tan duramente trataba a sus hombres, a los que a menudo insultaba y degradaba por su falta de coraje, valentía y arrestos, había acabado mostrándose como el más cobarde de todos.

Nicolás Falcó había llegado hasta ellos. Su expresión daba a entender que tampoco él encontraba nada placentero en aquel encuentro inesperado. ¿Cómo iba a agradarle estar ante uno de los hombres que conocían sus secretos más inconfesables? Gabriel lo saludó y tras esperar a que estrechara la mano de Leonora, añadió:

—Mis primos de España, Eduardo y Blanca. Creo que ya se conocen. Falcó acaba de ser contratado como profesor de la universidad —les informó.

Los ojos de Falcó y los de Eduardo quedaron pegados, atraídos por una fuerza magnética que creaba a su alrededor un campo de tensión en el que todos quedaron atrapados. Cobardía. La palabra se encendió en la mente de Eduardo como el letrero de un teatro.

—Buenas tardes, Falcó.

Falcó apartó la mirada y sin dirigirle la palabra se excusó ante Gabriel por tener que marcharse, tenía que dar una clase y llegaba tarde.

Lo vieron alejarse por el pasillo.

—Qué encanto de hombre —ironizó Blanca.

Eduardo les explicó que Falcó era un gran ingeniero del batallón de obras y fortificaciones.

—¿Y por qué te odia? —preguntó Blanca.

—No creo que me odie. Aunque tampoco puedo decir que

me aprecie. Tuvimos nuestras diferencias durante la guerra. Estuve bajo sus órdenes.

—¿Fue tu superior? —preguntó Leonora.

—¿Qué diferencias? —quiso saber Blanca.

—Cree que lo traicioné. Cree que el mundo entero lo ha traicionado.

Gabriel lo miró intrigado:

—¿Por qué cree eso?

—En realidad puede decirse que fue todo lo contrario. Pero todo eso pertenece a otra vida. No merece la pena recordarlo.

Y con ello quedó zanjado el asunto.

Leonora y Blanca caminaron detrás de Gabriel y Eduardo hasta la salida.

—Qué hombre tan horrible —comentó Leonora.

—Espero que Eduardo no tenga que encontrarse con él a menudo —añadió Blanca.

Pero un escalofrío premonitorio le advirtió de que no iba a ser así y que Falcó acababa de entrar de nuevo en sus vidas para quedarse.

A pesar de los ruegos de sus primos para que residieran allí indefinidamente, solo aceptaron alojarse unos días en casa de Leonora y Gabriel, no querían abusar de su hospitalidad. Después del desembarco en Veracruz, del viaje por carretera, los días de desahogo, de *adaptación*, llegaba la pregunta crucial: ¿de qué iban a vivir? Mientras buscaban un acomodo definitivo tomaron dos habitaciones comunicadas en el hotel Regis, lugar al que había ido a parar una buena parte de los pasajeros del *Sinaia*. Las primeras horas en el hotel les dieron una idea de cómo sería su estancia allí. Las puertas de las habitaciones nunca se cerraban del todo, los pasillos se convertían a cualquier hora del día en un centro animado de encuentro. Siempre había en ellos algún huésped a medio vestir, o a medio afeitar, enredado en algún debate lo suficientemente estimulante para hacer que abandonara su habitación antes de lo que el decoro aconsejaba. Los niños de todas las familias corrían por las plantas que habían reservado para los exiliados como en el patio de un colegio; a cualquier hora del día había risas, voces y conversaciones en marcha. Se armó un gran alboroto el día que se inauguró en uno de los salones del hotel una muestra de gastronomía mexicana de todos los estados y que incluía platos de gusanos, saltamontes y otros insectos cocinados como si se trataran de un gran manjar. Los comerciales encargados de dar a conocer su consumo y convencer de su excelencia defendían que se podían cocinar de diversas maneras, y que eran más limpios y saludables que los cerdos o las vacas porque solo se movían entre la hierba y los árboles. Hubo algún español que se atrevió a probarlos y a comentar que su sabor se parecía al de las pipas saladas, y su valentía fue animando a otros huéspedes a imitarlo. Los niños sufrieron un ataque de risa al leer en uno de los tarros expuestos que su contenido era culos de hormiga machacados y sazonados, y fueron tantos sus gritos y el guirigay que se formó que uno de los conserjes del hotel, temeroso de que con sus carreras y saltos pudieran tirar los mostradores de comida, amablemente les tuvo que invitar a que abandonaran el salón. Esa noche en el comedor, mientras se aguardaba la cena, aún se hablaba del sabor de los gusanos de maguey, el caviar tan extraño que se hacía con larvas de hormigas o la textura crujiente de los chapulines. Los cocineros del Regis, tal vez para compensar el impacto que la feria había tenido entre los *huéspedes de la madre patria*, habían dejado entrar en la cocina a unas cuantas mujeres en representación de la colonia española y, para alborozo general, se cenó sopa blanca malagueña, soldaditos de Pavía, arroz con leche y sangría.

—Mamá, mamá —susurró Mariana.

Blanca abrió los ojos y en la oscuridad distinguió a Mariana a un lado de su cama.

—¿Qué pasa? —preguntó en voz baja para no despertar a Eduardo.

—Es Inés. Creo que se ha puesto mala. Está..., está muy rara.

Blanca fue a la habitación de sus hijos y encontró a Carlos sentado en la cama junto a Inés acariciándole la mano.

—¿Se va a morir? —preguntó Carlos, asustado.

—No sé qué perra os ha entrado a todos con la muerte —dijo Blanca—. ¡Claro que no se va a morir!

Inés tenía calentura y deliraba en sueños. Blanca temió que fuera culpa de algo extraño que había probado en la feria, pero Inés no se quejaba de la tripa, solo trataba de apartarse las mantas que la cubrían sin llegar a despertarse.

Blanca envió a Carlos a dormir con su padre y ella se quedó en la habitación con sus hijas. Se acostó junto a Inés y estuvo en duermevela pendiente de ella a lo largo de la noche.

Al día siguiente Inés estaba bien y no recordaba nada. Pero dos noches después volvió a tener pesadillas. La puerta del dormitorio se abría. El anciano de Tlachichuca entraba en la habitación a oscuras y se sentaba en la cama. Inés trataba de llamar a Mariana, pero la voz se le quedaba atascada en la garganta y no le salía.

—A la muerte no se le roba —decía el viejo.

Inés fingía no saber de qué le hablaba, ella no había robado nada.

—Dame lo que es mío —insistía el visitante.

Inés metía la mano bajo la almohada y sacaba el escapulario, que de pronto se deshacía como si estuviera hecho de ceniza. Las manos se les quedaban vacías. El viejo, enrabietado por la pérdida de aquel recuerdo de la Revolución, le ordenaba que lo acompañara o él traería a la pelona para que se la llevara. Entonces Inés empezaba a gritar que no era culpa suya que se hubiera roto, y los gritos despertaban a Mariana y a Carlos.

Inés tuvo que contar a sus hermanos que el robo de las maletas fue un escarmiento por lo que había hecho.

—El robo de las maletas no tuvo nada que ver con eso. Quítatelo de la cabeza —repuso con autoridad Mariana.

—¿Crees que no fue por su culpa? —preguntó Carlos.

—Las cosas no ocurren de esa manera. Estabas asustada y lo cogiste —le dijo a Inés—. No tenías intención de hacer ningún daño. ¿Dónde está... *esa cosa* ahora?

—¿Para qué?

—Mientras no te deshagas de él, vas a seguir teniendo pesadillas. Dámelo.

Inés lo sacó de debajo de la almohada. Mariana la regañó por meter en la cama algo tan sucio. Inés pidió a sus hermanos que no dijeran a sus padres lo que había hecho, no quería que supieran lo mala que era. Mariana y Carlos prometieron no decir ni una palabra. Mariana se llevó el escapulario e Inés no volvió a saber más de él. Pero no logró deshacerse de la idea de que tenía que pagar por lo que había hecho y de que tenía una deuda con México que antes o después México se cobraría.

En poco tiempo los Toledo habían creado fuertes lazos con otros huéspedes del hotel entre los que se incluían los Jover, los Estrella y otros españoles que, como ellos, solo estaban por allí de paso. En aquellos días de finales de junio, los españoles recién llegados, y los que llegarían semanas después en el *Ipanema* y el *Mexique*, frecuentaban las oficinas del Comité Técnico de Ayuda a los Republicanos Españoles, el CTARE, buscando oportunidades de trabajo y también regularizar el derecho a los subsidios que el gobierno de la República había previsto. Junto a esta organización que dependía del SERE y de Negrín ya se oía hablar de la creación de la JARE (Junta de Auxilio a los Republicanos Españoles), que dependía de los fondos de la República que habían viajado en el *Vita* y que se abriría bajo el paraguas de la Diputación Permanente de las Cortes. Eran constantes las solicitudes que ambas organizaciones recibían. Instituciones como el Orfeón Catalán o El Centro Vasco llevaban años instalados en la ciudad y sus miembros acogieron con los brazos abiertos a todos cuantos cruzaron sus puertas. Los que traían cartas de recomendación se apresuraron a presentarlas a sus destinatarios: la Universidad Nacional Autónoma de México en el caso de catedráticos y científicos, las multinacionales americanas como la Erickson en el caso de ingenieros y técnicos, la Casa de España en el caso de los intelectuales, escritores, pintores y periodistas, y el Conservatorio Nacional en el caso de los músicos.

Eduardo solicitó ayuda para montar un pequeño estudio. Ya la habían recibido otros arquitectos que habían viajado con él. Uno de los conserjes del Regis le habló de un antiguo almacén de libros que había cerrado y que podía compartimentarse pues tenía entrada a dos calles. Eduardo podría alquilar la mitad del espacio y abaratar la reforma ocupándose de ella personalmente. Eduardo y Blanca rieron, recordaban el comentario que él había hecho en el barco al decir que tal vez su destino en México era levantar paredes con sus manos. Somoza, Marcial y Jover se ofrecieron a ayudarle a reformalo, y Gabriel puso el dinero que faltaba para completar la reparación.

Pepe Somoza traía tres direcciones posibles de David Alfaro Siqueiros: dos fuera del DF y una en la capital, y una mañana de finales de mes, él y Marcial Rubio se presentaron a probar suerte en su estudio capitalino. El pintor les abrió la puerta con los ojos hinchados y el aspecto de no haber dormido en toda la noche. Somoza comprobó enseguida que era cierto lo que decían de sus ojos, que tenían el color de la bandera de México: el blanco, el verde y el rojo. El estudio despedía un calor pegajoso y un penetrante olor a cera. Varias decenas de cirios y velas repartidas por la estancia adensaban hasta hacer casi irrespirable el aire y creaban la ilusión de una pequeña y asfixiante capilla. El muralista les tomó por dos periodistas que venían a preguntarle, dado su pasado militar, por sus impresiones sobre lo que ocurría en Europa, la inminencia del conflicto armado. Somoza le sacó de su error: no eran periodistas sino pintores españoles que acababan de llegar a México, y antes de que el pintor les cerrara la puerta pretextando que no eran horas de visita, Somoza metió el pie por la ranura y blandió a modo de salvoconducto los nombres de dos republicanos que habían combatido bajo sus órdenes en España. Eso bastó para que el muralista los invitara a entrar y les ofreciera compartir con él un desayuno de pulque y tequila. Era de pronto rápido y dos veces estuvo a punto de echarles: cuando al hablar de Stalin olvidaron llamarlo *padrecito* y cuando insinuaron que la pintura de caballete era tan importante como la mural.

—Dejaría de pintar en este instante si supiera que el único fin de mi pintura iba a ser decorar los comedores de los hacendados. El único arte que me interesa a día de hoy es el que se hace subido a un andamio.

Y despotricó contra el arte esnob que venía de Europa y también contra el populismo del arte mexicano que solo tenía como objetivo divertir a los turistas. Seis horas después del encuentro y embriagados no tanto por el denso humo de las velas como por las propiedades de los licores, Siqueiros los llevó a conocer La Hija de los Apaches, pulquería que iba a convertirse en la primera parada de una larga peregrinación que duraría dos días y sus respectivas noches («la alegría del tequila envejece muy rápido, por eso hay que rejuvenecerla con más tequila») y que iba a hacer conocer a los dos españoles lo que el Coronelazo llamaba el «México desvelado». En La Desbandada, local que no cerraba nunca, una larga estantería detrás de la barra contenía lo que los clientes sin dinero habían dejado a cambio de pulque: una maleta, un reloj, camisas y cinturones, una Biblia, una pistola... Siqueiros se interesó por el arma y quiso comprársela al hombre que despachaba, pero este aguardaba a que su dueño viniera a satisfacer la deuda para devolvérsela. Los españoles no supieron nunca quién y cómo inició el tiroteo. Se habían quedado dormidos sobre sus brazos cuando oyeron las balas silbar y se tiraron al suelo. Allí permanecieron mientras duró la refriega. Cuando esta acabó, todos los mexicanos presentes siguieron bebiendo como si nada hubiera ocurrido. Los heridos salieron por su propio pie y una mujer empezó a limpiar la sangre del suelo. Marcial vio que faltaba la pistola de la estantería y al salir del bar la vio colgando del cinturón de Siqueiros.

Caminaron por las calles sucias sin hablar de lo ocurrido mientras Siqueiros, que arrastraba los pies, admitía los primeros signos de cansancio en su cuerpo. En opinión del Coronelazo, él debía ser el primero en hacer algo por los hermanos españoles que tan valientemente habían defendido la libertad y la democracia. Les pidió a los dos hombres que volvieran a visitarle. Tal vez podrían ayudarle a trabajar en un encargo del Sindicato de Electricistas de México que empezaría semanas más tarde. Cuando Somoza y Marcial lo dejaron en su estudio y caminaban de vuelta a casa, desconcertados y agradecidos, este último comentó el extraño suceso de la pistola. Los dos se preguntaron si Siqueiros habría aprovechado el tiroteo para robarla de la consola que había detrás del mostrador.

—O tal vez se hizo con la pistola de algún otro modo.

—Sí, tal vez se la pidió al camarero para verla de cerca.

—La examinó...

—Estaba muy bebido...

—El camarero pidió que se la devolviera...

—Él se molestó...

—Discutieron...

—Y fue a él a quien se le disparó la primera bala...

—Y ahí empezó todo el jaleo.

Después de más de cuarenta y ocho horas con el muralista y de haber sido testigos de su genio vivo, aquello les pareció lo más probable.

6

Gabino Estrella renunció a los seis pesos diarios de subsidio que le hubieran correspondido a él y a Mauricio. No quería añadir una carga más a las ya sobreexplotadas arcas de los organismos de ayuda a los republicanos españoles. Había tenido ocasión de presenciar cómo en las oficinas del CTARE se amontonaban las solicitudes de compatriotas que no tenían para comer ni instalarse, comprar medicinas, validar sus títulos académicos, pagar un pasaje desde Cuba o Estados Unidos a algún exiliado en tránsito o cubrir los gastos de una operación. Le habría parecido indigno hacer uso de ese derecho cuando su situación no era tan mala como la de muchos españoles desplazados. Su capital consistía en dos cámaras fotográficas que llevaba siempre colgadas del cuello, un dossier abultado de negativos y páginas encuadernadas con cientos de fotografías hechas en España y unos cuantos francos que se apresuró a convertir en pesos. Había visto un pequeño piso de dos habitaciones en un edificio modesto de la Colonia Doctores, pero no se atrevió a acordar su alquiler hasta no haber conseguido un medio fijo de ingresos. De momento se quedaron en el Regis. Llevaba tiempo dándole vueltas a la idea de montar una agencia, pero para ello necesitaba una inversión en material y publicidad que estaba lejos de poder hacer a no ser que encontrara un socio dispuesto a arriesgarse en el negocio. Pero antes de eso debía darse a conocer. Dejó muestras de su trabajo en las oficinas del CTARE y en la Casa de España. Confiaba en que su amplia experiencia en la fotografía aérea le sirviera para abrir alguna puerta. Había sido piloto del ejército republicano y ello le había permitido realizar numerosos reportajes desde el aire que había publicado en revistas y libros técnicos. El dinero que habían traído no iba a durar eternamente, pero su decisión de no ser una carga para las instituciones republicanas era firme. De noche, en la cama, cuando no podía dormir, Gabino se había planteado incluso volver a pilotar un avión comercial pues su experiencia antes de la guerra había sido en la aviación civil.

—No creas que no lo pienso a veces —dijo una mañana a Mauricio cuando tomaban un café frente al Centro Republicano de la calle López.

—¿Qué es lo que piensas?

—Volver *allí* arriba.

Gabino se quedó aguardando una reacción de su hermano. Mauricio no dijo nada. Habían recibido esa mañana la primera carta de Daniel, que Mauricio releyó en voz baja:

Queridos hermanos:

Hace veinte días llegamos a Pachuca. No puede decirse que esto sea un paraíso pero es un lugar donde empezar. Nos recibió el gobernador de Hidalgo y nos agasajó con una bienvenida que nada tenía que envidiar a la que nos dieron en Veracruz. Nos instalaron en hoteles de la ciudad los primeros días y luego en dormitorios a las afueras, nos separaron por ocupaciones y a mí me preguntaron si sabía trabajar el campo. Dije que sí, y a los tres días descubrieron que no sabía mucho y me invitaron a colocarme como maestro en la escuela de una de las colonias agrícolas. Dije que sí, y ahora me arrepiento porque cada día tengo que hacer treinta kilómetros en camioneta y eso me mantiene separado de los amigos que hice en el barco, Nuria y su padre.

—Le gusta a rabiar esa chica, Nuria, pero no lo dice —comentó, y siguió con la carta:

Solo puedo verles unas horas los domingos y luego, al comenzar la semana, cada uno se dirige a su ocupación. Espero que vosotros os encontréis bien al recibo de la presente. Muchos refugiados que vinieron conmigo en tren sueñan con irse al DF. Los chinos y judíos que hay por aquí tratan de ayudarnos a establecernos, pero es difícil. Perdonadme la brevedad de la carta pero es tarde y estoy cansado. Prometo escribiros muy pronto y espero noticias vuestras a la mayor brevedad. Os envío un fuerte abrazo.

DANIEL

—¿Qué opinas? —preguntó Gabino al cabo de un rato—. De lo de volar y eso.

—Me parece que a todos los pilotos se os aflojan los tornillos con el aire. Estáis sonados, como los boxeadores. Habrá que responderle, no parece que esté muy animado en Pachuca.

—Entonces te parece mal.

—Si no te lo parece a ti después de lo que te pasó...

—Esas cosas solo pasan una vez en la vida.

—Dos veces en tu caso.

—¿Y crees que me va a volver a ocurrir? Aquí no estamos en guerra. Como no me derribe un águila con la que me cruce volando...

—Yo no lo descartaría, algunas parecen biplanos.

—No hay nada malo en querer saber qué se siente al volar por el cielo de México.

—¿Y qué crees que se siente?

Gabino no necesitaba pensar mucho la respuesta. Desde el momento en que el aeroplano rodaba por la pista de despegue traqueteando sobre las impurezas del suelo hasta que el morro del aparato se elevaba con una pequeña inclinación y las ruedas se despegaban del suelo y uno sentía el abrazo del aire en la cara, la sensación era siempre la misma.

—Libertad.

—Entonces el cielo de México y el de España no creo que se diferencien mucho que digamos.

Mauricio empezó a escribir una carta a Daniel y preguntó a Gabino si le enviaban algo de dinero. Gabino sacó unos pesos de su cartera y los dejó sobre la mesa; no había renunciado, si las cosas le iban mal, a traerlo con ellos. En el fondo deseaba que Daniel no lograra adaptarse a aquello, que no pudiera resistir la separación.

—¿Sabes lo que es hacer huir a una escuadra enemiga en el cielo? ¿Sabes lo que es evitar que suelten sus bombas sobre tus líneas o sobre la población indefensa?

—No, no lo sé —contestó Mauricio levantando la mirada.

—Si alguna vez me olvidara de qué sentido tiene mi vida, bastaría con recordar uno solo de esos momentos para recuperarlo inmediatamente.

—¿Por eso quieres volar? ¿Para darle sentido a tu vida?

—No, no es eso.

Mauricio era consciente de la lucha de Gabino por hallar «ese sentido» que había perdido en un bombardeo, cuando su mujer, el amor de su niñez, su compañera, murió. El vacío que había en su vida no lo podía llenar con mil vuelos que hiciera. Era un vacío del que no hablaba pero siempre estaba allí, presente y palpable.

—Entre los compañeros de la patrulla, cuando lográbamos poner en fuga a los aviones enemigos siempre retransmitía-

mos el mismo saludo por radio: «El aire es nuestro» —dijo
Gabino—. Yo siempre he sentido eso cuando estoy ahí arriba,
que el aire es mío, que el cielo me pertenece. Eso es lo que
trato de explicarte. No hay sensación parecida a la de sentirte
como un pájaro, nada puede describir lo que se siente cuando
no tienes alas pero planeas ingrávido como si las tuvieras; es
una dicha que no se puede explicar. Ahí arriba el horizonte es
infinito, el aire te envuelve y en época de paz es como si unos
brazos invisibles te abrazaran y te sostuvieran. El miedo no
existe, todas las amarguras y esos sentimientos que aquí abajo
nos atormentan allí desaparecen. Sé que suena extraño, pero
muchas veces he pensado que volar es lo más parecido que
hay a volver al seno materno.

Mauricio permaneció callado. Gabino trató de adivinar
qué pensaba.

—Si conseguimos trabajo no tienes que volver a volar si no
quieres —dijo Mauricio al cabo de un instante.

—Esa es la cosa, Mauricio.

—Que sí quieres.

—Sí, no hay nada que desee más en el mundo.

Gabino comprendía lo inútil que era tratar de explicar la
pasión de volar a alguien que nunca la había experimentado.

—Ya te lo he dicho, es una especie de droga. Una vez se te
ha metido en el cuerpo, antes o después necesitas ir a por más.
Y llevo ya mucho tiempo sin ponerme a los mandos de un
avión. Además...

—¿Qué?

—Cuando un caballo te tira al suelo hay que volver a mon-
tarlo. Y cuanto antes, mejor.

—Algo me dice que antes de que haya acabado la semana
habremos conseguido trabajo —dijo, animoso, Mauricio—.
Dejemos esta charla para entonces.

—¿Por qué estás tan seguro?

Gabino se preguntaba a menudo a cuánto de ese optimismo que destilaba Mauricio podía atribuirse que sus esperanzas casi siempre se cumplieran por muy irracionales que fueran. ¿Era su ánimo lo que lo hacía todo más fácil?

—Porque hasta ahora no teníamos urgencia. La urgencia lo cambia todo. Es el motor que hace que las cosas sucedan. Y si fueras tan buen piloto como te crees, deberías saberlo mejor que yo.

Mauricio jugaba con las cintas que salían de la tapicería del asiento. No era la primera vez que se dirigía a las oficinas de *El Nacional* pero sí la primera que se animaba a cruzar la puerta de entrada para hablar con algún responsable de contrataciones del periódico. Varias veces había ido al edificio a preguntar si había carta a nombre de Mauricio Estrella. Había tenido que vérselas con las secretarias que recibían y distribuían el correo. «Esto no es un apartado de correos, aquí no puede recibir correspondencia», lo habían sermoneado en todas las ocasiones; pero por fin uno de los días habían localizado la carta de Daniel y se la habían entregado. Ahora aguardaba distraído a que lo atendiera alguien y seguía con la vista a los empleados, reporteros, periodistas, mozos y secretarias que lo miraban al pasar junto a la puerta abierta de la sala acristalada donde le habían pedido que esperara. El periódico había hecho bandera del lema «cada periódico, un maestro; cada página, una tribuna para el pueblo». Todo en él cumplía el objetivo de ser didáctico y a la vez accesible y de fácil comprensión. Dos o tres veces se levantó a estirar las piernas. Aprovechó para poner el oído en las conversaciones que había a su alrededor. Coleaban los problemas surgidos con la administración norteamericana a raíz de la expropiación del petróleo dispuesta por el presidente Cárdenas un año antes, y dos hombres discutían sobre el enfoque de un artículo acerca del último incidente entre los dos países. Una secretaria vino a ofrecerle algo de beber y Mauricio pidió el periódico del día. Empezaba a leer un artículo en el que se denunciaba un caso de abuso a unos campesinos de Hidalgo cuando escuchó hablar a dos hombres que lo habían estado observando a través de la mampara de cristal que los separaba:

—Esto no va a ser como llegar y besar el santo.

No había acritud en su tono, Mauricio percibió más bien una invitación a compartir con ellos un rato de conversación. De algún modo habían adivinado que su presencia allí era para pedir trabajo. Salió de la sala, se acercó a su mesa y se puso a charlar amigablemente con ellos; no parecían hostiles pero estaban en contra de la política de admisión de españoles republicanos del gobierno de Cárdenas.

—¿Sabe qué dicen los mexicanos del presidente?

—Supongo que no todos aprueban que nos haya traído —respondió Mauricio.

—Dicen de él que es *candil en la calle y oscuridad en la casa* —dijo uno de ellos.

—A unos les tiende la mano y a otros les niega la ayuda —añadió su compañero.

—Habrá visto esas cartas que le han dejado en los muros de la calle, ¿verdad? —añadió el primero.

Mauricio sabía que se referían a unas pintadas que decían: YO TAMBIÉN SOY MEXICANO, AYÚDEME. A Cárdenas se le reprochaba haber dado a los refugiados españoles un trato que no había sido capaz de dar a sus propios conciudadanos emigrados a Estados Unidos. Parecía que los mexicanos que trabajaban en Texas y querían regresar a su país no lo conseguían por culpa de los rojos republicanos.

—Si el que quiere volver a su país no puede porque no le facilitan las cosas, ¿qué van a pensar de los que vienen invitados y van a quitarles el trabajo y las ayudas? Esos compatriotas sienten que se les pide un sacrificio para que otros puedan gozar de los derechos que se les niegan.

—Y los españoles somos esos «otros».

—Aquí hay muchos mexicanos que también quieren trabajar y no lo pueden hacer en las condiciones que se les ofrecen a ustedes.

—No sé qué condiciones son esas.

Se empezaba a extender el rumor de que a los españoles se les ofrecían salarios que doblaban e incluso multiplicaban por diez el sueldo de los trabajadores mexicanos. Mauricio no negó que les habían dispensado muchas facilidades para radicarse en México y admitió que el país les había abierto los brazos y los había hecho sentir como a su propia gente, pero de ahí a decir que sus sueldos eran tan elevados o que a todos los recién llegados los iban a colocar en puestos de trabajo que les iban a arrebatar a los nacionales, eso era otra cosa. Finalmente vinieron a buscar a Mauricio y lo condujeron hasta la oficina donde se atendían las peticiones de trabajo. Acreditó su experiencia como fotoperiodista con unos cuantos reportajes que había logrado sacar de España en su equipaje, anotaron su nombre y se fue de allí con una vaga promesa de que estudiarían su solicitud.

Tres días más tarde volvió, esta vez traía algunas de las fotografías que había realizado en el barco, durante el viaje. Después de mucho insistir, uno de los responsables gráficos del periódico, Modesto Arroyo, lo recibió en su despacho. Lo hizo sentar y abrió con lentitud el porfolio con el reportaje sobre el *Sinaia*. En silencio dedicó unos minutos al examen de las fotografías. Mauricio quería hablar, explicar el cómo, el porqué y el cuándo de cada fotografía, pero no se atrevía a romper aquel silencio respetuoso. Contemplaba al hombre que a su vez contemplaba sus fotos, consciente de que por su puesto en *El Nacional* era capaz de valorar justamente la calidad del trabajo que tenía delante, y se preguntaba en qué pensaría. Si había un relato fehaciente de la vida en el barco durante la travesía era aquel conjunto de instantáneas que había ido tomando desde el día que salieron de Sète. Mauricio merecía el trabajo, o al menos una oportunidad de mostrar su valía, pero merecerlo no era suficiente. Sabía que conseguirlo dependía en buena parte del azar, un azar tocado por el estado de ánimo del hombre que tenía enfrente. Si ese día se sentía inclinado a ayudarle, Mauricio habría logrado meter el pie por la rendija de la puerta; si por el contrario había discutido con su mujer o sus hijos o tenía problemas económicos o un jefe que lo había humillado recientemente, pagaría con él su amargura. Arroyo le preguntó por la salida de España y la huida a través de los Pirineos, se oían cosas terribles sobre el paso de las columnas de refugiados, quería saber si todo lo que se decía era cierto. Mauricio le aseguró que podía creer todo lo que había oído, muchas cosas terribles aún no habían salido a la luz y otras cosas terribles aún no habían pasado pero pasarían. Le preguntó por los campos de concentración del sur de Francia y quiso saber si también tenía material gráfico de su paso por Saint Cyprien. Mauricio asintió.

—Si no hubiera tomado fotografías de aquel lugar, algunas cosas de las que ocurrieron allí no se creerían —dijo.

Arroyo le preguntó si sería capaz de acompañar las fotografías con un relato de lo ocurrido, algo directo y veraz sobre los días en Francia. Mauricio se había prometido al llegar a México no pensar más en aquellos días, pero no quería que Gabino se viera obligado a pilotar de nuevo un avión y aceptó el encargo.

Además de Mauricio, no debía de haber en toda la ciudad una familia más dispuesta a no volver a estar triste ni un solo día de su vida que la de los Toledo. No se trataba de dar la espalda al pasado, ni de olvidar las razones por las que habían tenido que abandonar España, ni renunciar a la idea de, tal vez, volver a casa en un corto espacio de tiempo; se trataba de desprenderse lo antes posible de la sensación de estar viviendo un *impasse* que en cualquier momento podría romperse, una tregua circunstancial y precaria que de un día para otro podía dar paso a una situación de horror que ya no sería la guerra sino la resaca que esta había dejado: la sensación de provisionalidad con la que ahora veían la vida; se trataba de aparcar temporalmente todo lo que pareciera *transitorio* para convencerse de que esa era su nueva vida y para ayudar a todos a hacer más *estable* su estancia en México, durara lo que durase.

Eduardo iba cada mañana al estudio al que él seguía llamando «El Almacén» y se sentaba frente al tablero, miraba la calle, dibujaba. Trataba de crearse una rutina higiénica, un simulacro de actividad. Pero muchos eran días «hoy-no-tengo-dedos» o días «hoy los cerdos no encontrarán las trufas», como decía un profesor suyo de esas jornadas desesperantes para los creadores en las que uno cree que ha perdido su talento para siempre, y esos días una sensación de desconfianza lo asaltaba y entristecía cada vez que el lápiz huía de sus manos como si se hubiera prendido un fuego en ellas, o una línea se resistía a caminar derecha por el papel, o no lograba dibujar detalles de los proyectos en los que había trabajado en España y tanto se esforzaba en recordar. En realidad buscaba algo en aquella superficie en blanco y pensaba que resbalando el lápiz por ella iba a descubrir de qué se trataba. Pero no era así. Día tras día, cuando volvía al Regis, confesaba a Blanca que no sabía qué buscada. Se sentaba frente al tablero y se sentía perdido, desorientado. Aceptó una oferta para trabajar como profesor de dibujo, pero arraigarse en México pasaba por apoderarse del espacio no como un ciudadano más, sino como actor capaz de descubrir el ritmo secreto que latía bajo la apariencia superficial de la ciudad con el fin de alterarlo o unirse a él algún día; pasaba por oír ese latido que uno solo advierte cuando está atento a captarlo para hacerlo suyo o modificarlo. Cuando caminaba por las calles no se limitaba a contemplar la ciudad, la deletreaba, leía su presente y su pasado en la fisonomía de los edificios, en el trazado de las calles, en el bullir de los puestos callejeros o en el diseño de una papelera, un banco urbano, una farola. No le sorprendió descubrir la fiebre constructora del país, la creación de nuevos barrios y colonias que se iban incorporando al mapa de la ciudad. Había una ciudad antigua y una ciudad moderna, dos corazones que latían desacompasados. Su desarmonía libre le era familiar, la autoridad de lo antiguo frente a la desvergüenza pujante de lo nuevo. ¿No era lo mismo que había dejado en Madrid? Cuando aún era estudiante, había participado como parte de sus prácticas en la Escuela de Arquitectura, en los proyectos de barrios nuevos como el de la Ciudad Jardín de la Prensa y las Bellas Artes y había tenido ocasión de estudiar lo que años antes se había construido en la periferia de Madrid, en la Colonia San Fermín, en la Cooperativa Obrera Casa del Pueblo y otras que surgían apartadas del centro neurálgico, de la Gran Vía, Sol, paseo del Prado. Sin embargo, sus ideas constructivas estaban más cerca de las ideas que había detrás de las casas que empezaban a trazarse en la zona alta de la ciudad, no muy lejos de la Castellana, La Colonia de El Viso. Rafael Bergamín había hecho un ensayo previo en la Colonia Residencia, donde había construido la residencia del marqués de Villora, una casa que formalmente se apartaba de todas aquellas que hasta entonces habían conformado el diseño de las colonias de casas baratas, que escapaba a la dictadura de la arquitectura tradicionalista. En la nueva colonia se había optado por bloques netos y rectangulares, prismas o cilindros que hacían pensar en cajas de zapatos y sombreros ordenadas dentro de un armario. De Europa venían las ideas de las casas como *máquinas de habitar* a las que se había referido Le Corbusier, casas sin adornos «ni garambainas» cuyo modelo ideal, según las teorías que se abrían paso desplazando al tradicionalismo, sería el que por su pureza se acercara más *al volumen limpio y racional de un mechero Dunhill.* Toledo se preguntó en qué sector de la ciudad podría encontrar alguna casa capaz de acercarse al ideal racionalista. Pese a aquella torpeza de sus manos y el embotamiento mental que le impedía trascender el papel en blanco, algo vibraba en él al pensar que en adelante el bienestar de su familia dependería solo de su trabajo. Y así quería que fuera. No porque Blanca no fuera capaz de proporcionárselo, de ello había dado constantes muestras durante la guerra, sino porque aquello le daba un propósito. Y un propósito, más que ninguna otra cosa, era un asidero para engancharse a la vida. Eso era lo que había perdido durante los treinta y dos meses de guerra, cualquier propósito que fuera más allá de sobrevivir. A eso se reducía el día a día del combatiente, a ganarle minutos a la muerte. Era consciente del sacrificio que Blanca había hecho al no reprocharle que los dejara en Londres para volver solo a España. Nunca le había dado explicaciones de por qué lo había hecho. Y Blanca no se las había pedido. El desembarco en México había sido mucho más fácil de lo que había imaginado y en ello había tenido mucho que ver el encuentro con Leonora. Conocer a su prima les había producido el efecto de llegar a un lugar cálido y acogedor que ya conocieran de antes, su generosidad había suavizado el sabor agrio de la pérdida y de saberse desposeídos de todo aquello que les había dado seguridad. México se había convertido, por obra de Leonora, en un lugar familiar. A menudo se acordaba de los tipos del barco, los anarquistas. En el *Sinaia* se había dejado llevar de una rabia que no siempre era capaz de dominar. Se había separado unos instantes de Mariana cuando esta se quedó contemplando los peces voladores que saltaban del agua y se había acercado a las escaleras donde los cenetistas vomitaban su odio hacia Negrín y sus seguidores.

—Tienen todo el derecho del mundo a pensar como piensan —dijo a modo de saludo.

—Gracias, amigo. Eche un cigarrillo con nosotros.

El que había hablado vestía camisa blanca y llevaba las mangas recogidas hasta la mitad del antebrazo. Había perdido el brazo izquierdo por debajo del codo y le tendió un cigarrillo liado que sacó de los dobleces de la tela.

—Y tienen todo el derecho del mundo a guardar todo el resentimiento del que sean capaces —continuó sin aceptar el cigarrillo.

Los dos hombres lo miraron con perplejidad.

—Pero no creo —continuó Eduardo— que tengan derecho a envenenarnos con su odio ni a provocar altercados con otros pasajeros.

—Qué cojones está diciendo.

—Lo que digo es que Negrín no es el responsable de la derrota. Ningún hombre solo lo es. Tenemos la oportunidad de empezar de cero. No la malgastemos. Aunque solo sea por honrar a los que no han podido salir de Francia.

—¿De dónde has salido, fascista? La gente como tú es la que nos hizo perder la guerra.

—Si no la quieren aprovechar, no lo hagan —prosiguió Eduardo sin inmutarse—. También están en su derecho. Pueden fermentar en su odio si quieren, pero a los demás déjennos vivir en paz. Eso era todo lo que quería decirles.

—¡Hijo de puta! ¡La puta que te parió, fascista! ¡Sois todos unos fascistas!

Mariana había venido a buscarlo antes de que el enfrentamiento pasara de los insultos a las manos. Cuando se acordaba del incidente sentía una oleada caliente de vergüenza invadiéndole por dentro. Sabía que tratar de aplacar el odio de aquellos hombres con palabras había sido un gesto inútil, como tratar de contener el avance de un tanque con una hilera de sacos terreros. Ni siquiera se había desahogado. Al contrario, había alimentado sin quererlo el desprecio que sentía hacia todos los que culpaban a un solo hombre del desastre de la guerra. El bando republicano había descarrilado pero no por culpa de Negrín; el desastre se había ido gestando mucho antes de que llegara a la presidencia del Consejo de Ministros, y veía injusta esa acusación que se iba extendiendo como ponzoña también entre los hombres que alguna vez lo habían defendido. Tal vez comenzara el día en que el gobierno decidió armar a la población de Madrid y aprovisionó de un arma a todo aquel dispuesto a defender la ciudad; eso había ocurrido en julio de 1936. Tal vez fuera esa la primera «mala decisión» que se tomó en el bando que defendía la legalidad de la República; luego le siguieron otras muchas igualmente nefastas. El pueblo armado se vio legitimado a cometer desmanes, durante semanas no hubo control alguno sobre grupos que quemaban iglesias y asesinaban a ciudadanos sospechosos de estar a favor de los sublevados. El horror había comenzado al escuchar de noche cómo grupos de tres o cuatro individuos subían ruidosamente por las escaleras de las casas y a golpes o culatazos despertaban a los vecinos y sacaban de su casa a un desgraciado al que habían señalado como fascista y del que nunca más se volvería a saber. Fueron meses de sobresaltos continuos, no solo por estas visitas siniestras que rompían la escasa paz que se respiraba en las casas, sino porque Madrid estaba sometida a constantes bombardeos por parte de la artillería rebelde que había llegado a las mismas puertas de la capital, y desde allí disparaban sus obuses o armaban a los aviones con bombas que caían sobre la ciudad como el reverso sangriento del maná bíblico.

En todo eso pensaba durante sus paseos por las calles, en lo difícil que sería la convivencia con muchos de aquellos hombres que habían luchado en su propio bando, a los que se le suponía unido por lazos fraternales. Solo el azar podía hacer que se cruzara con ellos, pese a lo cual no renunciaba a la idea de encontrarlos. Necesitaba disculparse por haberlos juzgado, por haberse dejado llevar por aquella rabia, por aquel impulso, por haber perdido algo que era innato en él, la amabilidad. Esa inquietud que lo acompañaba no le impedía estudiar el terreno como un explorador en misión de reconocimiento; nada escapaba a su mirada de recaudador de detalles; dibujaba, modificado a su antojo y al de su lápiz, cuanto veía: fachadas y planos, arcos, dinteles, vigas, artesonados, líneas rectas, esferas, muros de mármol y ladrillo, bloques de hormigón, cristal y hierro. No había elegido buscar el eco de España en todo lo que veía. Era algo que sucedía independientemente de su voluntad. No trataba de verlo en los interiores de las basílicas o en las sedes de los bancos o las compañías telefónicas que abrían negocios nuevos en la ciudad, ni en las fábricas o las estaciones de tranvías, ni en los conjuntos habitacionales o las mansiones de los barrios más ricos, pero se sorprendía trazando paralelismos entre lo que descubría y lo que había dejado a nueve mil kilómetros de distancia, y esa relación que se establecía entre los dos mundos era como una conversación silenciosa que nadie más oía y que tenía lugar solo ante sus ojos. Lo único que hay en la vida más importante que la paz es la libertad, esta libertad se respira, empapa, se decía, y también se daba cuenta de que una sin la otra no eran nada, que ambas debían darse juntas y que él, por fin, después de mucho tiempo tenía al alcance de su mano el poder disfrutarlas.

El descubrimiento una tarde de una pieza insólita y única lo convenció de que tenía ideas preconcebidas y falsas sobre México de las que debía desprenderse cuanto antes. Salió del centro de la ciudad en uno de los tranvías amarillos que la atravesaban y descendió al llegar a la última parada, en la Colonia San Ángel. Caminó sin rumbo. Había perdido la noción del tiempo y de las cuadras que había caminado cuando se detuvo ante algo que llamó su atención; frente a él se levantaba una extraña construcción roja a la que apenas protegía una barrera de cactus. Era una casa de dos plantas, pequeña, ligera, aérea. Una galería acristalada en el piso superior volaba sobre tres pilares sencillos desprovistos de ornamentación y convertía la mitad de la planta inferior en un pórtico. Tampoco tenía remates en la azotea. A su lado, en la parcela contigua, otros dos edificios parecían hablar con la casa roja, como si mantuvieran un diálogo de colores y formas. Contempló el edificio rojo y al cabo de un rato traspasó la línea de cactus para examinarlo mejor. Lo rodeó observando todos los detalles de sus cuatro fachadas. La casa jugaba con lo cerrado y lo abierto, con lo lleno y lo vacío. Sintió la tentación de subir por la escalera lateral que parecía un fleco ligeramente retorcido en su base, pero en vez de eso sacó lápiz y papel. No llevaba mucho tiempo dibujando cuando escuchó una voz juvenil. Una muchacha había aparecido silenciosamente a su espalda.

—¿Le gusta la casa?

No tendría más de veinte o veintiún años.

—Lo siento, no quería molestarla. Vi que la entrada estaba abierta y...

—No me ha molestado. Ah, no, no... ¿Ha creído que...? No, no. La casa no es mía. Vengo a veces a contemplarla. ¿Qué hacía?

—La estaba dibujando. Una manía. Sería más fácil tomar una fotografía.

La muchacha pensó en lo que decía Le Corbusier, que cada dibujo es una sonda que lanzamos al subconsciente, pero no lo dijo. Se calló un instante para que pudiera concentrarse en el dibujo. Eduardo notaba su respiración sobre su hombro. Le agradaba la sensación de sentirse observado por ella, de su cercanía. Le recordaba a Mariana. La joven se asomó para ver cómo había quedado el dibujo.

—¿Qué le parece la casa? —preguntó.

—«Cuanto más menos, mejor» —dijo Eduardo.

—¿Qué?

—Uno de mis maestros decía que en arquitectura, cuanto menos arquitectura, mejor arquitectura. Esta casa es un buen modelo de ese principio.

—Cuanto más menos, mejor —repitió ella.

—Me recuerda un mecano que tenía de niño. ¿Sabe cómo se abren esas ventanas?

—Se pliegan y dejan abierta la galería. Son como biombos japoneses. Así.

Pasó el dedo por el papel trazando un zigzag donde estaban las ventanas. Eduardo dibujó unos dientes de sierra donde ella había pasado su dedo.

—Claro. Debería haberme dado cuenta.

La muchacha contempló el edificio y luego volvió la vista al dibujo indicando algunas cosas que le faltaban. Eduardo dio la vuelta para verlo de nuevo desde atrás. Cuanto más miraba la casa, más le parecía estar hecha con piezas desmontables y ligeras, como los puentes que tendían sobre los ríos durante la guerra, hechos de muchas partes que se ensamblaban y formaban estructuras sólidas pero a la vez manejables, fáciles de transportar.

—¿Quién la ha diseñado? —preguntó.

—Juan O'Gorman.

Eduardo escribió el nombre al lado del alzado del edificio.

—¿Se escribe así? —preguntó.

—Con una sola ene. La gente que pasa por la banqueta voltea su cara para no verla.

—No la entienden. Y no se les puede culpar.

—Una casa no se termina de entender...

—... hasta que no vives en ella.

Rieron.

—Creen que es una monstruosidad. Y él, ¡un monstruo!

El juego era un elemento constructivo más de la casa, por eso se había acordado de su mecano. No había curvas a excepción de la escalera que parecía un tobogán, de nuevo una referencia a la infancia, al placer de la diversión.

—Ha habido una campaña en los periódicos. Mucha gente cree que deberían quitarle el título para que deje de hacer cosas horrorosas como esta.

Por primera vez en mucho tiempo Eduardo se sentía permeable a la caricia de una voz que no perteneciera a alguien de su familia. Y eso le agradaba.

—Esas dos casas de ahí también las ha diseñado él. Son los estudios de Diego Rivera y Frida Kahlo.

Eduardo observó de nuevo los dos edificios pintados en vivos colores que se levantaban en la parcela contigua. Se aproximaron para verlos de cerca. Parecía que no había nadie en su interior. La joven le contó que los dos pintores eran muy amigos del arquitecto y que Diego Rivera le había encumbrado al encargarle su estudio cuando tanta gente lo criticaba.

—Rivera dijo que un edificio como este era capaz de transformar la sociedad, que no había en él mentiras arquitectónicas. Dijo que lo que México necesita son más ciudadanos como O'Gorman.

—Me gustaría conocer al monstruo. Tal vez le visite en su estudio.

—Hace tiempo que no construye. Ahora solo pinta cuadros. Es una pena. O'Gorman es el mayor arquitecto de la historia de México.

—¿Eres su hija? Hablas con mucho entusiasmo de él.

La muchacha rió. A Eduardo le agradaba mirarla cuando lo hacía.

—Algo suyo debes de ser.

—No, no —dijo entre risas, turbada—, no soy nada suyo. Bueno, admiro su trabajo. ¿Conoce las escuelas que ha diseñado?

La joven fue en busca de su bolso que había dejado apoyado en la barrera de cactus y volvió con la dirección de las escuelas anotada en una hoja. Antes de irse quería enseñarle una cosa más, algo que le gustaba. Subieron al primer piso. En una de las paredes O'Gorman había escrito su nombre. Eduardo pasó la mano por encima de la firma.

—Has sido muy amable al dedicarme tanto tiempo y recomendarme esta visita. ¿Cómo te llamas? —preguntó Eduardo, guardándose la nota.

—María Duque.

—He sido un tonto, no había comprendido por qué sabes tanto de O'Gorman. Eres arquitecto, ¿verdad?

—Lo seré en un año. Fue maestro mío.

—Eso lo explica todo.

—¿Y usted? Dibuja como si lo fuera.

—Sí, soy arquitecto.

Tal vez había respondido demasiado deprisa.

—O al menos en mi país, antes de la guerra, todavía lo era. ¿Por dónde quedan estas escuelas?

En la calle Arquímedes un grupo de maestros españoles, a instancias del doctor Puche y con dinero del SERE, alquiló una casa para abrir un colegio de espíritu republicano, el Instituto Luis Vives. A la misma hora en que su padre conocía a la joven arquitecto, Mariana e Inés se acercaron para ver mejor la casona y se encontraron con el trajín de la mudanza. Varios hombres entraban y salían del edificio cargando muebles y cajas.

Llevaban unos minutos cuchicheando frente a la puerta cuando uno de los peones les preguntó si habían ido a supervisar la operación.

—¿Eh? —Mariana se volvió, asustada.

—¿Que si vais a estar toda la mañana de miranda?

Junto a otros operarios, estaba bajando de las camionetas pupitres y sillas. Se trataba de un hombre joven de gafas redondas de poco más de veinte años que a Mariana le recordó a un revolucionario bolchevique «de los intelectuales», puntualizaría más tarde cuando le contaran la visita a su madre. Les preguntó su nombre, si eran futuras alumnas y en tono ligero se burló de las ganas que tenían de empezar las clases; el colegio no estaba en marcha todavía.

—Si vais a estar ahí paradas podríais echar una mano y llevar esas cajas al interior del colegio.

Para no conocerlas de nada les pareció que les hablaba con descaro y demasiada familiaridad, pero no se atrevieron a negarse y ayudaron a meter cajas con útiles escolares y pizarras pequeñas. Cada vez que salían a la calle el hombre de las gafas les daba más cajas para que las llevaran adentro donde algunos empleados del colegio las distribuían por aulas y oficinas. Recorrieron aquel edificio que aún estaba casi vacío y en el que resonaban los pasos y las voces como en una cueva. Grupos de mujeres hacían limpieza y colgaban acuarelas de las paredes, otros entraban violines y demás instrumentos y los almacenaban en una clase a la que también iban a parar imágenes de compositores románticos húngaros y españoles. Mariana e Inés entraron cuando el aula quedó vacía. Inés cogió uno de los violines, estaba desafinado y Mariana le ayudó a afinarlo dándole el tono al piano. Casi sin querer se encontraron tocando canciones que llevaban meses sin oír ni cantar. El vals de «La Viuda Alegre»...

Calle el labio que los ojos dicen más,
porque en ellos asomada el alma está,
cual destellos de oro de un naciente sol
se refleja en tu mirada inmenso amor.

... atrajo a unos cuantos curiosos, algunos se unieron con sus voces al dúo de las hermanas. Fueron encadenando canciones, canciones y nanas de cuando aquellos adultos eran niños, y de pronto fue como si todo el mundo recordara a sus madres y todos volvieran a la infancia y, mientras, unas mujeres sacaron tizas de colores de las cajas y dibujaron en la pizarra el perfil de España. También había manos que dibujaban banderas de muchos colores, la de Cataluña, la de Euskadi, también la tricolor de la República y la de México. La música iba caldeando la habitación e invitaba a compartir recuerdos de España. El recuerdo de las madres que habían quedado tan lejos los embargaba, era como una comunión de huérfanos. Parecían haber vuelto a las aulas de cuando eran niños y si había habido alguna inhibición al principio ya se había olvidado y algunos incluso se abrazaban. Alguien les preguntó si sabían *Els Segadors*. Mariana miró a su hermana Inés, que se encogió de hombros. Entonces alguien tarareó la melodía y ellas trataron de seguirla hasta que la aprendieron. Las notas del bello himno catalán sonaron tímidas al principio pero luego se fueron haciendo más intensas y salieron de aquella aula y se extendieron por todo el colegio atrayendo cada vez a más gente. No escapaban a la emoción que se contagiaba entre los presentes, pero seguían tocando y se dejaban llevar por la música y la música les traía a ellas también recuerdos de España. Al terminar descubrieron que muchos de los presentes lloraban. Un silencio cayó a plomo sobre las lágrimas y la alegría inicial y el aire se espesó con nostalgia y poco a poco el aula se fue quedando vacía. Inés dejó el violín sobre el piano y fue a mirar por la ventana. Mariana vio que sus hombros se movían y supo que lloraba.

—¿Por qué no me has dicho que te habían entrado ganas de llorar?

—No quería que pensaras que soy una blandengue.

—¿Es por la música? ¿Te acuerdas de España?

Inés movió la cabeza.

¿Qué le pasaba entonces? ¿Por qué se había puesto así? Me da mucha pena, decía Inés. Me da mucha pena ver llorar a la gente mayor.

Mariana fue a su lado y también ella se puso a mirar por la ventana. Estuvieron calladas un rato.

—Pues ya deberías estar acostumbrada —dijo Mariana.

Cuando salían del colegio volvieron a ver al descargador bolchevique. Hablaba en grupo con algunos profesores que acababan de llegar. A Inés ya se le había pasado la pena. Mariana sugirió apretar el paso ahora que estaba distraído, no fuera a cargarlas con más cajas. Se alejaban por la acera cuando oyeron su voz:

—¡Eh, eh! ¡Vosotras!

Se volvieron. El hombre les hacía señas con las manos.

—No está bien marcharse sin despedirse.

—Es un pesado —murmuró Inés.

—Adiós —dijeron las dos de mala gana y siguieron caminando.

—¡Y tampoco está bien hacer llorar a la mitad de los profesores del colegio! —gritó—. ¿Qué queréis, que os suspendan antes de empezar?

—No haber tenido un piano —murmuró Inés y Mariana le dio un codazo para que no empezara una discusión.

—Mariana, ¿verdad? —preguntó el joven con una sonrisa que brillaba más que el sol en el cristal de sus gafas.

Mariana le dio la espalda sin contestar. A gritos dijo que se llamaba Miguel y que esperaba volver a verlas muy pronto. Mariana dudó mucho de que así fuera, cuando la mudanza acabara aquel hombre ya no tendría nada que hacer allí. Agarró a Inés del brazo y se alejaron del Luis Vives.

—¿Qué cantas? —preguntó Inés.

Mariana iba tarareando la música de *Els Segadors* que se le había quedado pegada. A Inés le molestó que de su nombre el tipo aquel tan rudo ni se acordara.

7

Hasta el hospital de Santa Lucía llegaban los sonidos de la guerra envueltos en los de la naturaleza que rodeaba la cueva, el del viento en los barrancos, el de la corriente del Montsant. La gran operación sobre el Ebro había comenzado y tras el éxito inicial la suerte estaba siendo desigual para las fuerzas republicanas. La batalla más dura se libraba en Gandesa. Líster había prometido acabar con todos los oficiales y soldados que retrocedieran o cedieran al enemigo un solo palmo de terreno. Cada día amanecía con el estruendo de los bombardeos y el de los vuelos de la aviación de reconocimiento, el del ajetreo en los campamentos militares y el del avance de la artillería, el de los generadores electrógenos y el de los silbidos de las ambulancias. Estas traían heridos comatosos, semicomatosos y moribundos, con miembros amputados salvajemente por la metralla, con colgajos de piel en vez de piernas, brazos o manos, que dejaban en camillas a la entrada de la cueva. Llegaban heridos sin ojos o sin nariz o sin barbilla, llegaban hombres sin fuerzas para rezar, llorar, gemir o pedir ayuda; algunos dedicaban sus últimos suspiros a nombrar a la madre o a la amada, la tensión en sus mandíbulas petrificaba su expresión y dibujaba en sus rostros la mueca de la muerte. La cueva se colapsó y se levantaron nuevas tiendas en los alrededores como si fueran anexos del hospital. Un pequeño cementerio situado a pocos metros del pueblo de La Bisbal acogía a aquellos que ya nunca regresarían a casa. Para las enfermeras de Santa Lucía no había dos heridos iguales, por mucho que se parecieran sus expresiones agotadas, el hedor de sus heridas, la facilidad con la que se rompían al pensar en sus familias. No solo cuidaban de sus heridas, escribían para ellos, los aseaban y alimentaban, los abrazaban y proporcionaban consuelo veinticuatro horas al día. A veces los turnos de trabajo duraban varias jornadas seguidas y alguna enfermera cerraba los ojos unos segundos y caía en un sueño profundo del que emergía inmediatamente al oír una campanilla de llamada o el llanto cercano de uno de los heridos. Las horas se sucedían sin apenas cambios en la oscuridad de la cueva y el cansancio abotargaba tanto los sentidos que a muchas les costaba saber si era de noche o de día.

En el drama de la guerra, capítulo aparte lo escribían los ausentes. No figuraban en ningún registro, no pertenecían al mundo de las bajas oficiales, de los muertos o prisioneros. Era una categoría cercana a las almas que van a parar al purgatorio, solo se sabe de ellos que su rastro se ha perdido y nadie es capaz de encontrarlo. Un buen día dejaron de escribir a casa, sus papeles se perdieron en un traslado o no llegaron a sumarse a sus compañeros en un cambio de destino, salieron de la trinchera para recoger naranjas o aliviar sus cuerpos y no volvieron a ellas, fueron enviados a una misión que nunca cumplieron o, simplemente, se los tragó la tierra. Se desconocía su paradero o su estado y la razón por la que habían cortado la comunicación con sus unidades o sus familias. De algunos se sospechaba que podían haber muerto sin que se tuviera noticia de ello, de otros se decía que lo más seguro era que hubieran desertado para ponerse a salvo y que no escribían para no poner en peligro a sus familias. Otra categoría la formaban aquellos que se habían ausentado de sí mismos al haber perdido la conciencia de quienes eran. Se hallaban extraviados en un mundo de silencio al que nadie tenía acceso. Su expresión perdida, su mirada lejana, se conocería con el tiempo como «la mirada de las mil yardas». Pero por entonces solo se les conocía como «los sonámbulos». Algunos iban a parar a los hospitales de campaña. Otros eran evacuados a los hospitales de base donde se les intentaba recuperar antes de ser desahuciados o enviados a los hospitales psiquiátricos o a casa.

Aquel día de finales de julio el teniente Bravo asía la mano de un hombre que no llegaba a ser uno de aquellos pero que había estado temporalmente evadido de este mundo. Treinta y seis horas antes, en el registro de ingresos, su caso había llamado la atención al joven médico. Vómitos, fiebre alta, rigidez, mutismo, un cuadro próximo al de la meningitis. Poco a poco la fiebre había ido descendiendo y los vómitos habían cesado. El paciente, sentado al borde del catre, tenía la mirada perdida en la nada de la sala. «¿Sabe dónde se encuentra?», le había preguntado el doctor. «En la guerra», había respondido el hombre. «Sé que estamos en la guerra.» «¿En qué lugar?» El paciente había estado en silencio unos instantes y no había sabido qué responder. A causa de sus espasmos la cama temblaba como si alguien la sacudiera por las patas. No sangraba, no tenía ningún órgano vital afectado, pero no podía ver y no recordaba quién era. El doctor le habló de qué eran esos estruendos de la artillería que se oían a lo lejos, lo situó espacialmente, le habló de la cueva, del hospital y le explicó que lo habían encontrado inconsciente a varios kilómetros de cualquier teatro de operaciones. La herida de una bala le cruzaba la sien izquierda, pero se trataba de un roce superficial que no le había causado daño físico aparente. La enfermera Minnie

Dawson lo acompañaba en el examen. «Es australiana», le informó. «Es ella la que le ha estado cuidando desde que llegó, hace dos días.» Dawson había informado al doctor de que había pedido cola y cerillas. «No tendrá pensado prender fuego al hospital...», dijo el doctor. «¿Para qué quiere todo eso?» «Necesito pensar, y por alguna razón creo que *pienso con las manos*», dijo el paciente de manera algo enigmática. Una cerrada barba le tapaba parte del rostro. Los ojos, vidriosos y oscuros, parecían no tener fondo, eran como la boca de una mina, como si una gran sombra los hubiera cubierto y apagado para siempre.

El paciente aguantó la presión de la mano del doctor y a pesar de no verlo, sintió su mirada recorriendo su rostro. Cada ruido que se producía cerca o lejos de su cama le hacía volver la cabeza. Parecía pendiente de todos los rincones, como si tuviera un sónar incorporado que recogía todas las vibraciones y las interpretaba y las dotaba de un significado tranquilizador: jeringuilla sobre bacinilla, secador, puerta de autoclave abriéndose y cerrándose, silla que se arrastra, campanilla de petición de auxilio de algún herido... Si no podían suministrarle cerillas le servirían palillos o pajas. También pinzas de ropa o bastoncillos estériles. Si no ocupaba pronto sus manos los nervios acabarían con él. La enfermera Dawson se ofreció para acompañarlo al exterior de la cueva y ayudarle a recoger palos o ramas; aunque no pudiera ver, le sentaría bien el aire de la sierra. Ella sería su lazarillo, dijo mientras el doctor iluminaba sus ojos con una pequeña linterna. «¿Distingue la luz?», preguntó el doctor. El paciente solo distinguía una mancha más clara que iluminaba el negro de su visión, sus ojos sin embargo respondían al estímulo, su pupila se contraía o dilataba mostrando la buena salud de sus reflejos. «¿Recuerda cómo se separó de su unidad?» El hombre no lo recordaba. Sentía su cabeza pesada y sabía que *contenía* recuerdos, pero de algún modo había perdido el camino para llegar hasta ellos. Preguntó angustiado cómo se llamaba, no recordaba su nombre. Bravo leyó una vez más la ficha médica colgada a los pies de la cama y las notas tomadas a su llegada: «A momento de su ingreso padece fiebre elevada de 39,7 °C, convulsiones, vómitos». No daba más información de él a excepción de su tipo de sangre, el 0 universal. «¿Qué es lo último que recuerda?», dijo el doctor. El hombre habló de frío y humedad, la ropa y los pies mojados, recordaba una corriente y el cansancio de los párpados. En el macuto que llevaba cuando lo encontraron, junto con un cepillo de dientes, un bote gastado de brillantina y algo de comida había documentos de ingeniería y otros útiles comunes en los soldados y oficiales de los batallones de obras y fortificaciones, un taquímetro Troughton, escuadras de acero, trípode y miras. Su uniforme y las insignias del cuello y la hebilla del cinturón lo adscribían al Cuerpo de Ingenieros y le daban un grado, el de capitán.

Bravo encendió un cigarrillo y se lo puso entre los dedos. El paciente lo sostuvo en el aire unos instantes antes de dar una profunda calada. Al menos parecía recordar que era fumador. El doctor le fue pasando los objetos del macuto. El capitán los tocó e identificó varios de ellos. De pronto recordó una nube que bajó del cielo y lo cubrió todo. Habló de una sustancia densa, caliente, blanca. El capitán preguntó qué decía su documentación sobre él y su unidad. «Su documentación no estaba entre sus cosas», respondió el teniente Bravo.

El paciente guardó silencio. Bajó la cabeza desconcertado. «Los papeles», musitó. No sabía nada de ellos. No recordaba haber perdido el conocimiento, no recordaba haberse extraviado, no recordaba nada más hasta que despertó en un camión que lo trasladaba al hospital. Solo recordaba que estaban en guerra. No entendía qué le pasaba a su cabeza, no lograba saber adónde habían ido a parar su nombre y sus recuerdos. El hospital tenía los partes de bajas de los combates desde el 25 de julio y en el de jefes y oficiales estaba, bajo el epígrafe de «desaparecidos», el nombre del capitán Eduardo Toledo. Bravo estuvo a punto de mencionarlo, pero antes necesitaba conocer mejor la situación del capitán, podía ser un farsante. ¿Su cerebro había sido dañado por aquella nube al igual que su visión?, oyó que le preguntaba. El doctor no podía responder todavía a ninguna de sus preguntas. Pero iban a ayudarle a recuperarse. El doctor autorizó la salida para que pudiera dar un paseo por los alrededores. Pero el capitán no se movió, era como si no le hubiera oído.

—¿Es posible que haya huido de mi unidad y sea... un desertor? —dijo de pronto.

—¿Por qué dice eso?

—Mi documentación. Tal vez yo mismo me deshice de ella.

Y si lo hizo, ¿por qué iba a estar ahora mencionándolo?, preguntó Bravo. También era posible que hubiera una explicación más sencilla, pudo haber perdido sus papeles, añadió el doctor. Tal vez los dejara en su base. Puede que incluso le hubieran enviado con alguna misión que exigía que su identidad permaneciera secreta. La expresión de confusión del paciente se había acentuado. «Si yo destruí mis papeles... Si eso fue lo que hice, debe denunciarme», insistió el capitán. Dawson y Bravo parecían desconcertados ante su lucidez repentina y el hecho significativo de que había dejado de temblar. Mientras le ayudaba a ponerse la guerrera, Bravo dejó claro que de momento no era ningún cobarde, solo un hombre herido, lo que los médicos conocían en el hospital como una «baja sin sangre».

8

Gabino Estrella fue convocado a un despacho situado en un edificio colonial de la capital. Lo recibió un hombre corpulento de largos bigotes que le caían sobre los labios y le tapaban la boca. Se llamaba Basilio Beltrán y señaló orgulloso que descendía de españoles. Un gran retrato de Lázaro Cárdenas presidía el despacho.

—Su trabajo fotográfico nos ha causado una gran impresión.

—Muchas gracias. —Gabino tardó en contestar, distraído por la presencia de dos pequeñas banderas sobre la mesa, una con los colores de México y otra con el rojo, amarillo y morado de la República española.

Beltrán lo invitó a sentarse con un gesto y le ofreció un agua de frutas que sabía a almíbar. Una secretaria entraba y salía con papeles que iba depositando en una mesa. Afuera los teléfonos sonaban y sonaban. Gabino observó que había copia de sus fotografías encima de su mesa. El hombre hizo un repaso rápido por ellas y levantó la mirada.

—Ha captado el nervio de la guerra.

—Me hubiera gustado que así fuera.

—¿Qué quiere decir?

—Las hice con un objetivo que no se alcanzó.

—¿Qué objetivo?

—Mover a Francia y a Inglaterra a involucrarse de una vez en defensa de la República.

—Todas esas fotografías aéreas... ¿Cómo se veía España desde el aire?

—Como una inmensa esponja empapada de sangre.

—Supongo que le habrán hecho muchas veces esta pregunta: ¿cómo ha podido realizar esas fotos? No es fácil que pueda retratarse tanto dolor sin que a uno lo manche.

—Uno se acostumbra a todo.

—Menos a que lo maten.

—La muerte no es lo peor de la guerra, a veces es una liberación.

—¿Por qué cree que han perdido la guerra?

—Eso lo sabe todo el mundo.

—Suponga que no lo sé. Hable con tranquilidad.

—Francia e Inglaterra. No debieron lavarse las manos. No debieron mirar para otro lado. El Acuerdo de No Intervención sirvió la victoria en bandeja a los sublevados; desde el primer día contaron con la ayuda de Alemania e Italia, y a nosotros nos retenían el armamento y las ayudas en la frontera de Francia. Francia tenía un pacto con el gobierno legítimo de España para venderle armamento, pero por presiones del gobierno inglés lo incumplió. La cacareada solidaridad entre naciones democráticas es una farsa, una mentira, una pamema con la que nos engañaron. No hubo solidaridad de ningún tipo con los que defendíamos la legalidad y las instituciones democráticas. Fue una calamidad, fue una cosa espantosa.

—Pero la Unión Soviética les ayudó.

—Las armas que nos vendieron apuntaban a un lado y disparaban a otro. La ayuda que necesitábamos era un ejército regular, y más armas, pero modernas, que no fallasen, y aviones, y dinero, quirófanos, medicinas, alimentos. La razón estaba de nuestro lado, pero los países democráticos que debieron ayudarnos nos dieron la espalda. Pero no solo la perdimos por eso. Lo que pasaba en nuestro propio bando nos abocaba a perderla de todos modos.

—¿Cuánto tiempo ha sido piloto en España?

—Veinte años.

—¿Milita usted en algún partido?

—No, señor.

—¿Simpatizante de alguno?

—Simpatizante del presidente Azaña.

—¿Alguna organización sindical?

—Si tiene miedo de que haya venido a México a hacer política, puede estar tranquilo.

—¿Fue herido durante la guerra?

—Dos veces.

—¿Y derribado?

—Sí, señor. Dos veces también.

—¿Y vive para contarlo?

—Tuve suerte.

—¿Cómo le derribaron?

—Volaba en un avión de fabricación rusa...

—Un *chato*.

—Sí, he volado siempre en aviones rusos, en el Polikarpov I-15 y en el I-16.

—El *mosca*. Continúe, por favor.

—La primera vez me derribó un Messerschmitt y salté sobre las filas enemigas. Me oculté en el vado de un río y durante dos jornadas seguí su curso y caminé de día y de noche hasta ponerme a salvo. La segunda vez mi escuadrilla volaba dando cobertura a los bombarderos katiuskas durante una misión en Cáceres cuando fui alcanzado por un avión rebelde.

—¿Saltó en paracaídas?

—Sí, señor.

—Dicen que en esos casos los pilotos enemigos remataban en el aire a los supervivientes con sus ametralladoras. ¿Es eso cierto?

—Así solía ser. El avión que me derribó se acercó a rematarme. El piloto se acercó lo suficiente para que nos viéramos las caras, cruzó su mirada con la mía y me perdonó la vida.

—¿Por qué cree que hizo eso?

—Nos conocíamos de los tiempos de la academia.

—¿Era amigo suyo?

—Compañero en la juventud.

—¿Qué hizo al reconocerle?

—Hizo algo extraño. Me sonrió.

—¿Qué hizo luego?

—Se alejó en su avión.

—Pudo haberle salvado la vida.

—Eso fue lo que hizo.

—Nos gustaría ofrecerle un trabajo por seis meses. Platíquelo con su esposa y comuníquenos su decisión.

Gabino puso a raya el nudo que le crecía en la garganta.

—Mi mujer murió en un bombardeo.

—Lo lamento. ¿Vino con familia?

—Mis hermanos.

—¿Tiene hijos?

—No.

—¿Quiere el trabajo?

—Sí.

—¿Cuándo puede empezar?

—Ahora.

—Está bien. Venga mañana.

—Todavía no me ha dicho para quién voy a trabajar.

—Para el presidente de la República, don Lázaro Cárdenas.

Gabino acudió a la mañana siguiente al mismo edificio y durante días fue aleccionado por dos funcionarios sobre la historia y el presente de México. Beltrán fue el encargado de ponerle al corriente de todos los aspectos de la política interna y de relaciones exteriores que a Gabino le vendría bien conocer para su trabajo. También le instruyó en cuestiones de protocolo.

Estrechó por primera vez la mano del presidente un día a principios de septiembre. Lázaro Cárdenas lo recibió en su despacho oficial de Los Pinos. Enseguida abordó las razones por las que lo había contratado: no solo iba a ser uno de sus fotógrafos oficiales, sino que iba a ayudarle «en un proyecto personal» que no había notificado a los otros fotógrafos de su séquito. El presidente tenía el proyecto de hacer un mapa del suelo de México visto desde el aire; quería ver México «a través de los ojos de un águila».

—Quiero que los mexicanos se sientan orgullosos de su país, que lo vean como hasta ahora no lo habían visto, con su enorme variedad, que sean conscientes de su grandeza, de la gran nación a la que pertenecen. Me hace falta alguien con los ojos de un pájaro, como usted, Gabino. Por eso lo he contratado. Uno de mis asesores vio sus fotos en las oficinas del SERE. Cuando las examiné me di cuenta de que era el hombre indicado para el proyecto. Claro que, además, debe tomar las fotos oficiales de los actos a los que me acompañe. Pero eso es secundario para mí. Me gustaría enamorarle de la idea.

Pero Gabino ya estaba enamorado de la idea desde el momento en que la había escuchado. En México había, desde luego, fotógrafos capaces de hacer ese trabajo, pero la mirada aérea del español había impresionado al presidente por su limpieza. No había nada intelectual ni racional en sus fotografías; parecían vistazos que habían quedado impresionados en papel sin intención, sin búsqueda artística, solo por un parpadeo. El presidente quería ofrecerle a los mexicanos una visión del alma de su país desde el observatorio privilegiado de los pájaros, el cielo. Creía que ese orgullo que les haría sentir sería un elemento de cohesión, de unidad. Suponía que al no tener familia directa, hijos o mujer, Gabino no tendría problemas para viajar por todo el territorio; lo haría con él en avión y en tren, por aire y carretera; lo seguiría durante el año que le quedaba de mandato como una sombra. Había otra cosa del fotógrafo que atraía al mandatario, su pasado como combatiente. Cárdenas tenía especial interés en la guerra de España y en todas las ocasiones en que viajaron juntos aquel otoño hablaron de ella. Fue entonces, hablando con el presidente, cuando Gabino se dio cuenta de que había logrado domeñar sus recuerdos y cuando emergían, apenas le causaban dolor, al menos no el de antes. Imágenes imborrables en la mente de Gabino durante los años en que había recogido todo el dolor que supuraba por las heridas de España habían desaparecido o ido a parar, si eso era posible, a un lugar perimetrado de su memoria cada vez más alejado de su día a día. Ya no acudían a él con la frecuencia o la intensidad de otros tiempos y cuando lo hacían, no lo dejaban decaído durante horas. El presidente Cárdenas había querido comentar con él aquellas fotografías de su dossier y, sobre todo, se había detenido en la foto registrada con la entrada A38-237, la foto del piloto Cazorla. Durante tres años Gabino había fotografiado las posiciones del enemigo, los frentes de guerra, las fortificaciones y los campamentos de los sublevados, pero también había dirigido su objetivo sobre los horrores civiles, poblaciones bombardeadas, cadáveres que se amontonaban en las morgues, cuerpos que se pudrían en las calles o entre las ruinas de las casas. Entre los horrores que había fotografiado estaba una caja de ochenta centímetros que la aviación rebelde había arrojado en paracaídas sobre Madrid. Contenía los restos descuartizados de un aviador republicano que había caído tras las líneas enemigas y que había sido linchado y torturado; era el piloto José Cazorla. La caja abierta dejaba ver el torso sin brazos y sin cabeza del piloto leal a la República. El contenido de aquel cajón había dejado en él una huella duradera, su fotografía se había convertido en la imagen de la crueldad y la atrocidad a las que se entregan los hombres expuestos a una violencia continuada. Ahora, cuando contaba a Lázaro Cárdenas su historia, cuando pensaba en aquel piloto descuartizado, lo sentía como un recuerdo lejano, comprobaba con sorpresa cuánto se había amortiguado su impacto. A menudo el fotógrafo le decía que la guerra no se puede contar, que hay que vivirla, y el presidente Cárdenas le respondía que él también había pasado una guerra y que sí se podía contar y que Gabino la contaba en esas imágenes.

No había tenido el mismo reconocimiento el trabajo que Mauricio entregó en *El Nacional* con la crónica de la huida de España y la llegada de refugiados a Francia. Mauricio no había ahorrado detalles de lo ocurrido en la frontera y en los campos, no había maquillado el hambre, el frío, la miseria y la suciedad, las condiciones durísimas a las que el país de acogida los había sometido tan inhumanamente; esa era la ayuda que los hombres, mujeres, ancianos y niños que pedían asilo habían recibido de la Francia democrática. Su publicación había sido «suspendida» hasta nuevo aviso por miedo a que el duro retrato que Mauricio hacía de cómo se habían comportado las autoridades francesas pudiera entorpecer las gestiones que los diplomáticos mexicanos como Bassols seguían haciendo para sacar a más españoles de los campos.

En realidad, para hacerse una idea de lo que ocurría en Francia, a Raúl Noriega, director de *El Nacional*, le habría bastado una ojeada a cualquiera de los informes que Isidro Fabela, delegado permanente de México ante las Naciones Unidas y amigo personal del presidente, le enviaba desde

Francia. Cárdenas le mostró a Gabino sus cartas cuando se enteró de la negativa del periódico a publicar el artículo de su hermano. Un informe escrito en el mes de febrero recogía las impresiones de Fabela tras visitar el campo de Argelès, donde se concentraban cien mil refugiados. En él se decía:

Esta enorme avalancha humana quedó instalada frente al mar, sin otro límite que la playa y una cerca de alambre con púas fijadas en una extensión de dos kilómetros y medio de largo por uno y medio de ancho. El campo de concentración no tenía, al crearse, ni una tienda de campaña, ni una barraca, ni un cobertizo, ni un muro, ni una hondonada, ni una colina; ni tampoco árboles, arbustos ni piedras. Es decir, que los cien mil hombres alojados en Argelès no tuvieron en un principio abrigo de ninguna especie, ni fuego para contrarrestar el frío invernal, ni un techo de les resguardara del cierzo, ni una pared que les defendiera de los aires marinos. La alimentación en los campos ha sido insuficiente. Los primeros días solo pan se repartió a los recién llegados; después, y no siempre, se les ha dado carne y cereales. Pero son los sanos, los fuertes, los jóvenes, los que tienen facilidad para obtener su ración. Los débiles, los enfermos, los viejos, no siempre tuvieron manera de acercarse a tomar su alimento y por eso tantos perecieron de inanición. Después de una semana, unas cuantas barracas fueron construidas por los mismos refugiados y otras por soldados franceses, pero como algunas noches fueron gélidas, se dio el caso de que soldados irresponsables destruyeron las barracas de madera para hacer fuego con ellas. Desde su llegada, los refugiados quedaron aislados del resto del mundo. Los civiles que habían cruzado la frontera con sus esposas e hijos, al entrar en territorio francés, fueron separados, habiéndose mandado los hombres a una región, las mujeres a otra y los niños a otra. Esta circunstancia ha hecho que la vida de esos malaventurados haya sido mucho más penosa, porque a la falta de alojamiento apropiado y a su precaria alimentación, se agregó el dolor de las separaciones, en muchos casos injustificadas. Viven como presos sin serlo, con las circunstancias de que los reclusos, en cualquier parte del mundo, tienen casa en que vivir, lecho en que dormir y comida segura, y los refugiados españoles no. Los servicios sanitarios han sido menos que deficientes en el campo de Argelès. Seguramente se escogió la citada playa para que ella sirviera de excusado a las cien mil gentes concentradas en el vasto campamento, evitando así epidemias de tifo y otras enfermedades contagiosas; pero se ha condenado a los inmigrantes forzados a un estado deplorable de higiene personal: no tienen agua bastante para lavarse y apenas tuvieron agua potable los primeros días. No se han bañado desde hace semanas, la ropa que los cubre es la misma con la que venían combatiendo, quizá desde hace meses. Llevan barbas crecidas, el pelo en desorden, las ropas rotas, las camisas en pedazos y negras de mugre, los zapatos o las alpargatas deshechos y el aspecto general miserable, pues buen número de ellos tienen sarna, tuberculosis, piojos, granos... Naturalmente que llevando esa existencia de incuria y desamparo, los soldados de la República y los pobres labriegos que huyeron de los bombardeos y del hambre, salvaron la vida, es cierto, pero encontraron otras torturas, como las del destierro, la cárcel singular al aire libre que los enferma o mata o desespera, por el rigor de los elementos, y luego los acosan otros sufrimientos más: el recuerdo de la derrota, la humillación de verse tratados como culpables, la tortura de la lejanía de sus seres queridos, de quienes no saben si viven ni dónde están, y por último, la penetrante preocupación de este dilema que les presenta el porvenir: regresar con Franco, que podría matarlos, o marchar a algún país extranjero que tenga la caridad de recibirlos, cuando casi todo el mundo los teme o los repudia. Esa es la impresión que causa al visitante el refugiado de los campos de concentración.

Cárdenas había mostrado a Gabino los informes que Fabela enviaba desde Francia para que supiera que su gobierno era plenamente consciente de cuál era la situación real de los refugiados. A pesar de saber que el artículo de Mauricio se ajustaba fielmente a la realidad de los campos, el presidente aprobaba la decisión editorial de *El Nacional* para evitar un incidente diplomático con Francia. Mauricio había protestado ante lo que consideraba un acto de censura muy poco democrático por parte de *El Nacional*, pero lo que estaba en juego era la vida de muchos compatriotas que necesitaban salir de Francia y dependían de las gestiones diplomáticas mexicanas, así que acabó por aceptar que el presidente Cárdenas y su hermano tenían razón.

9

En otoño cayó la lluvia y se precipitaron noticias y acontecimientos. Fue un otoño como ningún otro; porque era el primero en tierras mexicanas; porque Eduardo había conocido a María Duque y ella había empezado a mostrarle no solo las escuelas de O'Gorman sino toda la arquitectura moderna que merecía la pena ver en México, desde Villagrán hasta Legarreta; porque iba a empezar con un hecho que aunque se esperaba desde hacía meses no por ello perdió su capacidad de convulsionar a la colonia española: la invasión de Polonia y el comienzo de la guerra en Europa; porque los niños empezaron a frecuentar a los hijos de otros exiliados en las clases especiales del Luis Vives que iban a durar hasta el comienzo del curso oficial en enero; porque ya se hablaba de la próxima publicación de una importante revista que iba a convertirse en la revista del exilio: *España Peregrina*; porque Blanca consiguió trabajo para traducir artículos de prensa; porque a medida que pasaba el tiempo algo iba poniendo orden en el desorden creado por la salida de España; porque ese orden traía consigo otros desórdenes pequeños que afectaban a cosas tangibles como el paladar, el oído o el habla; porque lo mexicano iba calando en lo asturiano, lo catalán, lo andaluz, lo castellano y eso creaba resistencia en unos y a otros los inclinaba a una entrega total, a un rendimiento gozoso; porque algunos, los que no lograban cortar el llanto a sus muertos enterrados al otro lado del mar, habían convertido el recuerdo de España en un espectro que, a la manera de los cuentos ingleses, los acosaba a veces, en cualquier momento, inesperadamente, y los dejaba sumidos en un estado melancólico parecido al letargo; porque a otros, pese a las pérdidas y la derrota, el recuerdo de España les alegraba y lo sentían vibrante y sonoro como el rasgueo de una guitarra y evocaban solamente los buenos tiempos de la Segunda República, el *antes* de la guerra, aquellos tiempos en los que tantos logros se habían alcanzado; porque los más permeables aceptaban con agrado oír a sus hijos llamar «banqueta» a las aceras; porque los más aferrados a la nostalgia no permitían que el acento mexicano se pegara con normalidad a los más pequeños de la casa pues era como dar la espalda a sus raíces y añadir otra derrota a la derrota misma de la guerra. Por todo ello fue un otoño único distinto a todos los anteriores.

El circuito social que había comenzado en las oficinas del CTARE, en el hotel Regis y en cafés como el Tupinamba y el Sorrento se fue ampliando. Edison, 5, donde vivían León Felipe y su mujer Berta Gamboa, pronto se convirtió en el lugar de peregrinación para todos los recién llegados, en el kilómetro cero donde se daban los primeros *pasos sentimentales* en la nueva tierra. Había trascendido la fama de la hospitalidad con la que recibían a amigos, conocidos y desconocidos, y hasta su pequeño piso se aventuraban todos los que iban llegando sin haberse separado aún de su gabardina y sus maletas. Allí daban abrazos y se dejaban abrazar. Al poeta le hacían todo tipo de preguntas («Parezco el oráculo de Delfos», bromeaba); desde cuestiones prácticas como en qué barrio buscar alojamiento o a qué obligaba la tarjeta que Inmigración les había dado en la aduana, hasta qué convertía a un hombre en poeta. «Para ser poeta hay que hervir por dentro; cuando llegas al punto de ebullición, el poema ya está listo», respondía recordando a Walt Whitman del que había traducido «Canto a mí mismo». Y cuando le preguntaban como a Bécquer qué es poesía, su respuesta era siempre la misma: «Un sistema luminoso de señales, hogueras que encendemos entre las tinieblas para que alguien nos vea y se apiade un poco de nosotros».

Nunca faltaban aceitunas, queso y vino para recibir a los que llegaban y traían noticias de España. Para León y Berta la causa del exilio era su causa. Con frecuencia Berta sacaba fotografías de aquellos encuentros. «Qué de amigos tenemos», decía cuando ya más tranquilos colocaba aquellas instantáneas en un álbum y le mostraba a su marido el tesoro de aquel caudal de españoles que los habían convertido en el epicentro sentimental del exilio, en un cuenco cálido donde confluían todos los llantos. Para muchos no había lugar más sagrado en la capital que Edison, 5 y bromeaban con dar con su frente en la puerta del poeta para obtener su bendición como si se tratara de los pies del apóstol Santiago de la catedral gallega. Otros caminos radiales del exilio conducían, desde la casa del poeta hasta la sede de la editorial Séneca y más tarde al Centro Republicano, al Club Mundet, al Colegio de México y a los institutos y centros de enseñanza que se fueron abriendo para los niños de los exiliados. Así, poco a poco, el DF se fue haciendo español.

A medida que pasaban las semanas y prosperaban las colocaciones entre la colonia surgía cierto optimismo que se esfumaba cuando pensaban en los que aún no habían logrado embarcar en ninguno de los barcos fletados por el gobierno de la República en el exilio. La preocupación ya no se centraba en cuándo *se podría volver* a España, sino en la suerte de los que quedaban en Francia. La incertidumbre se hizo más angustiosa cuando Francia declaró la guerra a Alemania. ¿Qué pasaría ahora con los compatriotas atrapados entre la persecución de Franco y los tanques alemanes? ¿Cómo iban a salir de los campos de concentración del sur del país? ¿Seguiría el gobierno mexicano organizando su evacuación como hasta ahora? ¿De qué modo les afectaría que Francia hubiera entrado en la guerra? ¿Y qué sería de aquellos que volvieran a España? ¿De qué modo los represaliaría el régimen que Franco había instaurado?

Al primer desembarco masivo de refugiados habían seguido los de los que llegaron en el *Ipanema* y el *Mexique*. Y a estos se unieron los que venían vía Nueva York o La Habana, adonde habían arribado en barcos holandeses, suecos, ingleses y americanos. Los nuevos españoles llegados a la ciudad repetían los pasos dados por sus antecesores y desembarcaban en las instituciones republicanas y los organismos buscando contactos, apoyos, trayendo noticias de Francia y España, relatando el viaje accidentado por mar. En Francia los hombres de Cárdenas seguían trabajando para sacar de allí al mayor número posible de refugiados, pero las negociaciones con el gobierno francés, que ya había reconocido la legalidad del gobierno de Franco, eran cada vez más difíciles.

Una tarde cierto jaleo en los pasillos del Regis hizo salir a Inés y Mariana de su habitación. El alboroto se debía a que uno de los refugiados había decidido volver a España y algunos compañeros de exilio trataban de disuadirle. Se llamaba Félix, era un funcionario de un juzgado de Barcelona y su mujer, que había quedado en España con sus hijos, le rogaba que regresara. Aún tenía la carta que acababa de recibir en sus manos y la blandía como si de ella emanara el valor que necesitaba para volver. Había sido un cobarde. Sus hijos y su mujer lo necesitaban. ¿Qué derecho tenía a abandonarlos? Franco había asegurado que todos los exiliados que no tuvieran las manos manchadas de sangre podían volver a España sin temor, nada les iba a pasar. Franco estaba dispuesto a perdonar.

—¿Crees que si Franco estuviera dispuesto a «perdonar» magnánimamente habría firmado ese engendro de Ley de Responsabilidades Políticas? —dijo una voz.

—Volver ahora sería como una segunda derrota —añadió otra.

Ninguno de los presentes apoyaba la decisión del funcionario, que los miraba con expresión desesperada.

—Pobre hombre —dijo Inés a Mariana—, que le dejen hacer lo que quiera.

—No quieren que le metan en la cárcel al llegar, Mus, y eso es lo que le espera si vuelve.

—Aquí estamos desmembrados, hemos dejado allí a la mitad de nuestras familias y tenemos pocas posibilidades de salir adelante. ¿Y si estamos perdiendo la oportunidad de vivir en nuestra patria por un... por el miedo fantasma que nos han metido algunos de los nuestros en la cabeza? —preguntó angustiado.

—¿Miedo fantasma? —le increparon.

—¿A quién te refieres cuando dices «algunos de los nuestros»? —Lo estaban arrinconando.

—¡Es un miedo real fruto de lo que está pasando en España! —Trataban de abrirle los ojos.

Algunos empezaban a exaltarse. Apenas le dejaban hablar.

—A la propaganda de nuestros propios dirigentes. A eso me refiero —logró responder Félix, sobreponiéndose a las voces que cada vez sonaban más acusadoras.

—¿De verdad vas a creerte las mentiras de ese genocida?

Gabino y Eduardo llegaron en ese momento y se encontraron con la discusión ya avanzada.

—¿Qué ocurre? —preguntaron a Mariana e Inés.

—Ese señor quiere regresar a España pero los demás se han puesto como fieras con él —respondió Inés.

—Mi cuñado fue detenido y liberado una vez se demostró que no había hecho nada —continuó Félix—. Lo dice mi mujer en la carta, ahí, ahí, leedlo, vedlo con vuestros propios ojos. Detienen a la gente, sí, pero ¿no es eso lo que ocurre después de una guerra como la nuestra? Salen de la cárcel por la misma puerta que entran.

—¿De qué estás hablando, compañero? —dijo un joven pelirrojo y de aspecto tímido—. Eso que cuentas no es lo que está pasando, tengo compañeros que han sido detenidos y los trasladan de una prisión a otra para que sus familias no puedan llevarles ropa, comida o medicinas. Eso si tienen suerte y no los fusilan de la noche a la mañana frente a una tapia.

El chico pelirrojo entró en su habitación y salió de ella con varias cartas en la mano. Él también tenía correspondencia de España y sus cartas no hablaban de esa bondad de Franco a la que Félix aludía. Franco estaba ejerciendo una política de terror y represión amparándose en que hacía un servicio a la patria y a Dios, disfrazaba sus arbitrarias medidas de «castigo espiritual», decía que Dios actuaba a través de él para castigar las vidas torcidas.

El funcionario miró a uno de los hombres que trataban de convencerlo, era su compañero de habitación. Tendría unos sesenta años, estaba calvo, a las gafas les faltaba una patilla y él no dejaba de ajustárselas a la nariz en un tic nervioso.

—Vuélvete conmigo, Hilario —le propuso Félix.

El hombre negó con la cabeza en un gesto de enorme pesar.

—Yo ya no tengo nada allí. Mi mujer y mis hijos han muerto. No tengo casa ni familia. Entraron en mi piso. Han quemado toda mi biblioteca. No me queda nada.

—Aquello es mejor que esto, es nuestra tierra —insistió Félix.

—No, aquello ya no es nuestro país. El «allí» al que quieres volver ya no existe. Eso es lo que tratamos de decirte.

Haznos caso, hombre, quédate. ¿Tú sabes lo que ha costado sacarnos a todos de aquel infierno?

Félix, deshecho en lágrimas, entró en su habitación y algunos huéspedes se dispersaron. Mariana e Inés les contaron a Eduardo y Gabino cómo había empezado todo el jaleo.

Eduardo entró a hablar con Blanca en la habitación. Gabino, Inés y Mariana se quedaron en el pasillo junto a otros huéspedes.

—¿De verdad son tan horribles las cosas en España? —preguntó Inés.

—Y me temo que no nos enteramos de todo lo que está ocurriendo —dijo Gabino.

—¿Qué haría usted si estuviera en su lugar? —preguntó Mariana.

—No lo sé.

—Pero ¿usted habría venido dejando allí a su mujer?

Si hubiera seguido con vida, Gabino nunca habría podido separarse de ella.

La puerta de la habitación de Eduardo había quedado entreabierta. Blanca, en combinación, terminaba de vestirse mientras escuchaba de labios de su marido lo ocurrido. Gabino sabía que no debía mirar pero no podía apartar sus ojos del bello cuerpo semidesnudo de Blanca. Los días en que había sentido el calor y el olor de su mujer habían quedado atrás y aquella visión fugaz y luminosa de Blanca lo había dejado conmocionado y tembloroso hasta el punto de no oír ni una sola palabra más de las que Mariana e Inés le dirigían.

Pero el tiempo que Gabino pasaba en el DF era cada vez más escaso. Su trabajo con Cárdenas le mantenía alejado de Mauricio y del resto del grupo que empezaba a establecerse con más o menos fortuna. Aquel otoño viajó sobre todo por tierra, a bordo de *El Olivo*, el tren presidencial. Subió a una avioneta que el presidente había dispuesto para él en Michoacán, Sonora, Sinaloa, Coahuila, Guerrero, Yucatán y Durango. Tomó muchas fotografías. El presidente Cárdenas y su mujer, doña Amalia, recibían algunos fines de semana en su residencia a algunos de los niños de Morelia. Entre ellos había un niño, Fernando, que no tenía hermanos y era huérfano de padre. Su madre había quedado en España. Gabino había coincidido dos veces con él. Quería ser médico y era un muchacho muy espabilado y sociable, aunque se notaba mucho que necesitaba «roce y cariño», como había dicho el presidente. Por eso, los fines de semana que iba a la residencia presidencial, Cárdenas invitaba a Gabino para que Fernando y los demás niños pudieran relacionarse con un compatriota. Gabino contó a sus amigos que no solo mantenía un contacto frecuente con los niños de Morelia, el presidente tomaba constantes medidas en ayuda de los refugiados. Eran una prioridad de su gobierno a la altura de sus reformas agrícolas o las campañas de alfabetización. La última afectaba a unos trescientos médicos que habían ido a parar a distintas ciudades del país y estaban a la espera de poder convalidar sus títulos. Con el fin de acelerar los trámites, el presidente había puesto en marcha la creación de un comité formado por médicos mexicanos y presidido por el español Márquez Rodríguez, y ya se empezaba a proveer de certificados y títulos revalidados a los profesionales españoles. Otras medidas parecidas trataban de facilitar el trabajo a los docentes y a los profesionales de otras ramas. Hablaban mucho de Azaña y de su difícil situación en Francia, de la traición de naciones como Inglaterra y Francia a los hermanos españoles, de lo importante que era para el país contar con las mentes lúcidas de tantos intelectuales republicanos y de su incondicional amor por España. Se pasaba la vida rompiendo el protocolo. Traía locos a sus secretarios y al encargado de su seguridad. Se saltaba todas las barreras para hablar con los hombres y las mujeres que querían saludarlo, recogía de su mano las cartas que le tendían, abrazaba y besaba a los niños, aceptaba los regalos, nunca se le veía temeroso por su seguridad. Era un hombre de una pieza, les aseguraba. En uno de los viajes un niño se acercó a devolverle un reloj que el presidente le había entregado un año antes, cuando le prometió que iba a construir un puente en su pueblo y le pidió que se quedara con el reloj en prenda. Le dijo al niño que se lo devolviera el día que fuera a inaugurarlo. El niño no se había olvidado. Y Cárdenas tampoco, cumplía lo que prometía, era un hombre de palabra, dijeran lo que dijesen los adversarios empeñados en desprestigiarlo y en emborronar los últimos meses de su mandato.

Día a día crecía el afecto que Gabino sentía por él. El hombre público y el hombre privado apenas se distinguían. Y eso era lo más admirable. Gabino no encontraba dobleces en su comportamiento ni las razones de índole partidista que suelen guiar las decisiones aparentemente «de interés general» de muchos mandatarios. Y si eso era así con él, no lo era menos con doña Amalia. La prensa se refería a ella como «la madre del exilio republicano». Tenía veintiocho años. El presidente Cárdenas le llevaba dieciséis. Cuando le preguntó en cierta ocasión por qué habían contratado a un español para acompañarlos a los viajes oficiales, Amalia Solórzano le había explicado a Gabino que el presidente era consciente de que, aunque la mayoría de los mexicanos los habían aceptado, aún había una buena parte de la población que no entendía qué hacían en México ni justificaba el trato que recibían por parte de su gobierno. De ahí que hubiera pensado que un gesto como ese podía invitar a otros compatriotas a emplear a españoles. El presidente sentía España «como cosa propia», le había dicho doña Amalia. Y Gabino había comprobado en numerosas ocasiones que así era.

En los círculos profesionales, en aquellos meses, aún perduraba el eco del escándalo protagonizado por el consagrado arquitecto Obregón Santacilia y la estrella emergente Mario Pani en torno a la construcción de una de las obras emblemáticas de la ciudad, el hotel Reforma. La cuestión había arrancado en 1936. Pani había iniciado su carrera profesional a los veintitrés años en el estudio de Obregón, pero muy pronto brilló con luz propia hasta el punto de que a sus manos fue a parar la construcción del hotel que Obregón había comenzado. Por desavenencias con la propiedad, a Obregón se le retiró del encargo. Denunció a su antiguo empleado por haberle robado el proyecto y llevó «el caso de este despojo» hasta la Sociedad de Arquitectos Mexicanos acusando al joven Pani no solo de ladrón sino de vacuo, extranjerizante y afrancesado. Mientras algunos medios como *Excélsior* aseguraban que los planos del hotel Reforma eran de Obregón, otros consideraban que las modificaciones introducidas por Pani en la construcción inclinaban el peso de la autoría a su favor, entre otras la revista *Arquitectura*, propiedad de la familia Pani. Las simpatías de Nicolás Falcó se orientaron hacia el veterano Obregón, tal vez porque sentía solidaridad por la figura del creador expoliado por su discípulo, y en su estudio se presentó una mañana para ofrecer su experiencia profesional.

Cuando Obregón aceptó contratarlo «como dibujante», Falcó recibió el primer varapalo a su vanidad. El segundo llegó cuando rechazó sus propuestas para modificar ciertos aspectos de la fachada de un colegio que era un encargo menor del estudio. Falcó aguantó ambos desplantes con una mansedumbre que no habría mostrado si su situación laboral no hubiera sido tan precaria. Pretendía aprovechar el estatus del estudio de Obregón como plataforma para alguno de los concursos arquitectónicos nacionales e internacionales convocados aquel otoño. Obregón no quiso respaldar con su firma ninguna de sus propuestas, pero no puso obstáculos a que utilizara los recursos de su estudio para desarrollarlas. Falcó ganó un concurso regional para diseñar un paseo dedicado a la Revolución en el pueblo de San Ignacio, lo que le obligó a desplazarse al estado de Sinaloa durante el invierno. Eduardo tuvo noticias del premio a través de la asociación de arquitectos del exilio que se creó en los primeros meses, pero además en los tablones de anuncios del Centro Republicano se recogían puntualmente todas las novedades que afectaban a la comunidad de exiliados, desde la creación de editoriales y revistas hasta la revalidación de títulos o nombramientos de profesores españoles en universidades o conservatorios.

Eduardo y Falcó volvieron a encontrarse en la sede de la asociación de arquitectos el día que se hizo pública la lista de compañeros que habían sido depurados. La España que las cartas describían era una España en blanco y negro, color alzacuellos y sotana, donde había más hambre que durante la guerra, más odio que durante la guerra y más miedo que durante la guerra. Hablaban de las cartillas de racionamiento, las acusaciones y delaciones, las ejecuciones y desapariciones, pero también de las depuraciones que el gobierno español hacía en los gremios de profesionales. La de los arquitectos había empezado al poco de acabar la guerra, en julio de 1939. Los castigos para los que habían combatido al lado de la República iban desde la inhabilitación temporal para el desempeño de cargos públicos hasta la inhabilitación perpetua para el ejercicio público y privado de la profesión. La de los médicos, maestros, funcionarios, abogados y otros muchos gremios también se iba realizando con rigurosa y puntual eficacia.

En la lista de depurados estaban compañeros y maestros de Eduardo: Carlos Arniches, Rafael Bergamín, Fernando García Mercadal, Arturo Sáenz de la Calzada, Fernando Chueca Goitia... Ochenta y tres nombres que habían sido tachados del Colegio de Arquitectos. Todos los asociados estuvieron de acuerdo en hacer un escrito denunciando públicamente la purga. Se enviaría el escrito a los principales periódicos del país. El parentesco de Eduardo con Rafael Toledo, uno de los hombres de confianza de Franco, era conocido por todos, pero esa circunstancia nunca interfería en su relación con los demás miembros de la asociación. Solo Falcó, cuando Eduardo se hubo marchado, insinuó que ese parentesco y el hecho de que nunca hubiera renegado públicamente de su hermano lo convertían en alguien de lealtad dudosa. Los presentes ignoraron su comentario y cuando Falcó se disponía a arremeter de nuevo contra él, le hicieron callar. Falcó olvidaba un hecho que invalidaba sus acusaciones: también el nombre de Eduardo había ido a parar a la lista de depurados.

10

Casi seis meses después de la llegada, Blanca observaba a prudente distancia el equilibrio de ánimos dentro de la familia. Mientras Inés se había adaptado a la situación a marchas forzadas, como era habitual en ella, Eduardo empezaba a salir de su marasmo gracias al encuentro con otros arquitectos del exilio y las primeras reformas que había acometido, y Mariana seguía sin decidir si aceptaba de buen grado la situación de expatriada. Carlos, por su parte, había llegado a la conclusión de que muchos niños mexicanos trataban de hacerles la pascua a los niños españoles por cosas que habían ocurrido hacía más de cuatrocientos años y les declaró una guerra *secreta* que en ocasiones no lo fue tanto.

—Y con ese que te mira tanto ¿por qué no te hablas? —preguntó Mariana una tarde a la salida del colegio al ver que un compañero de Carlos los seguía con la vista como si esperara una despedida o unas palabras de su hermano.

—Es muy raro —dijo Carlos con un gesto de desdén hacia el niño que los miraba.

—A lo mejor tú también se lo pareces —reflexionó, sensata, Mariana.

—No me entiende.

—¿No es español?

—Es mexicano.

—Ah, y tú todavía no te hablas con los mexicanos. Pues llevamos aquí medio año. ¿No crees que es hora?

—Es él, que se ríe de cómo hablamos.

—¿Y a ti qué, si se ríe?

—A mí también me hace gracia cómo habla él.

—¿Lo ves? Estáis en paz.

—Pero yo no me choteo de él todo el día.

—Tú eres más considerado —se burló Mariana.

—A mí como si hablara chino.

—Pero no habla chino, habla español, como tú.

—Además, está todo el rato despotricando de Hernán Cortés.

—¿Ves como sí que le entiendes?

—Ni que fuera culpa mía lo que les hizo el buen señor.

—Tú defiéndete. Que él te habla de Cortés, tú le hablas de Machado.

—¿De quién?

—Antonio Machado.

—Yo de ese ni idea.

—Es nuestra amapola intocable.

—¿No has dicho que era un tío? Un tipo raro, vaya.

—A la amapola, cuando la arrancas de la tierra, se le caen los pétalos y muere. Eso le pasó a él.

—No sé de qué hablas.

—Del mejor poeta del mundo. Tuvo que salir de España, como nosotros, y antes de salir, ¿sabes qué hizo?

—A saber.

—Cogió un puñado de tierra española, en la frontera, y se la guardó en el bolsillo.

—Era un bárbaro.

—¿Machado?

—¡Hernán Cortés!

—Quería llevarse consigo España, aunque solo fuera la que le cabía en la mano. Cuando murió, su hermano encontró en el bolsillo de su abrigo el último verso que escribió, «estos días azules y este sol de la infancia...».

—¿Sabes cómo las gastaba? Lo menos que les hacía era rebanarles el cuello y se quedaba tan tranquilo.

—Eran otros tiempos.

—En España no te hablan de las burradas que les hizo.

—¿Ves qué bien hemos hecho en venir? Así te has enterado de la verdad y no de los cuentos que nos contaban. Tú lo que tienes que hacer es hacerte su amigo e invitarlo a merendar una tarde.

—¿A quién?

—Tendrá un nombre, ¿no?

—¿Ese? Santiago.

—Y también hacerte un poquito mexicano para caerle mejor.

—Tú sueñas.

—Si somos un poco visigodos y un poco fenicios y un poco romanos y un poco árabes, ¿por qué no podemos ser también un poco mexicanos?

—A mí no me cabe dentro tanta gente.

Santiago aporreaba sin piedad el piano del salón del hotel Regis para desesperación de toda la familia, y en especial de Mariana, que ahora se arrepentía de la idea que había tenido. Cada nota que el niño arrancaba del piano le parecía un gemido del instrumento, un sollozo de su alma. Según Blanca, había que permitírselo sin avergonzarle: «Solo está tratando de caernos bien», dijo en voz baja a sus hijos. «Pues le está saliendo el tiro por la culata», opinó Inés, haciendo amago de marcharse, lo que impidió Blanca agarrándole del brazo y obligándola a poner buena cara, «aunque nos esté martirizando».

Para agasajar al invitado Blanca encargó una merienda especial en la cafetería del hotel y Santiago, que por fin tuvo a bien alejarse del piano para alivio de toda la familia, les contó que él antes iba a otro colegio hasta que su mamá se enojó y le dijo: «Te voy a llevar al colegio de los niños españoles». Los niños le preguntaron qué le habían hecho en el otro colegio para que su madre se enfadara tanto y Blanca, con una mirada, les pidió que no lo atosigaran con preguntas. Pero a Santiago no le importaba. La maestra había dicho que su cabeza era como la ducha de una regadera, todo se le escapaba por los agujeros. «Y eso la hizo enojar. Dijo a mi mamá que no iba a llegar a ninguna parte porque no ponía atención y nada me interesaba. Los periódicos decían que de España había venido gente bien inteligente, que traían no solo brazos sino cerebros, y que los maestros españoles eran la nata de la crema y por eso mi mamá creyó que lo mejor para mí era que me juntara con ellos para ver si algo se me pegaba o le encontraba gusto a estudiar. Pero no se lo encuentro.»

A partir de aquella tarde, Santiago y Carlos se iban a estudiar juntos a la salida del colegio. Pero a Santiago la letra seguía sin entrarle. Estudiar lo cansaba. No tenía padre. Dijo a Blanca que había muerto en un accidente de coche cuando él era muy pequeño. Su madre, Anita, les pareció a todos una mujer valiente, divertida, arrebatadora. Se peinaba con trenzas que unía en lo alto de la cabeza; trabajaba de día vendiendo cosméticos a domicilio y de noche en el guardarropa del Waikikí y lo criaba con mucho esfuerzo. Era muy joven, había tenido a su hijo con diecisiete años. Se alegró de conocer a los Toledo y de saber que al fin Santiago se había hecho amigo de un niño español. Explicó a Blanca que no tenía facilidad para hacer amigos. Como tampoco tenían familiares en el DF, estaba muy solo. Además, su sueño era llevar a Santiago algún día a vivir a España. Cuando las cosas volvieran a ser como antes de la guerra. Por eso se alegraba doblemente de que hubiera conocido a su familia. «Ustedes no han hecho nada malo», decía Anita algunas tardes cuando iba a buscar a Santiago y se quedaba a tomar un café con Blanca. «Nadie tenía derecho a echarles como a ratas de su tierra.» Si los habían echado de España como a ratas, en México los habían recibido como a hermanos, respondía Blanca, y a continuación añadía: «Tal vez seamos españoles de nacimiento, pero Anita, te será difícil dar con alguno de nosotros que no se sienta, después de estos meses, mexicano de corazón».

Y hablaban de cuando se pudiera volver a España y de lo mucho que le gustaría a Blanca ayudar a Anita y a Santiago a establecerse allí. Así podría pagar la deuda que ellos habían contraído con México y los mexicanos.

Blanca había detectado en Santiago cierto interés por el dibujo y le preguntó a Anita si quería que hablara con Eduardo para que lo ayudara a mejorar. Anita no quiso que molestara a su marido, bastante apurada se sentía por el tiempo que el niño pasaba con ellos. Blanca no le dijo nada a Eduardo, pero sí lo comentó con Marcial Rubio, que cierta noche fue al Waikikí con intención de conocer a Anita. Se presentó como amigo del matrimonio Toledo y se interesó por el niño, tal vez podía enseñarle algunos fundamentos del dibujo si a ella le parecía bien. Anita no quiso aceptar el ofrecimiento, no tenía con qué pagar las lecciones. Marcial confesó que se sentía muy solo en México, apenas conocía a ningún mexicano, y que se sentiría pagado si ella aceptaba salir a dar una vuelta con él alguna tarde antes de que comenzara su turno en el cabaret. Anita aceptó y a los pocos días salió a merendar con él. A partir de ese día, Marcial iba a menudo al cabaret de madrugada y se quedaba hasta que Anita acababa el trabajo para acompañarla a casa. Les fue sencillo acostumbrarse a la compañía del otro. Le hizo tres retratos a carboncillo y ceras que Anita colgó en el dormitorio; nunca había recibido tantas atenciones de nadie y le abrumaba recibirlas del español. Y en pocas semanas Blanca descubrió con satisfacción que Anita y Marcial no pasaban un solo día sin verse y que Santiago lo había aceptado no solo como profesor de dibujo, sino como el galán pretendiente de su madre.

Por aquellos días, en el Centro Republicano, algunos exiliados empezaron a dejar fotos en un panel que había en el rellano de la escalera. Eran fotos de los familiares y amigos que habían quedado en España o Francia y cuyo contacto se había perdido. A los que llegaban del otro lado del Atlántico se les pedían noticias. Así, muchos supieron por boca de los recién llegados quiénes habían ido a parar a una cárcel, quiénes habían conseguido huir de España y ponerse a salvo o quiénes habían sido ejecutados. Se vivieron momentos muy duros en la escalera donde estaba la exposición de fotos y donde se produjo el intercambio de noticias. Cuando se confirmaba la muerte de alguno de ellos, su foto se retiraba.

Fue en uno de estos paneles donde Gabino Estrella, una tarde, vio la foto del soldado Luis Leguina. En el reverso de la instantánea venía el nombre de la persona que preguntaba por él, Mariana Toledo. Gabino vio que no había ninguna nota sobre Luis Leguina en el panel, lo que significaba que cualquiera que hubiera visto la foto ignoraba su paradero o su situación o simplemente no lo conocía.

Al llegar al hotel, Blanca y Mariana estaban en una mesa del vestíbulo escribiendo cartas a sus familiares en España. Gabino se acercó y dejó sobre la mesa la foto de Luis Leguina.

Blanca temió que la hubiera arrancado del panel porque tenía malas noticias.

—¿Es que sabes algo de él? —preguntó sorprendida. Ahora le parecía extraño que no se le hubiera ocurrido mencionar su nombre antes.

—No sabía que era pariente vuestro —dijo Gabino.

—Y no lo es —respondió Mariana.

—Es un amigo de Mariana. Bueno, la historia es un poco más larga. Siéntate, Gabino —le pidió Blanca.

Gabino se sentó. Mariana cogió la foto y la contempló durante unos instantes. Madre e hija le explicaron que Mariana no conocía en persona al soldado Leguina, solo lo había tratado a través de la correspondencia que habían mantenido durante tres años. Todo había surgido a raíz de un artículo en el periódico, uno de tantos que se publicaban al comienzo de la guerra y en el que un soldado que marchaba al frente solicitaba mantener correspondencia con una muchacha desconocida. Cuando el anuncio se publicó, Mariana solo tenía trece años. Pidió permiso a su madre para escribir al muchacho que iba a defender la República.

—Yo no vi nada malo en que le escribiera —dijo Blanca—, siempre que Mariana le dejara claro al soldado la edad que tenía.

Así Mariana se convirtió en madrina de guerra de Leguina meses antes de cumplir los catorce. Escribió la primera carta en noviembre del 36.

—Era la primera carta que escribía en mi vida. No sabía ni cómo se empezaba algo así. Mamá me ayudó. Es difícil dirigirse a una persona a la que no conoces, no sabes qué contarle ni cómo se tomará las cosas. Mamá me dijo que la primera carta era mi presentación y por eso debía hablarle de mí misma. Ahora me parece que le escribí una cursilada. Pero debieron de gustarle las cosas que le decía porque me escribió enseguida y me dijo el bien que le había hecho conocerme y saber que tenía alguien a quien escribir y de quien esperar de vez en cuando unas líneas. Me contó que no tenía padres, que eran tres hermanos, todos varones, que los tres habían decidido combatir y que ahora estaban separados por la guerra.

Mariana añadió que a partir de la tercera carta empezó a sentir algo por él.

—¿Algo?

Blanca miró a su hija.

—Ah, ya —comprendió Gabino.

Mariana asintió, sí, se había enamorado de él, como decían que les había ocurrido a tantas madrinas. Se intercambiaron fotos. Juraron que se conocerían cuando la guerra acabara. Su correspondencia se mantuvo tras la marcha de Mariana y su familia a Inglaterra y a Francia. En la última carta él le decía que quería casarse con ella. Mariana se había asustado. No se había atrevido a contestarle rápidamente y luego su rastro se había perdido en la desbandada trágica del final de la guerra. Blanca preguntó qué sabía de él.

—Lo conocí en la escuela militar de aviación del monasterio de los Jerónimos de la Ñora. El muchacho se preparaba para ser mecánico de aviación. Luego me crucé con él en distintos aeródromos, para entonces ya era muy habilidoso e incluso había empezado la instrucción para volar. La última noticia que tuve de él fue en febrero de 1939, cuando supe que había logrado pasar a Francia.

—Entonces ¿está vivo? — Mariana suspiró.

—Al menos salió de España, no sé dónde estará ahora.

—Eso es una noticia estupenda, hija.

—Sí, ojalá supiera dónde está. Ojalá pudiera contestar a esa última carta.

Gabino se quedó con Blanca cuando la muchacha subió a su habitación.

—Te parecerá extraño lo que te hemos contado, que una persona se pueda enamorar de otra sin conocerla —dijo Blanca.

—Creo que una persona puede conocer a otra de muchas maneras. En las cartas salen muchas verdades.

—Y muchas mentiras también.

—Pero a veces al no tener a la persona delante te atreves a decir cosas que de otro modo no dirías.

—Y el amor no funciona por lógica. Pasa y ya está. Tienes razón.

—Te puedes enamorar de una persona por una carta, por una mirada o por un silencio. Es un misterio cómo funciona. De todos modos algo sí me ha sorprendido.

—¿Qué?

—Pensé que eso de las madrinas de guerra era cosa de la Falange.

—Cuando empezó la guerra era cosa de los dos lados.

—No lo sabía.

Blanca reparó en la persona que acababa de entrar en el vestíbulo del hotel, era Nicolás Falcó, el hombre al que se habían encontrado el día que visitaron la Universidad Autónoma. Gabino miró en su dirección.

—A lo mejor te estoy entreteniendo y estabas esperando a alguien —dijo.

—No, no. Ese hombre no es amigo mío, amigo nuestro, quiero decir. Luchó con Eduardo.

Falcó reparó en ella y la expresión de su rostro se endureció.

—Ese es de los que agrian la leche solo con mirarla —apuntó Gabino.

Falcó se dirigió a la cafetería del hotel y se perdió de vista.

—Hay muchas cosas que no sé de esta guerra —continuó como si nada hubiera ocurrido—. Tal vez me muera sin saberlas.

Blanca no le escuchaba.

—Entonces... Luis Leguina y Mariana ¿llegaron a ser novios? Eso no me ha quedado claro del todo.

Blanca volvió a atender.

—Ellos creen que sí.

—¿Lo fueron o no lo fueron?, eso no se hace a medias. En la guerra no se está «solo un poquito», y en el amor tampoco.

—Yo creo que las circunstancias de la guerra les hicieron creer que vivían una historia de amor única.

—Todas las historias de amor son únicas.

—Creo que ahora, si se encontraran, sus sentimientos habrían cambiado. O se darían cuenta de que su historia está mejor en el pasado, que es donde debe quedar.

—Mariana parece muy segura de lo que siente.

—Es muy joven. Solo diecisiete años.

—A esa edad muchas mujeres ya saben lo que quieren.

—¿Y tú?

—¿Yo?

—¿No te sientes solo?

—Cómo no me voy a sentir.

Gabino trató de evitar su mirada, pero no haberla mirado a los ojos cuando los clavaba con tanta fijeza en los suyos habría sido peor.

—Pero tengo a mis hermanos.

—Pero te falta una mujer.

—Yo ya tuve una.

—Siento haberlo mencionado. Te he hecho sentir incómodo.

—No es eso. Pero si todos hablamos de las cosas que nos faltan... No me gusta la gente que solo sabe quejarse, parecen plañideras.

—No seas tonto.

—Así es como veo yo las cosas.

—Lo último que pensaría de ti es que eres un llorón.

—La pena se cuela por muchos agujeros, y uno de esos agujeros se abre al hablar de ella. Es como una invitación a que se quede con uno para siempre.

—No puedo estar más en desacuerdo contigo.

—Porque somos diferentes, los hombres y las mujeres. No pensamos de la misma manera.

—Si no compartiéramos las penas se nos pudrirían por dentro.

—Eso mismo decía ella, mi mujer.

—¿Te puedes creer que aún no se cómo se llamaba? Sé tantas cosas de vosotros, y en cambio esa...

—Se llama Paloma.

No se corrigió. La muerte, pensó Blanca, era un accidente, una circunstancia ajena al hecho de que para Gabino su mujer seguía estando viva.

Tumbada en la cama, con la mirada clavada en el techo de la habitación, Mariana pensaba en lo que Gabino le había dicho, se alegraba de saber que Luis Leguina había logrado salir de España, pero esa tarde se convenció de que ya nunca se conocerían. Mariana ignoraba su paradero en Francia y él no podía saber que ella había ido a parar a México. Y aunque lo supiera, ¿cómo iba a encontrarla? Ya ni siquiera le quedaba el consuelo de releer una y otra vez sus cartas como tantas veces había hecho.

Pero sí, sí podía leerlas porque lo cierto era que se había aprendido aquellas cartas de memoria. Fue como si un rayo le diera un calambrazo. Dio un salto en la cama y encendió una pequeña luz, sacó del cajón las hojas con el membrete dorado del hotel Regis y se puso a reproducir, una a una, las cartas de Luis Leguina. La primera, bien lo recordaba, había sido tímida y distante encabezada por un escueto «Querida Madrina». Luego habían seguido cartas cada vez más personales y atrevidas, desde aquel «¿Te puedo llamar Niña mía?» hasta el «Querida niña mía, tu nombre, Mariana, representa en Francia los valores más altos de la libertad y la hermandad. Para mí eres el amor y la alegría y sueño con el día en que la guerra acabe para que puedas regresar a España y yo pueda recibirte en la estación con un ramo de flores». En una de las últimas le decía que había hablado con uno de sus compañeros para que, en caso de que le ocurriera algo, «te haga llegar una cinta negra». Afortunadamente, esa cinta nunca había llegado y ahora sabía que estaba a salvo en Francia.

Cuando acabó de transcribir todo lo que recordaba, metió cada carta en un sobre y las dirigió a su nombre y a las distintas direcciones en que las había ido recibiendo en España y en Inglaterra. Era extraño, pero a medida que escribía aquellas cartas sentía que, de algún modo, se iba liberando de un corsé que la oprimía y era como ir cerrando, carta a carta, el capítulo que Luis Leguina había escrito en su vida. Se estaba liberando de su obsesión por él, estaba conjurando el vacío dejado por su ausencia y dejándolo libre para que algún día fuera ocupado por otro alguien. Y cuando Inés se despertó por la mañana se encontró a Mariana dormida sobre sus codos en la mesa de la habitación rodeada de cartas y sobres que iban dirigidos a ella y pensó que estaba trastornada, aunque también sintió envidia porque Mariana siempre encontraba soluciones para todos los problemas y ella seguía sin solucionar el problema de que era una ladrona. Mariana guardó aquellas cartas y no volvió a pensar más en ellas. Porque pensar en Luis Leguina era pensar en España, y como había dicho el huésped del Regis de las gafas sin patilla, el «allí» que evocaban ya no tenía nada que ver con el «allí» de ahora y era mejor mirar hacia México y vivir el presente durara lo que durase aquel viaje.

Un piano, un violín, un clarinete. Con ellos Blanca trató de crear una capa protectora en sus hijos durante la guerra y en el traslado a Londres. Desde muy pequeña había hecho suyo el credo de Schumann de que la música envía luz al corazón, de que todos bailamos al son de una música que llevamos dentro, que nos acompaña durante toda nuestra vida. La casa de sus padres fue siempre un paisaje sonoro. No había un recuerdo importante en su infancia que no estuviera asociado a la música. No solo era un bálsamo para combatir los dolores del ánimo; su compañía era capaz de alterar la percepción de la realidad y hacer que la vida adquiriera de nuevo la cualidad amable que había tenido antes de que la guerra interrumpiera bruscamente la continuidad idílica de los días. Su irrupción inesperada, el aturdimiento que creó, abrió una falla en un paisaje que siempre había sido tranquilo y seguro. La música cesó con las primeras bombas que cayeron sobre Madrid, con el estallido de las ventanas, el silbido de los obuses, pero con el paso de los días, poco a poco fue abriéndose paso para dar un barniz de normalidad donde no la había y crear en los niños y también en ella misma la ilusión de que podían volver a vivir «días corrientes». Miedo, hambre, muerte. Los edificios se derrumbaban, las familias quedaban rotas, el miedo se colaba por cada resquicio, el hambre se volvía rutina, pero la música resistió y volvió a invadir la casa, preservó la capa de júbilo de los niños del ácido corrosivo de la tragedia que vivía España. Blanca proponía partituras alegres o las dejaba de manera *distraída* sobre el piano para que los niños las encontraran antes. Sin embargo, pese a su precaución, no solo sonaban canciones alegres por la casa; las habaneras llenaban de ritmo melancólico el vacío que Eduardo había dejado para ir a combatir y las piezas sencillas de Schumann no lograban disolver del todo la congoja con su melodía pegadiza y romántica. Una canción cualquiera ponía a cualquier hora del día un disfraz al desconcierto y su eco perduraba durante el resto del día. La música desmentía la muerte, era un escudo, un refugio, su seguridad. A los cinco años, tal y como había hecho antes con sus dos hijas mayores a la misma edad, Blanca le había dado a Carlos la posibilidad de elegir un instrumento. El niño eligió un clarinete como antes Inés hiciera con el violín y Mariana con el piano. Cantaban canciones españolas e inglesas y alemanas o francesas y su pronunciación siempre sonaba «cómicamente extranjera», pero no hacía falta entender cada palabra para empaparse con la melancolía o la alegría o el humor o la pena que surgían de ellas, la música era música y ese era el único lenguaje que necesitaban comprender. El primer gasto que Blanca hizo en México para algo que no fuera comida o medicinas fue para comprar un clarinete de segunda mano, un violín de incontables y un piano por el que habían pasado tantos estudiantes que sonaba sin que nadie lo tocara; los tres procedían de una academia de música que renovaba instrumentos y los vendía a precio de saldo.

—Son el *paso previo* —le dijo a Eduardo cuando le explicó adónde había ido a parar un dinero que guardaban.

—El paso previo ¿para qué? —preguntó Eduardo.

—Para tener un hogar —respondió ella.

Blanca siempre había pensado que el arraigo empezaría el día que sintieran en el bolsillo el tintineo de las llaves de una casa propia y la pudieran llenar de música. Ese día llegó en diciembre de 1939.

11

En Santa Lucía el capitán convivía con otros pacientes «sospechosos» como él. Aunque no podía verlo, sabía que varios de ellos tenían *heridas de bala en estrella*. Con ese nombre los médicos se referían a las quemaduras que habían dejado los disparos. Muchos soldados se autoinfligían heridas para ser evacuados de los frentes. Se disparaban en las manos, en las piernas, en los brazos desde una distancia muy corta y se creaban esas cicatrices en estrella que los delataban. Los médicos tenían la orden de curarlos y devolverlos a sus unidades. Algunos evadidos no llegaban al frente, iban a parar a campos de concentración. Había uno de estos campos no muy lejos de la cueva hospital. Las condiciones allí eran tan duras que muchos pedían ser rehabilitados, lo que suponía ser enviados a las misiones más peligrosas y a una muerte casi segura. Otros eran fusilados por cobardía.

Con palos y palillos el capitán había construido un puente y otras estructuras portátiles como atalayas, pretiles, barandillas, *blockhaus* y escaleras rodantes. El doctor Bravo se maravillaba de la complejidad de las piezas y de que no hubiera necesitado los ojos para realizar aquellas construcciones en miniatura. Pero era algo que el paciente había hecho sin pensar porque aquel *conocimiento* estaba dentro de él y *su accidente* no había alcanzado ese saber metido a su cabeza. Bravo consultaba el caso con Saxton y se preguntaban cómo era posible que el trastorno que padecía no hubiera afectado a su psicomotricidad —al contrario, parecía haber estimulado sus habilidades—, y también se preguntaban de qué modo actuaba la memoria cuando se ha perdido. «Los dedos lo han hecho solos», decía el capitán, y el doctor le hacía ver que los dedos respondían a las órdenes del cerebro y el cerebro había conservado la memoria de cómo eran aquellos pequeños artefactos y, sobre todo, de cómo se hacían. Bravo seguía intrigado por su caso, no había leído nada parecido en la literatura médica que había consultado, cuando el director del Santa Lucía aconsejó su traslado. No era un hospital para crónicos ni contaban con especialistas de la conducta que pudieran hacerse cargo de él. Bravo solicitó unos días más de supervisión antes de su traslado. Lo habló de nuevo con Saxton para que lo ayudara a retener al paciente. No le parecía un farsante, lo que llamaban un «simulador», aunque no sabía qué pensar de él. Era como si solo tuviera una pérdida selectiva de memoria. Se puso en conocimiento del alto mando la situación del oficial y se pidieron antecedentes médicos a su unidad. En el informe médico del día 30 de julio Bravo escribió: «El paciente se muestra sereno y comunicador, sin reacciones agresivas, continúa desorientado e ignora las circunstancias en que se produjo el accidente, se muestra excepcionalmente hábil con las manos». El estado de su visión no había variado de manera sensible desde su llegada, pero a medida que pasaban los días temblaba menos y se mostraba más abierto y confiado. Iba aportando detalles que el teniente anotaba en su ficha, no veía en negro sino en un gris oscuro con matices que iban de lo sombrío a lo brumoso, todo era penumbra pero una penumbra en la que distinguía la calidad de algunas sombras: sombras cenicientas, mortecinas, siniestras, crepusculares.

En los días que llevaba en el hospital había aprendido a reconocer a los heridos y a los médicos por su voz, a distribuir espacialmente las camas y a calcular la distancia entre ellas, a orientarse por la sala general sin chocar con ningún mueble, a sentir la presencia cercana de alguien por el aire que desplazaba, a separar los olores y clasificarlos en sustancias químicas, a presentir la muerte de los pacientes más graves, a distinguir las voces de las enfermeras inglesas, australianas y americanas por su tono y su acento. En todas las visitas el teniente Bravo repasaba con él las preguntas que le hiciera en su primera visita. El capitán nunca se apartaba de sus primeras respuestas, al dispersarse la nube que se lo había tragado fue como si se apagaran de repente las bombillas de los ojos, como si algo se desconectara por dentro de su cabeza. Recordaba que estaba cerca del río, pero no hechos concretos. Recordaba sentimientos. Sensaciones. El doctor le preguntaba por ellas. El capitán se refería a la sensación de no haber acabado una tarea, como cuando la lectura de un libro se interrumpe bruscamente en mitad de una página. Era como si le hubieran desgajado de una misión, arrancado violentamente de ella. A veces siente que está cerca de recordar su nombre, tiene también la sensación de que tenía una familia *en alguna parte*. La visita acababa siempre de la misma manera, con el capitán mencionando su sospecha de ser un desertor y con el doctor Bravo recordándole que ya había gente en el ejército que se ocupaba de esos asuntos, pero no ellos: «Esto no es un tribunal, es un hospital. No encontrará una toga por aquí, solo batas blancas».

Cuando la enfermera Dawson guiaba al capitán por los alrededores de la cueva trababa de aclarar su oscuridad, de encontrar el camino a sus recuerdos. A veces jugaba con él a juegos de asociaciones. Ella decía una palabra y él respondía rápidamente con lo primero que le viniera a la cabeza. A medida que progresaban en el juego más cerca se sentía la enfermera de su curación. Pero ella parecía la única en alegrarse. El capitán se sentía vacío, insensible, era como si el alma le hubiera abandonado el cuerpo, a eso se parecía la ausencia de recuerdos.

«Somos lo que recordamos y también lo que no recordamos», le dijo en una ocasión Dawson. «Hay una fuerza en usted que brota del hombre que es, aunque ahora no recuerde quién es ese hombre.»

A veces la enfermera Dawson le daba noticias de los avances al otro lado del río o leía para él los partes que llegaban al hospital. ¿Resistían los puentes?, preguntaba el capitán. Los puentes se caían pero volvían a levantarse, le explicaba Dawson. Los derrumbaban cada tarde y cada mañana los volvían a construir. «El primer puente fue un tronco sobre el lecho de un río», comentó el capitán. «Así de sencillas son a veces las soluciones a los problemas de la vida, solo un tronco sobre un río.»

Una tarde Dawson pudo por fin afeitar al capitán. Sin barba su cara parecía pequeña, como un bosque que de pronto se queda sin árboles, comentó. El capitán le preguntó cómo era su rostro y Dawson se lo describió. Lo cierto era que había cambiado su aspecto hasta el punto de parecer un hombre diferente. Incluso sus ojos parecían haber recuperado algo de brillo, como si la vida volviera a ellos poco a poco. ¿Y ella? ¿Cómo era ella? Dawson rió, le era difícil hacer un retrato de sí misma; estaba segura de que caería en la tentación de mejorar el original falseando un poco la verdad, bromeó. Entonces él tendría que hacer ese retrato, los ojos de los ciegos eran las manos, dijo el capitán, y preguntó a la enfermera si le dejaba pasar sus dedos por su rostro. Dawson cogió su mano y ella misma fue guiando los dedos por su frente, sus ojos, sus mejillas y sus labios. A cierta distancia, bajo la sombra de unos árboles, un grupo de pacientes se hallaba reunido en torno a dos enfermeras. Cantaban, era una hermosa habanera. «Todas las mañanitas viene la aurora...» Dawson sintió la mano del capitán apretando la suya. Vio sus labios susurrando la canción, repitiendo muy quedo la letra, conocía las palabras y la música: *recordaba*. Aquella música era el tronco sobre el río, el puente por el que el capitán tal vez podría pasar por fin de la orilla del olvido a la orilla de la memoria.

Entonces llegaron las migrañas. El capitán llevaba dos días sin salir de la cueva, había comenzado a tener fuertes dolores de cabeza que lo tenían postrado en la cama. Su situación se había estancado y empezaba a perder la esperanza de recuperarse. Hasta que sufrió el apagón no se había dado cuenta de que eso es lo que son los ojos, bombillas que un clic voluntario o caprichoso enciende o apaga. ¿Dónde estaba el interruptor que podía devolver la luz a sus ojos?, preguntaba angustiosamente. El doctor Bravo sugirió tapárselos para ayudarle a descansar: «Aunque no vea, los nervios de sus ojos están haciendo un gran esfuerzo. Se los destaparemos unas horas cada día y veremos cómo evolucionan esas migrañas».

Iba a ordenar a la enfermera Dawson que se los vendara cuando el capitán le exigió que le aclarara su situación. Llevaba varios días en el hospital, había pasado muchos exámenes pero el doctor aún no le había dicho qué era lo que originaba su ceguera. ¿Había alguna causa fisiológica, neurológica? Si sus nervios oculares no estaban dañados, entonces ¿qué era lo que le impedía ver? «¿Cuándo voy a recobrar la vista, doctor?» El teniente Bravo le explicó que a su vista no le pasaba nada, no podía recobrar algo que en realidad no había perdido. «Usted ve aunque *crea* que no ve», le explicó. «Ha estado viendo todo este tiempo.» El capitán alzó la cabeza como si el significado de aquella respuesta se hubiera perdido en el aire y lo buscara angustiosamente. «Ha decidido no ver. ¿Entiende ya lo que le ocurre, capitán?»

Le habló de otros casos de neurosis de guerra. Quería familiarizarle con el hecho de que no estaba solo ni había perdido el juicio. Su pérdida de conciencia era fruto de algo que vivió y su consciente no pudo soportar. Tenía fatiga de combate. Le habló del comunicado de desaparición de un oficial del Cuerpo de Ingenieros, capitán Eduardo Toledo, ¿le decía algo ese nombre? Había desaparecido el 25 de julio, al supervisar la reconstrucción de la orilla de un tramo del río Ebro. Su unidad fue atacada por la aviación rebelde. Murieron dieciséis soldados. En realidad, eran dieciséis niños. El capitán Toledo logró sacar a cinco heridos del agua y ponerlos a salvo en la orilla. La línea telefónica quedó rota por el bombardeo. Cuando intentaba reparar las líneas junto a dos soldados cayó un obús a pocos metros y los lanzó por los aires. Fruto de ese estallido y de lo ocurrido en el río tal vez su mente se quebró. Debió de errar desorientado por los montes sin saber adónde dirigirse. Si aún no había sido interrogado por sus mandos era porque la urgencia de la guerra así lo exigía, era necesario posponer los asuntos individuales para concentrar las energías en el avance y la ruptura del frente rebelde. El capitán Toledo no era un desertor ni un cobarde. Los sobrevivientes del bombardeo y aquellos a los que sacó del río estarían dispuestos a asegurarlo.

A la mañana siguiente el capitán despertó y comprobó que las sombras a las que su mundo se había reducido empezaban a aclararse por los bordes. La sensación de poseer un nombre era parecida a la de apoyar un pie con la confianza de que el suelo no va a ceder, aunque aún no fuera capaz de recuperar todo lo que ese nombre significaba. Le dijo al doctor que era como si la luz fuera ahuyentando su ceguera desde el exterior hacia el interior de la imagen, como si el centro fuera succionando las sombras poco a poco, atrayéndolas como el desagüe de un lavabo cuando se quita un tapón. Por fin pudo poner cara a las voces de los médicos y enfermeras que lo habían cuidado. Las migrañas habían desaparecido.

El capitán fue visitado por un coronel del Cuerpo Jurídico en los siguientes días. Los doctores certificaron que no era un simulador, ni un evadido ni un cobarde. Tanto Saxton como el teniente Bravo aconsejaron alargar su convalecencia, pero ante el recrudecimiento de los combates se decidió evacuar a los pacientes a un hospital general en la retaguardia. En la columna de evacuados de aquel día de agosto, catorce días después de su llegada, iba el capitán. Se repuso en un sanatorio psiquiátrico de Tarragona y al cabo de unas semanas volvió a su unidad y estuvo con ella hasta el fin de la guerra. Había vuelto a ser el oficial del batallón de Ingenieros y se había recuperado de las secuelas del ataque de la aviación aquel lejano día. Pensó que nunca más iba a ver a las personas que lo habían atendido en el hospital. Pero no fue así.

La suerte fue muy distinta para el personal sanitario de la cueva hospital. Saxton volvió a Inglaterra y entró a trabajar en el Servicio de Transfusión del ejército inglés. Todos los miembros médicos y sanitarios de las Brigadas Internacionales tuvieron que abandonar España tras la orden de retirada inmediata anunciada por Negrín ante la Sociedad de Naciones. Otros médicos fueron hechos prisioneros por las fuerzas de Yagüe o murieron durante los combates incapaces de abandonar a los heridos que no podían ser trasladados. Durante la retirada de las tropas de Cataluña ante el avance de los rebeldes, muchos médicos ayudaron y curaron a desertores aterrorizados, hambrientos, enfermos y maltrechos que abandonaron su unidad y sus armas en aquellos días de confusión y terror. Entre las personas que socorrieron y ampararon a muchos evadidos estaba el teniente Bravo. Durante una operación en un improvisado hospital de campaña, un grupo de exaltados irrumpió violentamente. Bravo y una de las enfermeras que lo asistían fueron sacados a la fuerza del quirófano y llevados ante un pelotón de fusilamiento acusados de haber dado apoyo y auxilio a los desertores que huían ante el enemigo. Frente al pelotón, dirigido por un sanguinario comisario célebre por aplicar medidas ejemplarizantes, Bravo y la enfermera se dieron la mano. Hasta ellos llegaban los gritos y llantos de sus compañeros que habían sido obligados a punta de fusil a permanecer en el interior del quirófano. No quiso cerrar los ojos sino enfrentarse cara a cara con sus asesinos. Pero ni siquiera con los ojos abiertos llegó a explicarse de dónde surgieron aquellos soldados que obligaron al comisario a entregar el mando, detuvieron el fusilamiento y desarmaron a la patrulla incontrolada y que iban comandados por un hombre al que conocía bien, el capitán del batallón de Ingenieros al que había cuidado aquel verano.

12

El español Guillermo Barón no era de los que pensaban en la suerte de los españoles que habían quedado atrapados en los campos de concentración de Francia o las cárceles de Franco. Vivía en una elegante mansión que antes había sido sede de una embajada. Tenía fábricas de azulejos, una forja y una serrería cerca de San Luis Potosí. También era dueño de varios pisos en alquiler. Como muchos de los españoles instalados en el país desde hacía años, veía con recelo la llegada de refugiados. No le daba las llaves de uno de sus pisos a cualquier *agitador* y aunque hubiera deseado que solo españoles de orden invadieran sus posesiones —aquellos que apoyaban la nueva España que Franco había impuesto—, había decidido no hacerle ascos al oro republicano. En realidad ya no necesitaba el negocio de alquiler para vivir, pero le costaba deshacerse de los pisos que había acumulado. Llevaba quince años radicado en la capital y había multiplicado su fortuna en el último año al conseguir un contrato como suministrador de hierro para farolas con los ayuntamientos de varias ciudades mexicanas.

El apartamento de tres habitaciones que Blanca le alquiló estaba en Colonia Roma y pagaban por él ciento veinte pesos al mes. Ahora que abandonaban el hotel Regis donde tantos amigos habían dejado, el riesgo más evidente que corrían era el de sentirse aislados, y ese era a su vez el más fácil de conjurar. No pasó mucho tiempo antes de empezar a recibir a amigos en aquel modesto piso. La primera reunión se produjo a los pocos días de instalarse, cuando ni siquiera contaban con vasos suficientes o sillas para todos. Era una forma no solo de mantener los vínculos entre compatriotas, sino de alentar la sociabilidad de todos los miembros de su familia, algo que a Blanca siempre le inquietaba. Así, poco a poco, los miércoles se convirtieron en un día de encuentro donde se compartía una cena a la española, donde inevitablemente se compartían también las cartas que llegaban de España y se acababa cantando las canciones que habían atravesado el océano con ellos. Tácitamente se había impuesto una norma, eludir los debates *guerracivilistas*, pero no siempre era posible hacerlo. Para que los vecinos no se quejaran del ruido que salía hasta las tantas del piso de los rojos españoles, Blanca y Eduardo llamaban esas tardes a sus puertas y los invitaban a compartir un vaso de vino. No solo acudían los amigos que habían hecho en el hotel Regis o durante el viaje, sino que en ocasiones estos traían a algún invitado de última hora entre los que estaban otros compañeros de exilio como el doctor Puche, el cartelista Bardasano o el escritor Juan Rejano, que siempre llevaba bajo el brazo algún ejemplar de la revista *Romance* que dirigía. Aunque el presente acaparaba las charlas y el ánimo de las veladas era casi siempre optimista, a veces, en alguno de los corrillos que se formaban en el pasillo o el rellano de la escalera, se caía en la tentación de recordar la guerra y por unos instantes una sombra descendía sobre los que habían convocado a los fantasmas y el entusiasmo con el que habían ido llegando a la casa se desleía tibiamente. Alguna voz se lamentaba entonces de haber entregado el país a unos usurpadores y se preguntaba si no habría que recuperar a la fuerza el poder en vez de esperar a que los Aliados hicieran el trabajo por ellos en Europa. Pero ¿cómo iban a enfrentarse a un enemigo que desde febrero del 39 había sido reconocido por naciones como Francia o Inglaterra? ¿Con qué armas? ¿Con qué fuerzas? «Si el único modo de reconquistar España es con más sacrificio y más muertos, no quiero saber nada», decía Eduardo cuando pasaba al lado de alguno de los corros atendiendo a sus invitados, y siempre trataba de introducir algún tema con menos aristas para que la fiesta no se aguara.

Pero una vez la palabra «guerra» había saltado como una liebre no se soltaba la presa tan fácilmente, y Eduardo y los demás que como él opinaban que aquel tema siempre acababa en trifulca, se tenían que aguantar. Algunos como Pepe Somoza creían que haber sobrevivido los obligaba moralmente a no olvidarse de *rescatar* a España; otros pensaban igual que el arquitecto, que ya solo eran combatientes de salón. Durante su visita a México, Negrín había instado a los exiliados a seguir vigilantes la causa de España. Nunca se refería solo a España, siempre que hablaba de ella decía «la causa de España» o, lo que es lo mismo, la *causa pendiente*. Negrín había dicho que la situación se revertiría cuando los países democráticos recuperaran la razón y dieran la espalda a un gobierno sin legitimidad moral y política; también contaba con que los españoles antes o después se levantaran contra él. Había llegado a poner fecha al fin de la represión: «Dos años más y todos los que se han ido podrán volver a España».

Fue en una de esas reuniones, a finales de febrero, cuando se oyó hablar de algo que iba a levantar polvareda hasta el comienzo de la primavera. Habían estado esa tarde en el acto que los de la Junta de Cultura habían organizado para conmemorar el aniversario de la muerte de Antonio Machado, y a la salida, en un goteo desordenado, espontáneo, triste, muchos habían ido a llegando a casa de los Toledo.

«Un año ya desde la *gran marea*», suspiró Blanca mientras preparaba algo en la cocina junto a Rosa Jover y Leonora. No podía apartar de su mente las imágenes de la riada de refugiados que habían acompañado al poeta y su madre a Colliure un año antes y que se habían expuesto en el homenaje. Así habían denominado en los pies de foto al cruce de españoles por la frontera, la gran marea, la estampida, la diáspora. Cuánta tristeza les había dado ver a tanta gente atravesando la nieve de las montañas envuelta en mantas o capotes del ejército, niños de mirada aterrorizada, ancianos a los que ayudaban con sus exiguas fuerzas los familiares que también huían de España, cadáveres que habían quedado tendidos sobre la nieve, las manchas marrones de sangre sobre el blanco puro, los bultos que quedaban tirados a los lados de aquella riada de gente cuando fallaban las fuerzas para seguir acarreándolos...

Paco Jover mezclaba sangría en una ponchera y, alarmado por la tristeza que percibió en el grupo de las mujeres, trató de ahuyentarla evocando un chismorreo que andaba corriendo por ahí. En primavera se iba a realizar en la Alameda una exposición con las fotos que Dora Maar había tomado de Picasso y el *Guernica*. Jover había oído decir a algunos que el famoso cuadro no representaba el bombardeo de la ciudad vasca ni era una denuncia de la barbarie de las guerras.

—Dicen que Picasso lo habría concebido como homenaje a la muerte de Ignacio Sánchez Mejías, su amigo torero.

—Eso no puede ser —dijo Rosa—, se sabría.

—Vamos, que era algo que ya estaba en la cabeza del pintor antes del encargo —continuó su marido—. Lo que ocurre es que luego, a raíz del bombardeo, lo transformó.

—Primera vez en mi vida que oigo nada parecido —dijo Blanca.

—Lo que viene a demostrar que todas las interpretaciones sobre el cuadro solo son eso, interpretaciones —concluyó Paco.

Somoza, que llegaba en ese momento, se tomó el asunto como algo que lo afectaba personalmente y tachó el rumor de chisme malintencionado.

—Alguien trata de neutralizar la fuerza simbólica del cuadro soltando ese bulo, seguramente algún gachupín franquista —bramó encendido.

Las mujeres se extrañaron al verle tan enfadado.

—¿Por qué te pones así, Pepe? Es solo un cuadro —dijo Rosa.

—¿Solo un cuadro? Aunque fuera solo eso tengo derecho a sulfurarme porque hay mucha mala baba detrás de ese bulo. Pero es que da la casualidad de que el *Guernica* es mucho más que un cuadro.

Jover no decía que fuera cierto lo de Sánchez Mejías, solo decía que tenían razón los que afirmaban que el encargo se había hecho meses antes del bombardeo, así que bien pudo haber algún boceto para un cuadro que no iba a ser el *Guernica* y que luego se adaptó a la obra final. Somoza creía que Picasso no necesitaba utilizar *material de derribo* de cuadros anteriores y decir eso cuestionaba su genialidad, algo para él sagrado e intocable. Su discusión con Jover trascendió los límites de la cocina. Se incorporaban a ella otros invitados que iban alineándose a uno y otro lado. Unos defendían la única versión oficial hasta ese momento, que el cuadro era una denuncia a la barbarie de la guerra; otros no dudaron en aceptar que la iconografía del cuadro podía interpretarse como una alusión a la muerte del torero. Los primeros se negaban a renunciar al poder icónico y sagrado del cuadro; los segundos aceptaban que tal vez la historia oficial, la de que lo había empezado conmovido por la noticia del bombardeo, una vez más estaba levantada sobre una mentira conveniente.

Esa noche, alguien había llevado un invitado nuevo a la casa, o tal vez había seguido al grupo desde el homenaje a Machado, o simplemente se había colado al ver franca la puerta. Como siempre había alguna cara desconocida a nadie le extrañó su presencia. Era un hombre de unos veinticinco años que durante buena parte de la velada había permanecido silencioso. Se llamaba Federico y trabajaba como soldador antes de la guerra. Había bebido mucho y parecía algo indispuesto. Blanca sugirió a Eduardo que lo llevara a su habitación para que se echara un rato en la cama hasta que se le pasara la borrachera, pero Federico aseguró que estaba bien y que prefería irse a dormirla a casa. Sin embargo, antes de incorporarse para marcharse dijo algo:

—Yo estuve en Guernica. Cuando lo del bombardeo. Estuve allí.

Las voces que había alrededor se fueron apagando y todo el mundo concentró en él su atención. Federico no sabía nada del encargo del cuadro de Picasso, pero de la villa sabía mucho y podía contar cómo fue aquel infierno. Blanca y Eduardo se miraron. Nadie quería escuchar un parte de guerra y menos aún esa noche en que la evocación de Antonio Machado por la tarde los había afectado tanto.

Aún quedaban llamas sin apagar cuando él y su unidad llegaron a la ciudad, dijo Federico; aún estaban recogiéndose los cadáveres. Gabino y Marcial, sintiendo cómo se espesaba el ambiente, pidieron al muchacho que no recordara asuntos tan tristes, todos querían pasar página y aquel no era lugar ni momento para hablar de aquello. Federico obvió su petición y contó que había escuchado muchas historias a los supervivientes.

—Fueron dos los ataques. El primero a las tres de la tarde, cuando la gente paseaba por el mercado en la plaza central. Las campanas empezaron a sonar advirtiendo de la llegada de aviones. La gente corrió a los refugios; los que podían, porque a otros les pilló en los campos y estos no pudieron ponerse a salvo. La primera bomba había sonado lejos, a las afueras, nos dijeron, luego los estallidos habían ido sonando cada vez más cerca del centro de la ciudad. El ataque duró quince minutos. Cuando los aviones se alejaron la gente pensó que ya había pasado lo peor y comenzó a salir de los túneles y sótanos. Empezaban a hacer recuento de las víctimas cuando las campanas sonaron de nuevo. Volvían los aviones. Quedaba lo peor aunque no lo sabían, ignoraban que esta vez su ataque no iba a durar quince minutos sino tres interminables horas. Entre las bombas que caían algunas eran incendiarias, la ciudad fue presa de las llamas. A la gente que, al verse cercada por las bombas, salía de los refugios y corría despavorida los aviones la ametrallaban. Mujeres, niños y ancianos quedaron tendidos en las calles.

Federico hizo una pausa y bebió un poco de agua. Aquella había sido la mayor atrocidad de la que había tenido noticia en los tres años de guerra, dijo, pero al segundo se corrigió. No, no era la mayor, porque aquello no lo había presenciado con sus ojos. Había otra barbarie en la que sí había participado.

—Amigo, ya basta por hoy, déjeme que le acompañe a casa —dijo el doctor Puche.

Federico volvió a desoír el ruego y continuó con su relato. Fue al comienzo de la guerra, cuando todavía las milicias estaban descontroladas y los atropellos estaban a la orden del día, dijo. Su grupo había sacado a seis seminaristas del dormitorio de un colegio y los habían fusilado una madrugada; chavales de dieciséis y diecisiete años, desorientados, aterrados, cuyo único crimen había sido prepararse para ser sacerdotes. Recordaba sus ojos desorbitados, su expresión de terror frente a los fusiles que los apuntaban. Fueron cayendo al suelo uno a uno como peones de un tablero que una mano tumba a capricho. Federico hizo una pausa pero no miró a los ojos de nadie, fue una pausa para sí mismo, para recobrarse de la emoción que el recuerdo había despertado. Fue una represalia. En un pueblo que no habían podido tomar días antes un cura les había estado disparando desde la torre de una iglesia y se había llevado por delante a varios compañeros. Alguno de los presentes intentó mitigar el impacto de ese silencio con alguna palabra torpe, pero parecía que aún sonaba en el aire de la habitación la andanada que había derribado a los muchachos. Entonces Federico, sumido en un trance, comenzó a nombrarlos, a cada uno de ellos, nunca se había olvidado de sus nombres, se había obligado a recordarlos: Fermín García, Rafael Botella, Manuel Melgar, Benito Puertas, Antonio Simón, Germán Bueno. Marcial, Gabino, Somoza y todos los presentes se revolvían incómodos y tensos. Desearían no haber escuchado nunca esa historia, ni tampoco esos nombres, no haber imaginado esas caras. Blanca y Leonora, paralizadas por la historia, se miraban; Blanca se levantó y se puso a acariciar el piano mientras Leonora se ponía a vaciar ceniceros mecánicamente, huyendo de la atmósfera espesa que los engullía a todos. Eduardo, sin embargo, miraba a Federico como si acabara de descubrir a un par. Aquel hombre era la prueba de que él no era el único que cargaba con los nombres de la guerra. Federico, ahora sí, recorrió con su mirada los ojos de los presentes; aún se preguntaba muchos días qué había ocurrido dentro de él para haber sido capaz de levantar un arma contra aquellos niños, y a falta de respuesta siempre se decía que había disparado porque estaba ciego, porque el miedo lo había aturdido. No había titubeado ante el paredón; obediente, había apretado el gatillo igual que habían hecho el resto de sus compañeros.

Si había algo que ninguno necesitaba era que alguien les recordara que en aquella habitación ya no quedaba ningún inocente. No había sido una confesión desde el yo sino desde el nosotros. Federico los había arrojado pendiente abajo por una montaña, al encuentro de sus propias zonas oscuras, los había empujado a recordar los episodios más vergonzantes de la guerra, los momentos en que habían mirado hacia otra parte ante abusos y maltratos degradantes, los momentos en que se habían dejado —también ellos— corromper por la desesperación, los momentos de los desquites, de las revanchas.

—No he venido a México a ajustar cuentas con nadie y tampoco voy a ajustarlas conmigo —dijo Somoza.

La reunión duró hasta bien entrada la madrugada. Para entonces, Federico ya se había marchado. Mariana se había levantado de la cama y llevaba un buen rato escuchándoles hablar desde el pasillo. Somoza ardía escandalizado por lo que había hecho aquel invitado incómodo, ¿quién le había invitado a soltar sus mezquindades y sus miserias? Qué a gusto debería de haberse quedado liberándose de todo aquello. Pero no tenía derecho a envenenarles a todos con esa historia putrefacta. Hubo intentos por sofocar la cólera de Somoza, aunque todos o casi todos compartían su indignación.

—Cuando la guerra solo era algo que iba a terminar en unas semanas todos habríamos puesto la mano en el fuego por que no cometeríamos atrocidades —dijo entonces Gabino, serena, pacíficamente—. Todos la habríamos perdido —añadió—, y el que piense de otra forma, si es creyente, debería rezar a su Dios para que nunca le ponga de nuevo a prueba. Pero lo hecho, hecho está, y lo único que podemos hacer es aprender a vivir con ello.

Mariana pudo oír la voz de su padre, que de pronto se ponía a hablar de cuadros sin que ella entendiera muy bien por qué lo hacía:

—De lo que va ese cuadro es de la pérdida.

Todos se callaron de pronto. Eduardo continuó:

—Y lo hace recordándonos las bombas y la crueldad de la guerra. Pero va más allá de la guerra. Lo que ese cuadro cuenta es que todo lo que quieres algún día morirá, se te irá de las manos. Todo acabará destruido y muerto. Eso es lo que dice para mí.

Lo dijo como si hubiera cazado una pregunta que había quedado suspendida y que acababa de pasar por su lado. Nadie añadió nada más.

A Mariana le estremeció el tono que percibió en su voz como le había estremecido escuchar las confesiones de aquellos amigos de sus padres a los que consideraba, esencialmente, hombres buenos, combatientes empujados a cruzar las líneas que nadie nunca debió haber cruzado. En camisón y descalza, se asomó al umbral de la sala donde los invitados que quedaban estaban repartidos por el suelo y los sofás. Blanca reparó en ella pero no la envió a la cama. Dejó que se quedara allí, en silencio, observándoles, participando a su manera de aquella atmósfera que se parecía a la que sucede a una ceremonia de purificación. O a una devastación. Durante unos instantes nadie tuvo ánimo de romper el silencio. Parecían dormidos o cansados después de una larga batalla. Habían sido alcanzados de lleno por aquellos nombres que Federico había dejado en el aire y que aún sonaban como salvas que les recordaban que ellos también llevaban a cuestas todos los nombres de sus compañeros caídos, todas las vidas fallidas que habían visto quedarse en el camino. O que habían quitado.

Gabino observaba a Blanca, que permanecía ajena a su mirada; era como un tendido eléctrico que cruzaba la habitación y hacía crepitar el aire que respiraban, y entonces, con la sencillez con la que a veces ocurren las grandes cosas, una verdad pequeña, íntima, insignificante si se comparaba con todo lo que se había escuchado esa noche, se hizo palpable para Mariana: Gabino estaba enamorado de su madre, y mientras su padre, con la cabeza echada hacia atrás y los ojos cerrados, escapaba a esa revelación, ella sintió moverse bajo sus pies el río de sentimientos que discurría, en aquella habitación, bajo la superficie de las palabras.

PRADES

1

El doctor Bravo salvó de una zancada los últimos peldaños del Luis Vives y atravesó la verja. Cruzó el jardín sorteando a un grupo de niños y niñas que atendían una clase al aire libre. El maestro al que seguían indicaba con un lápiz distintos puntos de una esfera y les explicaba algo sobre la inclinación de los rayos solares. Ponía la esfera al sol y luego bajo las ramas de un árbol y luego otra vez al sol, y señalaba la parte que quedaba a oscuras al hacerla girar, les explicaba el día y la noche y la importancia de la inclinación del eje de la Tierra y les hablaba de lo que pasaría con los osos polares si se corrigiera esa inclinación. La mención de los animales desató un alegre jolgorio y de ese cabo asomaron también los pingüinos, las focas y las morsas y sus sonidos y movimientos patosos sobre el hielo. El aire se llenó de risas. Bravo recordó el coro de los niños del poema infantil de Machado, «mil veces ciento, cien mil. Mil veces mil, un millón». No podía imaginar un cuadro más alejado al de los escolares aburridos empapados de melancolía del poema que aquel momento pleno de luz y vida. Después de enfrentarse en los últimos años con la muerte día a día, de vivir muchos *últimos instantes*, de haber tenido que cerrar muchos párpados, trabajar con niños iba a permitirle contagiarse de su creencia poco fundamentada en que la cuenta de los días es infinita. Siempre esa sensación que ahora experimentaba, la de que acababan de llegar a este mundo un segundo antes, la de que cada momento era un estreno absoluto. Respiraban el aire de cada novedad como si estuvieran dotados de mil branquias, se les colaba la vida en el cuerpo a bocanadas, a borbotones. Gritos, risas, preguntas que aquel maestro trataba de responder sin impacientarse. Sin haberlo pensado antes, le parecía que era eso lo que le había llevado a México, vivir esa escena que ahora presenciaba, ese era el propósito, desaprender la supervivencia y aprender de nuevo, y nada mejor para ello que la curiosidad insaciable de un niño, que era la esencia de vida, ese maravillarse por todo. Entró con su maletín en el edificio. Le gustó aquel bullicio amortiguado que encontró al entrar en el vestíbulo. Había un revoloteo de voces y empleados que iban y venían con esa determinación con la que la gente se mueve cuando conoce bien sus quehaceres. En una esquina alguien daba instrucciones a unas mujeres con delantales blancos que debían de pertenecer al personal de la cocina, en otro lugar dos profesores hablaban frente a un panel de información que tenía colgados carteles y notas. Sonaba música y voces infantiles que ensayaban una canción en un aula del primer piso. La luz que entraba por los ventanales contribuía a reforzar esa atmósfera de alegría y vida en ebullición que sin saber por qué le hacía pensar en las nebulosas donde nacen las estrellas. En recepción se presentó a una secretaria, mostró sus papeles y preguntó a qué sala debía dirigirse. Ese día empezaba a trabajar en el programa de Inspección Médica Escolar. La mujer le acompañó hasta la sala donde iban a tener lugar los exámenes médicos. Allí le esperaba la enfermera que la organización médica de la JARE había enviado para ayudarle.

Mientras hacían los preparativos y aguardaban la llegada

de los primeros alumnos notó en el estómago una excitación que no había vuelto a sentir desde la época de estudiante. Después de salir de España había pasado ocho meses en un dispensario en Amélie-les-Bains atendiendo a refugiados españoles y tratando casos de sarna, diarreas, infecciones, malnutrición y, sobre todo, depresiones y angustia. Había conocido en Francia a una enfermera, Susana Porto, y se había casado con ella tras un rápido noviazgo. El matrimonio no había empezado con buen pie, pues solo después de casados ella le habló de su gran amor, al que había perdido en la guerra, y día a día se habían ido haciendo más claras las diferencias entre ellos. A veces Bravo tenía la sensación de que convivían con un fantasma que *se despertaba* y se interponía entre ellos cuando menos lo esperaban. En un matrimonio, tres son multitud, se decía y creía que el tiempo acabaría ahuyentando a aquel inquilino fantasma que se presentaba por sorpresa sin invitación. Susana trataba de ser y de hacerle feliz, pero cuanto más notaba él su empeño en quererle, más se daba cuenta de que se veía forzada a compensarle por aquel *pequeño obstáculo* en forma de ánima o espíritu que había introducido entre ellos, y eso le hacía sentir como el jugador del banquillo que espera que el titular se lesione para saltar a la cancha. Cuando pensaba en ello Susana le parecía una de esas personas que desconfiaban de la gente «demasiado alegre», que no derramaba «lágrimas de felicidad», pero ¿sería así siempre?, ¿había sido siempre así? ¿Cómo era Susana? Sus ojos eran pardos y un misterio titilaba en ellos como el brillo del sol en la superficie del mar, un misterio que invitaba a explorarlo, que atraía como atrae el vacío a un desesperado. Cuando la guerra con Alemania estalló y las cosas se pusieron realmente feas, lograron entrar en una de las listas del exilio y tras un viaje de veintitrés días en el que tuvieron que sortear a varios submarinos alemanes, su barco llegó a Veracruz.

En México vieron una oportunidad para sanar su matrimonio. Los fantasmas habían quedado en Europa, a más de nueve mil kilómetros de distancia. Pareció que el viaje y el exilio daban un nuevo impulso a la pareja. Descubrieron cierta complicidad y un deseo común de que aquello funcionara. Un componente nuevo entró en el matrimonio, la alegría. «La Garbo ríe», el eslogan con el que por entonces se vendía la película *Ninotchka*, parecía pensado para la nueva Susana. En sus primeros meses en el país, Bravo fue a parar a unos laboratorios de análisis clínicos. Buscó al doctor Márquez, a quien Cárdenas había encomendado coordinar la homologación de títulos españoles y que ya había conseguido regularizar a trescientos profesionales. El doctor Márquez, decano de la Facultad de Medicina, había sido profesor suyo. Él y su mujer, la prestigiosa doctora doña Trinidad Arroyo, rondaban los setenta años y se habían convertido en padres adoptivos de buena parte de los médicos exiliados. Se ofrecieron a ayudarles y a alojarles en su casa mientras sus papeles pasaban por el comité de evaluación de credenciales y obtenían el permiso necesario para ejercer.

Después de unas semanas encerrado entre tubos y microscopios consiguió la credencial y aquel nuevo destino que le iba a permitir, entre otras cosas, seguir activo en la medicina y estar en contacto con las familias de los refugiados. Para entonces el Luis Vives ya contaba con doscientos cincuenta alumnos matriculados. Algunos eran mexicanos pero la mayoría eran españoles.

Había auscultado, medido y vacunado a dos cursos de escolares cuando reparó en los apellidos de la alumna que aguardaba en la cola su turno para el examen. Sintió que algo daba un brinco dentro de su pecho aunque se las arregló para guardar las formas ante la niña que lo miraba.

El doctor la auscultó y fingió sorpresa al oír el sonido de sus pulmones.

—Así que fumas a escondidas, ¿eh, Inés Toledo? Apunte en la ficha «fumadora de primera».

Inés se quedó tan desconcertada como la enfermera y cuando comprendieron que bromeaba, las dos rieron.

—Abre la boca, por favor, voy a examinarte la garganta. ¿Cuántos hermanos tienes, Inés? —No quería incomodar a la niña con preguntas pero tampoco dejar escapar la oportunidad que le brindaba aquel encuentro inesperado.

Inés levantó la mano con el índice y el corazón estirados y el doctor Bravo introdujo un bastón estéril en su boca.

—Así que sois tres. Y tú eres...

—La *fegunda*... —dijo con dificultad porque el bastón ocupaba casi toda su boca.

Estuvo haciéndole preguntas con fingida indiferencia mientras trataba de componer en su cabeza cómo sería, si es que se trataba de la misma, la familia que aquella lejana mañana en Santa Lucía el capitán Toledo había evocado de manera vaga y confusa.

—Has venido a parar muy lejos de casa.

—España ahora está a los dos lados del mar —dijo Inés como si repitiera una verdad del Evangelio.

—¿Y eso quién lo dice?

—Mi madre. Y mi padre. Los profesores, mi hermana Mariana...

Y empezó a añadir nombres: Gabino, Mauricio, Marcial, Rosa y Paco Jover y... No le alcanzaban los dedos de las manos.

—¿Y esto te gusta? —La detuvo—. ¿Sabes que tienes dos caries? Aquí y aquí —le señaló—. ¿Comes muchos dulces?

El doctor Bravo se mostraba tan familiar con ella que la enfermera que lo ayudaba lo miró algo extrañada. Era evidente que se estaba demorando en su examen más de lo que requería. Bravo no apartaba los ojos de Inés; tratando de no resultar intimidante, buscaba en su rostro algún rasgo de su padre pero no lo encontraba. Debía de parecerse a su madre y a juzgar por la belleza radiante de la niña, imaginaba que sería una mujer extraordinariamente bella.

—Vas a tener que ir al dentista.

Inés puso mala cara.

—No me irás a decir que te dan miedo. Más te van a dar esas muelas cuando empiecen a dolerte.

Bravo le puso la vacuna e Inés demostró que aguantaba sin miedo el pinchazo. Cuando acabó le dijo a Inés que había sido muy valiente y que el examen físico no estaba «mal del todo» para la edad que tenía y que esperaba verla en un año.

—¿Tu padre fue capitán durante la guerra? —preguntó cuando la niña se iba.

—Sí, construía puentes.

—¿A que se llama Eduardo Toledo?

—¿Lo conoce?

—Dale recuerdos del teniente Bravo Cisneros, ¿se los darás? No vayas a olvidarte.

Cuando Inés se fue, la enfermera le dio el nombre de la siguiente alumna de la lista. Bravo se preguntó cuánto tiempo tardaría en tener noticias del capitán y luego continuó con las revisiones.

No era un tronar de voces que irrumpía intempestivamente para sacarle del sueño o del trabajo; era un eco sordo, un rumor constante en el fondo de su conciencia que no se apagaba nunca y con el que iba aprendiendo a convivir. Volver, volver... Dos sílabas acompasadas al ritmo del corazón, parejas al latido, un sonido casi familiar que acompaña a todos los desposeídos por la fuerza de sus raíces, de sus referencias, un sonido que no te deja estar del todo en ninguna parte y que a fuerza de sonar regular y templado se va convirtiendo en música. Había recibido una carta de Rafael. Esta vez no iba dirigida a Blanca, destinataria de casi todas las cartas que llegaban. Rafael lo invitaba a volver a España donde le esperaba perdón y «rehabilitación», donde, le aseguraba, podría seguir trabajando y borraría su nombre de la lista de depurados del Colegio de Arquitectos. La indignación que había sentido al leer la oferta de su hermano le había tentado a responderle de inmediato, pero eso habría sido un suicidio fraternal. Había dejado que pasara el tiempo y que esa ira inicial se enfriara. Cuando ya no era más que un rescoldo, Eduardo escribió más calmado y rechazó la oferta. No tenían intención alguna de volver y menos aún de «rehabilitarse». Ahora su hogar estaba en México, le había respondido. La carta que le había escrito Rafael, pese a su arrogancia, no era tan distante y fría como las anteriores; había una intención distinta en ella, tal vez la de restaurar su relación, recuperar ese algo residual que quedaba de un vínculo fraternal que la guerra había dinamitado. Volver, volver... Se había acentuado la escocedura con aquella carta de Rafael pero estaba dispuesto a acallar esa voz, esa llamada, porque todos sabían que no había lugar para gente como ellos en la España de camisas azules. A veces su mente se perdía en meandros. ¿Cuándo volveremos? ¿Es el exilio un lugar? ¿Un sentimiento? ¿Hay un punto geográfico donde pueda colocarse una bandera y señalar el exilio se encuentra *aquí* y estas son sus coordenadas? ¿Estaban en un punto situado entre el trópico de la Nostalgia y el de la Esperanza, entre los meridianos del Desarraigo y la Libertad? Tal vez habían deshecho las maletas físicas pero no habían deshecho del todo las mentales, pensaba Eduardo. Y no las habían deshecho del todo porque a veces a todos los sentimientos que el exilio generaba, nostalgia, tristeza, incertidumbre, desesperación, se imponía uno más voraz, invasivo, viscoso: la rabia. Rabia por que les hubieran secuestrado el porvenir, rabia por que a nueve mil kilómetros se estuviera reinventando una historia, la Historia, y se lavara la imagen de un régimen que actuaba con despiadada sed de revancha, con la lejía de la legalidad que gobiernos como el inglés o el francés habían otorgado al caudillo de todas las Españas. Con el tiempo se iba agudizando esa sensación de despojo y frecuentemente sentía cómo las raíces de España le daban tirones que le encogían el corazón, que alteraban su ritmo tranquilo. Hacía tiempo que había vuelto a soñar con el muro, esa pared donde había algo *escrito*, como había sugerido Inés la noche que les habló del sueño a ella y a Blanca. Solo había sido un par de veces pero con la suficiente intensidad para dejar en él aquella resonancia que se mantenía durante días. Le intrigaba su significado, si es que tenía alguno, y a la vez encontraba estimulante trazar sobre el papel la forma que podía tener aquel muro, fantasear con el edificio al que hubiera podido pertenecer o cuál era el mensaje que contenía.

En cierto sentido el encuentro con Federico aquella noche en su casa había sacado a la luz algo que todos habían rehuido aceptar durante meses: bajo la capa de normalidad que compartían, las heridas supuraban. No solo las heridas que cada uno seguía sin cerrar consigo mismo, también las que mantenían abiertas con aquella parte del exilio a la que no trataban, aquellos compatriotas con los que hubiera sido fácil entrar en disputas y peleas y a los que evitaban como si temieran un contagio. Que los republicanos que habían llegado a México estaban enfrentados no era ningún secreto para nadie, empezando por el hecho de que las dos figuras más representativas de la Segunda República para los mexicanos, Indalecio Prieto y Negrín, habían dejado claro que no se soportaban y sus diferencias habían encontrado eco y hasta comentarios burlones en la prensa y en la calle. Para muchos Negrín ya no representaba a la República y el gobierno que había presidido era historia. Sus enemigos no dejaban de pedir «que aclarara las cuentas» sobre el dinero que había salido de España y que había ido a parar a los bancos ingleses o estaba retenido en Estados Unidos por Roosevelt y que pertenecía legalmente al gobierno de la República pero no se recuperaba. Y ¿qué pasaba con los órganos legales de representación? ¿A quién se podía dirigir un exiliado más allá de los mostradores del CTARE o de la JARE? También habían trascendido los reproches que se lanzaban desde ciertos ángulos a los partidarios de Negrín por la resistencia que este había ofrecido a una paz negociada con Franco y que, de haberse producido antes, tal vez habría salvado muchas vidas, y los que otros le echaban desde el ángulo contrario a los seguidores del anarquista Cipriano Mera por haber apoyado el golpe de Casado y haberse rendido a los rebeldes. Tampoco era ningún secreto el desprecio que algunos sentían hacia sus compatriotas «intelectuales» a los que acusaban de burgueses y clasistas solo preocupados por la *élite* de la ciencia y las artes. Acusaban a la Junta de Cultura encabezada por Bergamín de no haber movido un dedo para sacar de Francia a otros que no fueran artistas, escritores o científicos. Solo les interesaba eso que ellos llamaban «cultura», pero con cultura no se ganaba una guerra ni se alcanzaba una justicia social ni se hacía una revolución ni se conquistaban derechos ni libertades. Algunos los consideraban fatuos, engreídos y soberbios y no perdían ocasión de manifestarlo. «Dicen que quieren salvar la fisonomía espiritual de la cultura, pero ¿de qué vale la cultura cuando no se ha alcanzado el fin de la lucha de clases, cuando se ha sido desposeído de la tierra y el pan? ¿De qué sirve la cultura sin igualdad ni libertad ni justicia ni trabajo?», pretextaban. Aquellos a los que llamaban los «intelectuales» replicaban entonces que, enmudecidos los cañones, a ellos correspondía mantener vivos los valores espirituales, los principios humanos, por los que habían luchado y que la República había defendido. Ellos, los exiliados, eran el alma de España, y si no mantenían viva esa alma, ese espíritu, España moriría. Algo parecido había dicho también Paulino Masip, presente la noche en que Federico azuzó de aquel modo sus conciencias. Había sido a raíz de que Somoza se preguntara qué hacían ellos por España, por la República, ¿no se estaban cruzando de brazos resignados a no hacer absolutamente nada? «Me niego a aceptar que nuestro papel sea irrelevante para el futuro político de España», había dicho Somoza.

Varias voces se habían levantado, ellos daban testimonio de la infamia perpetrada contra la República y ese era su papel, recordar al mundo que España estaba en manos de unos ladrones. Y eso *no* era irrelevante. Ellos *no* eran irrelevantes. Y otros dijeron que se empezaba a hablar de movimientos de signo monárquico para crear una alianza contra Franco, y hasta hubo quien aseguró que el gobierno legítimo de la República tenía que declarar la guerra a los países del Eje y posicionarse al lado de Inglaterra y Francia. Entonces fue cuando Masip había dicho aquello: «No somos irrelevantes, claro que no. España vive aún de la vida que nosotros le dejamos, de la vida que le dan los hombres que mueren todos los días por ella, de la vida que le dan los encarcelados, los perseguidos por su amor, de la vida que nosotros le seguimos dando y que vivirá mientras nosotros se la demos. Mil cordones umbilicales nos unen todavía a ella y nos unirán mientras no los rompamos nosotros».

Se refería a los cordones de los afectos, de la cultura, la herencia que habían recibido y que portaban encima, esa España «impalpable» a la que en alguna ocasión se había referido el presidente Cárdenas, esa España que tanto amaban y que tenían la obligación de preservar y mantener viva y, sobre todo, hacer visible para el mundo.

Eduardo había pensado mucho en aquello y se había preguntado esa noche y los días que siguieron qué era necesario hacer para mitigar la división que cada vez se hacía más pronunciada y patente entre los exiliados. Temía que se crearan guetos dentro de la propia colonia de republicanos y que llegara un momento en que se enconaran tanto las diferencias que la convivencia entre todos ellos se hiciera imposible. Y lo cierto era que ese temor llegaba tarde, esos guetos ya existían. Él mismo estaba; no, era más correcto decir que *era* uno de ellos.

—¿Un hombre manco? ¿Sabe cuántos mutilados de guerra viajaban en el *Sinaia*? —preguntó el empleado.

Acompañado de Mariana, Eduardo se había presentado en las oficinas del CTARE. El hombre que lo atendía fue adentro a buscar el fichero con el registro de los pasajeros. Mariana se volvió extrañada a su padre:

—¿Para qué quieres encontrar ahora a ese hombre, papá?

No le gustaba la idea de que volviera a ver a ese tipo, no le gustaba siquiera que hubiera vuelto a acordarse de él.

—Porque no me lo quito de la cabeza y creo que el único modo de hacerlo es hablar con él e intentar darle cerrojazo al asunto —respondió serenamente Eduardo.

—¿No te lo quitas de la cabeza? ¿Qué quieres decir? —Mariana lo incordiaba—. ¿Por qué? ¿Desde cuándo? ¿De qué vais a hablar? ¿Qué quieres decirle?

—Quiero hablar con él sin que nos exaltemos ninguno de los dos. —Y percibiendo su disgusto, añadió—: Y tampoco quiero que tú te exaltes.

—¿Quién se exalta? Solo te recuerdo que parecía una mala bestia y que estuvo a punto de cruzarte la cara con el brazo que le quedaba.

—No me gusta nada que hables así —la reprendió—. No pareces tú cuando dices esas cosas.

—Lo siento —se disculpó Mariana.

—Quiero oír sus ideas y que él escuche las mías. Quiero tenderle la mano. Que nos la estrechemos.

—¿Y si él se exalta como tú dices? ¿Y si no quiere tu mano?

—Al menos lo habré intentado. ¿O prefieres que no haga nada?

El empleado tardaba en volver. Mariana se sumió en un silencio crítico e incómodo. Eduardo trató de suavizarlo, le explicó que ese hombre no le gustaba más de lo que probablemente Eduardo le gustaba a él, pero necesitaba encontrarle precisamente por eso, porque aunque no le gustara valía la pena el esfuerzo de tratar de entenderse con él. Le explicó también de dónde venía el antagonismo entre las distintas «familias» del bando republicano, de los reproches de ida y vuelta que se hacían por los apoyos que unos habían dado o no habían dado a Negrín, por las culpas que se echaban del desastre del fin de la guerra, y por algunos muertos que cada una de esas familias tenían en el armario a cuenta de la otra, de los sangrientos hechos de Barcelona en mayo del 37, de la distancia que se había abierto entre unos y otros y lo importante que era reconciliarse con el tipo del barco para que todo, en el *futuro al que se encaminaban*, saliera bien.

—¿Todo? —preguntó Mariana—. ¿A qué todo te refieres?

—A todo lo que va a pasar mientras estemos aquí y a la vuelta a España —respondió Eduardo.

La conciliación, continuó, era vital y solo se conseguiría si todos cedían algo. ¿Qué imagen daban al mundo si entre ellos no lograban entenderse? ¿Qué mensaje lanzaban? ¿Que sus intereses particulares eran tan irrenunciables que ninguno era capaz de ceder posiciones? ¿Que eran así de cerriles y egoístas? ¿Qué clase de convivencia era esa que no permite a dos hombres con ideas distintas respirar el mismo aire y pisar el mismo suelo sin que uno de los dos acabe levantando la bandera de la intolerancia contra el otro?

—Sin saber su nombre será difícil —les anunció el empleado al volver. Traía un pequeño fichero gris en las manos y una carpeta con hojas—. Me temo que algunas fichas no tienen foto.

—No lo vamos a encontrar —dijo Mariana, secretamente aliviada.

—Y no todas las fichas tienen rellena la línea de la filiación —continuó el hombre, quien, a pesar de su desconfianza en la empresa, parecía bien dispuesto a ayudarles—. Aquí hay una lista con las filiaciones políticas. A ver si por un lado o por otro lo podemos encontrar. Pero ya le digo que sin saber su nombre...

Eduardo no se desanimó. La actitud profesional y amable del hombre le pareció un buen presagio.

—Tendría unos treinta y cinco o cuarenta años —dijo ilusionado frente al fichero—. Le faltaba el antebrazo izquierdo. Por aquí. Era por aquí, ¿verdad, hija?

Mariana asintió.

—Y otra cosa: aunque demos con él y averigüemos su nombre no le garantizo saber dónde para, dónde vive o en qué trabaja —apuntó el empleado—. Hemos perdido el contacto con algunos compatriotas. Es curioso lo que ha pasado. Muchos exiliados han querido seguir apiñados y conectados; en *familia*, se podría decir. En cambio otros se han dispersado y no quieren roces con los suyos, ¡ni que apestáramos a boñiga! Perdone, señorita. Parece que todo quisqui les debe algo. Pero en fin, cosas que pasan.

—¿Podríamos ir repasando las fotos de las fichas? —preguntó Eduardo.

El empleado entregó el fichero a Mariana mientras él desdoblaba un papel en el que se clasificaba a los viajeros del *Sinaia* por su pertenencia a los partidos políticos y las organizaciones sindicales.

—Las fotos son muy pequeñas y algunas, borrosas —dijo Mariana.

—Vamos, Mariana —le pidió Eduardo con paciencia.

—Y en otras ni siquiera hay foto.

—Era un férreo anticomunista, anarquista —puntualizó Eduardo.

—Esos se han replegado —les reveló el empleado.

—¿Qué quiere decir?

—Están inactivos, con el motor apagado, ni al ralentí lo han dejado.

Les explicó que los anarquistas estaban más divididos que los socialistas o los comunistas. Se acusaban unos a otros de haber traicionado al comunismo libertario. Casi nunca pasaban por allí, pero cuando lo hacían les oía discutir; unos decían que la FAI era una especie de Frankenstein, un monstruo híbrido político anarquista que había traicionado sus principios, y otros que si la CNT en cuanto sindicato no tenía nada que hacer en un país donde no tenía ningún papel en organizaciones de trabajadores.

—El hombre al que busco estuvo implicado en el asunto de las pancartas para engalanar el barco, de eso sí me acuerdo. Se opuso a que apareciera el nombre de Negrín en ellas. No sé si tú te acuerdas de algo más que nos pueda ayudar, hija.

Mariana, a regañadientes, recordó detalles de su cara que a su padre se le habían escapado. El empleado se caló las gafas y empezó a repasar la lista:

—Vamos a ver. Según la lista de pasajeros hay ochenta y siete militantes del PSOE; de Izquierda Republicana, cuarenta y nueve; PSUC, treinta y cinco; Juventud Socialista Unificada, otros treinta y cinco; y luego en menor cantidad hay militantes de Esquerra Catalana, Partido Comunista de España, Unión Republicana, Partido Nacionalista Vasco, Acción Catalana y Partido Radical Socialista. En cuanto a los sindicatos, hay afiliados a UGT, FETE, CNT y el Sindicato de Trabajadores Vascos.

—¿Cuántos hombres de la CNT?

—Veinticinco.

—Seguro que está entre ellos. ¿Tiene sus nombres?

—No, solo es una lista estadística.

—Entonces estamos como antes —dijo Mariana—, no nos ha servido de nada.

—No, estamos mejor porque ahora sabemos que solo hay que buscar en las veinticinco fichas donde conste la filiación a la CNT —replicó Eduardo, optimista—, eso acota mucho la búsqueda.

—Pero aunque sepamos su nombre, si no sabemos dónde vive o trabaja...

—Será más fácil buscarle si sabemos cómo se llama, dar con el nombre es lo importante —repuso Eduardo, impermeable a los intentos de Mariana por desanimarle.

—Espere un momento —dijo el empleado—. Según la lista, hay ciento setenta y ocho pasajeros que no dieron su filiación política o sindical.

—Podría estar entre ellos —aventuró Mariana.

—Su hija tiene razón. Habrá que buscar los afiliados a la CNT y comprobar las edades de los hombres también en aquellas fichas en que no conste filiación, a ver si tenemos suerte. En cuanto a que fuera un mutilado... Ese dato no sé si nos va a servir de algo. Sobre eso las fichas no dicen nada de nada.

Mariana fue pasándole a su padre las fichas que ella había examinado y luego los dos hicieron juntos el repaso a las que aún estaban en el fichero, descartando a las mujeres, los ancianos, los niños, los afiliados nacionalistas, socialistas y comunistas. Al final redujeron la búsqueda a doscientos pasajeros. Repasaron una a una las fotografías pero no hallaron rastro del misterioso cenetista. Eduardo agradeció al empleado el tiempo que les había dedicado. Le anotó en un papel su número de teléfono por si llegaba a enterarse de algo que pudiera ayudarles.

—Lo siento, hombre, pero ya le había yo advertido de que sin el nombre... —dijo el hombre mientras se guardaba la nota—. En fin, a lo mejor se topa usted con él día menos pensado. Los anarquistas frecuentan mucho el Tupinamba. Pase por ahí y pruebe suerte. Cosas más raras se han visto.

—Tal vez ese hombre no quiere que le encuentres —dijo Mariana a su padre al salir de las oficinas—. Aunque lo más seguro es que se haya olvidado de ti.

—Sí, eso es lo más probable.

—Eso que has dicho de que si lo vieras y hablaras con él te quitarías de encima la obsesión que te ha entrado... ¿Por qué piensas tanto en él, papá?

—¿No te ha pasado nunca, tener un pensamiento constante que te martillea la cabeza como un pájaro carpintero agujereando la corteza de un árbol?

—Pero crees que si lo ves, que si lo encuentras, ¿se te va a arreglar algo... por dentro? ¿Vas a ahuyentar a ese pájaro?

—Eso espero.

Caminaron en silencio un rato. La culpa atormentaba a Mariana, sintió que se hundía en el suelo, era como caminar por cemento blando.

—Siento haber estado tan fastidiosa. Siento no haberte ayudado más.

—Sí me has ayudado. Solo que no hemos tenido suerte.

—No es eso. Es que yo en el fondo no quería que lo encontráramos.

—Porque no te habré explicado bien lo importante que era para mí.

—¿Volvemos? ¿Quieres que repasemos otra vez el fichero? O podíamos ir a ese café del que nos ha hablado el hombre.

—No, creo que es mejor dejarlo por hoy.

—Seguro que él no ha vuelto a acordarse de ti.

—Eso, seguro. Vamos a la Especial de París. Te invito a un helado.

Esa tarde, al volver Eduardo del estudio, Inés le habló del médico que días atrás había hecho la inspección médica en el colegio y le había dado recuerdos para él. Al principio Inés no recordó su nombre. «Estuvo contigo en la guerra», dijo, y Blanca levantó la mirada de la traducción en la que trabajaba y se quedó pendiente de lo que hablaban. Si tuvo el impulso de hacer alguna pregunta a su hija, se contuvo. Durante la cena, a Inés le vino el nombre a la cabeza, el doctor Bravo. Blanca dijo sin demasiado énfasis que le gustaría conocerle. Eduardo encargó a Inés que lo invitara a visitarles cuando lo viera de nuevo.

Pero al día siguiente Juan Bravo no volvió al colegio, o al menos Inés no lo vio, y pronto se olvidó del encargo de su padre.

Pero Eduardo no lo olvidó. Blanca tampoco.

2

—Vuestro amigo Siqueiros lleva meses tratando de que se expulse a Trotski del país —dijo Gabino—, y ahora está empeñado en que sea el propio Cárdenas quien revoque el acuerdo de asilarlo y lo ponga de patitas en la frontera.

—¿Y eso cómo lo has sabido? —preguntó Marcial.

—Llama al presidente día y noche para que lo reciba.

Somoza lo miró.

—¿A Cárdenas?

—Está con la cantinela esa de que México no puede ser el cuartel de la Contrarrevolución.

—¿A Cárdenas? —repitió.

—Combatieron juntos. Se conocen desde los tiempos de la Revolución. Su secretario me ha dicho que está obsesionado con el asunto Trotski. Cartas, telegramas, llamadas... ¿No le habéis oído hablar de él?

—Sí y no —dijo Somoza—, quiero decir que algunas veces lo menciona.

—Sí le hemos oído —interrumpió Marcial—. Muchas veces ha dicho que si hay algo peor que un fascista es un comunista devenido en contrarrevolucionario. Lo ha dicho mil veces, Pepe, ¿o no lo ha dicho? ¿Tú no le has oído?

Desde diciembre de 1936, el antiguo dirigente revolucionario había sido acogido como refugiado en México después de pasar por Turquía, Francia y Noruega y de presentar un considerable número de peticiones de asilo en otros países que le fueron denegadas. Fue en verano de ese año cuando su situación se hizo insostenible en Europa. Noruega temía poner en peligro sus relaciones comerciales con la Unión Soviética y Trotski fue sometido a arresto domiciliario y a un aislamiento férreo. Temiendo por su vida y la de su familia, Trotski solicitó asilo en Estados Unidos pero Roosevelt se negó a admitirlo. Entonces, para sorpresa de todos, incluidos los propios mexicanos, el presidente Cárdenas lo invitó a instalarse en su país.

—Se teme que estén organizando una patrulla. O algo parecido —dijo Gabino.

—¿Estén? ¿Quiénes? ¿Los del Partido Comunista Mexicano? —preguntó Marcial.

—No, no, el Partido no sabe nada. No es un asunto *oficial*. Es él quien lo está organizando. O puede que todavía no haya empezado a organizarlo, sea lo que sea. Una de las veces que discutió con el secretario del presidente dijo que si no se daba una respuesta a sus demandas, «actuarían por su cuenta».

—Actuarían por su cuenta... —repitió Marcial—. ¿Y no será simplemente una manera de hablar?

—No parece que sea de la clase de hombres que amenazan y luego se arrugan —opinó Gabino.

—A mí me parece que Siqueiros tiene muchos enemigos. Uno de ellos bien ha podido soltar por ahí ese bulo de la patrulla —opinó Somoza.

—Huele a que trama algo gordo. Pero no se sabe qué —continuó Gabino.

Siqueiros había cumplido su palabra y había invitado a Somoza y a Marcial a unirse al grupo que trabajaba con él en *Retrato de la Burguesía* en el Sindicato de Electricistas. Llevaban meses trabajando con él. Había sido su primer encargo importante en México. Por eso Somoza se veía obligado a defenderle. Le debía lealtad o al menos respeto a la presunción de inocencia. De momento no había ocurrido nada que le llevara a pensar que era tan peligroso como Gabino afirmaba.

—Pero ¿cómo de gordo, Gabino? —volvió a preguntar Somoza, fastidiado—. Es que solo porque dijera eso de que «actuarían por su cuenta»... Eso no es suficiente prueba de nada. ¿Te ha dicho algo el presidente?

—No, no habla conmigo de eso.

—¿Entonces?

—Solo lo he hablado con su secretario y porque se le escapó un comentario delante de mí. Es algo que no ha trascendido. Se cree que puede tratarse de una acción espectacular que sirva para quitarle a Trotski las ganas de quedarse en el país, lo quiere de patitas en la calle. Vuestro amigo está harto de que nadie haga nada para echarlo de aquí, pero se desconocen los detalles operativos, el cómo, el qué y el cuándo. Si en algún momento oyerais algo de lo que trama...

—Tampoco es que sea «nuestro amigo» —dijo Marcial.

—¿Crees que si ese rumor de que prepara algo fuera cierto iba a compartir ese «algo» con nosotros? —saltó Somoza.

—Es un fanático, y como todos los fanáticos puede que en un momento dado le dé por alardear de lo que considera justo —dijo Gabino.

—Pero si alardeara como tú dices, se acabaría enterando el Partido Comunista y lo detendrían —objetó Marcial—, le impedirían que hiciera lo que quiera que sea eso que según tú está tramando.

—Solo digo que es un tipo peligroso. Se cree llamado a hacer cumplir el castigo que su mayor enemigo ha previsto para Trotski, que vague por el mundo per *secula seculorum* sin encontrar un país que lo acoja por mucho tiempo.

—Stalin —murmuró Somoza.

—Supongo que de él sí hablará —inquirió Gabino.

—Lo menciona alguna vez —respondió Somoza.

—Lo menciona constantemente, lo llama «padrecito» —recordó Marcial—, el padrecito esto, el padrecito lo otro...

—Cuanto antes acabéis de trabajar en el mural y pongáis cierta distancia con el Coronelazo, mejor para vosotros —reflexionó Gabino—. ¿Cómo os va con los carteles de películas? Ahí es donde deberíais concentraros. Ojalá me equivoque, pero no me extrañaría que acabarais metidos en un lío por su culpa.

—¿Y no puede tratarse de una equivocación? —inquirió Somoza en un último intento por convencer a su amigo y convencerse a sí mismo de que eso es lo que era—. Lo que quiero decir es que con nosotros siempre se ha portado generosamente.

—Puede, aunque lo dudo.

Somoza guardó silencio.

—En resumidas cuentas, ¿nos estás pidiendo que espiemos a Siqueiros? —preguntó Marcial.

—Simplemente quería preveniros. También me extrañaba que en caso de haber sabido algo no hubierais comentado nada. Por eso lo he mencionado.

Durante semanas no ocurrió nada relacionado con Siqueiros, pero Somoza empezó a sentirse incómodo en su presencia. Se sentía dividido entre su gratitud hacia el hombre que les había dado la oportunidad de empezar «a lo grande» en México y el rechazo de que pudiera realizar «esa acción espectacular» a la que se había referido Gabino. Era cierto que la fama de Siqueiros de ajustar cuentas con sus adversarios estaba bien fundada. Una vez le oyeron discutir con un artista colombiano con el que tenía un pleito y amenazarle de «quemarle el estudio» si no se iba del país. No habían vuelto a saber del artista en cuestión, así que ignoraban si había seguido el consejo de Siqueiros o simplemente las aguas se habían apaciguado. Pero con el paso de los días la tensión de Somoza se fue diluyendo y al final acabó por olvidarse del asunto.

Marcial estaba de acuerdo con Gabino en que tenían que volcar sus energías en aumentar los encargos de los carteles que habían empezado a recibir. Cuanto antes acabaran su participación en el mural del Sindicato de Electricistas, mejor para ellos. También él se sentía incómodo, inquieto. A diferencia de Somoza, él sí había creído que la amenaza de Siqueiros era real e intuía, sentía en el fondo de su alma, que algo serio podía estar preparándose.

Un traidor, veinte asaltantes, más de cien balas, dos ancianos, una cama y muchos litros de tequila. Esos fueron los ingredientes del atentado a León Trotski que comandó Siqueiros en la madrugada del 24 de mayo de 1940.

Para entonces Somoza y Marcial ya le habían oído decir una mañana a uno de los pintores que trabajaba con ellos en el mural del sindicato: «El cuartel general de Trotski en México debe ser clausurado. Aunque sea de una manera violenta». Pero cuando Marcial sugirió ponerlo en conocimiento de Gabino, Somoza lo detuvo, no era más que una fanfarronada del pintor, ¿qué iba a hacer Siqueiros? ¿Clausurar él solo el domicilio de Trotski? ¿Llevarle él mismo a la frontera para que vagara como un alma en pena en busca de un país que lo acogiera? ¿Cabía en alguna cabeza que Siqueiros solo pudiera enfrentarse a todo el sistema mexicano para echar a Trotski del país por mucho que lo considerara un aliado de la derecha? Lo que ninguno de los dos llegó a imaginar era lo que en realidad estaba tramando, un asalto a tiro limpio a la casa del refugiado ruso.

Días antes del atentado, cuando salían una tarde de trabajar en el Sindicato de Electricistas y caminaban por la calle, Marcial se detuvo frente a un escaparate y a continuación entró en la tienda. Somoza lo siguió al interior sin saber qué era lo que había llamado la atención de su amigo. Marcial le informó de que no había entrado a comprar nada, creía que alguien los vigilaba y quería comprobarlo. No era la primera vez que sentía que los estaban siguiendo. Somoza no había notado nada y se asomó a la calle, pero Marcial tiró de él hacia dentro y lo apartó del escaparate.

—¿Quién puede querer seguirnos? ¿Y por qué? —preguntó Somoza entre susurros sin terminar de creerse que eran vigilados.

—Está muy claro: el asunto Siqueiros.

—¿Qué? ¿A un par de don nadies como nosotros nos han puesto vigilancia? ¿No hay nadie mejor en México a quien seguir? ¿Quién iba a querer seguirnos, por Dios bendito?

—No lo sé. Puede que Cárdenas, o su secretario, puede que nos haya puesto *una cola* sabiendo que trabajamos con él para ver si averiguan algo de lo que planea.

—¡Una cola! ¿Qué somos? ¿Un coche de recién casados?

—O espera, espera, puede que se trate de alguien de la patrulla de Siqueiros que sepa de nuestra amistad con Gabino y le resultemos sospechosos.

—Sospechosos ¿de qué? ¿De tomarnos una manzanilla con él de vez en cuando?

—De espiar *para* el presidente.

—Tú has perdido el juicio. Por mucho que lo pienso no sé cómo hemos pasado de andar con la brocha y el mono por la mañana a estar metidos en una película de espías por la tarde. Tú haz lo que quieras, yo voy a salir de la tienda.

—Espera. Si nos están siguiendo hay que pensar qué hacemos.

—No vamos a hacer NADA. No hay NADIE interesado en nuestras miserables y anodinas vidas. Estoy de este asunto hasta las narices. En qué momento nos contó Gabino el maldito complot para echar a Trotski del país... ¡En qué momento!

Salieron de la tienda y siguieron su camino. Marcial no dejaba de mirar sobre su hombro. Pero si alguien los seguía no se dejó ver y al final se olvidaron de su fantasmal presencia.

En la madrugada del 24, horas antes de entrar en la casa de la calle Viena donde vivía Trotski, el grupo de veinte asaltantes estuvo bebiendo en una cantina y alardeando de «la gran noche» que les esperaba. Varios clientes les oyeron hablar, juramentarse y reírse. La mayoría eran mexicanos, pero algunos creyeron reconocer el acento español entre miembros de «la brigada». El grupo iba muy cargado cuando llamaron a la puerta del domicilio de Coyoacán y Sheldon Harte les hizo pasar.

Lo ocurrido en el interior de la casa fue lo siguiente: los veinte asaltantes, disfrazados de policías y soldados, entraron en la vivienda y se distribuyeron por ella sin encender las luces. Entraron en el dormitorio donde dormían Trotski y su mujer y empezaron a disparar. Los dos ancianos se las arreglaron para tirarse al suelo y esconderse debajo de la cama. Una vez el grupo hubo vaciado los cargadores de sus armas, a nadie se le ocurrió que los ancianos pudieran seguir vivos, abandonaron la casa sin comprobar si el ataque había tenido éxito y se alejaron antes de que empezaran a sonar las sirenas de la policía.

Hubo detenciones; muy pronto se supo el nombre de algunas de las personas que habían entrado esa madrugada en casa de Trotski. Pero su cabeza más visible, Siqueiros, había huido. La policía quiso interrogar a los que habían pasado algún tiempo con él en los últimos meses y todos los españoles que trabajaban en el mural fueron pasando por comisaría para declarar. Todos entraron y salieron en poco tiempo menos Somoza, que por su carácter pendenciero y su actitud desafiante estuvo declarando dieciocho horas. ¿Había participado en el atentado por omisión o por acción? ¿Conocía los planes de Siqueiros? ¿Qué sabía de las armas que se habían empleado? ¿Alguna vez había oído a Siqueiros o a alguno de los conjurados planear acabar con la vida del viejo dirigente revolucionario? ¿Conocía en persona a Trotski? ¿Y a Sheldon Harte? ¿Había estado alguna vez en las cercanías de la casa de la calle Viena? ¿Había hecho algún trabajo de información para Siqueiros? ¿De qué conocía a Siqueiros? ¿Cómo había entrado a trabajar para él? ¿Había combatido en España con el Coronelazo? ¿Era estalinista? ¿Era partidario de Trotski? ¿Qué opinaba de la campaña abierta contra él dirigida desde la Central de Trabajadores Mexicanos? ¿Había oído alguna vez a Siqueiros llamar a Trotski «viejo perro rabioso»? Somoza negó todas las acusaciones veladas o directas de su participación, él no estaba al corriente de lo que iba a pasar. ¿Cómo iba a estarlo? ¿Por qué tenía que conocer lo que Siqueiros estaba preparando? ¿Porque lo había contratado para el mural del Sindicato? ¿Lo convertía eso en cómplice? ¿Creían que su gratitud lo obligaba a secundar cualquiera de sus actividades? ¿Eran todos los republicanos españoles, por el hecho de ser españoles, sospechosos de haber participado en el atentado? ¿Solo los que hablaban «parecido» al acento que los testigos de la cantina dijeron haber oído? ¿No podían estar equivocados? ¿No podían haber sido mexicanos que, animados por el tequila, estuvieran imitando el acento español? ¿Y qué acento era ese que habían detectado? ¿Era español de Galicia? ¿Español de Sevilla, de Córdoba, de Almería? ¿Era español de Bilbao, de Barcelona, de Valencia, de Castilla?

Cuando a la mañana siguiente lo liberaron, tal vez agotados por los contraataques que Somoza les había dirigido como si le diera una vuelta al interrogatorio y los policías hubieran pasado a ser sospechosos, algo había cambiado en él. Sentía que había sido víctima de un ultraje por el que ningún responsable español del exilio se había interesado. Parecía que le pesaba más que nunca cierta actitud «pasiva» que detectaba entre los suyos. Veía en su detención una causa directa de esa resignación, de ese no hacer nada que en su opinión se había extendido como una epidemia entre toda la colonia. Tal vez si se sacudían de una vez por todas «la modorra» que había hecho nido en cada uno de ellos empezarían a cambiar las cosas. Marcial no sabía adónde quería llegar su amigo. Somoza había pensado mucho en ello mientras estuvo en la comandancia. ¿Por qué no informaban a la gente de lo poco que las instituciones de la República en el exilio estaban haciendo por los españoles? ¿Quién le había representado a él durante la detención? ¿Algún representante del último gobierno se había interesado siquiera por su situación? Y no solo quería hacer foco en las autoridades españolas, pues sus críticas iban más allá. Iban a los partidos. ¿Qué hacía el Partido Comunista Español por ellos? ¿O el Partido Socialista? ¿O Izquierda Republicana? ¿O Unión Republicana? ¿Y la comunidad internacional? ¿Le cabía a Marcial alguna duda de que se habían olvidado de ellos? ¿Por qué no denunciaban públicamente a las potencias democráticas que no hacían nada para evitar el baño de sangre que se estaba perpetrando en España? Había que pasar a la «acción directa», aunque con esto no quería decir que volvieran a empuñar las armas.

—Tenemos que hacernos oír, levantar la voz, cojones, hacer ruido, que se nos vea. Nos hemos convertido en un atajo de borregos que solo saben pastar y balar, y balamos bien bajito, por cierto, no vaya a ser que despertemos con nuestros balidos alguna conciencia dormida. ¿A quién tememos molestar? ¿Es que nos da miedo que nos echen del país?

—No nos dejan meternos en política, nos hemos comprometido, es lo único que se nos ha exigido —dijo Marcial.

—Todo es política. Abstenerse de entrar en política también es una forma de hacer política. Al menos hagámosla activamente. No te estoy hablando de poner una carga de pólvora en los pilares de un puente, te estoy hablando de poder expresar nuestro sentir y parecer sin que tengamos que censurar las palabras «justicia», «libertad», «lucha proletaria» o «democracia» en nuestro discurso.

—No tengo ganas de meterme en líos —se excusó Marcial—, ya he tenido suficientes.

—¿Para eso hemos venido a México? ¿Para renunciar al derecho de opinar y expresar en voz alta nuestras opiniones?

—Y tampoco creo que vaya a permitirte que te busques problemas.

—¿No hemos luchado tres años por eso, por tener el derecho al menos a que nadie nos ponga una mordaza?

—Estás irritado por la detención y es comprensible, llevas toda la noche sin dormir y estás agotado por el interrogatorio, pero dentro de unos días verás todo de otra manera.

—Entonces, para que lo entienda, según tú lo mejor es olvidarnos de por qué hemos venido.

—Yo no me olvido de qué nos echó de *allí* y nos trajo *aquí*. ¿Crees que no me pregunto día tras día cómo pudo pasar este desastre? ¿Qué es lo que falló? ¿Por qué nadie quiso ayudarnos? Pero no veo nada malo en reducir mis objetivos a ganarme la vida pacíficamente y no meterme en problemas en un país que nos lo ha dado todo y no nos ha pedido nada a cambio. Nada. Y espero que no intentes que me sienta mal por ello.

Por primera vez Somoza sintió que Marcial se apeaba de los ideales por los que había combatido. O los dejaba a un lado. Los relegaba a cambio de una vida burguesa, perezosa y, desde su punto de vista, totalmente conformista. Parecía haberse acomodado a la idea de que otros hicieran por él el trabajo de recuperar el país, devolverles el porvenir que les habían arrebatado, rescatar a la patria. No es que Marcial hubiera olvidado sus raíces, pero habían empezado «a crecerle otras raíces» en México que en opinión de Somoza lo distraían y que tenían que ver con la chica del guardarropa del Waikikí, Anita, por la que perdía la cabeza. Entre Marcial y Somoza se abrió una brecha silenciosa. A pesar de ello, siguieron trabajando juntos y abrieron un taller para, una vez acabado el mural del Sindicato, volcarse en la creación de carteles. Somoza seguía pensando en el compromiso del arte y en que muchas veces este debe ser un grito en una pared. Para Marcial, en cambio, se había acabado el arte como vehículo para transmitir ideas políticas o como instrumento de la lucha proletaria. Por el amor iban cayendo muchas barricadas de su vida. La única propaganda que estaba dispuesto a realizar a partir de entonces era para la mucho más glamurosa y lucrativa industria del cine y la difusión de películas.

Llegó el día de inauguración de la exposición de las fotografías de Dora Maar sobre el proceso de trabajo de Picasso en el *Guernica*. El escenario fue la Librería de Cristal de la Alameda. Toda la colonia de republicanos pasó por la librería antes o después. El acontecimiento dio lugar a encendidos debates sobre si el espíritu de Sánchez Mejías había sobrevolado o no alguna vez el encargo. Somoza se propuso hablar con la fotógrafa pero no lo logró. No obstante, había un español en México que podría sacarles de dudas, alguien que había sido testigo directo de la evolución del cuadro y que había compartido muchas tardes con el pintor.

Cierta tarde, para animar a Somoza, desmoralizado por los acontecimientos de los últimos meses, Marcial lo llevó a casa del hombre que dirigía la editorial Séneca y la revista *España Peregrina*, José Bergamín. Era una de las figuras más conocidas del exilio, tanto por su incansable actividad cultural como por su físico, tan anguloso que parecía que llevaba el esqueleto por fuera. Era el albacea del último manuscrito de García Lorca, *Poeta en Nueva York*, libro que estaba por fin a punto de salir en la editorial Séneca, razón por la cual Bergamín había ofrecido tantas entrevistas en las últimas semanas. Cuando llegaron corregía un artículo sobre sus célebres aforismos que compartió con ellos.

—Estoy dándole la vuelta a algunos asertos de nuestra tradición completamente equívocos. El saber, dicen, no ocupa lugar. Pues yo creo que sí lo ocupa, y se mide precisamente por el volumen de papeles desechados que hay en los cestos de papeles de los hombres de inteligencia viva. Cuanto más inteligente un hombre, más llena su papelera.

Y un pensar le llevaba a otro, y era difícil que los dos muralistas lograran explicar por qué habían ido a verle.

—Se piensa en «pensamientos», esa es la unidad del pensar como una gota puede serlo de un líquido. Y se me podrá decir que también se piensa en «ideas», y eso daría lugar a una buena discusión sobre las ideas fósiles, las que a uno se le pudren en la cabeza por no hacerlas útiles, y las ideas liebre, esas son las que me gustan, ideas que corren tan deprisa, que son tan rápidas que saltan de cabeza en cabeza y no les da tiempo a fosilizarse en ninguna de ellas.

José Bergamín puso en sus manos varios ejemplares de *El Mono Azul*, la publicación que había dirigido con Alberti durante la guerra. Alguien le había enviado desde París una caja llena de números de la célebre hoja semanal de la Alianza de Intelectuales Antifascistas.

—Yo no sé a quién se le ocurrió la idea insensata de guardarlos y sacarlos de España pero bienvenidos sean el insensato y su idea. Me ha dado una alegría inmensa abrir esta caja.

Les pidió que se llevaran todos los números que quisieran. Marcial, por fin, le expuso el motivo de la visita, no era la publicación del libro de Lorca («mejor, porque está siendo un dolor de cabeza», dijo Bergamín), sino el *Guernica*, del que tanto se hablaba con motivo de la exposición de las fotos.

A Bergamín le gustaba mucho hablar de aquel asunto y, además, lo distraía del libro lorquiano. Mientras les ofrecía café y licores empezó a contar cómo había visitado a Picasso varias veces en su taller en una callecita estrecha de París cerca del mercado de Les Halles. El cuadro había sido encargado por Josep Renau en nombre de la República. Renau había dejado claro que el pintor podía elegir el tema del cuadro, «lo que quieras», le había dicho, y Picasso había tardado meses en elegir qué pintar. Hasta el 27 de abril no se decidió. Ese día la lectura de los periódicos le dio el tema que tanto había estado buscando. El bombardeo, y solo el bombardeo de la villa vasca, está en el origen del cuadro. Los pintores le pidieron que les contara algo más sobre el lienzo, sobre las tardes que pasó con Picasso, sobre su estudio, sobre el genio del pintor. Y también le preguntaron qué había de cierto en la leyenda de que había estado a punto de pintar color sobre el cuadro.

—No es leyenda. Yo fui testigo directo de aquella... locura, afortunadamente pasajera.

Según el relato de Bergamín, días antes de que se trasladara el *Guernica* al Pabellón diseñado por Sert, lo mandaron llamar al estudio de Picasso donde encontró al pintor muy nervioso y preocupado. Una idea lo tenía muy inquieto: que el cuadro espantara a los visitantes de la feria por la fuerza monocroma de su paleta. Le daba miedo mostrar el *Guernica* tal y como estaba. Había que darle color. Bergamín y los presentes aquel día en el estudio se asustaron: pintar el *Guernica* lo habría convertido en una mascarada, en una farsa para los visitantes, pero sobre todo en una farsa para el propio pintor. Sin embargo, ¿cómo hacerle cambiar de idea? A Pablo Picasso era difícil desalojarle de la cabeza una idea una vez había anidado en ella. No recordaba quién había sido, si Éluard, o Dora Maar o Yvonne Zervos, pero uno de ellos propuso cortar papeles de seda de distintos colores y hacer pruebas de color sobre el cuadro.

—El arlequín interior que siempre vivía en Picasso se entusiasmó con la idea. Poner papeles de seda en el *Guernica*, ¿por qué no? Eso era una pirueta alegre. Todos nos pusimos a recortar papeles y Picasso los iba colocando aquí y allí. Qué atrocidad cuando vio el resultado. Empezó a arrancarlos, en silencio, y nosotros notamos que la cosa iba bien, no le había gustado. Quitaba los papeles uno a uno. Quitó todos hasta que solo quedó un papel. Era una lágrima roja, una lágrima de sangre. La fue colocando en los ojos de todas las figuras y entonces me dijo: «Esta lágrima la vamos a conservar y cuando el *Guernica* esté instalado en el Pabellón, todos los viernes tú te encargarás de poner la lágrima donde a ti te parezca mejor, siempre en el lacrimal de una de las figuras». El caso es que con aquella ocurrencia Picasso se dio cuenta de que había que mostrarlo al mundo con la explosión ardorosa, quemante, del blanco y negro. El *Guernica* se había salvado.

Bergamín continuó contando la historia del cuadro, se colgó el 12 de julio de 1937, el Pabellón Español se había abierto con retraso, al lado del poema de Éluard «La victoria del Guernica». La gente lo visitaba y se espantaba, la fuerza que emanaba de él era impresionante, el aire frente al cuadro se llenaba de los gritos de los habitantes de la villa vasca y del ruido ensordecedor de las bombas. El cuadro empezó a viajar muy pronto, por Noruega, Dinamarca, Suecia, y luego llegó a Londres. Cuando se expuso en la galería Whitechapel ocurrió algo increíble: cada visitante que entraba a ver el cuadro dejaba un par de botas para los soldados de la República. Muchas de las botas de los soldados que defendieron España de los generales rebeldes son deudoras de ese cuadro. Esas botas que viajaron de Inglaterra a España son las que hicieron decir a Picasso que su pintura fue un instrumento de guerra. Y realmente lo fue.

Somoza se había quedado callado.

—Entonces ¿lo de la lágrima era cierto?

—Tan cierto como que nosotros tres estamos aquí esta tarde —dijo Bergamín.

Y de pronto, miró a Somoza a los ojos y le preguntó:

—¿Quiere verla?

Somoza se quedó sin habla y miró a Marcial. José Bergamín salió un momento de la habitación y volvió con una carpeta, la abrió y extrajo de ella la lágrima que Picasso le había dado.

—Este trozo de papel lo recortó él mismo aquella tarde.

Somoza la contempló y luego pidió permiso para sostenerla. Al cogerla le pareció que el viento la agitaba en sus manos y la lágrima vibraba. Pero la ventana estaba cerrada. Era como si sintiera el tacto de Picasso tocándole los dedos, atravesando el tiempo y el espacio, rozándole un trozo del alma.

3

Querido primo Fernando:

· No sé cuándo recibirás esta carta que es para felicitarte por tu cumpleaños. Resulta que me llamo como un zar ruso, Mijail. Aquí están muy mal vistos los zares, pero yo me llamo como uno y aquí me llaman así. Yo quería haber ido a México, como tú. Nos dijeron que veníamos para unos meses y que volveríamos a España cuando acabara la guerra, pero como hemos perdido la guerra nos tenemos que quedar en Rusia. En México al menos hay sol. Ha llegado Pasionaria. Nos visita y trae comida y ropa y se preocupa de nosotros. Cada vez que está por aquí los mayores se alegran y se olvidan un poco de las penas. ·

—¿Quién te envía la carta, Fernando?
—Mi primo Miguel, desde Rusia.
—Caramba, nada menos. ¿Y qué se cuenta tu primo?
—Que pasa mucho frío.
Gabino había ido a Morelia. Era la cuarta vez que visitaba al muchacho. Le costaba hacer que Fernando saltara el parapeto, no se soltaba. Con lo sociable que se había mostrado en casa del presidente Cárdenas, seguía siendo tímido cuando

estaban a solas y a veces se le veía incómodo, como si le cohibieran las atenciones que Gabino tenía con él. Había estado haciéndoles fotos a los niños. Después Fernando y él salieron a dar una vuelta por la ciudad. Le llevó a comprar zapatos y a comer dulces y le preguntó si en las vacaciones quería pasar unos días familiares con ellos en el Distrito Federal.

—¿Conoce usted a Pasionaria, Gabino?

—Ni mucho menos. La primera persona célebre que he conocido has sido tú —bromeó—. Y después de ti, la persona más célebre que conozco es el presidente Cárdenas. ¿Tú sí la conoces?

—Mi primo sí, dice que ha estado con ella. Como se ocupa de todo lo que les pasa a los españoles en Rusia...

—Ah, claro. ¿Y qué más se cuenta tu primo Miguel?

—Que le gustaría volver a España, pero tiene que quedarse en Rusia.

Era una tragedia para los pequeños que vivían en Morelia no saber si podrían o no volver a casa pronto. Era la misma tragedia que vivían los adultos, claro, pero al menos los mayores comprendían la situación y tenían elementos de análisis. Los niños vivían en el desconcierto y nada les libraba del desgarro y las lágrimas cuando recibían cartas de sus madres o hermanos que habían quedado en España.

En España no va a quedar ni un rojo vivo, lo ha dicho Franco. Nos lo puso tía Encarnita en una carta que nos escribió, pero también que no nos preocupáramos por ella porque no la molestaban y ahora trabajaba en la casa de una familia que era muy buena con ella y la trataban muy bien aunque pasaban mucho hambre. La carta venía de Argentina, de Buenos Aires. Cuando me la dieron pensé que se habían equivocado. Yo dije que no tenía a ningún familiar en Buenos Aires, pero resulta que ese es el viaje que la carta tiene que hacer para que llegue de España a Rusia. Por eso allí, en Argentina, la cambian de sobre. Es un berenjenal que no logro entender.

—Allí seguro que estudia una carrera y se hace médico, como tú.

—Él quiere ser mecánico, como su padre.

—Mecánico es una buena cosa. Los motores se rompen mucho, siempre hay que estar revisándolos.

¿Sabes que aquí no hay nada de nadie? Ya te lo dije en la otra carta, ¿no? Todos son igual de pobres. La propiedad privada es contrarrevolucionaria y aquí por ser eso te mandan a Siberia. De Siberia no vuelve nadie. Los palacios que dejaron los zares, ahora son de todos, aunque no los usan para nada y los han echado a perder.

—Oye, Fernando...

—No tiene que venir a verme tanto si no quiere, Gabino.

—Pero es que da la casualidad que sí que quiero. Me gusta mucho venir a verte. ¿Y tu madre? ¿Qué sabes de tu madre?

—Que intenta venir. Pero no puede. Papeles no le dan para venir. Dinero para que le ayuden a conseguirlo tampoco tiene. Yo quiero ir pero ella no quiere que vaya.

—¿Sabes lo que creo? Creo que tu madre acabará viniendo algún día.

—Yo ya no sé qué pensar.

—Tú piensa lo que yo te digo, que algún día ella y tú volveréis a estar juntos.

—Hay muchos compañeros que nunca reciben visitas.

—Un día tienes que decirle a algún compañero tuyo que salga con nosotros. Echo de menos a mi hermano Daniel y tú me lo recuerdas mucho.

—Usted también me recuerda a mi padre. Lo poco que me acuerdo de él.

—Piensa si quieres venir unos días a la ciudad cuando tengas vacaciones.

—Yo... A mí sí me gustaría ir a visitarles.

—Entonces, todo arreglado. Tú me avisas y yo...

—Estos zapatos son los más bonitos que he tenido en mi vida. Muchas gracias, Gabino.

—Tú ya me dirás cuándo quieres que te recoja.

Solo la música me gusta mucho pero no más que la de España. Para los rusos la música es como una lágrima, la hay de felicidad y de tristeza, los niños nacen con un acordeón en el corazón y las niñas con una balalaika en la garganta. Es un instrumento de aquí parecido a la guitarra pero más triste. Cuando lloran, cantan. Cuando están alegres, cantan. Y cuando se emborrachan, cantan mejor que cuando se alegran o lloran. Se emborrachan mucho y dicen que es por el frío. También cuando alguien muere lo despiden con música. Son unas canciones preciosas que te llegan al alma.

—Estos zapatos me van a durar una barbaridad. Son los más bonitos que...

—Bueno, hombre, bueno.

—Pero es que es verdad.

—Y otra cosa, mientras tú me dejes venir yo pienso seguir visitándote. Mientras tú no te canses de mí...

—¡Yo cansarme!

—Aunque el presidente Cárdenas no nos invite a su casa todos los fines de semana, tú puedes venir a la mía siempre que te apetezca y lo necesites. Así tú me haces compañía a mí y yo te la hago a ti.

—Mi mejor amigo se llama Aurelio.

—Aurelio. Pues le invitas a venir si quieres. Mauricio está deseando conocerte. Le he hablado mucho de ti.

He aprendido a decir muchas cosas en ruso, me despido de ti con una despedida de aquí: *da svidaniya*, que quiere decir hasta que nos veamos. Espero que podamos volver pronto a España o a lo mejor te visito en México. Rusia no me gusta para vivir. Envíame una foto para que me acuerde de ti. He crecido mucho. Aquí no se come bien. Tu primo que te extraña y que lo es,

MIGUEL MIJAIL

—Se va a poner muy contento. Como a él no le viene a ver nadie... Y gracias otra vez por los zapatos. Son los más bonitos que...

—Entonces quedamos en eso. ¿Me llamarás cuando te den las vacaciones?

4

La firma del armisticio entre Francia y Alemania el 22 de junio fue un golpe para la moral de los exiliados. Pétain ponía al país bajo la bota alemana e Inglaterra rompía relaciones con el régimen de Vichy dos semanas más tarde. La guerra iba bien para Hitler y mal para los antifascistas. El pacto germano-soviético había creado una situación delicada y perturbadora en los círculos más radicales del exilio. Algunos no se atrevían a criticar abiertamente a los alemanes para no exponerse a que los tildaran de anticomunistas. Pero eran mayoría los comunistas que abominaban del pacto Ribbentrop-Molotov y a la vez defendían que el único modelo a seguir continuaba siendo el soviético. El fascismo se extendía por Europa, Franco se hundía un poco más en su poltrona en el palacio del Pardo y nadie sabía qué iba a pasar con los refugiados atrapados en Francia. La diplomacia mexicana seguía luchando por sacarlos de los campos de concentración. Pétain no iba a tardar en preguntar a Luis I. Rodríguez, el hombre en cuyas manos Cárdenas había dejado la responsabilidad de la evacuación de los españoles, por qué ese empeño «en favorecer a gente indeseable». El diplomático mexicano, conteniendo las ganas de darle al mariscal una respuesta a la altura de sus palabras, le respondió que solo trataban de amparar a los hermanos que llevaban su misma sangre y portaban su mismo espíritu. Además, la salida de refugiados españoles de Francia era una manera de aligerar de esa terrible carga a las arcas francesas. Las evacuaciones se reanudarían tras la reunión entre los dos hombres, pero el dinero escaseaba cada vez más y se haría más complicado el flete de barcos.

El ARE, Acción Republicana Española, se creó el 14 de abril de 1940 para reunir a los partidos republicanos y crear un frente de acción común contra el régimen de Franco. Defendía la Constitución de 1931 y propugnaba su restablecimiento y, a diferencia de los comunistas, no admitía la vigencia del último gobierno constitucional de la República al que se había deslegitimado el 26 de julio del 39 tras la última reunión de la Diputación Permanente en París. No reconocía a Negrín como presidente del Gobierno porque, en opinión de sus miembros, ya no existía un gobierno en la forma, composición y proporción de fuerzas que tuvo en su creación. Desde un principio marcó distancias con los comunistas a los que acusaba de extranjerizantes al servicio de Moscú. Mientras el ARE luchaba por alinearse con las fuerzas democráticas que combatían el fascismo, el PCE no dudaba en tildar a Inglaterra, y poco después también a Estados Unidos, de «fuerza imperialista» haciendo cada vez más amplia la brecha que se abría entre los comunistas y el resto de los partidos.

Negrín había llegado a Londres días después del armisticio entre Francia y Alemania. Muy pronto quedó claro que al gobierno de Su Majestad la presencia de Negrín en el país le resultaba, cuando menos, molesta. Empezaba a ser una figura incómoda para los ingleses y también para muchos exiliados que al igual que los miembros del ARE ya no le reconocían su autoridad. Negrín se iba a convertir en Londres en el objetivo principal de las acciones de espionaje del embajador de Franco en la capital inglesa, el duque de Alba. También desde la embajada inglesa en Madrid llegaban informes sobre él que lo acusaban de rufián y comunista.

En el DF la presión norteamericana para que México abandonara su neutralidad ante lo que ocurría en Europa se había intensificado a comienzos de junio. La prensa se había hecho eco de la preocupación por los espías alemanes que Hitler podía haber introducido en México bajo la cobertura que daban las empresas alemanas, las oficinas consulares y el turismo. Hitler había elegido el país como observatorio privilegiado para seguir de cerca los movimientos de los americanos y eso era algo que el presidente Roosevelt no estaba dispuesto a consentir. El 11 de junio, tras redoblarse la presión norteamericana, se expulsó del país *al extranjero más indeseable*, el ciudadano alemán Arthur Dietrich. La expulsión coincidió con la publicación de un reportaje en la revista *Life* en el que se afirmaba que algunos refugiados españoles ayudaban a las redes de espionaje alemanas amparados por el paraguas del pacto entre Stalin y Hitler y los acusaba abiertamente de pronazis.

—Lo que hay que oír. Ahora resulta que los que hemos sido bombardeados sin piedad por la Legión Cóndor le hacemos el caldo gordo a Hitler —protestó Paco Jover, golpeando el ejemplar de *Life* contra el mostrador de la barra—. Y no me extraña la confusión, ese endiablado pacto germano-soviético tiene descolocado a todo el mundo. No he sido nunca un devoto de Stalin, Dios me libre, pero no lo veía capaz de pactar con el diablo; si lo puedes entender, te ruego que me lo expliques, Eduardo. Bueno, no hace falta. Estos dos son tal para cual, van a repartirse Europa como una tarta de cumpleaños como Inglaterra y las fuerzas aliadas no logren pararles los pies.

Eduardo había ido a supervisar las obras de La Capilla y

tomaba medidas sin alterarse, había decidido no darse por aludido por lo que decía la revista. Tal vez se refirieran a los españoles residentes, los que abiertamente apoyaban a Franco y a los nazis. Ni lo sabía ni le importaba, dijo, y continuó con su inspección a las obras. No, *Life* hablaba de «refugiados españoles», aclaró Jover, y los gachupines no gozaban de ese estatuto precisamente. Jover siguió leyendo el reportaje:

—«El número uno de la propaganda nazi es el reputado miembro de la Gestapo Arthur Dietrich, hermano del jefe de prensa del Tercer Reich Otto Dietrich.» Eso ya lo sabíamos. No era ningún secreto. Sigo: «Las actividades de los espías van desde la compra de artículos de prensa para su campaña hasta el contrabando de armas». Muy bien. Pues que lo denuncien, pero que no nos metan a los republicanos españoles en el ajo. Es indignante. «*Timón* es la publicación que han elegido para su propaganda.» Pues que la clausuren, coño. Ah, no, que eso va contra la libertad de expresión. Esto es bueno: «Las legaciones danesa y noruega han colgado una pancarta en los despachos de la embajada alemana tildándoles de ladrones». Poca respuesta me parece a la invasión de sus países. Esto va a gustarte, Eduardo, una foto de *nuestro amigo* Lombardo Toledano con un pie que dice que ha abandonado la lucha contra el fascismo y que ahora es pronazi. Hay que joderse. Vale que el hombre ha quedado bastante connotado por sus constantes ataques a Trotski y su marcada tendencia a defender a Stalin contra viento y marea, pero de ahí a decir que poco le faltaba para afiliarse a la SS... Pero si él es el primero en acusar a sus enemigos de agentes nazis. ¿Quién entiende nada?

El eco de la expulsión de Dietrich y el sambenito de pronazis que la revista *Life* dejó caer sobre parte de la colonia de exiliados fue acallado por otra noticia que se produjo en agosto: habían detenido en Francia al presidente de la Generalitat Lluís Companys. El suceso acaparaba buena parte de las conversaciones en los cafés:

—¿Ha sido la Gestapo?

—¿Han sido los servicios secretos franceses?

Dijeron que había sido un policía español enviado por el régimen a Francia.

—Lo van a entregar a España de manera inmediata.

—Serrano Suñer ha hecho una lista de más de ochocientos dirigentes republicanos que pueden estar aún en Francia para que los alemanes se los entreguen antes de que puedan salir del país.

Durante unas semanas no se supo nada a ciencia cierta. Se decía que lo ocurrido con Companys y el rumor de la lista negra de Serrano Suñer había acelerado la salida de muchos políticos y dirigentes republicanos de Francia, algunos hacia Inglaterra, siguiendo los pasos de Negrín, y otros hacia África, la Unión Soviética y México. Por las mismas fechas otra noticia sacudió al país: un español, Ramón Mercader, logró entrar en la acorazada vivienda de Trotski y esta vez sí acabó con su vida. Un mes más tarde fue detenido Siqueiros en la sierra de Hostotipaquillo, su foto apareció en todos los periódicos junto a la de sus captores, entre ellos el jefe del Servicio Secreto, el coronel Sánchez Salazar. «Cien veces que me encarcelen, cien veces que mi imaginación atravesará los barrotes de la cárcel», dijo altivo a los policías.

Se supo que lo habían protegido no solo los mineros de la sierra de Jalisco sino las autoridades locales. ¿Qué reservaba la justicia para los dos hombres que habían obedecido el deseo de Stalin de acabar con la vida de su enemigo y hacer dolorosamente real el aserto de Bretón de que «el mundo es un planeta sin visa para León Trotski»? Siqueiros, que lo había intentado, pagaría con un año de prisión y el destierro. A Mercader, que lo había conseguido, le esperaban veinte años de cárcel y luego el olvido.

Mientras, Companys había sido enviado a España pero se desconocía su paradero. ¿Estaba en Cataluña? ¿Estaba en Madrid? En las cartas que se recibían no se decía qué estaba ocurriendo con él. Por fin se supo que el juicio sumarísimo se celebraría el 14 de octubre. Su ejecución en la madrugada del día 15 en el foso de Santa Eulalia del castillo de Montjuic fue una muestra más de lo que Franco estaba dispuesto a hacer para acabar con sus enemigos. El día siguiente fue un día de luto en el Luis Vives. Algunos maestros de la institución habían tenido ocasión de conocer a Companys durante la guerra y su muerte los sacudió personalmente. Las notas de *Els Segadors* volvieron a oírse coreadas por decenas de voces de niños y mayores en aquel centro que puso la *senyera* a media asta. Durante la cena en casa de los Toledo, Mariana, Inés y Carlos permanecieron más callados de lo habitual. A lo largo del día se había hablado mucho del presidente de la Generalitat en el colegio. Decían que Companys se había quedado en Francia, a pesar del peligro que corría, porque no quería alejarse de un hijo enfermo que estaba ingresado en un hospital francés con problemas mentales y cuyo rastro el presidente catalán había perdido. Eduardo no sabía nada de ese hijo, pero Blanca sí sabía que lo había buscado con desesperación y que cuando su hija María Companys en el mes de mayo le pidió que se fuera con ella a México, el presidente se negó: si lo hubiera hecho habría salvado la vida.

También se decía que había hecho algo extraño antes de morir. «Se quitó las alpargatas para agarrar con los dedos la tierra de España», contó Inés.

Una profesora les había dicho que ese había sido su último gesto en vida, descalzarse, sentir la tierra de España. ¿No era estremecedor que su último pensamiento hubiera sido para sentir bajo sus pies el suelo de su infancia? A Mariana eso le recordó a lo que decían de Machado, quien, enfermo y agotado, se había agachado para coger un puñado de tierra antes de cruzar la frontera con Francia.

En los días siguientes se sabrían más detalles sobre las últimas horas de Companys, que había recibido la visita de sus hermanas, que estas habían tranquilizado al presidente con una mentira piadosa al decirle que su hijo había sido localizado y que ellas se iban a ocupar de él, y que les habían dejado abrazarlo para despedirse de él.

También se supo que Companys había dejado escrita una carta en la que le decía a los guardias y soldados que lo iban a fusilar que no les guardaba ningún rencor, que sabía que actuaban coaccionados y solo cumplían con su deber, y que siendo muy creyente había puesto sus cosas en orden con Dios.

Al acabar la cena, cuando recogían la mesa, Mariana pidió a sus padres que le explicaran algo que no entendía. En el colegio les habían dicho que lo habían fusilado por adhesión a la rebelión, pero ¿cómo era posible que le hubieran condenado por rebeldía militar? ¿No eran precisamente los militares rebeldes los que se habían quedado con España? Eduardo y Blanca trataron de explicarle que ese era el delito por el que los sediciosos condenaban a los defensores de la República, pero para ellos era igual de inexplicable que para sus hijos la ironía trágica que eso encerraba.

Pedro Urraca. Ese era el nombre del policía que había apresado a Companys y lo había entregado a España. Había ido a Francia a cumplir el deseo de Serrano Suñer de localizar y capturar a los gerifaltes de las instituciones de la Segunda República que se escondían *impune y cobardemente* en el país vecino. Urraca ya se había cobrado una pieza importante,

Companys. Ahora iba a la caza de la pieza más codiciada: el presidente Azaña. En julio, Azaña le dijo a su mujer, Dolores Rivas Cherif: «Me persiguen, tratan de llevarme a Madrid, no sé cuánto podré aguantar, ya no puedo más».

A los pocos días lo visitó Luis I. Rodríguez, el embajador mexicano. Quería tranquilizarlo. Le aseguró que el gobierno de Lázaro Cárdenas tenía especial interés en protegerlo y acogerlo en México cuando sus problemas de salud le permitieran viajar. El embajador salió muy alarmado tras la visita, había encontrado a Azaña muy deteriorado y deprimido. El presidente estaba convencido de que antes de poder viajar a México los policías franquistas lo secuestrarían y lo entregarían a España donde le esperaba una farsa de juicio y la muerte. Rodríguez consiguió garantías, por parte del mariscal Pétain, de que no se le extraditaría a España y se protegería su vida en Montauban. Por las mismas fechas, la familia Azaña iba a recibir otro duro golpe: Cipriano Rivas Cherif y toda su familia fueron detenidos por las autoridades alemanas. Cipriano fue entregado a falangistas que lo condujeron a España. Su mujer, hermana e hijos quedaron arrestados y aislados en la casa de Pyla-sur-Mer. Azaña comunicó al embajador Rodríguez que si no se conseguía la liberación de su cuñado, él mismo se entregaría a las autoridades españolas para compartir su misma suerte. Rodríguez le aseguró que su gobierno haría todo lo posible para interceder por él. Todas las gestiones que Azaña y el embajador mexicano hicieron para liberar a su familia fueron inútiles. Todas las puertas se les cerraron. A Azaña nadie le había invitado a refugiarse en Francia y sus problemas personales y familiares solo eran eso, un asunto particular, explicó el presidente del Consejo Pierre Laval al embajador cuando fue a pedirle ayuda. Bastantes problemas tenían las autoridades francesas de la Francia no ocupada para defender a sus prisioneros frente a los alemanes. En agosto la salud de Azaña se deterioró alarmantemente. Se habían realizado gestiones para alojarlo en Suiza pero el presidente se negó a viajar hasta que se esclareciera la situación de su familia política.

Pedro Urraca y sus hombres cerraron el cerco sobre el presidente Azaña, al que estaban dispuestos a secuestrar para llevarlo a España y hacerle responder de sus muchos crímenes. Habían estado en Montauban en agosto y volvieron a principios de septiembre. Rodríguez tuvo que tomar una medida desesperada para proteger a Azaña: puso cuatro habitaciones del hôtel Midi a nombre de la embajada mexicana con derecho a ondear en ellas su bandera. Allí trasladaron a Azaña y a su mujer. Los secuaces de Franco esta vez no se atreverían a asaltar territorio mexicano. Pero nada de ello logró tranquilizar al presidente. La angustia por la suerte de su cuñado y su familia y la conciencia de que el cerco se cerraba sobre él precipitaron la quiebra de su salud. Insomnio, ataques de nervios, estados febriles que ninguna medicina lograba paliar. Días después, Azaña sufrió una hemiplejía. La familia de Rivas Cherif fue liberada y él condenado a cadena perpetua en España. El 4 de noviembre Azaña murió. Las autoridades francesas trataron de evitar manifestaciones públicas de duelo en homenaje al presidente. Pero no lo consiguieron. Prohibieron que se le enterrara junto a la bandera republicana que lo había acompañado en el exilio, pero el representante de Cárdenas se negó a que lo abrazara la bandera franquista: «Ya basta de humillaciones para el desaparecido». El presidente fue enterrado con la bandera mexicana. El embajador Luis I. Rodríguez envió una carta a Cárdenas que este leyó ante Gabino. En ella decía cómo desoyendo las advertencias de las autoridades francesas, muchos republicanos españoles llegaron hasta Montauban y saludaron y siguieron la marcha del féretro. El diplomático escribió:

Manos desconocidas acompasaron en voces de duelo las esquilas de los templos; militares inermes, cuadrados en las banquetas, despidieron al ínclito republicano; se alfombraron de rosas las calles como tributo del pueblo. Me cupo el honor de presidir el séquito. Detrás de nosotros, cojos, mancos y ciegos, en tumulto de millares, arrastraron su desolación hasta la casa de los muertos, llevando con ellos la gloria de sus heridas, la ternura de sus mujeres y la miseria de sus hijos... Transportaron el ataúd de la carroza a la gaveta cuatro hombres garridos. Eran savia de los trabajadores. Renqueando, ya para cerrar la tumba, se aproximó a ella un mutilado de la guerra. Y en un tono grave, perceptible solo para nosotros que estábamos cercanos, desgranó estas palabras: «Llévatela también. Es lo único que me queda», mientras le arrojaba la medalla del Valor Heroico arrancada de su pecho, implacable, desesperadamente, por su dueño.

Cárdenas dejó caer la mano donde tenía la carta y miró a Gabino; no habían podido salvar al presidente español pero haría todo lo posible por proteger y cuidar a su viuda y a su familia política, los Rivas Cherif, y confiaba en poderlos acoger en México algún día.

Urraca, el «cazarrojos» como empezaba a ser conocido, había enviado una nota a Madrid el 6 de noviembre con un escueto mensaje que en nada se parecía al emocionante relato del embajador Rodríguez:

Azaña murió el día 30 de octubre último, a las 4 de la tarde, en Montauban, de un ataque al corazón, habiendo expuesto en su testamento que deseaba que su cadáver fuese trasladado a España para recibir sepultura. Hasta el último momento estuvo protegido por la bandera de México.

Cómo un hombre tan frío y metódico había escrito erróneamente la fecha de la muerte del hombre al que perseguía era un misterio. En lo que no se equivocó fue en que México había abrazado al presidente hasta su último suspiro.

5

Recordaba a menudo las palabras de su padre sobre el pájaro carpintero que le picoteaba la cabeza, ideas o recuerdos obsesivos que si no convertías en *otra cosa*, si no transformabas *en algo* se quedaban a hacerte la pascua para siempre. Había que liberarlos y a veces se liberaban volviendo al lugar o a la persona que los había alentado o haciendo algún tipo de ritual que fuera como un baño purificador, un símbolo del renacer, una ofrenda. Como había hecho ella al escribir aquella noche todas las cartas de Luis Leguina que, sin darse cuenta de lo que hacía, se iba desprendiendo de ellas. Ahora se hacía una idea más clara de cuánto debía de pesar todo lo que su padre no contaba. Desde la noche en que el desconocido que fue a su casa pronunció aquellos nombres y su padre había dicho aquello tan misterioso sobre el cuadro de Picasso, había quedado prevenida, alertada. Y luego estaba la visita que habían hecho al registro de los pasajeros para buscar al tipo del barco. A veces sentía que el corazón de su padre iba quedando aislado de ellos y rodeado por un silencio impenetrable que amenazaba con engullirlo para siempre. Todo ese silencio tenía que ver con la guerra. La llegada a su vida de María Duque, que había empezado a ayudar a Eduardo en el estudio y que de vez en cuando los visitaba y se quedaba a cenar o a charlar con sus padres hasta la madrugada, había acentuado para Mariana esa sensación de opacidad, esa sensación de que los secretos que guardaba se hacían más pesados, se multiplicaban, elevaban el muro que había levantado para protegerse de las preguntas, de las miradas de su familia.

—¿Qué importancia puede tener, para que vivamos felices, que nos cuente o no *ciertas cosas*? —contestó Blanca cuando le preguntó si no le escocía esa reserva con la que su padre parecía cubrir el pasado y lo que pasaba en su vida al margen de su familia.

—¿Lo somos? —insistió Mariana.

—¿Qué?

—Felices.

—¿Crees que no?

Mariana calló. Supuestamente tenían ese qué y ese cómo que, combinados, crean seres felices, pero ¿lo eran?, ¿o solo sentían el deber de sentirse felices? La felicidad no era una suma aritmética, una ciencia exacta.

—Hemos salido de una guerra y escapado de otra —respondió Blanca con confianza—. Y eso es mucho más de lo que puede decir la mayoría de la gente. Sí, lo somos aunque no quieras darte cuenta.

También Blanca era consciente de que María Duque había supuesto un vuelco en la vida de su marido, en realidad de todos, pero a diferencia de su hija, no la veía como una amenaza sino como un acontecimiento feliz que había transformado, acelerado, su integración en el país. Además, Blanca creía que María podía ser el rompehielos que necesitaban. Al poco de conocerla Eduardo la había llevado a casa y presentado a todos. Blanca había comprendido que su marido conjuraba, de ese modo, el riesgo a que pudiera convertirse en algo distinto a una amiga de la familia. A ella se debía la primera obra que Eduardo había realizado en México, una gasolinera. Un día, al entrar en el estudio, los había oído hablar:

—De aquí a Toluca hay una tirada —precisó Eduardo sobre un mapa de carreteras.

—Unos cincuenta kilómetros —dijo María—. Mañana me dejan un coche y podemos ir a verla. Nos llevará poco más de una hora.

—¿Adónde vais mañana? —preguntó Blanca, irrumpiendo alegre.

Eduardo fue hacia ella y la saludó con un beso.

—En la carretera a Toluca una antigua estación de servicio ha colgado un cartel en el que se pide arquitecto para reforma —respondió Eduardo.

—Qué manera más curiosa de encargar una obra —dijo Blanca.

—Eso mismo pienso yo.

—Pero no pierdes nada acercándote. Por algo se empieza, querido.

—En eso estábamos. ¿Te gustaría *acompañarnos*?

Blanca pretextó la entrega urgente de una traducción para no hacerlo. María y Eduardo viajaron hasta Toluca, hablaron con el propietario de la gasolinera y sondearon sus necesidades. Eduardo realizó el proyecto de reforma que, al cabo de unos días, fue aceptado. Y todo había sido gracias a la insistencia de María. Y Eduardo, en agradecimiento, le pidió que lo ayudara en la reforma y así la gasolinera se convirtió, a su vez, en el primer proyecto profesional de María. A la gasolinera le había seguido la reforma de una joyería en la avenida Juárez y otras obras menores, así como el encargo del café La Capilla.

Cuando Mariana pinchaba a su madre, cuando indagaba sobre si sentía o no celos por el tiempo que Eduardo pasaba con la estudiante, su respuesta pragmática era siempre la misma: no los sentía. «¿Qué crees que es el matrimonio, Mariana? Tu padre y yo tenemos... un acuerdo de confianza. Nunca hemos hablado de él. Simplemente existe.» Esa respuesta la desconcertaba, y más cuando acababa diciendo algo que a Mariana le recordaba a su abuela Betty, cuando de niña siempre le oía decir que por el bien común había cosas que era mejor dejar en el *fondo del baúl*: «Creo que es más saludable para todos que cada uno nos ocupemos de nuestros asuntos».

A Mariana le resultaba contradictorio que su madre hablara de confianza y a la vez de no mirar, de no revolver, de no sacar del baúl aquello que era más conveniente dejar aparcado. Si el secreto del matrimonio oscilaba como un péndulo entre dos extremos tan opuestos, no estaba segura de llegar a descifrarlo algún día. A Mariana le costaba cambiar la imagen que tenía de su madre, imaginarla con secretos de alguna clase. Todo en ella había sido siempre transparente, translúcido, al menos hasta su llegada a México. Hasta ese momento su alma sin rincones estaba expuesta en todo lo que hacía, a la vista de todos. Pero eso también había cambiado con el viaje. Estaba la mirada que había captado en Gabino y cuyo significado aún no comprendía del todo, y estaba la serenidad con la que su madre aceptaba la presencia de María en la casa y en sus vidas.

Una noche, Mariana se levantó y encontró a su padre dormido en el sofá de la sala de estar. Al acercarse a abrigarle le oyó pronunciar en sueños un nombre, Santa Lucía. Al día siguiente le preguntó a su madre si sabía qué lugar era ese, si había oído alguna vez hablar de él. Blanca no le dio importancia ante su hija, lo había oído nombrar alguna vez, dijo de manera vaga. Fue tanta la insistencia de Mariana sobre el asunto —¿qué lugar era?, ¿dónde estaba?, ¿de qué lo conocía su padre?, ¿pasaría algún período en él?, ¿por qué se le aparecía en sueños?, ¿qué significado podía tener?, ¿tenía relación con la guerra?—, que Blanca tuvo que *darle algo* para aplacar su curiosidad. Le contó un episodio de la guerra que hasta entonces su hija desconocía: a su padre lo habían dado por desaparecido durante los primeros días de la batalla del Ebro. Su pista se perdió poco antes de la gran noche del 25 de julio en que las fuerzas republicanas hicieron el cruce a gran escala por el río. Blanca sabía que se le dio por desaparecido primero y por evadido durante unos días, hasta que su situación de «baja de guerra» se aclaró. Mariana hizo mil preguntas sobre la palabra «evadido», preguntas que Blanca no supo responder. «Pero lo importante es que unas semanas más tarde reapareció en su unidad y con ella estuvo hasta el fin de la guerra, y que fue uno de los que volvieron; eso es lo único que debe importarnos», dijo.

Blanca solo había sido *parcialmente* sincera con Mariana, si es que es posible llamar sinceridad a algo que solo lo es en parte. Se reservaba el derecho a conservar recuerdos que no compartía con nadie. El que se refería a aquellos días en que se perdió el rastro de su marido en la guerra era uno de ellos. Había viajado a España con el Comité Británico pero se había separado de la delegación cuando conoció la desaparición de Eduardo en el frente del Este. Se había desplazado a Cataluña y allí se había unido a un grupo de reporteros que daban cuenta de la ofensiva republicana sobre las tropas de Yagüe. Había buscado a Eduardo por hospitales y por las distintas unidades militares desplegadas a lo largo del frente y por fin supo que había ido a parar al hospital de Santa Lucía. Volvió a Inglaterra al saberle en buenas manos sin que él llegara a enterarse nunca con cuánta desesperación lo había estado buscando. Luego, cuando Eduardo se unió a su unidad, recibió de él una carta en la que explicaba que había estado convaleciente en un hospital sin darle detalles de lo ocurrido aquellos días; nunca le explicó en qué consistió o a qué se debió aquella convalecencia. Tampoco ella le contó su viaje a Cataluña. Un sexto sentido le había impedido contarle ese comportamiento que ahora, pensaba, podría avergonzarle, la mujer de un oficial buscándole desesperada por el frente, y aquel secreto se había enquistado en ella de una manera infantil y algo absurda. De ahí venía su interés en conocer al doctor Bravo desde la tarde que Inés lo mencionó. Pero tenía otros secretos que nunca había compartido con él. Los matrimonios no tienen por qué contarse todo, se decía, y sin embargo creía firmemente que Eduardo y ella se profesaban un tipo de confianza, de lealtad, que no tenía nada que ver con que cada uno conociera todos los rincones del otro.

El secreto más reciente tenía que ver con su casero, Guillermo Barón. Blanca había notado desde el principio la simpatía que le tenía el empresario y eso la había animado a sugerirle que visitara a Eduardo en el estudio y le hablara de la fábrica que pensaba abrir en las cercanías de Colima. Tal vez su marido podía darle algunas ideas. Barón visitó El Almacén y se interesó por algunas de las obras y proyectos que Eduardo tenía en marcha. Luego le habló de La Ardorosa, una fábrica que reunía tantos defectos que había dejado de ser eficiente. Por eso quería tirarla abajo y levantar una nueva. Le propuso que lo acompañara a conocerla y a hacerse una idea de lo que necesitaba. A la mañana siguiente, los dos hombres viajaron hasta Colima y durante dos días recorrieron juntos la región, Barón le mostró los terrenos que pensaba adquirir y pidió sus consejos. Eduardo estudió el terreno, tomó fotografías, hizo dibujos. Barón, a pesar de las diferencias ideológicas que los separaban, se sentía extrañamente a gusto en su compañía. ¿Le interesaba hacerle alguna propuesta para el proyecto de la fábrica? Por supuesto, acordaron que no había compromiso por parte de Barón de aceptar su oferta y que no estaba obligado a contratarle. El boceto que Eduardo terminó tres semanas después entusiasmó a Barón, quien, esta vez sí, formalizó el encargo.

A partir de aquel día se vieron a menudo. Muchas veces los dos hombres se quedaban a discutir hasta tarde en el estudio. Eduardo había empezado a diseñar extrañas cubiertas con forma de cascarón pero solo había podido aplicarlas, a una escala menor, en la gasolinera de Toluca y en la reforma de una cochera de autobuses. En esta última había cubierto un patio central que había llamado la atención de la prensa especializada. Habían hecho una reseña en la revista más importante de arquitectura, *El Mirador*, y para asombro de Eduardo varios arquitectos de un par de estudios del DF se habían interesado por ellas. Barón quería una de esas cáscaras para su fábrica. Le parecía que le daba un «toque distintivo». Era inevitable que en algún momento de las largas horas que compartieron en el estudio, Eduardo y Barón hablaran no solo de la arquitectura que le interesaba a Toledo y que representaba un arquitecto como O'Gorman, sino también de su diferente manera de entender la vida y de algo que preocupaba al empresario, el aluvión de refugiados que había llegado y seguía aumentando. Barón solía decir que México no necesitaba más revolucionarios, ya había tenido en su pasado suficientes revoluciones. Eduardo le aseguraba que los exiliados no habían ido a México a hacer ninguna revolución sino a salvar la vida, a buscar un porvenir que los golpistas les habían robado. ¿Por qué deberían temer los españoles residentes en México como Barón a los recién llegados?

—Temo que al acoger a refugiados claramente izquierdistas México pueda enrarecer sus relaciones con su aliado natural, los Estados Unidos de Norteamérica —opinó Barón—, y más en un momento como este, con México a punto de entrar en la guerra.

—México no va a entrar en ninguna guerra. Además, creí que esas relaciones ya estaban enrarecidas —respondió Eduardo mientras dibujaba en su tablero—. Los americanos no debieron de tomarse bien la nacionalización del petróleo.

—Esa herida está en vías de cicatrizar —dijo Barón—. México y Norteamérica están condenados a entenderse, aunque solo sea por razones de proximidad; se necesitan mutuamente.

—En cuanto a lo otro que has dicho, eso de que todos seamos claramente izquierdistas, lo somos, pero ser radical es otra cosa. ¿De verdad crees que los que hemos venido a luchar por el porvenir nuestro y el de nuestras familias somos una horda de hunos que arrasamos cuanto encontramos y estamos dispuestos a no dejar que la hierba crezca bajo los cascos de nuestros caballos?

—No lo creo yo solo, hay muchos mexicanos que opinan igual —lo provocó Barón.

—Te sorprendería saber, si te molestaras un poco más en conocernos, cuántos de nosotros ni siquiera militamos en ningún partido. Muchos combatimos porque creíamos nuestro deber defender la legalidad salida de las urnas, con independencia de a quién votáramos en las elecciones. Lo que ha habido en España no ha sido una guerra de comunistas contra capitalistas, de obreros contra burgueses, sino una guerra de demócratas contra fascistas, y en la democracia caben muchas ideas, incluso ideas de derechas como las que defiendes tú.

Eduardo no siempre había estado de acuerdo con los discursos de los líderes del Frente Popular ni con las decisiones que se habían tomado, explicaba, pero había logrado apartar sus discrepancias de lo realmente sustancial: defendían una forma de vida basada en la libertad y el respeto, y los militares golpistas habían ido a socavar, desde sus cimientos, aquel modelo de convivencia.

—Entonces, me estás diciendo que no eres un socialista ni un comunista, y por supuesto no eres un anarquista. ¿No serás un idealista? No sé tratar con idealistas —se burló Barón—, esa es la clase de militante de la que más desconfío.

—Lo que te estoy diciendo es que no combatí para hacer *la revolución*. No verás ninguna canana cruzada sobre mi pecho y no tengo los dedos manchados de pólvora precisamente, como mucho de grafito y tinta china. No soy más que un miembro insignificante de la clase media, de esa burguesía de la que supongo que he heredado virtudes y defectos. No quiero derribar ningún sistema que defienda que en esta sociedad cabemos todos los hombres de paz con independencia de nuestra ideología o de si somos ardorosos creyentes o vehementes ateos. Me educaron en la moderación y creo que la mejor arma que tenemos es el diálogo. Me considero una persona amable y respetuosa. Me repugnan los desmanes que he visto cometer en nombre de la defensa de la República, las acciones de aquellos que creyeron que el poder no emanaba del pueblo sino de la punta de su fusil, fuera cual fuese el bando en el que combatieron. De todos modos, no tenemos que querernos para que yo pueda trabajar para ti.

—Completamente de acuerdo.

—Pero sí llevarnos bien y será difícil que lo hagamos si entro en tus provocaciones. Mi compromiso contigo me obliga a respetar tus deseos como cliente sin que me tenga que gustar cómo piensas.

—¿Crees que intento provocarte? —Barón rió de nuevo.

—Sé que te gustaría verme exaltado, que algún día perdiera la compostura o los nervios, que te diera la razón en esa visión que tienes de nosotros, la de lobos revolucionarios que en algún momento vamos a arrancarnos la piel de cordero para mostrar al mundo nuestra verdadera cara.

Mariana presenciaba a menudo las discusiones entre su

padre y el empresario. Le gustaba ir al estudio de arquitectura a la salida del colegio en vez de volver a casa, le gustaba escuchar a los dos hombres. Barón pensaba de manera muy diferente a sus padres, pero tampoco era tan hostil con ellos como otros españoles instalados desde hacía años en el país, otros españoles que habían ido a hacer fortuna y de los que se decía que en vez de sangre circulaba plata por sus venas. Sin embargo, escuchar sus charlas no era la única razón para ir al estudio a la salida del colegio. La otra razón era María.

6

Los jueves se rompía felizmente la rutina de Blanca. Ese día era *su* día.

A las tres de la tarde la BBC emitía un programa de música clásica que jamás se perdía. No solo por su amor a la música, sino porque sabía que a la misma hora Betty, su madre, escuchaba el programa desde Londres. La imaginaba sentada junto a la radio, realizando un ritual que solo ella entendía, el de tocar el aparato para hacerse la ilusión de que sentía la mano de su hija realizando el mismo gesto al otro lado del mundo. La música las unía como si fuera esa línea que en el firmamento junta dos estrellas y las convierte en constelación, las unía de una manera privada y de algún modo excluyente, formando un triángulo cuyo vértice era aquel programa. Nunca se deja de ser hija, nunca se deja de buscar el consuelo de una madre, y aquella era su manera de buscarlo, de admitir que la necesitaba. Había sido muy duro poner un océano de distancia, pero Betty le había obligado a pensar en su familia, en Eduardo y en los niños. «Tu marido tiene fatiga de guerra y México es la cura, alejaos de aquí tanto como sea posible», le había dicho. Ella había estado de acuerdo. Blanca sentía el abrazo de su madre a través de ese gesto, rozar la radio. Si era superstición, manía o chaladura, no le importaba. Esos días, a esa hora, se dejaba llevar, se permitía dar rienda suelta a sus sentimientos, casi siempre reprimidos, de melancolía y añoranza por su hogar, por sus dos tierras, España e Inglaterra, por la vida trastocada y, sobre todo, por ella, por Betty. Se lo permitía porque sabía que era una válvula de escape para la nostalgia que la asaltaba a traición y que los jueves y la BBC lograban disolver como un azucarillo en un vaso de agua. Iba a empezar el programa. A veces se trataba de grabaciones enlatadas en discos de estudio, otras eran conciertos que se habían grabado por todo el mundo o, si había suerte, conciertos que se emitían en directo desde Estocolmo, Londres, Nueva York o Buenos Aires. El corazón le dio un brinco al escuchar que ese día emitían el último concierto que Pau Casals había dado en el Royal Albert Hall de Londres un año antes, por las mismas fechas en que ellos embarcaban en Sète rumbo a América en el *Sinaia*.

Se sentó junto a la radio, encendió un cigarrillo y puso la mano sobre el aparato; la dejó allí colocada hasta que notó con un escalofrío gozoso cómo la vibración percutía en su cuerpo y la música se desparramaba a través de ella, como si fuera una médium, por toda la habitación. Eran las primeras notas del *Preludio de la suite n.º 1* de Bach. *Empezar el día con Bach* era un precepto para el hombre cuyo violonchelo había hecho de aquella pieza un monumento sonoro, el músico que había embrujado a los melómanos del mundo con un sonido sutil y transparente, que había dicho que la música era indestructible como el alma, que había convertido las suites de Bach en un lamento por la guerra y un anhelo de paz. Las balas y las barricadas habían impedido el último concierto del maestro Casals en España, el 19 de julio de 1936, en el Grec de Montjuic. Betty y ella tenían entradas para aquel concierto. Un amigo de la familia había conseguido que asistieran al ensayo la tarde anterior. La noticia de la sublevación les había llegado mientras la orquesta tocaba la *Oda de la Alegría de la Novena Sinfonía*. Blanca nunca olvidaría las palabras del maestro: «Compañeros y maestros, los militares se han alzado contra la paz y la democracia en España. Les prometo que interpretaremos *la Novena* en Madrid y Barcelona cuando todo esto acabe». Ese concierto suspendido al principio temporalmente y luego de manera indefinida se había convertido en una metáfora de cómo la guerra postergó, sin que nunca llegara a restituirse de nuevo, todo lo que aquel día estaba a punto de producirse, los ritos extraordinarios como una boda o un bautizo pero también las pequeñas rutinas diarias, la cotidianeidad familiar, el progreso laboral, las ilusiones del porvenir. Todo quedó suspendido dramáticamente a la espera de que la normalidad regresara. Pero no había regresado. Y aquella *Oda* nunca llegó a sonar en España. «Ahora», se dijo, «toca para nosotras. Es como si se celebrara para ti y para mí». Cerró los ojos. «Betty», dijo en voz alta. «Betty, aquí estoy, mamá querida.» El tiempo se detuvo. El mundo desapareció. Solo estaban la música, su madre y ella.

Mariana no había podido abandonar los estudios como habría sido su deseo, pero después de mucho insistir había conseguido permiso de su madre para actuar «solo una vez» con Inés y Carlos sobre un escenario, concesión que Blanca había hecho a su hija para frenar sus ansias de dejar el colegio y con la promesa, por parte de Mariana, de que no se lo volvería a pedir. Miguel, el hombre que descargaba muebles el día de la mudanza del Luis Vives, había resultado ser algo más que un transportista. Era maestro de la institución. Había formado parte de las escuelas populares en Valencia. No había olvidado que aquel día Mariana e Inés habían embrujado las aulas del colegio y algo de ese embrujo había quedado prendido a las paredes. La música se había quedado a vivir entre las pizarras y los pupitres y cada vez que tenía ocasión, cuando alguna de las hermanas se encontraba en el aula de música, se acercaba para deleitarse con las canciones que aquel día no había podido escuchar. Un día les preguntó si irían a tocar a un colegio en un barrio fuera del centro del DF donde no había profesores de música pero sí un piano. Otro día les pidió que enseñaran canciones a niños mexicanos, y otro que acompañaran a un coro que se había formado en una barriada marginal del DF dentro de un programa vecinal para alejar a los jóvenes de la violencia. Al cabo de pocas semanas preguntó a Mariana si no se había planteado la posibilidad de formar un trío profesional con sus hermanos. Mariana rió ante la ocurrencia pero no pudo olvidarla, y desde aquel día empezó a abrigar en secreto la ilusión de actuar profesionalmente con Carlos e Inés en un escenario.

Lo primero que tuvo que hacer fue convencer a sus hermanos de que aceptaran actuar delante de espectadores en un *teatro de verdad*. Inés no quería ni oír hablar de ello, pero Mariana apeló a la larga lista de favores que su hermana le debía. Con Carlos fue mucho más sencillo y apenas tuvo que negociar.

La primera y única actuación que iban a hacer fuera del circuito escolar fue en un desconocido teatro a las afueras del DF. Miguel les había dicho que se trataba de un local pequeño y que seguramente no se llenaría, solo asistirían los pocos espectadores «que no hayan conseguido entradas para el cine». Al llegar descubrieron que en la taquilla se había colgado el cartel de NO HAY LOCALIDADES y les hablaron de que eran muchos los espectadores que se habían quedado con las ganas de entrar.

—¿Seguro que toda esa gente sabe que los que tocamos somos *nosotros*? —preguntó Inés.

—Han debido de equivocarse de función —respondió Carlos.

Miguel fue con ellos a los camerinos, donde saludaron a los veinte niños con los que habían estado ensayando en la última semana y que iban a acompañarles con su coral en tres canciones.

Blanca y Eduardo, además de Gabriel y Leonora, estaban entre el público. En el programa de mano los tres hermanos eran presentados como un prometedor *trébol* de jóvenes músicos. Miguel se burló del apodo, aunque a partir de aquel momento empezó a llamarles «tréboles». Autoproclamado su «representante» artístico, propuso a los hermanos, si todo salía bien y el concierto era un éxito, volver a repetir la hazaña. Pero Mariana sabía que Blanca se negaría y respondió a Miguel que su vida de artistas había acabado antes de arrancar y que su madre nunca les dejaría volver a actuar porque eso distraería a sus hermanos de sus estudios y aún eran muy pequeños.

En el concierto, aquella tarde, estaban Juan Bravo y Susana Porto. El doctor buscó al capitán entre el público y tuvo un estremecimiento al distinguirle. Allí estaba, unas filas más allá, al alcance de su mirada, el hombre que le había salvado la vida, que le había hecho concebir la idea de escribir algún día sobre *el síndrome del corazón del soldado*, de hablar de su experiencia con soldados rotos durante la guerra. «Negra Sombra», del Maestro Montes, era la siguiente canción del programa. «Cando penso que te fuches / Negra sombra que me asombras...» A los tres hermanos Toledo se había unido la coral de niños. «Ó pé dos meus cabezales / tornas facéndome mofa.» Una gran ola de voces blancas inundó el auditorio... «Cando maxino que es ida / no mesmo sol te me amostras...», y llenó el corazón de todos los presentes. Como si hubiera notado una mirada sobre su nuca, Eduardo volvió la cabeza y recorrió con la vista el patio de butacas pero no vio a nadie mirándolo. Al acabar el concierto y los bises, la gente empezó a abandonar el teatro. Muchos iban tarareando la música que habían escuchado. Bravo se detuvo en el vestíbulo, se quedó observando a Toledo y su familia y a los familiares y amigos que los rodeaban.

—¿Vamos? —preguntó Susana.

—Espera —dijo él.

Al lado del capitán estaba una mujer bellísima que se parecía a la protagonista de la película *San Francisco*, Jeanette MacDonald, y que supuso era su esposa.

—¿Qué quieres hacer? —le preguntó Susana.

Juan Bravo no se movió, no contestó. Fueron al encuentro del capitán los tres niños que habían actuado. La mayor, Mariana, ya no era tan niña y sonreía alegre, orgullosa por su actuación, dichosa por las felicitaciones que recibía, pero un halo de melancolía la distanciaba sutilmente del grupo, una niebla que solo a ella alcanzaba y empañaba aquella alegría algo forzada. Tenía el pelo castaño y aire agitanado, unos profundos ojos oscuros, almendrados. Sintió un vuelco en el estómago. Eran los ojos de su padre. Los ojos que tanto había examinado aquel verano en Santa Lucía. ¿Interrumpía aquel momento familiar? ¿Dejaba pasar la oportunidad de presentarse ante el capitán? ¿No era encontrarse con él una de las razones que le habían llevado al concierto?

—Vamos a saludarles —dijo cogiendo del brazo a Susana.

A medida que se aproximaba sintió cómo crecía dentro de él una oleada de gratitud e inquietud. Hacía tiempo que esperaba este momento, pero ahora que había llegado no sabía cómo comportarse. Estaba nervioso y no podía ocultarlo. Le sudaban las manos y notaba una extraña flojera en las piernas.

—Hola, Inés Toledo —saludó alegre—. Buenas tardes, capitán.

El grupo se volvió hacia Bravo y Susana. Los ojos de Eduardo y el joven doctor se cruzaron. Un silencio se hizo en torno a ellos. Eduardo lo miró desconcertado unos instantes antes de esbozar una sonrisa franca de bienvenida. Blanca escrutó al recién llegado y a su mujer y esperó a que se hicieran las presentaciones. El doctor tendió la mano a Eduardo pero este no la estrechó sino que lo abrazó como si acabara de reencontrarse con un hijo.

—Blanca, te presento al teniente Bravo —dijo emocionado, separándose de él—. Eduardo —se presentó a Susana, dándole la mano.

Y les presentó a sus hijos y a Gabriel y a Leonora y a Miguel, y hubo palabras para felicitar a los artistas y elogiar su actuación. Blanca se apresuró a pescar a la joven pareja:

—Hemos reservado mesa en una cantina cercana para celebrar el éxito, estaríamos encantados de que nos acompañaran.

7

En la cantina, Mariana, Inés y Carlos firmaron los primeros autógrafos de su vida a algunos clientes que habían estado esa tarde en el teatro y se acercaron a la mesa a saludarlos. Les pidieron permiso para fotografiarlos.

—Han nacido tres estrellas —comentó Leonora, orgullosa de sus sobrinos.

—Y ahora, una serenata por las mesas y pasáis el platillo —bromeó Gabriel.

A Inés le pareció una excelente idea y después de coger el platillo del pan se levantó para obedecer a su tío, pero Blanca le hizo sentar.

Miguel le dijo a Mariana en un aparte que aprovechando la euforia familiar iba a proponer a Blanca la posibilidad de una nueva actuación. Mariana no quería que nada aguara la noche, sabía que su madre iba a responder con un claro «no», ya se lo había dicho por la tarde. El doctor explicaba a Eduardo su paso por Francia y su trabajo en el ambulatorio de Amélie-les-Bains donde él y Susana se habían conocido y donde habían recibido la visita de Isidro Fabela, que había tratado de ayudarles con todos los medios a su alcance. Nunca podrían devolver a México lo que había hecho por ellos para sacarles de Francia. Pero Bravo no quería entristecer el ambiente y se volvió a los muchachos.

—Así que Gypsy y Mus. ¿Y tú no tienes ningún apodo?

—Carlos es el único que tiene un nombre normal —respondió Inés, contestando por su hermano. Como había conocido al doctor antes que sus hermanos se sentía en la obligación de hacer de interlocutora.

—Chorlito no es un nombre normal —dijo Carlos.

—¿Puede contar otra vez lo del submarino alemán? —le pidió Inés.

—Pero si ya os lo ha contado dos veces —intervino Blanca.

—No tiene mucho misterio, pero os lo cuento otra vez encantado. Un submarino alemán viajó por debajo de nuestro barco hasta mitad del Atlántico. El capitán estaba convencido de que evitaba así recibir algún torpedo por parte de los submarinos ingleses.

—Podía haber torpedeado el barco, los alemanes no distinguen un barco de pasajeros de un mercante —comentó Mariana.

—Sí, podía haberlo hecho. Es un misterio que no lo hiciera.

—¿Alguna vez salió a la superficie? —preguntó Blanca—. ¿Lo vieron ustedes?

—Sí, era como una ballena de hierro. Impresionaba bastante tenerlo tan cerca.

—¿Qué habría pasado si lo hubieran torpedeado los submarinos ingleses? —preguntó Mariana.

—Que habríamos acabado todos en el agua y nos habríamos perdido este maravilloso concierto con toda seguridad.

—Yo no pasé nada de miedo cuando vinimos —dijo Inés.

—Entonces no había submarinos alemanes en el mar —respondió Mariana y volviéndose al doctor, añadió—: Vinimos antes de que estallara la guerra en Europa.

—Pero nos podíamos haber hundido igual, ¿a que sí, papá? —dijo Inés.

—¿Los alemanes van a invadirnos? —quiso saber Carlos.

—¡Que lo intenten y verán! —respondió Gabriel.

—México está muy lejos de Alemania —corroboró Leonora.

—Así que no fueron al teatro por casualidad —dijo Blanca.

—No, no, sabía que los que actuaban eran los hijos del capitán.

—Qué raro que no nos hayamos encontrado antes en el Centro Republicano, o en casa de algunos amigos, o en cualquiera de los cafés... —añadió Blanca.

—Hay mucha gente con la que no nos cruzamos, querida —dijo Eduardo—, somos más de cinco mil los que hemos desembarcado desde junio del año pasado.

—Y eso sin contar los que han venido por carretera desde Estados Unidos —señaló Gabriel—. Se habla de unos diez mil españoles, y los que se esperan.

—Blanca, ¿hay alguna posibilidad de que los niños puedan volver a actuar en un teatro? —preguntó Miguel, desoyendo la advertencia de Mariana.

—Hasta que acaben el colegio, ninguna, Miguel. Pero puedes venir a casa a escucharles tocar siempre que quieras.

Mariana frunció el ceño. El gesto iba dirigido a Miguel, que se encogió de hombros.

—Ustedes también —dijo Blanca volviéndose a Bravo y Susana—. Los miércoles solemos recibir a los amigos. Pero no es necesario que sea ese día. Vengan cuando quieran. Ahora que ya nos hemos encontrado...

Inés preguntó a su padre si él mandaba al doctor en la guerra, capitán era más que teniente, ¿no?

—Estábamos en cuerpos del ejército distintos —respondió Eduardo.

Mariana preguntó dónde se habían conocido entonces:

—¿Fue en un hospital?

Ella no fue la única en aguardar expectante la respuesta.

—En las guerras antes o después todo el mundo acaba subido a una camilla —dijo Juan Bravo de una manera deliberadamente neutra.

—¿También los médicos? —preguntó Mariana.

—Desgraciadamente, nos matan y nos hieren las mismas balas.

Juan Bravo contó cómo había sido su aterrizaje en el frente de Somosierra, cuando una bala rebotó en una piedra y fue a parar a su muslo.

—Bueno, en realidad fue a parar un poco más arriba del muslo. Digamos que durante unas semanas solo pude sentarme «al borde de una silla».

Y cuando surgieron algunas preguntas más sobre la guerra, Eduardo, entre risas, dijo:

—Doctor Bravo, me parece imperdonable aburrir a nuestras familias con batallitas en vez de brindar por los artistas de la noche.

—Completamente de acuerdo —repuso él, cómplice y alegre.

Todos brindaron. También Susana, a su manera discreta y distante, puso su mayor empeño en participar de la alegría de aquel reencuentro.

Bravo había imaginado muchas veces ese momento pero nunca aquella emoción, que no solo se debía al encuentro con el capitán sino también a aquella muchacha de pelo castaño y ojos almendrados que no le quitaba los ojos de encima y cuyo nombre él se repetía interna y furtivamente sabiéndose en falta o en peligro. *Mariana.*

Esperaron a que sus hijos se acostaran. Estaban tan excitados que les costó convencerlos de que se fueran a la cama.

—Van a tardar en dormirse —dijo Blanca mientras entraba en el cuarto de estar—. Ha sido una noche muy emocionante para ellos.

Y al cabo de unos segundos añadió:

—Para todos. Qué gente más encantadora.

Observó a su marido y trató de adivinar en qué estaría pensando. ¿En la conveniencia de hablar de la velada? ¿En la de fingir que aquel encuentro con el teniente Bravo no tenía ninguna relevancia?

Eduardo no iba a eludir aquella cuestión pendiente. Pasar de puntillas por ello habría sido un ejercicio de hipocresía que se sentía incapaz de realizar. La experiencia vivida en julio de 1938 era un capítulo que se reabría periódicamente y desde luego se había abierto tras el reencuentro con el doctor en el vestíbulo del teatro.

—¿Te apetece tomar algo? —preguntó Blanca. Se acercó al mueble bar y sin esperar contestación le sirvió un whisky a su marido.

—Imagino que habrás estado pensando toda la noche en qué circunstancias lo conocí —dijo Eduardo.

—Sí, claro que lo he pensado. Qué joven es. —Le tendió el vaso.

—No debe de tener más de veintiséis o veintisiete años.

Le miró a los ojos. A Blanca le parecieron más grises y cansados que nunca.

—No quiero que hables de ello si no te apetece.

—Bueno, es uno de esos temas pendientes que antes o después se deben aclarar. Tenemos muchos, ¿verdad?

—No tantos.

Escucharon a Inés y a Mariana que hablaban del concierto desde la cama.

—¿Qué te había dicho? —Blanca rió.

Aunque la conversación entre sus hijas sonaba algo desdibujada, pensaron que si ellos podían oírlas, al revés pasaría otro tanto.

—¿Vamos a la habitación? —preguntó Eduardo.

Blanca asintió y lo siguió por el pasillo. Al pasar por la puerta del dormitorio de sus hijas se asomó.

—Fin del palique. A dormir, lechuzas.

—Es que tengo ganas de cantar —dijo Inés.

—¡Pues te aguantas! —gritó Carlos desde su dormitorio.

Empezaba una discusión trinchera a trinchera. Blanca puso orden y ofreció todo tipo de sobornos al que a partir de ahora guardara «silencio sepulcral». Era muy tarde y al día siguiente todos tenían que madrugar.

—¿Fue él quien se ocupó de ti en Santa Lucía? —preguntó Blanca al entrar en el dormitorio y cerrar la puerta.

Eduardo se sentó en la cama y se aflojó la corbata y el cinturón. Blanca se sentó junto a él.

—Sí. Fue él.

Le contó qué era y dónde estaba la cueva y cómo la habían acondicionado para utilizarla como hospital militar. Eduardo le ofreció su vaso para que ella también bebiera. Blanca dio un sorbo al whisky.

—¿Dirigía Bravo aquel hospital? —preguntó.

—No, no. Había varios médicos de las Brigadas Internacionales y casi todas las enfermeras pertenecían a ellas. Él trabajaba a las órdenes del doctor Saxton.

—El de las transfusiones.

Blanca conocía la fama de Saxton y la de Bethune. También sabía que los llamaban «Doctor Muerte» y «Doctor Sangre» y la polémica que había surgido al respecto de utilizar la sangre de cadáveres para atender a los heridos.

—En realidad yo no debería haber ido a parar allí. Aquel no

era un hospital para convalecientes, y mucho menos para convalecencias de casos como el mío. Era un hospital para casos críticos de vida o muerte, para los heridos de los combates.

—¿Casos como el tuyo? Tú eras un herido.

—Pero no de esos. Yo era una *baja sin sangre*.

Eduardo no sabía por dónde empezar. Tal vez por los muchachos. Se tomó unos instantes para ordenar sus pensamientos. «Juan Bravo Cisneros», pronunció mentalmente; sentía admiración por el joven teniente que le había devuelto su identidad, que había arriesgado su vida al atender y proteger a los desertores, entre ellos a él mientras había pensado que lo era, un desertor, un traidor, un cobarde.

—El 25 de julio, la mañana del día en que nuestras fuerzas se disponían a cruzar al otro lado del río, aviones alemanes sobrevolaron las posiciones republicanas. Hubo bombardeos selectivos. Siempre los había. Yo estaba supervisando el drenaje y limpieza de la orilla del río en un tramo donde se habían producido desprendimientos cuando uno de aquellos monstruos vino directo hacia nosotros. No hubo tiempo para protegerse. Todo ocurrió con mucha rapidez. Las bombas estallaron a nuestro alrededor y fue como si el sol se apagara de repente. Todo se llenó de humo. Muchos soldados fueron a parar al agua. Heridos. O ya muertos. Hubo dieciséis bajas, dieciséis reclutas. Chavales muy jóvenes, recién incorporados.

Eduardo hizo una pausa. Blanca se sintió en la obligación de decir algo, de transmitirle comprensión.

—No fue culpa tuya que murieran —dijo.

—No, claro que no —respondió Eduardo.

Pero lo cierto era que ni Bravo, ni el paso del tiempo, ni la comprensión de que quien había acabado con sus vidas fue el aviador del bombardero alemán había podido aligerarle del peso de haber perdido a dieciséis hombres.

—No es que creas que fue culpa tuya, pero como oficial al mando yo era el responsable de protegerlos.

—Pero en una guerra...

—... no siempre puedes. Ya lo sé, pero nunca había perdido a tantos hombres. A tantos jóvenes.

Eduardo le explicó que al reincorporarse a su unidad a mediados de septiembre del 38, se había obligado a conocer y recordar los nombres de cada uno de ellos. Había escrito a las dieciséis familias contándoles lo ocurrido. No había sido una carta escrita dieciséis veces, habían sido dieciséis cartas distintas, cada una conteniendo la misma verdad pero explicada de manera diferente, como si el acto de escoger las palabras con las que regalarles los últimos recuerdos de sus hijos fuera una cuestión de respeto, el único gesto de cariño que él podía tener con sus familias. Apenas conocía a aquellos soldados que ese día, de manera azarosa, habían ido a parar bajo su mando. Cuando se enfrentó a la escritura de las cartas fue descubriendo detalles que aquella mañana había pasado por alto, detalles que su inconsciente había recogido y que salieron a flote cuando tuvo que hablar a sus familias de lo ocurrido. Durante el camino hacia el río había hablado con dos reclutas de la quinta del biberón como habían sido bautizados por su juventud. Se llamaban Mariano y Vicente. Tenían diecisiete años y mucho miedo en el cuerpo. El miedo les hacía bromear incluso en presencia de su oficial. «No hay que comer antes de un combate, ¿verdad, capitán? Porque si te disparan en la tripa con el estómago lleno no hay quien te salve. Un estómago vacío es más seguro que un chaleco antibalas.» Sabían que esa noche se enfrentarían a los combates cuando comenzara la operación de cruzar del río y la risa desaguaba sus nervios como una compuerta abierta. Creían estar preparados para combatir pero no lo estaban, no eran más que dos críos.

—Les daba más miedo una bala perdida que un bombardeo, Blanca. Una bala perdida. Contaban casos que habían oído de soldados muertos por balas lejanas salidas de Dios sabe dónde. Que si a uno de su pueblo lo había matado una bala de esas cuando pastoreaba a sus ovejas, que si a otro le había pasado tal y cual cosa... Los tranquilicé, era muy difícil ser alcanzado por una, les dije. Había cosas más peligrosas de las que protegerse, nada les iba a pasar si tomaban precauciones. Era mentira, por supuesto; en la guerra no hay protección que valga contra ciertas cosas, pero...

Los muchachos le hablaron de la angustia con la que sus madres los habían despedido cuando fueron reclutados, pues ellas siempre habían pensado que sus hijos se librarían de combatir, que la guerra acabaría antes de que ellos fueran llamados a filas. Le hablaron de la vida que habían dejado interrumpida: uno era pintor y el otro quería estudiar para convertirse en abogado. En su inocencia pensaban que llegaban a la guerra cuando todavía quedaba alguna posibilidad de ganarla, se sentían orgullosos de luchar por la libertad, de empuñar las armas para evitar que unos militares sediciosos arrebataran a un pueblo sus derechos, lo subyugara, lo sometiera a su voluntad. No, no iban a dejar que los golpistas se salieran con la suya. Uno de ellos le preguntó si era cierto que la diferencia entre táctica y estrategia era que la táctica se hacía por delante y la estrategia se hacía por detrás. Hasta él tuvo que reírse de lo poco que sabían de la guerra. Con todo lo que se les venía encima y ellos hablaban de balas perdidas, estómagos vacíos, tácticas y estrategias...

—Esas cartas que escribiste, las dieciséis cartas..., ¿de qué hablaban?

—Inventé detalles y anécdotas para consolar a sus familias. Hablaba de su valentía y, sobre todo, de que no habían sufrido. Recreé unos últimos momentos que no existieron porque pensé que era algo que podía hacer, que estaba en mi mano hacer y que aquello, de algún modo, repararía... repararía lo irreparable.

—Me alegro de que lo hicieras.

—Cuando conocí al doctor Bravo yo era un hombre deshecho.

—¿Fue ese día del que me hablas?

—Dos o tres días despúes. Todo está algo confuso en mi cabeza. Yo era... una piltrafa, Blanca.

—Cualquier hombre se habría sentido igual que tú después de pasar por algo así.

—Tuve una crisis mental. Me rompí. Perdí completamente la conexión con el mundo. Me olvidé de quién era. Un desastre.

—Fue por el bombardeo.

—No solo el bombardeo. Todo lo que había ocurrido en los últimos meses me tenía trastornado, hirviendo por dentro, pero hervía silenciosamente. Se iba preparando aquella... crisis o lo que fuera dentro de mí. Iban convergiendo hacia ella muchos sentimientos. Emociones. Esa mañana yo tenía que haber partido hacia Montblanc. ¿Sabes lo que es Montblanc? Allí están o estaban las oficinas jurídicas del ejército. Tenía que entregar un informe con siete nombres, los de siete desertores o, para ser exactos, los de siete *posibles* desertores, a los que habían detenido el día anterior e iban a pasar a juicio. Los del SIM nos traían locos. Querían que todos nos convirtiéramos en agentes de Inteligencia para atajar lo que estaba ocurriendo en nuestras fuerzas. La gran desbandada no empezó cuando cayó Barcelona, empezó mucho antes. Desde marzo de 1938 seguí participando el planes de defensa y ataque, proyectando obras en aeródromos y carreteras, pero a eso se unió algo más: se me encargó un trabajo que pocos quieren hacer en una guerra.

—¿A qué trabajo te refieres?

—Al de espiar a tus propios hombres, detectar descontentos y denunciarlos.

En la habitación de al lado, a oscuras, en la cama. Susurros:
—¡Mariana!
—...
—¡Mariana!
—¿Quéee...?
—¿Estás despierta?
—Chis.
—Pero ¿estás despierta?
—Qué pesada eres.
Inés se incorporó un poco, se volvió hacia la cama de su hermana y se recostó sobre el codo. Veía su bulto alargado, de espaldas a ella. Pensó en encender la luz de la mesilla pero no quería oír sus gritos si la desvelaba. No irás a enamorarte ahora del doctor Bravo, ¿verdad? preguntó. Mariana se revolvió molesta y contestó con un bufido: ¿estás tonta? Inés insistió, pero di, no te irás a colar por él ahora. Mariana no respondió. Sería un despropósito, dijo Inés. No porque sea viejísimo para ti. Mariana guardó silencio. ¡Mariana! ¿Me estás oyendo? «No voy a dejar que me sermonees ahora, Inés. Duérmete ya», dijo Mariana de mal humor. Inés guardó silencio unos segundos. «Está casado. Eso es peor que enamorarte de alguien solo por carta. Mil veces peor.» No sabía si Mariana la escuchaba. Solo le llegaba silencio desde su cama. Inés añadió para terminar: No quiero que sufras.
—Qué pelma te pones. Odio cuando haces eso —dijo Mariana.
—Ya sabía que te ibas a enfadar. Pero te lo quería decir.
—Pues ya me lo has dicho. ¿Podemos dormirnos de una vez?

Inés se dio cuenta de que le había cambiado el tono de voz. Había dicho eso último muy afectada.

—Buenas noches. No te enfades.

—Buenas noches, pesada.

Inés no dijo nada más pero conocía a su hermana. Siempre estaba poniendo sus ojos donde no debía. Se tumbó en la cama y se dio la vuelta. Mariana tardó en dormirse. Por culpa de Inés se había quedado desvelada.

—¿Detectar descontentos? —preguntó Blanca.

—Es una manera de hablar, había que evitar deserciones. Detectarlas antes de que se produjeran e informar. Atajarlas.

—No estoy segura de entender lo que te pidieron que hicieras.

—El último año de la guerra fue un año muy duro. Hubo muchos evadidos, soldados que tiraban sus armas al suelo y corrían para cruzar las líneas, soldados que se iban aprovechando la oscuridad de la noche, que abandonaban las trincheras, que se tiraban de los convoyes o de los vagones de los trenes. También oficiales, claro. Muchos lo hacían porque tenían a su familia en el lado ganado por los rebeldes y no soportaban más tiempo aquella situación. Volvían a casa a pesar de saber a lo que se exponían. Otros tal vez pensaban que si desertaban cuando aún estaban a tiempo de luchar en el bando de los sublevados se salvarían, podrían «lavar» su pasado republicano. Cuando se producía una deserción entre oficiales, la desmoralización que sufría la tropa era tremenda. El aumento de deserciones y los terribles efectos que ello tenía en la moral de los soldados obligó a nuevas medidas, entre ellas ocultar a la tropa lo que ocurría, era mejor silenciar los nuevos casos, ocultarlos en la medida que eso fuera posible, que aplicar castigos ejemplares como hasta ahora se había hecho. Los fusilamientos, lejos de disuadir a posibles desertores, habían creado un estado de terror que provocaba evasiones en masa. Esto de ocultar lo que ocurría no era nuevo en el ejército, pero sí en nuestro bando. Franco, y eso lo sabíamos por los que se pasaban a nuestras filas, los «pasados», como se les llamaba, ya había obligado a ocultar en los partes de guerra cualquier alusión a la deserción dentro de sus filas, solo se hablaba de las deserciones del ejército republicano.

—Nadie habla de eso. Todo esto que me estás contando, oficiales que desertan...

—Hay muchas cosas que no han salido a la luz aún.

—¿Cómo hacíais para luchar contra todo eso? Imagino que si había tanto descontento sería contagioso.

—Era difícil luchar contra ello, sobre todo contrarrestar el ataque desde dentro.

—¿A qué te refieres?

—A la desmoralización que creaban dentro de nuestras tropas agentes nacionales aprovechando esas circunstancias. Hablaban de los éxitos del bando rebelde, escuchaban sus partes de radio y los divulgaban. Hurgaban en la herida, la hacían más grande todavía.

—¿Enemigos dentro del propio ejército?

—Se sabía que había elementos franquistas infiltrados, caballos de Troya. Nosotros también los teníamos en el bando nacional.

—¿Espías?

—No solo estaban para realizar labores de información. Eso es lo que trato de contarte. Incitaban a la deserción. Lo hacían sin descubrirse, claro está; representaban el papel de soldados vencidos por el desánimo y desmoralizados, los que se preguntan cómo será estar en el otro bando, si será verdad lo que dicen de que no les falta alimento, ropa de invierno, descanso y días de permiso. Pero ¿cómo sabes si son de ellos o de los nuestros? Entre los oficiales todo aquello también hizo mella y muchos perdieron la dignidad y abandonaron a sus hombres a su suerte. Se pasaron al enemigo sin que les temblara el pulso. Pisotearon las ideas por las que luchaban. La guerra, Blanca, perdió el alma, el corazón, la calidad humana.

—La guerra nunca tuvo nada de eso.

—Al principio, sí. No solo porque nuestra lucha era totalmente legítima. Porque estábamos convencidos de que nunca renunciaríamos a nuestros principios y tampoco lo harían quienes nos tenían que dirigir. Creíamos en lo que defendíamos y creíamos en quienes nos mandaban. Teníamos una fe inquebrantable y respeto por nuestros líderes.

—Todo el mundo creía que la guerra duraría mucho menos.

—Sí, el tiempo nos desgastó, pero sobre todo lo hicieron los desmanes, el miedo, el hambre, el sufrimiento, la certeza de que perdíamos, la seguridad de que la derrota era inevitable... Lo que trato de decirte es que todo se emponzoñó. Algunos mandos cuestionaban las órdenes que recibían, abominaban de sus superiores incompetentes, criticaban a los políticos y transmitían todo eso a sus hombres. Cundió una especie de estado de alerta entre nuestras filas. Todo el mundo sospechaba de todo el mundo, este es un traidor, aquel un cobarde y el de más allá un chaquetero. Los comunistas y los anarquistas se odiaban; los socialistas de Prieto y los de Negrín, otro tanto. Se buscaba, en todo lo que se decía, la intención oculta. Uno no podía expresar la menor opinión por miedo a que se tergiversara lo que había dicho.

—¿Me estás diciendo que ya no quedaban oficiales íntegros, mandos en los que confiar, a los que seguir?

—Sí, claro que quedaban, oficiales que sostenían moralmente a sus hombres, que en la situación tan crítica que te he descrito no habían dejado que los corrompiera el odio o el hambre o el sufrimiento, que trataban de introducir un poco de sensatez y de calma, que resistían sin romperse órdenes arbitrarias de sus mandos y tenían que lidiar con esos comentarios destructivos de los que te he hablado. Pero nos comían, cada vez más, la incomprensión, la desesperación....

—¿Y tú...? ¿Tú qué tuviste que hacer?

—Como otros oficiales azuzados por el SIM, abrir los ojos y señalar dónde se abría la grieta en el muro. Poner nombre a los desafectos. Yo no era el único, claro, pero yo... no me veía capaz de hacer mi trabajo en el batallón y a la vez participar en la caza de brujas. Algo se escindió en mí. Supongo que no soy demasiado fuerte.

—Sí lo eres. Lo que te pasó le habría pasado a cualquiera.

—Esa mañana en que ocurrió todo yo ya tenía los nombres de los siete oficiales y soldados a los que habían acusado de desertores.

—¿Los habías descubierto tú?

—Los había delatado un soldado que tenía intención de desertar y al final se echó atrás. Si yo los hubiera descubierto los habría entregado de igual modo.

—Pero se te adelantó ese muchacho.

—El plan salió a la luz y se impidió a tiempo. Si yo hubiera salido directamente hacia Montblanc esa mañana habría entregado aquel despacho y habría vuelto a unirme a nuestras fuerzas. Pero a última hora fui enviado a evaluar los daños en el río.

—Y fue cuando os atacó la aviación rebelde.

Eduardo hizo otro silencio. Blanca tuvo la impresión de que su marido esparcía aquellos recuerdos ante ella pero no llegaba a librarse de ellos, hablar no le servía para aligerarse de aquella carga porque sus sentimientos seguían encerrados en un búnker de su alma al que no tenía acceso. ¿Qué había esperado que hiciera? Tal vez le hubiera gustado comprobar que Eduardo no tenía control sobre las emociones que aquellos recuerdos despertaban, le habría tranquilizado ver que las dejaba por fin salir y lo desbordaban.

—Intentamos pedir ayuda, pero las líneas habían saltado por los aires. Hubo otra explosión, un obús cayó a nuestro lado cuando tratábamos de hacer un empalme en la línea telefónica y aquello... no sé qué paso, me desorienté.

—Te aturdió la explosión.

—Debí de vagar por la sierra durante horas. Y luego me quedé dormido. Al despertar abrí el macuto y vi aquel sobre. Lo abrí y por un momento me figuré que mi nombre estaba entre ellos. Me sentía uno de ellos. Yo también quería acabar con todo.

—¿Pensaste desertar?

Eduardo tardó en responder. Era como si él mismo se hiciera aquella pregunta y no lograra darle respuesta.

—Quería que todo acabara. No me importaba lo que pasara conmigo. No recuerdo exactamente lo que hice y lo que voy a contarte ahora es solo una reconstrucción posible de lo que pasó. Creo que leí aquel documento y lo rompí y también me deshice de mi documentación.

—¿No lo recuerdas?

—No, no estoy seguro de que fuera así, no sé si es un recuerdo inventado o un sueño que he tenido y que tomo por recuerdo, pero lo más probable es que aquel sobre y mi documentación no estuvieran dentro de mi macuto cuando llegué al hospital porque yo mismo los destruí. Era mi manera de negar la guerra, supongo. Luego no sé qué ocurrió. Desperté en un camión camino del hospital. Pero no era yo. Era ese hombre que se había escindido de mí, un extraño, alguien a quien no conocía y que no me conocía.

—Querido...

—Suena aterrador. Lo sé. Pero no sé de qué otro modo explicar lo ocurrido. El teniente Bravo me ayudó a saber quién era, echó a aquel extraño de mí. Fue una suerte ir a parar a aquella cueva.

Eduardo guardó silencio. Ahora sí le parecía tener entre las manos aquel informe de deserción. Recordó el sello de comandancia y las palabras «Alto Secreto» en la parte superior derecha del documento; recordó el nombre del delator y algunos párrafos que aparecen en su memoria como escritos en una pizarra:

INFORME DESERCIÓN Y DECLARACIÓN
DEL SOLDADO ABILIO SALCEDO REDONDO

24 de julio de 1938

En solicitud de que se haga llegar al ilustrísimo señor Juez y Comandante don Manuel Rioyo Mezquida remito a V.E. declaración soldado Abilio Salcedo Redondo e informe de detención de dos oficiales y cinco soldados sospechosos de delito de deserción para que se practique la investigación encaminada al esclarecimiento de lo ocurrido.

Se informa de que puesto en mi conocimiento la información de lo que se planeaba por parte de uno de los cómplices se procedió como medida preventiva a la detención inmediata de todos los implicados y acusados por el soldado Salcedo sin que hasta ahora se haya podido probar su grado de culpabilidad.

Se cree que entre dichos detenidos se encuentre algún miembro de la red de espías que las fuerzas rebeldes han infiltrado en nuestro ejército con el fin de desmoralizar a nuestra tropa e incitar a la deserción.

Los hechos. A 6.20 horas de la madrugada del día 23 de julio se presenta en Comandancia el soldado Abilio Salcedo Redondo, hijo de Abilio Salcedo Muguiro, alpargatero, y de Honoria Redondo Abrojo, para denunciar un plan de deserción a cargo de dos oficiales y cinco soldados de la unidad entre los que se encuentra el declarante. El declarante hace las siguientes afirmaciones:

Que él y seis combatientes de la unidad tienen plan para, en la madrugada del 26 de julio y aprovechando el cruce de nuestras fuerzas a la orilla derecha del Ebro, pasar a zona facciosa y entregarse a las fuerzas nacionales.

Hace constar el declarante que ya se ha producido contacto con elementos facciosos en los últimos días, que saltándose el parapeto de las trincheras establecieron las comunicaciones debidas para garantizar éxito en la evasión.

No sabía el tiempo que llevaba sumido en su recuerdo cuando escuchó la voz de Blanca:

—Eduardo, entre esos hombres del informe, ¿estaba Nicolás Falcó?

Y emergió totalmente de él.

—Sí, era uno de ellos.

—Pero no lo fusilaron.

—Negrín amnistió a todos los que se reincorporaron voluntariamente.

—¿Voluntariamente?

—Fue el último intento por evitar la derrota. Pero para entonces ya estábamos todos derrotados.

Pensó que el capitán estaba totalmente recuperado. Era dos hombres en su recuerdo, el armadillo replegado sobre sí mismo, tembloroso, desconfiado que fue a parar a la cueva hospital, y el oficial de cabeza fría y nervios templados que desarmó a aquella patrulla descontrolada y detuvo al pelotón de fusilamiento. El que había tenido ocasión de conocer esta noche era un tercero, el hombre dichoso y familiar que ya no estaba en *estado de alerta*. «Felicidad» tal vez fuera una palabra demasiado rotunda, pero al menos le había visto irradiar una armonía serena y alegre que se parecía mucho a la dicha. Se dio cuenta de que nunca lo había visto reír hasta esa noche. Le gustó el sonido de su risa. Se preguntó qué papel habría jugado en su recuperación el reencuentro con su familia, cómo habría sido su salida de España y su llegada a Francia, se preguntó si aún escondía rencores de la guerra o si esos rencores habían dejado hacía tiempo de envenenar su vida. Durante la cena había presenciado varios detalles del capitán hacia su mujer que sugerían un caudal de afectos entre ellos, no solo el que cabría esperar en una pareja que lleva unida tantos años, sino otros que a veces solo se perciben en parejas jóvenes, en uniones recientes. Le pareció que habían mantenido algo que los matrimonios acaban perdiendo, el misterio en torno al otro cónyuge, y la presencia de ese misterio siempre sugería que la llama de la atracción física, erótica, se mantenía viva. Bravo había intuido que se amaban con el amor de los primeros tiempos, con carnalidad y ternura, con apremio y tal vez lujuria. De todos los hombres que era el capitán, el tercero era el que más le gustaba.

Caminaron desde la cantina. Sentía una especie de euforia que tenía que descargar. Un largo paseo le ayudaría. Susana fue cómplice de su alegría. Él la llevó todo el camino cogida del brazo. La apretó contra sí. Al llegar a casa sacó de un cajón su carpeta con las notas tomadas durante la guerra. «Del diario de Jules Artaud», ponía en la primera página. Ella le preguntó quién era.

—El médico del Somme del que te hablo tanto.

Susana comprendió que el paseo no le había cansado. Seguía nervioso, excitado.

—¿Vas a quedarte leyendo?

—No quiero ir a la cama todavía.

Juan Bravo la atrajo hacia sí. Susana se sentó sobre sus rodillas.

—Tu capitán —dijo con dulzura.

Lo abrazó. Se había descalzado y sus pies desnudos treparon por sus pantorrillas.

—Le temblaban las manos cuando me ha visto —dijo Bravo.

Sí, también ella se había dado cuenta.

—Y a lo largo de la noche también le he visto temblar en un par de ocasiones. Tal vez le haya quedado esa secuela de la guerra.

—No parece que le importe. O que interfiera en su trabajo —dijo Susana.

—Me había preguntado muchas veces cómo sería su familia. Hay una conexión entre ellos...

—Su mujer te observaba con atención disimulada. Eso es algo que las mujeres hacemos a menudo y detectamos enseguida. Escondemos nuestro interés detrás de una apariencia distraída. Le intrigas, no hay duda.

—¿Crees que él les había hablado de todo aquello?

A los dos les había dado la sensación de que no conocían el episodio de Santa Lucía. Bravo dijo que le gustaría aceptar la invitación que Blanca les había hecho para visitarlos en su casa pero no estaba seguro de que no hubiera sido más que un simple gesto cortés. ¿Tú crees que volveremos a verles? Creo que al menos un miembro de su familia se está preguntando lo mismo que tú está noche, dijo Susana, su hija mayor. «Ella sí que no podía disimular el impacto que le has causado.»

Cuando Susana estaba dulce, como en ese momento, algo cálido le invadía. Era como tener la infancia entre los brazos. Era más un sentimiento fraternal que carnal. Era como si su mujer fuera amoldándose a un esquema familiar que no habían previsto. Susana se apartó para mirarlo a los ojos y le acarició el pelo.

—Siempre he deseado escribir sobre él, sobre lo que le pasó —confesó Bravo.

—Pues hazlo.

—Creo que tendría que pedirle permiso.

—Pídeselo.

—No sé si le gustará recordarlo. Ni siquiera que yo lo recuerde.

—Puedes escribir sobre su caso sin necesidad de dar su nombre.

—Eso sería lo más correcto.

—Así no tendrías que contar con su aprobación. Sería un caso clínico anónimo.

—Al principio Saxton y yo no sabíamos si se trataba de un farsante.

—¿Un farsante?

—Es difícil estar seguro. Distinguir a un cobarde que finge una crisis nerviosa de un enfermo cuya crisis es real lleva su tiempo. Tienes que estar pendiente de muchos matices. Son los matices los que descubren a un simulador.

—¿Y cómo supiste que no lo era?

—El engaño no cuadraba con su nobleza.

—¿La nobleza no se finge?

—No. Es una cualidad difícil de simular. Por otro lado, estaba el testimonio de los soldados que sobrevivieron junto al río, los que le habían ayudado a sacar a los heridos del agua. ¿Crees que un cobarde arriesga su vida cinco veces cuando las bombas no dejan de caer a su alrededor? No supe, hasta unos meses más tarde, hasta dónde llegaba su valentía.

—Cuando detuvo a aquel comisario. Pero ¿cómo pudo hacerlo?

—Había una orden cursada para que entregara el mando, él y su patrulla sanguinaria. Eran prófugos. Fuera de la ley.

Susana lo besó con ternura. Se levantó y se dirigió al dormitorio. Estaba cansada. Bravo abrió la carpeta y empezó a leer las notas. Pero no se enteraba de nada, su cabeza seguía en la cantina. Al cabo de unos minutos escuchó la voz perezosa de Susana desde el dormitorio:

—Entonces ¿fue casualidad que estuviera allí o crees que durante el repliegue de vuestras fuerzas te estuvo protegiendo de alguna manera?

Bravo no respondió.

—Eso sería muy extraño —añadió ella.

Bravo se lo había preguntado muchas veces. ¿Qué hacía el capitán aquel día en aquel lugar? ¿Había sido casualidad, destino o de qué se trataba en realidad? No tenía una respuesta, pero pensó que ahora que se habían cruzado de nuevo ya no era importante intentar encontrarla.

8

Santiago mejoró su técnica artística, pero hacía dibujos raros que asustaban a Anita. Le gustaba contraponer lo bello y lo siniestro, no era solo que pintara los cielos color remolacha o amarillo vivo como las coronas de los girasoles, no eran solo aquellos perros con cabeza de búho que parecían extraños ídolos egipcios o los árboles diminutos de los que en vez de hojas y frutos crecían cucharas o espumaderas, lo siniestro iba más allá de las ruedas de las bicicletas como ojos gigantescos y de las llamas de las velas como olas enrabietadas, era algo que flotaba en la imagen, que estaba en su espíritu. Santiago no hacía dibujos. Creaba pesadillas. Anita al principio pensó que así eran los dibujos de los niños, disparatados, libres, hasta que le dio por pensar que tal vez Santiago solo dibujaba lo que veía o tenía en su cabeza. ¿Y si no era una manera de *representar* el mundo sino una manera de *percibirlo*? ¿Había algo que fallaba dentro de la cabeza de su hijo? Cuando le preguntaba decía que no veía el cielo como el vino, solo sacaba las ideas para sus dibujos de los sueños. Pero Anita empezó a sospechar que solo decía eso para tranquilizarla, que atribuyendo a los sueños sus percepciones extrañas trataba de desactivar su alarma. Marcial no veía nada alarmante, le fascinaba esa libertad y temía que Anita intentara encauzarla pues solo conseguiría reprimir la imaginación fértil de su hijo. El chico pasaba por una etapa surrealista, eso era todo. Los grandes artistas de esta corriente parecía que vomitaban su inconsciente sin filtrarlo, pero en opinión de Marcial, sus imágenes no salían del inconsciente puro, había una reflexión profunda y veraz en ellas, eran una construcción hija, como diría Goya, del sueño de la razón.

Marcial le llevó a Santiago un libro con láminas de Salvador Dalí. Anita se tranquilizó al descubrir que había otros pintores fantasiosos además de su hijo y que eran reputados y cotizados artistas. Para Santiago fue una revelación, como si un rayo acabara de atravesarlo y una luz se hubiera encendido para siempre dentro de él. Se quedó mudo y absorto durante horas, miraba y acariciaba las láminas del libro, escrutaba todos los detalles de los cuadros, *reconocía* en ellos las imágenes que poblaban su cabeza. Nunca había tenido un padre, pero si le hubieran preguntado qué clase de padre hubiera soñado, habría dicho el nombre del artista de Figueras.

Otro tema recurrente en sus dibujos era Inés. Según Anita, su hijo se había «encariñado» de ella. Según Marcial, lo que estaba era perdidamente enamorado. Le decía a su madre que Inés era «despampanante» y que algún día sería su mujer. A Carlos no le hacía ninguna gracia que estuviera siempre pensando en su hermana, pero Santiago no podía remediarlo.

Inés estudiaba en el comedor, donde había más luz que en su cuarto. Compartía la mesa con Blanca, que siempre estaba enfrascada en alguna traducción. Santiago salía de la habitación de Carlos y se acercaba a rondar la silla. Esperaba a que Blanca se levantara y fuera a la cocina o a la calle para reconfirmar a Inés su amor por ella. Le entregaba el último dibujo que había hecho de ella.

—¿Te gusta, Inesita?

—La mar —decía Inés apartando el dibujo sin mirarlo.

—Cuando nos casemos...

—Qué perra.

—... te llevaré a España si tú quieres.

—Déjame estudiar.

—Viviremos donde tú quieras. No me importa que seas más vieja que yo.

—Pues a mí, sí.

—Voy a ser pintor. Voy a inventar para ti un nombre como Gala.

—Ya te he dicho que tengo novio.

—¿Cómo se llama?

—Como a mí me da la gana.

Y desalentado por la desdeñosa actitud de su amada, acababa arrugándose («No más preguntas, señoría») y volviendo a la habitación de Carlos.

Inés había vuelto patas arriba el mundo de Santiago.

Anita había vuelto patas arriba el mundo de Marcial.

Entre el mundo del amor y el del activismo político, Marcial escoró su vida hacia el amor. Y con toda su fuerza y temeridad, el amor entró con él en el estudio donde realizaban los carteles. Sonreía a todas horas, canturreaba mientras trabajaba y Somoza lo miraba como si se hubiera echado a perder. Peor que eso, se había vuelto un sentimental. Los dos muralistas habían logrado contratos con varias distribuidoras de cine y no les faltaba trabajo. Los carteles se hacían a partir de las fotografías que les enviaban las productoras, pero a veces algún astro o «astra», como llamaba Somoza a las actrices que sin mérito artístico se las daban de divas, exigía ver el resultado del trabajo de los muralistas antes de que se colgaran en los cines y acudían al estudio para dar el visto bueno o para exigir que se corrigiera algún defecto en la nariz, la boca o la expresión de su cara. Esos días Somoza era aleccionado por Marcial para que no ofendiera, insultara o atacara a los actores con sus ironías, y Somoza le prometía comportarse para no poner en peligro los encargos. Su humor no había mejorado desde la detención y cada día se volvía más huraño. El único remedio que Marcial veía para curar la aspereza de su corazón era el más antiguo del mundo, el que a él le había transformado: el amor. Encontrar una buena mujer que obrara el milagro de la transformación en su amigo se convirtió en un objetivo para Marcial. Anita, que había asumido la misión como propia, se presentó una tarde con una amiga.

—Pepe, esta es Dori, es amiga de Anita —les presentó Marcial.

Pepe se secó la mano de pintura en el mono de trabajo y se la tendió a la mujer de grandes ojos y generoso escote que le tendía la suya. No había quedado limpia y durante unos segundos sus manos quedaron pegadas.

—Si fuera creyente diría que esto es una señal del cielo —dijo Marcial alegre, calentando el ambiente.

Dori rió sonoramente y fue como si la luz saliera a chorros de su risa. Somoza estaba desconcertado. Apenas lograba borrar la expresión perpleja de su cara. La amiga de Anita no solo era guapa sino que le hacía cosquillas en el ánimo con aquella forma de reír. Tenía unos treinta años y, según se apresuró a decir, también se dedicaba a la venta de cosméticos.

—A mí me parece de lo más natural que la empresa haya elegido para la venta a dos mujeres tan guapas como vosotras. ¿O va a enviar a dos adefesios? ¿Tengo o no tengo razón, Pepe?

—A ver —balbució Pepe, aún impresionado por la belleza y la risa de Dori.

—Le he dicho que tiene una de esas caras que salen en los anuncios, que podría ser actriz si quisiera. Fíjate en ella, Pepe.

—Me fijo, me fijo.

—Se la tenemos que presentar a Gabriel Figueroa. ¿Tiene o no tiene fotogenia? Hasta se da un aire a Lupe Vélez.

Dori aceptó los piropos con falsa modestia.

—Le he dicho a Marcial que todos los españoles son muy lisonjeros —dijo, y añadió con una gran sonrisa dedicada a Somoza—: por eso me gustan más que los mexicanos.

—Hoy nos vamos de parranda —anunció Marcial a su amigo sin darle opción a negarse y ayudándole a dejar la brocha y a quitarse la ropa de trabajo—. Esto se ha acabado por hoy. Fuera monos.

Fueron a ver la última película del Indio Fernández y luego al Capri.

Dori los divirtió contándoles chismes de México.

—... y así fue como el Indio se convirtió en el modelo de la estatuilla. Tuvo que posar en cueros vivos, eso al menos dice la leyenda.

—Primera noticia —confesó Marcial—. ¿Tú te figurabas algo así, Pepe?

—Por eso cada vez que se entrega un Oscar los mexicanos sentimos un secreto orgullo. Algo nuestro se cuela en los domicilios de los ganadores y nos sentimos premiados a nuestra manera.

—¿Quieres bailar, Dori?

Dori y Somoza salieron a bailar. Marcial observó con alivio que se entendían.

—Es la primera vez desde que llegamos a México que veo que se divierte —le dijo a Anita.

Cuando las dos mujeres fueron al tocador, Pepe volvió a la mesa y se sentó al lado de su amigo.

—¿Parece que hay tilín? —preguntó, animado, Marcial.

—Es muy guapa.

—Te quedas corto. Y arrímate un poco más que no muerde. Va a creer que no te gusta.

—El que no me gusta es ese de ahí.

Marcial dirigió su mirada hacia un hombre que tomaba una copa en la barra. No lo conocía de nada.

—¿Y ese quién es?

—No nos han presentado formalmente.

—Entonces ¿qué tiene que ver contigo?

—Estaba en la acera frente al taller cuando hemos salido esta tarde.

—No me he fijado.

—También estaba el otro día cuando nos íbamos, hace dos o tres tardes. Y ahora está ahí disimulando. No ha dejado de lanzar miradas desde que entró. Tres veces en una semana.

Marcial se quedó observando al sujeto, que fingía indiferencia acodado en la barra.

—¿Y a qué esperamos para preguntarle qué quiere?

No hubo tiempo. Anita y Dori habían regresado del tocador y les hicieron señas para que se unieran a ellas en la pista de baile.

9

Había sido el primero en nacionalizarse. Gabino ya era ciudadano mexicano. Blanca caminaba con él aquella mañana por las inmediaciones del Centro Republicano y contemplaba su nuevo documento de identidad. Se dirigían al acto de homenaje que los exiliados habían organizado para agradecer al presidente Cárdenas lo que había hecho por ellos. Le quedaban pocos días de mandato y el nuevo presidente salido de las urnas, Ávila Camacho, estaba a punto de jurar su cargo. Algunos habían felicitado a Gabino por su nueva nacionalidad. Otros habían recibido la noticia con frialdad o se habían mostrado preocupados por el efecto que podía tener *en la moral* de la colonia republicana.

—Parece que pensar en quedarse aquí de un modo estable le conviene a uno en un derrotista o un traidor a la patria —dijo Gabino.

Se mostraba orgulloso de haber aceptado la oferta de Cárdenas de dar el pasaporte mexicano a todos aquellos refugiados que lo solicitaran, aunque le dolía la reacción de algunos compañeros.

—Creen que es una forma de renunciar a volver —añadió.

—Y de rendirse a la idea de que Franco ha llegado para

quedarse y de que no seremos capaces de arrancarle de allí —respondió Blanca.

—Pues para mí es una muestra de reconocimiento de lo mucho que amo este país.

Era la primera vez que se encontraban al margen del grupo. Gabino había estado evitando un encuentro a solas con ella desde el día del homenaje a Antonio Machado. No habían pensado que estarían solos pero Eduardo se había quedado trabajando en el estudio por un retraso en un proyecto y Mauricio había decidido viajar a Pachuca a última hora. Hacía tiempo que no tenían noticias de Daniel y aprovechando un reportaje que tenía que hacer en Hidalgo, Mauricio alquiló un coche para poder moverse por el estado a su aire. En diez meses solo habían recibido tres cartas de Daniel. En las últimas semanas una alarma por fiebre amarilla había desplazado a muchos campesinos de la colonia agrícola. También él, que estaba al cargo de una escuela, debía de haber sido evacuado.

—¿Crees que puede haberle ocurrido algo? —preguntó Blanca.

—No. Lo que creo es que está tan ocupado que se ha olvidado de su familia. ¿Tanto cuesta coger un lápiz y enviar unas letras? La última vez que escribió fue para que intentara enviarles unos suministros. Se cree que como trabajo para el presidente tengo las llaves de todas las arcas de México.

—Yo no podría vivir sin las cartas. En cuanto pasa una semana sin noticias de allí...

—A eso voy.

—Y eso que para abrir las que vienen de España hace falta mucha entereza. También las que mi madre escribe desde Londres. La aviación alemana está empleándose a fondo. Temo por ella pero se niega a venir a México. Yo... supongo que no tengo derecho a obligarla, pero pensar que en uno de esos bombardeos pudiera...

—Llega un momento en que ya no quieres que te cuenten más atrocidades. También hay que protegerse el ánimo porque si no...

—Las cartas de mis cuñadas, sin embargo, parece que vinieran de otra galaxia. Viven en un país que está en las nubes o no me lo explico. Es cierto que hablan de que las cosas están difíciles para conseguir tal o cual producto o normalizar la vida, que si los colegios de los niños esto, que si lo otro, que si hay hambre y mucha tristeza, pero de la represión, nada de nada. ¿Será posible que no se estén enterando de lo que ocurre?

—Habrán decidido no ver. Por otro lado, allí todo se silencia, nadie se atreve a decir en voz alta lo que pasa y puede que la población no sea consciente de cómo están las cosas en realidad.

Gabino llevaba en las manos un voluminoso paquete, el álbum con las fotografías aéreas de México que había confeccionado a lo largo de un año y medio y que iba a regalarle al presidente Cárdenas.

—No sé si debería haberlo traído. No creo que tenga ocasión de entregárselo al acabar el acto. Definitivamente, no creo que hoy sea el día. ¿Te importa que pasemos un momento a dejarlo?

Blanca no había estado en su casa desde que se mudaron al nuevo piso. Se maravilló al ver la pared donde Mauricio había ido disponiendo las instantáneas del viaje en el *Sinaia*. Formaban un tapiz que cubría uno de los lados del cuarto de estar. Blanca estuvo contemplando las fotografías en silencio, admirada de las hermosas imágenes que Mauricio había captado. También los primeros planos de Inés que había tomado a lo largo de las tres semanas de viaje y que salpicaban el tapiz.

—Qué chifladura le entró con Inés —dijo Gabino, adivinando lo que pensaba.

—Y a ella con él.

—Afortunadamente ya se les ha pasado.

—Habla por Mauricio. No estoy segura de que a Inés se le haya ido de la cabeza.

—¿Te molesta que tomara todas estas fotos de tu familia?

Blanca reparó en la cadena que Gabino llevaba al cuello de la que colgaban dos alianzas. Habría sido una torpeza cubrir la cadena o llevarse la mano al cuello, pero eso es lo que Gabino deseó hacer en ese momento; su mirada las incendiaba, le ardían en la piel. Blanca pensó que siempre sería un *viudo de guerra*.

—Te va a parecer una tontería lo que te voy a decir, pero he tenido la sensación de que últimamente no querías verme —dijo— y lamentaría mucho perder tu amistad.

—He estado muy ocupado.

—Sí, también pensé que podía tratarse de eso. El trabajo. Ha debido de ser muy agobiante terminar a tiempo el encargo del presidente.

Caminaron hacia el Centro Republicano, donde iba a tener lugar el homenaje. Blanca iba callada. Su expresión había cambiado, parecía lejana, ausente. Algo la había entristecido. Gabino la observaba de soslayo. Le pareció que en vez de caminar levantando el tacón del suelo, arrastraba los pies, como si un peso le hubiera caído encima de los hombros. ¿Qué había ocurrido en su casa? ¿Había sido la visión de las fotografías lo que le había puesto así? Temía que si le preguntaba qué le pasaba, algo en su respuesta fuera a comprometerle. Temía escuchar los sentimientos de Blanca, no poder hacerlos suyos, no podía dejar que traspasara el círculo sanitario que él había impuesto entre ellos. Durante unos minutos había dejado sola a Blanca frente al mural de Mauricio para ir a su habitación. En la mesilla de noche tenía un libro y el punto de lectura era una foto de Blanca. Solo sobresalía unos milímetros del libro, pero se aseguró de empujarlo hacia dentro para que la fotografía quedara escondida dentro de las páginas. Luego regresó con Blanca y anunció que ya se podían ir. Ahora, mientras caminaba junto a ella, pensaba que al trazar ese círculo para que ella no entrara, había reducido su mundo a velar por sus hermanos, a su trabajo para el presidente Cárdenas y a una actividad que realizaba al margen de todos, una actividad que nadie, ni siquiera Mauricio, conocía: había vuelto a pilotar un avión. Iba a Coromuel, un pequeño aeródromo a treinta kilómetros del DF y alquilaba una avioneta. Volaba sobre el valle de México, por los alrededores de las cumbres del Ajusco, imaginaba el pasado de aquella acogedora y caótica ciudad que los había recibido y que se iba expandiendo por las afueras, situaba sobre aquel puzle de trazado urbano y campo la antigua ciudad de los mexicas, Tenochtitlán, y el contorno del lago Texcoco, y volvía a experimentar esa sensación de plenitud y soledad buscada que él había convertido en una especie de habitación secreta. Cobró conciencia de sus divagaciones y se volvió hacia Blanca.

—¿Y tú qué piensas de que haya decidido hacerme mexicano? —preguntó.

Llenar a cualquier precio aquel silencio, llenarlo de una manera «neutra», sin que el círculo de protección se rompiera.

—Que tienes todo el derecho y que nadie te debe juzgar por ello —respondió Blanca.

—Yo no le digo a nadie cómo debe vivir su vida. Yo no me meto con aquellos que no se adaptan, que viven con la mirada puesta allí —añadió Gabino—. Parece que algunos cultiven el desarraigo como una manera de transitar por el exilio. De acuerdo, bien. Se sienten más legitimados si no se arraigan, si tienen la cabeza puesta en España. Pero que no alardeen de no adaptarse como si eso los convirtiera en una clase elevada de exiliados.

—Cada uno pasa por esta situación como puede —dijo Blanca—. Pero estoy de acuerdo contigo.

—¿En qué?

—En que no se puede deshacer solo un poco la maleta. Hay que deshacerla del todo. Vivir México como si pudiéramos echar raíces permanentes. Nadie sabe qué va a pasar en España, si volveremos algún día o qué día será ese.

—Me alegro de que opines como yo.

—Corremos el riesgo de sentir el presente como algo que no nos pertenece, algo que nos es ajeno y transcurre al margen de nosotros.

—Yo no he renunciado a la idea de volver a España, Blanca; simplemente he decidido abrazarme más estrechamente a este país que nos lo da todo. ¿Volver? Sí, volvería, pero ha dejado de ser una obsesión para mí.

Estuvieron callados unos instantes. Gabino temió otra vez ese silencio y se puso a hablar del muchacho de Morelia, Fernando, al que había frecuentado algunos fines de semana en la residencia de Cárdenas y al que visitaba siempre que podía. No quería perder el contacto con él. Estaba pensando en ayudarlo a establecerse en el DF. Le quedaba muy poco para abandonar el colegio. Quería ser médico. Y Gabino pensaba que tenía aptitudes para serlo. Estaba dispuesto a pagarle los estudios. Blanca dijo que sería como un ahijado para él.

—Daniel ya ha cortado el cordón contigo y Mauricio algún día encontrará a alguien y se establecerá por su cuenta. Fernando te ayudará a no sentirte tan solo...

Y en el aire se quedó flotando el final de la frase que ella nunca se atrevería a decir en voz alta: «... a falta de una mujer».

—¿Sigue su madre en España? —preguntó Blanca—. ¿Sabes si hay alguien ayudándola a arreglar sus papeles?

El Centro Republicano estaba lleno de compatriotas. El homenaje había reunido a exiliados de todas las tendencias, diputados y ex diputados socialistas caballeristas, prietistas, negrinistas y besteiristas, comunistas, nacionalistas catalanes y vascos, representantes de Izquierda Republicana y Unión Republicana, libertarios. Los que habían luchado por la Revolución, los que no participaban de ese entusiasmo revolucionario, los que querían cambiar el mundo, los que solo querían reformarlo, los que rechazaban el modelo soviético, los que creían que, pese a sus errores, era el único modelo a seguir. Gabino y Blanca se reunieron con Marcial, Somoza, Paco y Rosa Jover.

—Parece que al menos por una vez no hay división entre nosotros —dijo Paco al observar que había representantes de todas las tendencias—. ¿Seremos capaces de mantenernos unidos aunque solo sea cinco minutos después del acto, o empezaremos otra vez a sacar brillo a las navajas?

Llegó el presidente Cárdenas y hubo un estallido de aplausos y vivas. Empezaron los saludos oficiales, los agradecimientos, los discursos.

La mente de Blanca vagó hacia algo que había ocurrido hacía dos días. Había llegado una carta de Betty desde Londres y fue al estudio a compartirla con Eduardo. En realidad no había podido resistir la tentación de leerla antes de llegar.

Querida Blanca:

Sé que me he retrasado un poco en responder a tu última carta, pero quiero que sepas que no se ha tratado de un ataque de holgazanería por mi parte. Esta es la tercera vez que empiezo a escribirte. Las dos anteriores tuve que salir precipitadamente de casa, dejé guardadas las cartas en algún mueble y luego no fui capaz de encontrarlas. Todo tiene una explicación sencilla. En los últimos días las sirenas nos avisaron de que voláramos a los refugios después de asegurarnos que dejábamos apagadas las cocinas de las casas. Sé que podía haber dejado la carta que te escribía sobre el secreter y ahora no tendría que volver a escribirla y mucho menos aburrirte con este pequeño resumen de lo ocurrido, pero en mi nerviosismo debí de pensar que si una bomba caía sobre el salón de casa la carta estaría más segura en un cajón entre la ropa. Esa es la única música que suena en Londres en los últimos días, sirenas y cañonazos, y tu madre abriendo y cerrando cajones. Antes nos bombardeaban de noche. Ahora lo hacen de día. Tendrías que ver los muelles del Támesis. Parecen anuncios del Apocalipsis. La ciudad está quedando reducida a escombros e incendios que a veces tardan días en apagarse. La vida en los refugios da para situaciones de todo tipo. Algunos ciudadanos bajan a las estaciones de metro aprovisionados de teteras y convierten los pocos metros que ocupan en el andén en un pequeño hogar donde se cuentan historias para ahuyentar el miedo de los más pequeños. El otro día fui a parar al lado de uno de estos extraordinarios seres que creen que una taza de té puede acabar con todos los males del mundo. Al calor del hornillo donde hervía el agua, mis vecinos de refugio contaron una historia que desconocía y que al parecer ahora está en boca de todo Londres. Resulta que un soldado inglés llamado Henry Tandey tuvo en su mano matar a un soldado alemán en 1918 y le salvó la vida porque se lo dictó su sentido del honor: al verle tan aterrado no pudo disparar contra él. Ahora el hombre al que salvó la vida se dedica a sembrar de muerte nuestro querido país y el continente europeo. Como ya habrás adivinado, ese soldado era Adolfo Hitler. A Tandey le han apodado «El hombre que pudo haber cambiado el curso de la historia» y todos los periodistas quieren entrevistarle y hasta dicen que va a ser el protagonista de una película. ¿No es una historia trágica, humana, estremecedora y... atroz? Parece que Churchill ya tiene convencido a Roosevelt de que nos ayude. Dios lo quiera, porque si alguien no para pronto los pies a los nazis, Europa —y las islas— acabará en el bolsillo alemán y todos tendremos que empezar a pedir *ausweis* hasta para ir a la panadería. La fotografía que te envío muestra la máscara antigás con la que nos obligan a salir a la calle. En ocasiones resulta tan asfixiante como el propio gas mostaza del que nos protege. Os echo mucho de menos aunque me alegro de que estéis lejos del sonido de las sirenas y del Blitz. ¿Podremos recuperarnos alguna vez de esta guerra? Tengo ganas de abrazaros y te ruego abraces de mi parte a Eduardo y a los niños. Te quiero, hija. Te quiero mucho.

BETTY

P. S.: Que Dios me perdone, pero no dejo de preguntarme estos días qué habría pasado si el bondadoso Tandey hubiera sido menos compasivo con aquel soldado.

Cuando llegó a El Almacén se detuvo en el vestíbulo; María y Eduardo estaban volcados sobre un plano discutiendo algún aspecto de la construcción. No entendía lo que decían pero era evidente que no estaban de acuerdo en las soluciones que planteaban. Temió interrumpir algo importante y aguardó. Eduardo se alejó del dibujo para ver algo en perspectiva. Sin apartar sus ojos del tablero, cogió distraídamente la cajetilla que estaba sobre una mesa y extrajo dos cigarrillos que se llevó a los labios, los encendió y tendió uno a María. Un gesto espontáneo, inocente. María sostuvo el cigarrillo entre los dedos unos instantes. Luego se lo llevó a los labios. Inhaló. Blanca estuvo a punto de ahuyentar con un saludo alegre el humo que flotaba entre ellos formando volutas que los enlazaban. No lo hizo y regresó a casa.

Un orador leyó en nombre de todos las palabras que León Felipe había escrito:

Yo creo, mi general, que ha gobernado usted seis años el gran caserón de México con el aire de los grandes mayordomos que tienen como lema: «No importa errar en lo menos, si se acierta en lo esencial». Probablemente, se va usted sin enderezar el cuadro que estaba torcido en la antesala, sin componer la pata desconchada de la mesa y sin quitarle el polvo a los grandes armarios de la biblioteca. Pero encendió usted una luz que estaba apagada en el mundo y abrió usted el libro por la página del Amor y de la Justicia. Esto lo llevó a hacer una política no de «Buen Vecino» sino de «Buen Samaritano», y a poder decir, como dijo: «Señores, la Justicia hay que defenderla más allá del huerto de mi compadre».

Volvieron los aplausos. Gabino miró a Blanca, que no aplaudía. Inclinó su cabeza sobre ella.

—¿Estás bien? —le susurró.

—¿Sabes lo que me gustaría? —dijo Blanca.

—¿Qué?

—Que algún día me llevaras a conocer el cielo de México. Volar contigo.

—¿Volar?

Blanca lo había mencionado como si conociera su pequeño secreto, como si participara de él y lo comprendiera y le estuviera ofreciendo complicidad y silencio. También él había imaginado muchas veces que surcaba el cielo con ella y compartía aquel sueño del presidente Cárdenas de ver el país con los ojos de un águila. Si alguna vez tuvo ganas de tomar a Blanca del brazo y dirigirse con ella a Coromuel, fue ese día.

Un hombre entre los presentes no aplaudía, le faltaba el antebrazo del brazo izquierdo. Tal vez si Blanca hubiera sabido que era el hombre al que su marido buscaba desde hacía meses se habría acercado a hablar con él. Pero ni siquiera reparó en su presencia. Se acercó un poco más a Gabino:

—Di, ¿me llevarás algún día?

10

Cuando detuvo el coche a las afueras de la colonia, Mauricio tuvo la sensación de que, esta vez sí, Daniel estaba cerca. Habría sido difícil de explicar el origen de su certeza, tenía que ver con la fraternidad, una especie de sónar que se dispara ante la proximidad de la sangre. Había estado en Pachuca hacía una semana, última dirección conocida de Daniel, y allí se había enterado de que tras el brote de fiebre buena parte de los españoles habían sido evacuados. El primer destino había sido a Ixmiquilpan y luego a un lugar conocido como el Cerro de los Halcones. De allí los habían trasladado a la Región de Laguna en Coahuila. En San Pedro de las Colonias tampoco estaba. Hacía dos días que Daniel y «una acompañante» al parecer habían regresado a Hidalgo. Mauricio tuvo que encarar de nuevo la carretera hacia el sur.

Iba pensando en la buena impresión que su hermano menor había dejado en todas las paradas de su recorrido. Cuando preguntaba por él solía provocar una sonrisa en su interlocutor, lo llamaban «el maestro» y solo tenían buenas palabras para él: ¿cuándo iba a volver?, ¿iba a estar para la recogida del maíz?, ¿para la fiesta de San Juan? Lo querían invitar a bautizos y bodas. Había dedicado todo su tiempo, durante aquel desplazamiento obligado de cuatro meses, a enseñar a los niños y a los adultos las letras y los números, la importancia de la escritura y de las tablas. La huella que Daniel había dejado tras su paso por todos esos sitios le hacía sentirse orgulloso. En todas las poblaciones por las que Mauricio había pasado buscando a su hermano había encontrado lo mismo, los dispensarios saturados, largas colas frente a las consultas formadas por mujeres, hombres y niños que habían recorrido muchos kilómetros desde sus pueblos, muchos de ellos a pie, para ser atendidos por los servicios sanitarios. Como ocurre con las epidemias, el miedo al contagio de otras enfermedades se había extendido. La gripe, que tantas muertes había ocasionado en el pasado, era el gran fantasma. Carteles en los edificios municipales y en los comercios advertían: HOMBRES, NO DEN LA MANO AL SALUDAR. MUJERES, NO SALUDEN CON UN BESO. ¡ADOPTE UN SALUDO HIGIÉNICO! LÁVESE A MENUDO LAS MANOS. LA NARIZ SIRVE PARA RESPIRAR. NO RESPIRE POR LA BOCA. NO ESCUPA. SI VA A TOSER O A ESTORNUDAR, TAPE LA BOCA CON UN PAÑUELO.

Mauricio se bajó del coche. Había vuelto a Pachuca, el punto de partida. Volvió a visitar el centro de higiene y salud. Sí, don Daniel, «el maestro», había vuelto. Lo podía encontrar en la escuela municipal.

Cuando llegó al edificio donde estaba instalada la escuela, acababa de terminar la clase. Los alumnos, unos veinte chicos y chicas de todas las edades, salían a la calle. Mauricio divisó a Daniel a través de la ventana. Hacía más de un año que no lo veía y se admiró de lo mucho que había cambiado. Mauricio pensó que su aspecto se había «mexicanizado». El pelo casi le llegaba a los hombros, la camisa que llevaba le quedaba tan holgada que parecían sobrarle tres tallas. Tenía los brazos de los campesinos, cubiertos de arañazos, la piel tostada; Mauricio dedujo que además de sus labores de maestro realizaba tareas en el campo. Cuando Daniel volvió la cabeza en su dirección sus ojos se abrieron como si contemplara un espejismo. Salió a la calle gritando el nombre de su hermano y, desoyendo todas las advertencias de las autoridades sanitarias, se arrojó a los brazos de Mauricio, lo abrazó, lo besó y no les importó que se mezclaran sus lágrimas.

Comían en una taberna de la calle principal del pueblo.

—La gente se muere por una simple diarrea. Las campañas sanitarias no cubren todas las necesidades de la población. El presidente se esfuerza y esta gente lo adora, pero no se hace lo suficiente.

—Pero Gabino no puede hacer nada. Y en tus últimas cartas parecía que ponías sobre sus hombros toda la responsabilidad de que las autoridades sanitarias...

—Si no puedo hablar con mi hermano, que trabaja con el presidente, ¿con quién voy a hablar? Al menos conseguí que Gabino nos enviara suministros y medicinas.

Mauricio no confesó que los suministros que Gabino enviaba siempre los pagaba de su propio bolsillo.

—¿Sabes que te das un aire al general Zapata? ¿Cómo está Nuria?

—Ya os conté por carta que su padre falleció. Insuficiencia respiratoria. En realidad, alergia a algún tipo de cosecha. No se pudo hacer nada por él. Fue terrible. Su muerte. Fue inesperada. Se ha quedado muy sola, no tiene a nadie aquí.

—Tenéis que venir, instalaros en la ciudad con Gabino, conmigo. En parte he venido por eso, a convenceros.

—¿Irnos?

—¿Qué clase de vida es esta, qué es eso tan valioso a lo que tanto te cuesta renunciar? Hablas de pobreza, de miseria, de enfermedades, de penurias...

—Aquí hay mucha gente que depende de nosotros. Sería... como abandonar el barco en cuanto empieza a zozobrar.

—¿Crees que no pueden arreglárselas sin vosotros?

—Es que yo quiero hacer algo por la gente de aquí. Lo dan todo y no piden nada. Nunca he visto a nadie más desprendido con lo poco que tienen. Además, le estoy dando vueltas a algo que no me permitiría estar demasiado tiempo en ningún sitio, ni en el DF ni en ninguna parte. Mi casa estaría aquí, claro, pero pasaría mucho tiempo viajando, por carretera. Y lo haría con Nuria, sería como una sociedad.

—¿De qué idea hablas?

—Estas semanas en que hemos visitado varios estados hemos hablado con toda esa gente que no tiene acceso a la educación. No me refiero a que no puedan estudiar más que unos pocos años, me refiero a que no han aprendido lo más básico, no saben leer, escribir y mucho menos contar. Se me ha ocurrido que con el tiempo me gustaría montar una especie de escuela itinerante.

—¿Una escuela sobre ruedas?

—No te rías. Puede que suene a utopía, pero es una utopía alcanzable. Ir por las colonias con unos cuantos libros y cuadernos y ayudar a la gente con la lectura y la escritura. Aquí les leo muchas cartas que también tengo que contestar porque los campesinos no pueden, no saben hacerlo. Me gustaría estar con ellos en las horas en que podrían dedicarse a ello, después de que se ponga el sol, y para eso hay que vivir donde viven, pasar tiempo a su lado, amoldarse a su horario, trabajar cuando puedan y las fuerzas les den para ello, claro. De ahí mi idea de la escuela itinerante.

—Así que ya has encontrado tu misión en el mundo —bromeó Mauricio.

Miró con admiración a su hermano menor. Gabino y él preocupándose por Daniel cuando en realidad había establecido sus prioridades de manera mucho más clara que cualquiera de ellos dos.

—Lo que tienes que hacer es llevar un mensaje a la gente del CTARE —dijo Daniel, animoso—. Hacen falta recursos. Ropa. Hay mucha gente, te hablo de nuestra gente, que camina en calcetines. No llega la ropa que han prometido. Faltan médicos. Faltan enfermeras. Falta personal y medicinas. ¿Entiendes lo que te digo, Mauricio?

—Lo que entiendo es que la gente del CTARE no tiene medios para arreglar los problemas que hay en tu mundo.

—¿Mi mundo? Si tuviéramos un doctor... Un doctor no es mucho pedir. ¿Lo es? Vinieron unos cuantos en el barco, ¿tienen todos colocación? Hemos levantado un dispensario. Pero falta quien lo dirija. Nos envían un médico cada quince días. Recorre el estado. Va pasando por todas las colonias. Un médico para tanta gente. ¿Cómo va a dar abasto? Hay proyectos agrícolas. Se habla de una nueva variedad de trigo más sano, más robusto, más resistente, más nutritivo, ¿entiendes, Mauricio? Los hombres de Rockefeller vienen, toman notas, fotografías, hacen promesas, se van y no se vuelve a saber de la ayuda prometida.

De pronto se quedó callado.

—No sé cómo no se me ha ocurrido antes. Tienes que fotografiarlo todo. Has traído tu equipo, ¿verdad? Tienes que fotografiar la colonia y ver dónde vive toda esa pobre gente. ¿Crees que lograrás que lo publiquen en el periódico?

Mauricio sacó fotografías de Pachuca y, acompañado de Daniel, visitó muchas plantaciones. No sabía si lograría que *El Nacional* se interesara por su publicación, pero se sintió apelado a intentar hacer algo.

Diez días después de reencontrarse con Daniel, Mauricio fue padrino de su boda con Nuria. Se casaron en un pequeño juzgado. Habían llamado a Gabino para que estuviera presente, pero este había empezado a trabajar para Ávila Camacho, quien heredó una buena parte del personal que había servido a Lázaro Cárdenas, y no pudo asistir. Fueron testigos muchos de los campesinos a los que Daniel enseñaba a leer cuando acababan sus tareas en la colonia. Recibieron muchos regalos y los invitaron a alojarse en la mejor alcoba del hotel del pueblo. Mauricio nunca había visto tan feliz a su hermano. Los invitados fueron a rondarles bajo la ventana y a cantar rancheras hasta que se asomaron al balcón. Salió la joven pareja. Resplandecían de felicidad en la oscuridad de la noche. Daniel atraía a Nuria hacia sí pasándole el brazo por el hombro y coreaba los estribillos que sus amigos cantaban. Daniel vio a Mauricio, entró un momento en la habitación y salió con su sombrero.

—No es el ramo nupcial, pero te dará suerte. Atrápalo.

Le arrojó el sombrero por la ventana. Mauricio lo atrapó y se lo puso en la cabeza arrancando las risas de los que habían ido a darles la serenata.

—Ahora será usted el siguiente en casarse —le auguraron.

Mauricio pensó que ni siquiera tenía novia. Como si hubieran leído sus pensamientos, alguien dijo que la mujer para él estaba en camino y no tardaría en encontrarla.

Daniel rió de lo lindo y gritó: «¡Te quiero, hermano!». Mauricio admiraba su pasión y determinación por mejorar el presente que había heredado, su confianza en el futuro parecía indestructible. Sintió envidia porque había encontrado el amor, porque había creado lazos duraderos con toda aquella gente y también con el país, porque Daniel «ya no estaba de paso en México», porque sabía hacia dónde quería ir y hacia allí dirigía su vida.

11

El Mirador se enorgullecía de que la guerra no le hubiera hecho perder uno solo de sus doce mil suscriptores. Era la revista de referencia para los arquitectos que trabajaban en el país. Eduardo había aparecido en dos ocasiones en sus reportajes centrales debido a la fama de sus cascarones. Ahora era María la que salía en sus páginas.

Hacía cinco meses que había dejado el DF y puesto en marcha un pequeño pero ambicioso proyecto, la construcción de viviendas baratas y más seguras para los jornaleros.

Un estudio que había caído en sus manos meses atrás sobre medidas para reducir el riesgo de derrumbamiento había sido el detonante que necesitaba para dejar su trabajo con Eduardo. Según el informe, promovido por un grupo de estudiantes de topografía y arquitectura, disminuir el número de víctimas de los sismos solo dependía de la voluntad política, de que alguien se tomara la molestia de estudiar el terreno y las edificaciones y de que se empezara a emplear para la construcción nuevos materiales ligeros y adaptables a los temblores.

—En los últimos años más de dos mil personas murieron por fallos de seguridad evitables. No los matan los terremotos —le había explicado a Eduardo—, sino los tejados y las paredes de sus casas.

Eduardo no lo vio venir, nada le había hecho anticipar la marcha de su ayudante y su anuncio fue algo más que una contrariedad para él. Se preguntó qué había realmente detrás de su decisión, si era conciencia social o un deseo de emanciparse profesionalmente de su tutela, si había sentimientos ocultos que nunca había revelado o solo se debía a que veía en ello una posibilidad para el despegue de su carrera. Su dependencia de ella iba más allá de lo profesional, tuvo que reconocerlo. María era el motor de muchas cosas que se ponían en marcha no solo en torno a los proyectos del estudio sino en su universo personal. Sabía desde hacía mucho tiempo hasta qué punto su cercanía era responsable de su estado de ánimo, de su humor, de sus ganas. No tenía derecho a retenerla y no lo intentó. Le ofreció ayuda, ¿le dejaba invertir en sus primeros proyectos?, ¿quería seguir utilizando El Almacén como estudio?, pero el deseo de María era volar sola y aunque agradeció su ofrecimiento, lo rechazó. Eduardo quiso saber por dónde iba a empezar. La ley establecía que las compañías que contrataban más de cien obreros eran las responsables de las viviendas de sus hombres. Casi todas las empresas mexicanas y extranjeras que contrataban por encima de ese número tenían sus *company towns* levantadas por sus propios constructores y arquitectos. El principal criterio de construcción era la eficiencia en la ocupación y el abaratamiento, mantener los costes bajos, y a eso se debía precisamente la escasez de medidas de seguridad.

—No pensarás que va a ser fácil a una arquitecto como tú...

—¿Mujer? —le interrumpió María.

—No iba a decir eso, iba a decir que no va a ser fácil para una arquitecto recién salida de la universidad convencer a las empresas para instalar medidas de seguridad en sus ciudades dormitorio.

María ya contaba con ello. Iba a visitar varias de esas ciudades «solo para aprender lo que no hay que hacer», y también había trazado una ruta por colonias agrícolas de siete estados donde periódicamente se producían inundaciones.

—Supongo que lo primero que debo hacer es acercarme a conocer esos terrenos y ver las condiciones en que viven los trabajadores. Lo de convencer a las empresas o a los patronos para reconstruir las casas de sus empleados será mi segundo trabajo —respondió ella.

María compró un coche de segunda mano y abandonó el DF. Durante semanas, recorrió varios estados tomando notas y fotografías. Estuvo en Baja California, Sonora, Sinaloa, Jalisco, Michoacán, Guerrero, Oaxaca y Chiapas. Pasaba mucho tiempo en su coche y en los cafés trazando planes de construcción, estudiando los últimos informes sobre materiales y terrenos. También pasaba una buena parte de su tiempo hablando con los responsables municipales.

Ahora aparecía su foto en una columna de la revista. En Guerrero, donde la habían entrevistado hacía dos meses, había participado en un debate de arquitectura de emergencia proponiendo una solución a una de esas colonias que a menudo se anegaban por las crecidas de los arroyos: elevar las viviendas, sustentar las casas sobre contenedores de plástico, los de distribución de fruta, leche y botellas de cerveza. La solución había recibido todo tipo de calificativos, desde «visionaria» hasta «disparatada». No era una solución óptima, explicaba María en la entrevista, pero permitía a los habitantes de la colonia hacer uso de los pocos recursos que tenían, les permitía no tener que depender del dinero y la buena voluntad de los patronos o los responsables municipales. En la entrevista María comentaba la relación entre estos apoyos con los elegantes pilones de la arquitectura de Le Corbusier, lo pragmático frente a lo bello. Si el gran maestro viera las condiciones de edificación de estas barracas y tuviera que reconstruirlas con los pocos recursos de sus habitantes seguro que habría pensado en lo mismo, se había atrevido a decir.

María levantó la vista de la revista y miró hacia la puerta por la que no entraban nada más que hombres. Estaba en la cantina de un pequeño pueblo de Oaxaca adonde había llegado hacía tres semanas y no había ni una sola mujer. Estaban en un terreno que los últimos seis meses había registrado más de ciento treinta movimientos sísmicos de pequeñas y medianas magnitudes. Se había instalado en una barriada construida cerca de un antiguo cauce. Había encontrado un terreno más protegido de los desbordamientos periódicos del antiguo cauce en un promontorio a unos ochocientos metros. De eso y de nuevos materiales de construcción quería hablar con el responsable municipal que llevaba días dándole largas. Era casi de noche y miró el ejemplar de la revista que tenía en la mano, sintió ganas de compartir aquella entrevista, de celebrarla, pero no tenía a nadie con quien hacerlo. Soplaba el viento y la temperatura había descendido bruscamente quince grados. Se oía cómo se hinchaba la lona de las tiendas de campaña vecinas donde habían alojado a los temporeros del campo que no cabían en las barracas; se oían también las risas, cantos, bromas y peleas que procedían de las mesas donde un grupo de hombres se reponía del trabajo del día. Todos la conocían, sabían a qué había ido al pueblo, pero todavía no se había ganado su respeto y ninguno la invitó a que los acompañara. María luchó contra el sentimiento invasivo de que estaba fuera de lugar, se sentía como un lamparón en un traje de novia. No debía dejar que aquello ganara terreno en ella. Había ido con un propósito y no iba a abandonar aquel pueblo sin haberlo conseguido.

Seis meses después de aquella noche, María recorría descalza las afueras de la colonia agrícola. Llevaba una linterna en la mano. Apuntó con ella el terreno perimetrado donde al día siguiente iban a empezar a levantarse los nuevos dormitorios. Lo contempló orgullosa. Los braceros del campo lo habían nivelado bajo sus órdenes. Las barracas proyectadas eran de material sismorresistente, mucho más liviano y dúctil que el ladrillo, el cemento o el hormigón. Era su primer gran proyecto, una pequeña ciudad dormitorio con capacidad para trescientas camas. El camino no había sido fácil. Cuando consiguió su esperada entrevista con el funcionario municipal recibió una contundente negativa al proyecto. Pero eso no la había desanimado. Había logrado, con su tenacidad, que el alcalde la recibiera y escuchara las razones de levantar la ciudad dormitorio. Gracias a una capacidad de persuasión que ignoraba tener, lo convenció no solo de que desoyera el consejo de su concejal sino de que se reuniera con los empresarios del pueblo para que sufragaran parte de los gastos. Había tenido que vérselas con amenazas y con el desprecio de buena parte de los hombres del pueblo; había tenido que ignorar anónimos, sortear boicots y, finalmente, había logrado la autorización y el dinero necesario.

Se sentó en el suelo y dejó la linterna sobre la tierra, a su lado. La luz enfocaba el vacío donde a la mañana siguiente se levantaría el primer pilote de *su ciudad*. Sonrió al recordar el nombre con el que empezaban a nombrarla los peones: «La patroncita». No debía de haber resultado fácil para aquellos duros braceros seguir las órdenes de una mujer joven, inexperta y menuda como ella.

—Patroncita —dijo en voz alta.

Echó de menos a Eduardo. Rió. Su risa era como una cascada.

Llevaba una botella de tequila. Como si fuera la botadura

de un barco, la abrió y vertió parte del líquido en el suelo. Luego alzó la botella, brindó con el cielo y el aire. Y ahora, a soltar amarras. Tenía la sensación de que comenzaba, por fin, la verdadera travesía.

12

Rogelio Adín, el hombre al que Eduardo Toledo buscaba desde hacía años, vivía en Puebla y trabajaba como contable en una fábrica. Así constaba en el registro de afiliados de la CNT de España en México. El sindicato había abierto una oficina en un modesto piso y sacado una publicación libertaria, *España en el exilio*, casi dos años después de la llegada del *Sinaia*. Los anarquistas se habían tomado un tiempo en organizarse, pero una vez puestos en marcha ya no se les pudo parar. Progreso Alfarache y García Oliver eran sus figuras más visibles. El primero era dirigente del Movimiento Libertario, el segundo mantenía su compromiso con la CNT. También ellos estaban escindidos en familias. Aquellos que se autoproclamaban puros aspiraban a mantener su independencia de organizaciones políticas y órganos de gobierno que hicieran peligrar los principios anarquistas; eran conocidos como los «pieles rojas». Frente a ellos los colaboracionistas eran partidarios de participar activamente en el futuro político y abogaban por alianzas con los demás partidos. Pese a compartir un pensamiento libertario, sus posturas sobre cómo había de enfrentarse al futuro estaban tan alejadas como lo podían estar de las de socialistas o comunistas.

Eduardo había averiguado allí quién era, qué hacía y dónde vivía el misterioso compañero del *Sinaia*. Dejó en la sede de la CNT una carta para Adín. Se identificaba como la persona con la que había tenido el percance durante el viaje y le proponía un encuentro en Puebla o en el DF. Tenía mucho interés en aclarar lo ocurrido.

Pasó algún tiempo sin noticias. Cuando Eduardo ya había renunciado a la idea de saber de él, ocurrió algo. Unos anarquistas españoles habían intentado robar la caja de la fábrica de licores El gallo, propiedad de un residente español. Habían empleado «extrema violencia» en el atraco y dejado gravemente herido al cajero. Los testigos habían descrito a los dos asaltantes. Uno de ellos era manco. El asalto revolvió mucho a la colonia española. Dejaba en mal lugar no solo a los atracadores sino a todos los demás. Juan Rejano escribió: «Hay que hacer política con la cabeza, no con el temperamento». Pero esa máxima parecía no casar bien con algunos miembros de las filas anarquistas. La actitud de espera no iba con ellos. No lograban encauzar su rabia y habían decidido que era hora de volver a las armas. Para algunos compañeros de exilio, aquellos que seguían pensando en atracar una fábrica para financiar una revolución armada en vez de abogar por una vuelta a la democracia utilizando cauces legales no eran políticos, eran pistoleros. El asalto volvió a despertar fricciones entre la familia anarquista y el resto de las familias republicanas.

Durante algún tiempo la policía irrumpió en los cafés frecuentados por españoles. La Capilla no fue una excepción. Una tarde en que se preparaba un recital de poesía, dos desconocidos trajeados entraron en el café. Querían averiguar quién daba cobertura a los dos anarquistas huidos. Jover aseguró que los hombres que habían perpetrado el asalto nunca habían estado allí ni eran protegidos por ninguno de los habituales del café, no habían planeado el robo en La Capilla ni en un lugar parecido; lo ocurrido había sido una sorpresa para todos. Allí no iban a encontrar ninguna información útil.

Cuando detuvieron a los sospechosos y su foto apareció en los periódicos, Eduardo reconoció a Adín. Comprendió que la probabilidad de un encuentro con él acababa de esfumarse para siempre.

Adín y su cómplice en el atraco no eran los únicos españoles en el punto de mira de la policía mexicana. Somoza llevaba meses vigilado. Pero a diferencia de ellos no se debía al uso de las armas de fuego. Se había significado en las reuniones de los ateneos culturales que los exiliados habían creado como tapadera para poder seguir celebrando actos políticos, y una tarde, algún tiempo después de la noche del Capri, cuando se había acostumbrado a aquella vigilancia constante pero silenciosa que no le causaba molestias, recibieron en el taller la visita de dos empleados de la Oficina de Investigaciones Políticas y Sociales del gobierno mexicano. Uno de ellos era el tipo que le seguía habitualmente. La cara del otro no les sonaba. Se identificaron y los trataron como a camaradas, con solidaridad y cierta admiración, entendían que eran hombres bravos que habían combatido en España por la libertad y contra los golpistas, pero instaron a Somoza a rebajar el tono de sus intervenciones y le recordaron que era «extranjero» y que había adquirido el compromiso de no intervenir en política.

—México está en situación prebélica. Bastante tenemos con cuidarnos de nuestros propios alteradores.

El organismo elaboraba frecuentes informes sobre las disputas entre republicanos españoles a los que, en alguna ocasión, habían tenido que separar cuando trataban de resolver sus diferencias a puñetazos. Vigilaba sobre todo a los miembros más activos del PCE, pero Somoza había entrado por otro camino en su censo de «individuos investigables»: su detención y su provocadora actitud en el interrogatorio por el atentado de Trotski. El eco de sus arengas en las reuniones del Ateneo Salmerón, el Pi y Margall o el Círculo Pablo Iglesias había llegado también hasta *El Nacional*. Los de la OIPS traían el ejemplar del último domingo que publicaba la crónica de una de esas reuniones en la que Somoza se había despachado a gusto contra la falta de medidas que los representantes políticos de la República tomaban para dinamizar la caída del dictador Franco.

—Lo que dije en esa reunión es algo que pensamos muchos de los que estamos aquí. No creo que esas manifestaciones puedan considerarse desestabilizadoras o preocupantes para la seguridad de México.

Le preguntaron a Somoza si el pacto Ribbentrop-Molotov no le había hecho replantearse sus lealtades al PCE, si entraba en sus planes incitar a alguna actividad subversiva a las organizaciones comunistas mexicanas, si tenía conocimiento de que se preparara alguna acción concreta destinada a provocar altercados.

—¿No creen que si planeara alguna de esas acciones me cuidaría mucho de confesarlo? —respondió con toda lógica.

Si tenían algo concreto contra él, era mejor que lo dijeran y lo detuvieran. Si no tenían nada, él daba la visita por concluida.

—Me he convertido en un *enfant terrible* de la vida pública sin comerlo ni beberlo —se quejó ante Marcial cuando les cerró la puerta.

—Los méritos no hay quien te los quite.

—Por lo menos ya sabemos de quién era la *sombra* que nos habían colocado.

—¿Crees que pueden hacer algo?

—¿Echarme del país? ¿Encerrarme? Como mucho volverán a honrarnos con su visita. Poco más pueden hacer.

—Sigo sin entender por qué no podemos vivir tranquilamente sin buscarnos problemas —dijo Marcial—. Si quieres hacer algo, ahorra tus energías para cuando acabe la guerra contra los nazis y volvamos a España. Habrá muchas cosas que arreglar y va a hacer falta que todos arrimemos el hombro.

—¿No te das cuenta de lo que nos pasa? —le preguntó Somoza.

—¿Qué nos pasa?

—Somos como esos monos amaestrados que bailan al son de la música que les marcan. Aquí hay que callarse hasta los suspiros.

—Ya estamos otra vez.

—En eso nos hemos convertido. Éramos combatientes, guerreros, luchábamos por ideales que no se han alcanzado, pero perdemos la guerra...

—Tú lo has dicho, hemos perdido.

—... y en vez de evaluar nuestras fuerzas, rearmarnos y volver a la batalla, ¿qué hacemos?

—Asumirlo y mirar hacia delante.

—Bajamos nuestras armas al suelo y nos resignamos.

—Yo no me siento como un mono amaestrado, simplemente creo que hay cosas mejores en las que ocupar el tiempo que en darme de cabezazos contra una pared. Lo único que podemos hacer es aprovechar esta segunda oportunidad que nos da la vida para disfrutarla por nosotros y por los que no pueden hacerlo. Cuando volvamos a España será tu momento.

—Cuando volvamos. Estoy harto de oír esa monserga y no hacer nada.

—¿Qué quieres hacer, entonces? Da la sensación de que estás a la espera de algo y si te digo la verdad, me asusta qué pueda ser ese algo.

Semanas después, una tarde, Gabino llevó al taller a Emiliano Rupérez, un antiguo compañero de aviación que acababa de llegar de Europa. Venía de la Francia no ocupada pero en realidad aquello era una falacia pues la Francia de Vichy estaba tan dominada por los alemanes como la otra. Había escapado de una Compañía de Trabajo en una base submarina de Burdeos.

—Lo que tiene lugar en Europa no es una lucha por la democracia y contra el fascismo, es mucho más —dijo Rupérez.

—Es una lucha por la supervivencia de la humanidad —dijo Gabino—. Eso es lo que está en juego, la humanidad.

—Muchos de nosotros se han enrolado en las Compañías de Trabajo y desde allí trabajan para la Resistencia. No puede decirse que el gobierno francés sea muy generoso con los españoles que han sacado de los campos; cincuenta céntimos al día, dos paquetes de tabaco al mes y dos sellos para escribir a la familia, ese es todo el salario que recibe un hombre de cualquier compañía. Otros sabotean los transportes o el almacenaje de conservas que van a parar al ejército alemán. Agujerean las latas y las conservas llegan podridas.

—¿Y eso no es un arma de doble filo? —preguntó Marcial—. Un alemán hambriento debe de ser mucho más peligroso que uno saciado.

—Sí, lo es, pero la guerra tiene muchos brazos, es como la hidra de los grabados, y cada brazo opera en un campo —respondió Rupérez—. Otros combatientes se organizan ocultos en los bosques, se juegan la vida en la guerra de guerrillas.

—¿Y los compañeros? ¿Qué hacen los nuestros? —quiso saber Somoza.

—Los comunistas son los más organizados. Pero a veces se muestran terriblemente crueles con los demás. Especialmente son alérgicos a los trotskistas. Eso no ha cambiado. Prefieren a los anarquistas, se fían más de ellos. Los franceses llaman a los españoles «nuestros compañeros de la liberación».

Rupérez habló de los castigos colectivos que los alemanes realizaban cuando no descubrían a los autores de un sabotaje.

Por cada alemán que moría caían treinta, cuarenta, cincuenta ciudadanos que detenían en las calles indiscriminadamente.

—A los asturianos se los respeta, una cosa rara.

—¿Y eso por qué?

—A los alemanes y a los franceses les gusta tenerlos en las minas y las canteras. Creen que todos nacen con un pico y una barrena en la mano, como el que nace con los ojos azules; solo se fían de ellos para según qué trabajos.

Le preguntaron por su papel en las guerrillas y por su huida de Francia. Rupérez había participado en sabotajes a conducciones de agua y en un atentado contra un tren de soldados y había presenciado ejecuciones a colaboracionistas. La última acción había sido el secuestro de un juez a sueldo de los nazis. Lo habían fusilado y habían dejado su cadáver en el bosque. Como respuesta, los alemanes habían dado un castigo ejemplar cuando encerraron en la escuela a veinte hombres elegidos al azar y le prendieron fuego. Una vez las llamas se apagaron, los habitantes del pueblo entraron a recoger a sus muertos. No quedaba nada de ellos. Fue algo terrible. En la fachada de la escuela esa noche alguien pintó tres cerdos ahorcados. Se trataba de una caricatura de Hitler, de Mussolini y de Franco colgando de un árbol. «Las tres bestias», había escrito aquel ciudadano anónimo.

—Aquello fue demasiado para mí. El poco valor que me quedaba se esfumó después de aquella masacre. He de admitirlo, soy un cobarde.

—Las tres bestias —musitó, taciturno, Somoza.

—¿Y qué hay de los compañeros de la Gloriosa? —preguntó Gabino intentando ahuyentar el humo de aquel incendio que amenazaba con asfixiarles a todos y en especial a Pepe Somoza.

—Muchos se han unido a la RAF, otros están volando con Stalin.

Somoza se había quedado silencioso, se volvió hacia Marcial.

—¿Te das cuenta?

—¿De qué?

—De que es la misma guerra.

—¿De qué hablas?

—De que el uno de abril no acabó la guerra. Se tomó un descanso hasta el uno de septiembre, pero es la misma guerra.

—Ya empezamos.

—Hitler comenzó su guerra en España. Nuestra contienda le sirvió como experimento para probar tácticas y armamento. Para los compañeros que están en Francia luchando en la Resistencia no ha acabado.

—Pero ha acabado para nosotros y también habría acabado para ellos si hubieran tenido la misma suerte que nosotros y hubieran podido embarcar.

La noche fue cayendo y Gabino se levantó a preparar café para todos. Mientras Rupérez trataba de satisfacer la curiosidad insaciable de Somoza sobre cómo había entrado él a hacer labores para las redes de maquis, se quedó hojeando en la cocina los ejemplares de *El Mono Azul* que Bergamín les había regalado el día que lo visitaron. Algo de repente llamó su atención. Al llevar el café pidió a sus amigos un ejemplar que guardó dentro de la funda de la cámara. Solo al llegar a casa lo estudió con detenimiento. Fue a buscar una lente de aumento que ampliara la imagen que acompañaba uno de los artículos. Era una foto pequeña y en ella salía mucha gente, se había tomado en el frente. Algunos periodistas de medios extranjeros compartían una bota de vino con unos brigadistas. Entre ellos había una mujer. Gabino centró la lente sobre ella. No le cupo duda de que era Blanca. Se preguntó qué hacía entre aquellos reporteros y brigadistas y cómo y por qué había ido a parar, aquel mes de agosto, a la batalla del Ebro.

Marcial y Anita se casaron a principios de año. Todos los amigos celebraron su unión en La Capilla. Se cantó, se brindó y no faltaron lágrimas de alegría. Quien faltó fue Somoza. Días antes había partido hacia Inglaterra con la intención de llegar desde allí a Francia y unirse a la Resistencia. Como regalo de boda dejó a Marcial una nota de despedida:

> Querido amigo, tengo una cita con la libertad y parto a encontrarme con ella. Siento que mi corazón por fin vuelve a bombear. Nos veremos cuando hayamos echado a esos tres cabrones de este mundo y podáis por fin regresar a casa.

Somoza no fue el único en sentir el compás apremiante del reloj de la Historia. Al tiempo que él planeaba su marcha a Europa, Gabino ya había contactado con las Fuerzas Aéreas Británicas para ofrecer sus servicios como piloto. Viajó a Inglaterra semanas después. Se ofreció voluntario para llevar aviones a Gibraltar y una mañana, a los pocos días de su llegada, partió de una base al sudeste de Londres al mando de un Spitfire. Enfiló hacia el sur. En pocas horas cruzaba el mar Cantábrico y entraba en el espacio aéreo español. Nadie conocía aquel cielo mejor que él. Volar sobre la tierra ocre y verde de España junto a los ingleses y luchar de nuevo contra el fascismo era una manera de sentir que había vuelto a casa.

13

Después de la expulsión del espía alemán Arthur Dietrich, a los pocos meses de iniciada la guerra, la sensación general era que la atmósfera había quedado «bastante limpia». Pero seguía habiendo empresas alemanas instaladas por todo el país y la delegación tenía intereses comerciales y eso no solo había dado la oportunidad a un círculo de ciudadanos del Tercer Reich de penetrar en las altas esferas de la sociedad mexicana, sobre todo la de derechas, a la que se acusaba de filonazi, sino que eran la cobertura perfecta para espías *alevines*. De distribuir propaganda nazi se encargaban algunos negocios legales como La Librería Alemana o El Colegio Alemán, cuyos estudiantes habían organizado una filial de las Juventudes Hitlerianas que fue vigilada de cerca por los servicios secretos mexicanos. Para reemplazar a Dietrich entraron en juego otros personajes no menos visibles, entre ellos la actriz Hilda Krüger, que desde su llegada a México en 1941 logró hacerse hueco en los platós de cine y en la cama de algún que otro prócer del Estado, como el secretario de Gobernación Miguel Alemán.

—¿Qué hace la luz apagada, mamá? —preguntó una tarde Mariana cuando entraba en casa junto con Inés y Carlos—. ¿Hay restricciones?

—Gracias a Dios, no —dijo Blanca desde el dormitorio—. Esperad, no la encendáis todavía. No quiero que matéis el efecto.

—¿Qué efecto? —preguntó Carlos.

—Ahora veréis.

—Qué misteriosa —dijo Inés.

Oyeron sus pasos por el pasillo y cuando Blanca entró en el cuarto de estar dio al interruptor y se exhibió ante sus hijos:

—¡Tachán!

—¡Qué guapa! —exclamó Inés con admiración.

Blanca llevaba un vestido largo, se había recogido el pelo en un lado y la melena le caía solo por uno de los hombros. Llevaba un collar de perlas y un broche muy historiado. Se había maquillado como una artista de cine y subido a unos tacones que la hacían más alta y esbelta de lo que era.

—Despiporrante —dijo Carlos.

Blanca rió y giró para que apreciaran mejor el conjunto.

—Sensacional —le dio la razón Mariana.

—Entonces, me dais vuestra aprobación.

—¿Es nuevo? —preguntó Mariana mientras pasaba la mano por el vuelo del vestido.

—Qué más quisiera. Me lo ha dejado Leonora. Y el broche y el collar, también. He ido a la peluquería y me han hecho este peinado. El maquillaje es cosa mía.

—¿Qué celebramos? —quiso saber Inés.

—Vosotros nada. Nosotros vamos a salir con Gabriel y Leonora a celebrar su aniversario. Vamos al Waikikí.

—¿Vais a ver a Anita? —preguntó Carlos.

—Actúa Pedro Vargas —les informó Blanca.

—¿Quién es? —dijeron a un tiempo Mariana e Inés.

—Pues un cantante que está de moda.

En el Waikikí estaba «el todo México»: galanes de cine, políticos, empresarios, artistas de mucho, poco y medio pelo, extranjeros de paso por la ciudad... Y también estaba la mujer de la que todo el mundo hablaba, la actriz Hilda Krüger. Muchos admiradores de su trabajo pasaban por su mesa a saludarla y a galantearla. Anita, que había ido a saludarles, explicó a Blanca y Leonora que pese a ser algo altanera y distante, era de las que dejaban buenas propinas en el guardarropa.

—Es arrebatadora —dijo Blanca, clavando sus ojos en ella.

—Tiene algo maléfico en la cara —añadió Leonora.

—Sí, la palabra «espía» escrita en la frente —dijo Gabriel.

—Dicen que si el petróleo mexicano sigue llegando a Hitler es por ella —les informó Anita.

—Y así será mientras siga deshaciendo la cama de don Miguel Alemán —apuntó Gabriel.

—Los americanos no dejarán que esta situación dure mucho más —dijo Eduardo—, y con permiso de la Krüger, creo que las tres mujeres más guapas de todo el Waikikí están en esta mesa.

Anita volvió a su trabajo en el guardarropa. Pedro Vargas salió al escenario a cantar y embelesó con su dulce voz a todas las mujeres de la audiencia. Cuando casi había acabado el recital saludó a las celebridades de la sala y agradeció que hubieran acudido a escucharle.

—Y especialmente quiero agradecer la presencia de dos grandes artistas del firmamento cinematográfico, la señorita Krüger...

De pronto un foco se dirigió a la cara de la actriz alemana, que saludó a los presentes con la mejor de sus sonrisas y agradeció sus aplausos con falsa modestia.

—... y a la gran actriz norteamericana, señorita Jeanette MacDonald y sus acompañantes.

Esta vez el foco cayó sobre la mesa de los Toledo. Blanca abrió mucho la boca y fue a deshacer el malentendido, pero Eduardo, divertido, le puso la mano en el brazo para que no lo hiciera. ¿Qué había de malo en aceptar unos cuantos aplausos y la botella de champán que don Pedro Vargas les enviaba? Si pensaron que la cosa quedaría en una pequeña broma se equivocaron, porque al cabo de unos minutos el gerente del local se acercó a su mesa y se inclinó sobre Blanca; el señor Vargas quería saber si accedería a salir al escenario para interpretar la canción de alguna de sus películas.

—Ahora sí que estamos en un lío —dijo Blanca, volviéndose a Eduardo.

Con amabilidad rechazó la propuesta, pero estaba algo achispada y ante la insistencia del emisario de don Pedro Vargas y para asombro de sus acompañantes, de pronto aceptó salir a cantar con el artista mexicano. Eduardo, Gabriel y Leonora se preguntaron angustiados cuánto iban a tardar en darse cuenta del engaño. La primera canción que interpretó fue la célebre melodía de la película *San Francisco*. Afortunadamente su dicción inglesa era perfecta y aunque no tenía la delicada voz de la actriz americana, nadie pareció reparar en ello. Luego Vargas le pidió que le acompañara en alguna canción de su repertorio y Blanca dijo que solo conocía «Mi rival» del maestro Agustín Lara. Pedro Vargas se acercó al director de orquesta y dio la señal. Empezaron a sonar las notas de la canción y el cantante clavó sus ojos en los ojos de Blanca:

Rival de mi cariño, el viento que te besa.
Rival de mi tristeza, mi propia soledad.
No quiero que te vayas, no quiero que me dejes,
me duele que te alejes, que ya no vuelvas más.

Blanca aceptó la mano que le tendía y se unió a él en el estribillo:

Mi rival es mi propio corazón por traicionero.
Yo no sé cómo puedo aborrecerte si tanto te quiero.
No me explico por qué me atormenta el rencor.
Yo no sé cómo puedo vivir sin tu amor.

Anita, que había salido del guardarropa, contemplaba boquiabierta el espectáculo, y cuando rompieron los aplausos sintió que las paredes del Waikikí temblaban como si pasara un tren subterráneo. Pedro Vargas besó la mano de Blanca, que para él seguía siendo la señorita MacDonald, y le preguntó en qué hotel de la ciudad se hospedaba pues le gustaría hacerle llegar unas flores; sin embargo, Blanca pretextó que estaba en visita privada a México y no quería hacer notar su presencia ni más atención que la que ya había recibido esa noche.

Cuando volvió a la mesa embriagada por los aplausos y el alcohol, su cabeza flotaba. Pidió al grupo salir discretamente antes de que a alguien se le ocurriera pedirle un bis. Le preocupaba no poder negarse. Había probado el sabor de la fama y aquello le gustaba.

Al día siguiente salía su nombre en la crónica social, «La gran actriz estadounidense Jeanette MacDonald, en visita de incógnito por la ciudad, fue sorprendida anoche en el Waikikí. A petición de sus admiradores ofreció un memorable dúo con don Pedro Vargas que ninguno de los asistentes podrá olvidar. Con su belleza y encanto logró eclipsar a la señorita Krüger, también presente en la sala». Inés, Mariana y Carlos le pidieron más detalles de la noche. «Menos mal que no había ningún fotógrafo cerca y no hay manera de descubrir el engaño», bromeó Blanca, que tenía algo de resaca. Mariana aconsejó a su madre maquillarse más a menudo, ya había visto el efecto que había causado. Le preguntaron por la espía alemana: «¿De verdad era tan peligrosa como decían?, ¿o era solo una exageración de los que querían que se echara a todos los alemanes de México?». Blanca no lo sabía, pero esa mañana seguro que estaría echando humo por lo que decía la prensa, toda una estrella del Tercer Reich ensombrecida por una vulgar actriz americana. ¡Y encima falsa!

El papel que jugó Hilda Krüger para mantener vivos los tratados comerciales entre México y Alemania tal vez no fue tan determinante como se decía, pero lo cierto era que el petróleo mexicano siguió aprovisionando por un tiempo los buques y los aviones alemanes. La presión de Estados Unidos sobre el gobierno para que siguiera dando muestras eficaces contra los espías del Eje llevó a nuevas expulsiones de ciudadanos sospechosos y a la requisición de barcos alemanes e italianos, ruptura de relaciones diplomáticas con los dos países y la Francia de Vichy y apertura de relaciones con gobiernos afines a los Aliados, entre otros, el gobierno de la Francia Libre del exilio. El petróleo mexicano dejó de alimentar los motores alemanes. Con el tiempo se abrieron los puertos y aeropuertos para el libre tránsito de Estados Unidos sobre su territorio y México se convirtió en una pieza fundamental para la logística americana; la lucha contra el nazismo era para la prensa norteamericana «una cuestión hemisférica».

Potrero del Llano se llamaba el petrolero que los alemanes, en respuesta, torpedearon en la costa de Florida el 13 de mayo de 1942 a las 23.55 horas para evitar que los cuarenta y seis mil barriles de petróleo que cargaba llegaran a Estados Unidos. Gabriel Cruz Díaz, teniente de navío, fue una de las catorce víctimas mortales que causó el ataque y que metieron a México en la guerra.

El gobierno mexicano exigió, por intermedio de la legación diplomática de Suecia, una respuesta satisfactoria al «país responsable» de la agresión, pero lo que obtuvo fue un segundo ataque al petrolero *Faja de Oro* nueve días más tarde. Ávila Camacho informó al país de su decisión con un mensaje radiado:

> México, en la actual contienda guerrera, se ha abstenido de todo acto de violencia y no ha escatimado ningún esfuerzo para mantenerse alejado del conflicto; las potencias del Eje han cometido reiterados actos de agresión en contra de nuestra soberanía; agotadas las gestiones diplomáticas, es imposible dejar de reconocer y proclamar la existencia de un estado de guerra y por lo tanto se decreta que el país se encuentra en estado de guerra con Alemania, Italia y Japón.

—¿Qué quiere decir que México esté en guerra, papá? —preguntó Carlos a su padre cuando este leía el periódico—. ¿Vas a volver a marcharte?

Eduardo aclaró que esta vez no combatiría.

—A los españoles aún no nos han movilizado, que yo sepa —dijo intentado sonar ligero, pero no logró minimizar la preocupación de ninguno de sus hijos, ni de Blanca.

—¿Bombardearán los alemanes el país? —preguntó Mariana.

—Claro que no —respondió Blanca—, no empecéis a imaginar cosas raras.

La sociedad mexicana estaba dividida. No todos estaban a favor de los Aliados. Aún había un fuerte sector germanófilo en la opinión pública. Todavía no estaba claro en qué iba a consistir el papel de México en la guerra más allá de que combatiría junto a los Aliados.

Se organizó un acto multitudinario en la plaza de la Constitución para recibir a los supervivientes del petrolero hundido y honrar la memoria del maquinista caído Rodolfo Chacón, cuyo cadáver fue transportado hasta la plaza.

Fue por entonces cuando empezó a emitirse el programa de radio *Interpretación Mexicana de la Guerra*.

Mariana había cumplido diecinueve años y fue contratada en el Luis Vives como profesora de música. También entró en una orquesta juvenil de una escuela de magisterio. Llevaba varios meses en el Comité Español de Ayuda a los Presos Políticos a cuyas familias se les enviaba ropa y dinero.

Había sido idea suya lo de escribir cartas alentadoras a los presos, como había hecho durante la guerra como madrina, para mejorar su moral y las de sus familias. La Cruz Roja Internacional era la encargada de distribuir las cartas, era imposible enviárselas directamente desde México sin arriesgarse a que se las requisaran o sin poner en peligro a los propios presos, exponiéndoles a algún tipo de sanción o de represalia. Mariana había propuesto abrir una nueva vía para esas cartas, Londres. Las enviaba a casa de su abuela Betty y desde allí ella las franqueaba a España.

A principios de septiembre otros cuatro barcos fueron torpedeados por los submarinos alemanes. Estados Unidos aprovechó el recrudecimiento de hostilidades e inició negociaciones para que México le dejara instalar una base militar en Baja California, pero el presidente Ávila Camacho rechazó la petición. Lázaro Cárdenas fue el encargado de impedir cualquier injerencia norteamericana «por la fuerza» en suelo soberano.

Al llegar noviembre, los republicanos se prepararon para celebrar la defensa del cerco a Madrid. Era el tercer año que salían a la calle con banderas y enormes Judas que conmemoraban la hazaña de los madrileños.

Ese año, desde el Casino, salió a la calle un grupo de residentes españoles que trataron de restar fuerza a la conmemoración republicana. Portaban banderas bicolores y cantaban canciones patrióticas y daban vivas a Franco y gritos de Arriba España. El encuentro entre ambos grupos se produjo no muy lejos del convento de Regina Coeli. A pesar de que los gachupines lograron imponer sus cánticos debido a su superioridad e hicieron sangrientas burlas a lo que había supuesto el cerco a Madrid, los republicanos resistieron sus provocaciones y no dejaron que les aguaran la fiesta.

También los escolares participaron a su manera de aquellas celebraciones. Los abrigos de los colegiales del Luis Vives se adornaron con bandas e insignias con la bandera tricolor. Eran manifestaciones melancólicas y a la vez alegres; ocurrían en noviembre para conmemorar la defensa de Madrid y también el 14 de abril, conmemoración del día de la República, y el 1 de mayo, día de los Trabajadores, y el 15 de septiembre, el día de la Independencia de México. A la salida del colegio se cruzaron con los del Colegio Cristóbal Colón, adonde iban los hijos de los españoles residentes —casi todos ellos simpatizantes franquistas— y que al igual que los socios del Casino llevaban las banderas rojas y gualdas. Los escolares del Luis Vives trataron de seguir su camino pero los del Cristóbal Colón les increparon y fueron ganando terreno hasta que se encontraron cara a cara. Es difícil saber de dónde salió el primer zarandeo, pero el caso es que en pocos segundos miembros de las dos instituciones se liaron a puñetazos y patadas. Los adultos que pasaban por la calle intentaron separarlos. Inés perdió a Carlos en la pelea y se llevó de refilón una o dos bofetadas. Cayó al suelo y fue pisoteada. Arreciaron los gritos. Los adultos que habían intentado mediar acabaron contagiados del ardor patriótico en uno u otro sentido y se metieron de lleno en la trifulca. Carlos empezó a llamar a Inés. En medio del jaleo, Inés notó que unos brazos poderosos la levantaban del suelo, la sacaban de la zona de peligro y la llevaban a un lugar seguro de la acera. Cuando pudo mirar a su salvador vio que se trataba del doctor Bravo. Solo cuando él la depositó en el suelo Inés dio un grito de dolor. En el calor de la refriega no lo había notado, pero ahora el pie le dolía y no lo podía apoyar. Bravo Cisneros la llevó en brazos hasta un taxi y los acompañó a casa.

Cuando pudo examinar el pie confirmó que se trataba de una torcedura, se curaría con un poco de reposo. El doctor vendó el tobillo de Inés y preguntó a Blanca si tenía un calcetín prieto para sujetar mejor la venda. Blanca fue a la habitación de las niñas mientras Mariana, Carlos e Inés se quedaban hablando con el doctor. Los tres relataron a la hermana mayor lo que había ocurrido en la calle. Mariana, a la que la visita inesperada del doctor había pillado con la cabeza llena de rulos y bigudíes, trataba de ocultar su azoramiento y vergüenza fingiendo naturalidad, pero de vez en cuando dejaba escapar una risita nerviosa que la delataba. Inés la miraba boquiabierta. Blanca volvió de la habitación y Bravo puso el calcetín en el pie de Inés. Cuando el doctor se fue, le aclaró a Mariana que no se había torcido el pie aposta para que él los acompañara a casa y que no le hubiera dejado subir de haber sabido «lo rojísima que te ibas a poner al verle». Mariana fingió no saber de qué le hablaba mientras, con aire soñador, empezaba a deshacerse, los bigudíes y zanjó la cuestión con un «déjate de monsergas» que a Inés le pareció que había sonado «como si cantara».

Al día siguiente algunos periódicos recogían la noticia de la pelea de los estudiantes. Los diarios de derechas acusaban a los alumnos del Luis Vives de haber comenzado la pelea. Los tachaban de belicosos y agitadores, eran dignos hijos de sus padres republicanos, y con «el instinto de guerra y revolución que seguía corriendo por sus venas» ofendían al país que los había acogido tan generosamente mostrando su incapacidad para una convivencia en paz.

Después de cenar, esa noche, Blanca se quedó a solas con Inés y le preguntó de dónde habían salido todas esas cosas que había encontrado en el cajón de la cómoda cuando buscaba los calcetines. Había encontrado una pluma, unas gafas graduadas, un plumier con lápices, cuadernos y libros que no le pertenecían.

—¿De quién son, hija? ¿Por qué los guardas?

Inés rompió a llorar, los había robado los primeros meses de su estancia en México.

—¿Robado? —preguntó Blanca sin entender—. ¿A quién? ¿Por qué, Mus?

Inés no sabía por qué lo hacía, simplemente veía una cosa que no le pertenecía y sentía el deseo de llevársela. Era superior a sus fuerzas porque era algo que le «salía del tuétano» y no podía controlar. Nunca las usaba ni volvía acordarse de las cosas que cogía, solo lo hacía «porque su mano quería». Era una fuerza «sobrenatural».

Los sollozos de Inés atrajeron la atención de Eduardo, que asomó su cara por el cuarto de estar, pero Blanca le hizo un gesto para que no entrara. Inés aseguró a su madre que hacía mucho que no lo había vuelto a hacer. Aquel impulso había pasado. Creía que ya estaba en camino de «curarse».

—No me obligarás a devolver todas estas cosas, ¿verdad? Me moriría de vergüenza, no podría volver a mirar a ninguna de mis amigas a la cara.

Inés se recostó sobre su madre y al poco rato ya no lloraba. Blanca lo dejó pasar pero le pareció extraño que su hija hubiera conservado aquel botín en vez de deshacerse de él. Era como si hubiera esperado que lo encontrara y hallara algún alivio en sentirse descubierta.

14

—¿Qué opinas de esa idea? —preguntaba Paco Jover a todos los arquitectos que pasaban por La Capilla.

—¿Quién pone el dinero? ¿Negrín?

Pedían una copa, se acodaban en la barra y en cuanto abrían la boca ascendía sobre sus cabezas aquella nube de interrogantes sobre la financiación, el emplazamiento, la clase de obra de que se trataba, si sería un manifiesto en piedra, metal o luces sobre la experiencia común del exilio...

—No creo. Anda con problemas de liquidez pagando a los espías que el duque de Alba le ha colocado para que no le envíen los informes que hacen sobre él.

—¿Prieto?

—También está apurado. Las campañas antinegrinistas son caras de mantener.

—Yo creo que los americanos van a devolvernos por fin los doscientos millones que nos han requisado. Así que no necesitamos ni a Negrín ni a Prieto.

—Con doscientos millones podríamos empezar a hablar en serio de ese monumento...

—Y con lo que sobre compramos uno o dos estados mexicanos.

Fuera o no fuera *un hablar por hablar*, sacaban sus lápices y garabateaban aquellas líneas someras mientras la nube seguía su ascenso y se hacía más pesada: ¿cuál iba a ser su uso?, ¿propagandístico?, ¿político?, ¿memorialista?, ¿quién asignaba el proyecto?, ¿era un concurso abierto?, ¿limitado?, ¿solo para arquitectos españoles?, ¿escultores?, ¿ingenieros?, ¿artistas conceptuales?, ¿los estudiantes podían participar? Solo respondían con preguntas, parecían existencialistas gallegos. Jover también preguntaba a los demás habituales del café y sus respuestas no eran menos vagas:

—Acabará como todo, sirviendo solo para que haya más bronca.

—Idea que uno lanza para tratar de unir a los compañeros, cisco que se monta.

La idea había surgido en un debate informal en el Círculo Pablo Iglesias. Construir para permanecer, dejar una huella física que tras la vuelta a España representara la memoria de aquellos años, que fuera un homenaje *a los españoles sin patria*. Eran esas cinco palabras las que creaban discusiones y generaban los más apasionados debates, ¿se podía decir que no tenían patria?, ¿acaso no tenían una, España, aunque no pudieran vivir en ella?, ¿no era México un segunda patria?, ¿no era el exilio una patria en sí mismo? Se hablaba de eso en los círculos de los cafés, en las instituciones, en las casas regionales y en el Centro Republicano, pero nadie terminaba de tomarse en serio la idea. Se hablaba de un emplazamiento ofrecido por el DF en una de las colinas del boscoso y húmedo Desierto de Los Leones, en la carretera de México a Toluca.

Hubo un arquitecto que sí se tomó en serio el asunto, Nicolás Falcó. Empezó a acariciar la idea de ser él quien lograra un consenso para aquel monumento. Visitó en varias ocasiones el bosque, recorrió en solitario el área donde se instalaría si alguna vez llegaba a realizarse. La pequeña colina era un promontorio rodeado de pinos, un lugar húmedo envuelto en un misterio verde oscuro que recordaba los bosques gallegos y que a Falcó le hacía pensar en su infancia lejana en las Fragas del río Eume. Los árboles en torno a la colina formaban un círculo casi perfecto, un anillo que resaltaba aún más el poder simbólico de aquel lugar, como si en algún momento del pasado ya se le hubiera dotado de un carácter singular. Pasaba allí mucho tiempo. Aquel lugar lo tranquilizaba, le hacía sentirse en paz. Se sentaba en el suelo y apoyaba la espalda en el tronco de un árbol. A veces cerraba los ojos y se dejaba acariciar por el viento que olía a resina, a raíces, a tierra mojada y a musgo. Solo le rodeaban los sonidos de la naturaleza, el de algún manantial cercano corriendo por los barrancos, el de algún animal pequeño culebreando entre los arbustos y la pinocha, el del vuelo de los pájaros entre las copas de los árboles o el de sus gorjeos y graznidos. Trataba de pensar en el significado que para los miles de republicanos que habían llegado desde el fin de la guerra podría tener aquel lugar y aquel símbolo de su paso por México. Tenía que comprender el «allá» y el «aquí», tenía que hablar del doble sentido del viaje, la marcha y el regreso, tenía que disponer de elementos legibles para las futuras generaciones que lo visitaran. Imaginaba que el exilio en cierto sentido era como una gran puerta por la que se comunicaban dos vidas, dos espacios, dos mundos que no se daban la espalda sino que permanecían conectados. Las puertas eran, por su función, umbrales entre dos mundos, y además sus formas eran puras y semánticamente inequívocas. Imaginó dos grandes umbrales unidos por sus marcos, umbrales a los que atravesaba el aire y también podrían ser atravesados por los visitantes que quisieran comprender cómo era el paso de un mundo a otro. Sí, había dado con un concepto abierto y sobre todo aglutinador, ningún exiliado podría hacer una lectura partidista de aquel símbolo.

Supo que lo tenía. Supo que había cazado el pájaro siempre esquivo de una idea. Pero antes de dar un paso y postularse debería aguardar a que los demás compañeros se manifestaran. No quería ser acusado de haber realizado movimientos ventajistas para hacerse con el encargo. No, el tiempo de proponer lo que él llamó Las Puertas del Exilio no había llegado aún. Tendría que esperar.

Para el Congreso Internacional de Urbanismo de aquel invierno vinieron arquitectos de todo el mundo. Algunos arquitectos españoles fueron invitados a participar. Eduardo lo hizo con una ponencia sobre sus célebres cascarones. Un joven arquitecto, recién llegado de Venezuela y perteneciente al estudio de Rafael Bergamín, habló de los proyectos del maestro en la ciudad de Caracas. A Nicolás Falcó y otros participantes les gustó debatir en público sobre la idea de ese monumento que recordara el paso de los republicanos por México. María acudió al congreso. Atendió desde la última fila la conferencia de Eduardo y luego aguardó a que saliera. Eduardo la saludó con un «Hola, Patroncita», apodo por el que se la empezaba a conocer en toda la profesión. A María le resultó divertido escucharlo de sus labios. Entraron en la cafetería del palacio de congresos y se dirigieron a una mesa. A pesar del apodo ya casi nadie hablaba de ella por su condición de mujer y arquitecto, cosa que al principio se hacía notar cada vez que se mencionaba su nombre.

—Ahora se habla sobre todo de tus «audaces propuestas» —dijo Eduardo, orgulloso de ella—. Muchos se preguntan qué será lo próximo que salga de tu cabecita... No conciben que lo mismo que de las suyas, ideas.

A María no le importaba el recelo de sus colegas, incluso era capaz de protegerse del desprecio de muchos de ellos.

—No creo que sea desprecio —dijo él—, más bien creo que se trata de miedo hacia lo que no comprenden.

La manera en la que María vivía su profesión impresionó a Eduardo. Ya no era la joven tímida o insegura recién licenciada, era una gran arquitecto con las ideas muy claras. Se estaba especializando en lo que algunos denominaban «arquitectura en precario». Hacía alusión a aquellas viviendas que por su uso coyuntural eran efímeras y se fabricaban a veces con materiales poco fiables, ya fuera porque se levantaban en situación de emergencia o porque pertenecían a campamentos itinerantes de trabajo que se instalaban hoy aquí y mañana allí y en cuya seguridad no se invertía demasiado. Para ella lo precario podía ser el entorno y las circunstancias, nunca la arquitectura. Prefería hablar de una arquitectura que «cuidaba de la gente» y que buscaba «la sinceridad». Por fin había encontrado el camino, el cómo, restar y restar todo lo superfluo hasta quedarse con la esencia de la arquitectura:

—La esencia se parece mucho a la respiración, es lo básico, y es lo más hermoso que he encontrado aunque el debate de formas, materiales, usos y estructuras haya acabado sepultándola. Me acuerdo mucho de lo que me dijiste el día que nos conocimos. «En arquitectura, cuánto más menos, mejor» —recordó ella.

La mención del día que se conocieron turbó sutilmente a Eduardo. Tenía muy presente aquel encuentro frente a la casa de O'Gorman y le resultó emocionante comprobar que ella tampoco lo había olvidado.

María contó que aplicaba esa máxima a todo lo que hacía. Eduardo la escuchaba fascinado. Decía cosas que en su sencillez resultaban provocadoras, cosas como «El cliente de la arquitectura no es el poder ni el dinero, es el ciudadano» o «La escala de mi arquitectura es el obrero».

No, ya no podía decirse que su dedicación a la arquitectura de los peones temporales fuera algo pasajero. En los últimos dieciocho meses había centrado en ella su trabajo. Seguía proyectando viviendas para los campesinos y obreros fuera de las *company towns* con los materiales con los que contaban, lo hacía pensando en que tenían que aprender a construir solo con los recursos de los que disponían. Pero empezaba a ampliar su interés hacia un tipo de proyectos que fueran más allá de las áreas de trabajo, hacia las viviendas estables. Las casas del pueblo de Juan Legarreta, uno de los arquitectos que habían iniciado el movimiento moderno en México, se convirtieron en un modelo, no solo por su concepto funcional y práctico, sino también por su filosofía, por la conciencia social que las había hecho posible. De momento lo más meritorio que había conseguido era crear una tendencia que se había contagiado a sus compañeros de generación; se había convertido en una referencia para arquitectos jóvenes que empezaban también a pensar en arquitecturas ligeras, flexibles, transportables o sismorresistentes y que no temían incorporar materiales pobres como las sogas, los cartones y los plásticos a algunas de las casas de obreros que proyectaban. Hasta Eduardo había llegado el eco de esta joven y pujante tendencia que salía de las aulas de la UNAM y creaba encendidos debates, y aquel otoño había sentido la urgencia de buscar a María, visitarla en sus obras, pero había reprimido sus ganas y respetado su deseo de alejarse de él y de su supervisión. Por eso se había alegrado tanto al divisarla entre los asistentes a la conferencia.

—Mauricio Estrella me pidió meses atrás que visitara Pachuca. Quería hacer un regalo a su hermano Daniel, la reforma de las barracas para la colonia agrícola. Gracias a esas barracas he recibido esto.

Sacó una carta con un sello y membrete de las Fuerzas Armadas.

—Quieren que vaya a hablar con ellos de «mis barracas». Así las llaman, como si fueran mías. Así que a lo mejor voy a trabajar para el ejército. Eso sí que no se me pasó por la cabeza cuando estudiaba. Pero todavía debo terminar las de la colonia. Esperaba ver a Mauricio mientras esté en el DF para explicarle lo que estoy haciendo allí.

—Pues no debes tardar en llamarle. Se va de viaje.

—¿Mauricio?

—A Europa. Y no es el único. Gabino ya se ha ido y Somoza se le adelantó. ¿Sabes que durante algún tiempo estuve yendo a Toluca? Cuando te marchaste.

—¿Se va a combatir?

—No, no, va a hacer un reportaje para el periódico.

La noticia había desconcertado a María. Su brillo se apagó de repente.

—¿Cuándo se marcha?

—No estoy seguro. Un día de estos.

Eduardo dijo que iba hasta allí y detenía el coche al otro lado de la carretera y la contemplaba. La gasolinera. Pero María no le escuchaba.

—¿Qué es eso de que todos os vais a Europa? ¿Es que no estáis cansados de la guerra?

—Eh, eh, que yo no me voy a ningún lado —se defendió Eduardo.

María parecía tan enfadada con la noticia de Mauricio que hizo reír a Eduardo. Desde un rincón de la cafetería Falcó los observaba.

El artículo firmado por Nicolás Falcó apareció en el Número Especial de *El Mirador* dedicado al Congreso de Urbanismo. Se cebaba en esa arquitectura de usar y tirar que algunos estudios de jóvenes arquitectos concebían como su tarjeta de presentación en sociedad. ¿Se podía llamar arquitectura a eso? Sus planteamientos, más que utópicos, merecían el calificativo de insensatos. «Hay espacio para una arquitectura social y comprometida», escribía Falcó, «pero no para ocurrencias que bajo el paraguas de un lenguaje arquitectónico diferente en realidad ampara una inventiva disparatada, estéril y vacua». Y más adelante: «Para construir hacen falta dosis de realidad de la que carecen estos soñadores. Mi consejo es que si quieren profundizar en la vivienda social y obrera lo hagan desde planteamientos realistas y eficientes y salgan cuanto antes de la estela peligrosa que ha iniciado la princesa de los escombros».

Eduardo comprendió inmediatamente a quién dirigía sus dardos. También lo comprendieron los demás arquitectos del país. Había dos mujeres arquitectos en México y solo una había mostrado alguna preocupación por las viviendas de la clase obrera y desconcertado a la profesión con sus propuestas audaces. Princesa de los escombros. Cualquiera tenía derecho a opinar y a escribir de lo que quisiera, pero Eduardo tenía la sospecha que era la relación que había mantenido y mantenía con María lo que estaba detrás de los ataques y el interés de Falcó por ella.

Eduardo contraatacó. Envió un artículo a *El Nacional* titulado «Pragmática, sencilla y bella». Hacía alusión a la arquitectura que empezaba a interesar a los estudiantes y a los recién titulados, una arquitectura que mostraba una sensibilidad especial hacia las necesidades de los peones y asalariados, que era reflejo del alma obrera de México y a la que tanto atacaban los que observaban el desembarco de los nuevos profesionales desde posturas machistas y patriarcales. Una forma de entender la profesión, en resumen, que huía del negocio inmobiliario y que buscaba transformar el pequeño mundo de los peones, y que lejos de ser tachada de arquitectura del disparate, merecía ser conocida como arquitectura de la humanidad.

15

Contó doce ventanas por piso, dos balcones centrales, ocho pisos. ¿Cuántos enfermos habría allí adentro? Si había una ventana por habitación y eran iguales las cuatro fachadas... Pero no, nunca eran iguales las cuatro fachadas, cada lado de un edificio como aquel era singular en su alzado y la disposición de sus alas. El edificio parecía un colegio pero era el hospital donde trabajaba el doctor Bravo. Mariana lo contemplaba desde la acera de enfrente tratando de reunir el valor para cruzar la calle y entrar. Pero de momento lo único que conseguía era aprenderse la fachada y grabar en su mente la disposición de los vanos y los balcones. Veía entrar y salir a la gente pero no se decidía. Había llegado hasta allí, ¿no había hecho ya lo más difícil? No, lo más difícil era seguir adelante.

Decía su abuela Betty que una mujer que pasa por la vida sin conocer el amor era como una rosa que vive y muere sin perfume: «La vida es bella, pero sin amor no huele a nada».

Si eso fuera así, para las personas enamoradizas como ella, pensaba Mariana, para las personas que son capaces de amar intensamente pero no tienen suerte con las personas a las que eligen, la vida ¿qué es?, ¿qué clase de rosas son esas personas?, ¿es su perfume siempre el mismo o cambia a lo largo de su vida según cambia el objeto de su amor?, ¿esas rosas complejas son más rosas por el hecho de tener más perfumes que una rosa sencilla?, ¿o son rosas menos puras y su perfume vale menos porque es cambiante y caprichoso?

Su abuela Betty optaba por el amor. En cambio, estaba harta de escuchar decir a su madre que, siendo el amor lo más importante de la vida, era una pena que sus hijas solo aspiraran a encontrarlo. No las había educado para eso.

—No quiero que seáis solo ángeles del hogar —decía Blanca.

—¿Qué más quieres que seamos? —preguntaba Inés.

—Quiero que además del amor encontréis otras cosas en vuestra vida. O al menos aspiréis a encontrarlas.

No lo pensaría más, lo haría y punto. Cruzó y entró en el Hospital Central. La excusa que llevaba era bastante tonta: devolverle un libro que él se había dejado en su casa y que ella sabía de sobra que no era suyo. A ver si no se ponía nerviosa al darle el libro. Menos mal que la había ensayado durante todo el camino al hospital. La noche de la cena en la cantina, había comentado que aquel era su lugar de trabajo. Mariana lo había apuntado inmediatamente en la pizarra de su cabeza. Había estado observando durante toda la cena al doctor Bravo y a su mujer, Susana. Fue un relámpago, una revelación: no había amor entre ellos. Había alguna clase de sentimientos, eso no lo negaba, pero ninguno de ellos se llamaba amor. O al menos no era el amor que ella había respirado en su familia. Luego había disimulado durante la cena, fingiendo estar pendiente de otras conversaciones, pero había mantenido el periscopio izado y ningún detalle —por superfluo que fuera— sobre el doctor y su mujer se le había escapado.

Después de aquella cena habían pasado los meses; hasta el día de la guerra de banderas en la calle no volvió a saber del doctor, aunque había pensado mucho en él. Curiosamente, siempre que pensaba en él descubría a Inés mirándola, como si su hermana fuera capaz de leer en su expresión a quién dedicaba sus pensamientos. Inés era algo bruja, o a lo mejor solo era que conocía demasiado bien los cambios atmosféricos de su cara. Todas las familias se mueven con códigos que solo sus miembros entienden e interpretan, y por eso Inés sabía de qué pie cojeaba y en qué momento esa cojera era más acusada.

Bravo se topó con ella al salir de la visita a los pacientes de la planta baja. Mariana se sintió de pronto azorada, avergonzada de buscarle; acababa de ocurrírsele que tal vez Susana fuera enfermera de la misma institución y podría encontrársela. Le tendió a Bravo el libro que llevaba, se lo había dejado en su casa. El doctor puso una expresión seria que trataba de disfrazar la ironía sin conseguirlo.

—Te agradezco mucho que te hayas tomado la molestia de traérmelo, pero creo que no es mío.

—¿Ah, no?

—Aunque no lo he leído y tal vez puedas prestármelo.

Bravo le pidió que lo esperara, solo le quedaba media hora para acabar su turno y luego podían ir a dar un paseo juntos.

—Si quieres te acompaño a casa.

—No, no, a casa no —se apresuró a decir ella.

—No irás a decirme que no saben que has venido... a devolverme el libro.

Los dos estallaron en risas y ella notó cómo desaparecían los nervios que había pasado mientras lo buscaba.

Mariana lo esperó frente a la puerta del hospital.

Cuando Bravo salió del edificio decidieron pasear en vez de meterse en un café. Mariana le preguntó si Susana y él estaban solos en México. Juan Bravo tenía a toda su familia, padres y hermanos, en España; no habían querido marcharse y su situación era espantosa, pero ninguno había sido encarcelado ni depurado. Él era feliz en México y apenas pensaba en volver a España.

—Mi padre hace una cosa muy típica siempre que miente —dijo ella de repente.

—¿Qué hace? —preguntó él, divertido.

—Se mete el dedo en el cuello de la camisa y lo ahueca. Pasa el dedo así —Mariana introdujo su dedo en el cuello de su blusa y lo dio de sí—, como si quisiera agrandar el cerco, como si de pronto le ahogara lo estrecho que es. Lo hace siempre y no se da cuenta. Es un tic.

—No sabía que hacía eso, Mariana.

—Seguro que un doctor como usted...

—Seguro que un doctor como tú, ¿en qué hemos quedado?

—... un médico como tú debe de tener un nombre para eso.

—Lapsus, desliz, reflejo automático; no tengo ni idea, la verdad.

—Todos hacemos alguna cosa al mentir. Yo me pongo roja.

—¿Ah, sí?

—Se me nota enseguida que miento.

—Pues yo no lo he notado —dijo él con intención.

—Mi hermana Inés mira al suelo cuando dice una mentira, o al techo, según le da, y si intentas que cruce su mirada con la tuya, no hay forma. Es tremenda.

—O sea, que ni a tu padre, ni a tu hermana ni a ti se os da bien mentir.

Bravo se quedó mirándola. Le pareció, como el día que la vio por primera vez en el teatro, que tenía un aire risueño y melancólico a la vez, como si estuviera a mitad de un eclipse y no supiera optar entre la sombra o la luz. La combinación le resultaba encantadora.

—Mi padre, el día de la cena en la cantina, hizo eso, meterse así el dedo en la camisa y empezó a moverlo como si se fuera a ahogar y su vida dependiera de que ensanchara el cuello.

—No me fijé.

—Dijo una mentira.

—No sé, Mariana. Lo que fuera se me escapó.

—Fue cuando les pregunté de qué se conocían usted y él...

—De qué os conocíais él y tú.

—Eso.

—Pues no sé qué decirte, no recuerdo su respuesta pero sé que nos conocimos en algún puesto de socorro de los muchos que había en cualquiera de los frentes.

—Mi padre estuvo hospitalizado durante la guerra.

—...

—Nunca habla de eso. Es como si hubiera algo en ese episodio que nos quiere ocultar. Tampoco mi madre habla de eso. Si alguna vez sale el tema sale pitando de él, como si pisara brasas.

—Y si crees que es así, ¿por qué no hablas con él directamente y que te cuente por qué hace eso?

—A él no le gusta hablar de la guerra. Ya te he dicho que es algo que quiere ocultar. La noche que estuvimos en la cantina, el día que os conocimos a tu mujer y a ti, estuvieron hablando de eso en su habitación. Cerraron la puerta para que no les oyéramos.

—¿Y has venido aquí para ver si yo te cuento algo de lo que a tu padre no le gusta hablar? No creo que quieras hacer eso.

—Sé que no está bien, pero me puede más el interés que lo mal que me va a hacer sentir el haberlo hecho.

—Pues si te va a hacer sentir así, hablemos de otra cosa, ¿no crees que es mejor?

—Yo creo que mi padre lo sigue pasando mal por esa cosa, sea lo que sea.

—Yo no sé qué decirte, Mariana, no puedo añadir nada a lo que ya te he dicho, salvo repetirte que tal vez deberías hablar con él.

—Yo creo que pasó algo importante entre vosotros.

—Sí, pasó algo importante, pero no sé si a tu padre le gustaría que habláramos de esto tú y yo.

—Pero yo necesito saberlo, ¿qué ocurrió?

16

Hemingway se había equivocado al decir que la humanidad jamás perdonaría los crímenes fascistas ocurridos en España.

Y Negrín se había equivocado al decir que en dos años los españoles se habrían rebelado contra Franco y lo habrían echado del poder.

Y porque Hemingway y Negrín se habían equivocado Somoza y Gabino habían abandonado la seguridad de México y habían vuelto a combatir a Europa.

De Somoza se decía que se había lanzado en paracaídas desde un avión inglés en algún lugar del sudoeste francés. Desde que «tomara tierra» nadie había vuelto a saber ni una palabra de él. De Gabino, que los de la RAF le habían puesto a pilotar Spitfires y el Mosquito, uno de los aviones más rápidos y modernos de la aviación británica. Gabino sí había enviado alguna carta en la que explicaba que transportaba aviones y también participaba en vuelos de reconocimiento fotográfico. Hablaba del Mosquito como del pequeño pero molesto insecto que daba dolorosos picotazos a los cazas alemanes. Su motor Rolls Royce lo convertía en un portento de rapidez y maniobrabilidad. También decía que Goering se había tomado su aniquilación como un asunto personal y que había creado unos escuadrones antimosquitos que surcaban el cielo de Europa para localizarlos y derribarlos.

En la tarde del 24 de junio 1943, también Mauricio preparaba la maleta. Al día siguiente embarcaba rumbo a Europa. Iba a ser testigo del desembarco en Sicilia de las tropas aliadas. La mañana de su partida llegó una carta de Daniel anunciando que Nuria y él esperaban un hijo.

—Voy a ser tío —le dijo a María mientras decidía si llevar o no un par de botas extra—, ¡tío!, y Gabino ni siquiera lo sabe.

—¿Dónde está?

—Volando en algún punto entre el canal de la Mancha y Gibraltar.

María no le había reprochado a Mauricio que no le hubiera dicho nada de su marcha, pero le había dolido enterarse por Eduardo de su decisión. Se había quedado en la ciudad tras el congreso. En un periódico le habían solicitado una respuesta a los ataques de Falcó, sin embargo María no se había sentido apelada por ellos y no había querido entrar en una guerra frontal contra el veterano arquitecto. Y aunque el señor Falcó se hubiera referido a su manera de entender su profesión, María aclaró que «ese señor tenía todo el derecho del mundo a expresar sus opiniones».

—Ser tío se parece bastante a ser padre —dijo María—. Ahora tienes una responsabilidad.

—Volveré a tiempo para dar la bienvenida a mi sobrino cuando nazca.

—En las películas bélicas siempre hay una chica que regala una cadena a un chico para que se acuerde de ella mientras está fuera.

—Eso solo lo hacen las novias a los novios.

O las chicas que quieren lanzar un mensaje a un chico concreto, pensó, pero no dijo nada.

—Siguiendo con la tradición familiar, será chico, seguro —dijo Mauricio—, el hijo de Daniel y de Nuria. Me pregunto cuándo habrá una Estrella en la familia.

—¿No estás cansado de tanta muerte?

—Ser testigo de una guerra es diferente a participar en ella —repuso Mauricio; descartó las botas.

—Pero la muerte está en todas partes y en eso no hay diferencia.

—Sí, no se pueden sacar buenas fotos desde la retaguardia. Pero no pienso quitarme el casco.

—¿Por qué vas?

—Porque siento que allí estaré más cerca del final. Cuando se firme la paz y todo eso.

—Estarás igual de cerca de la paz pero más cerca de Gabino.

—¿No es lo que hacen los hermanos?

—Crees que si estás allí hay menos posibilidades de que a él le pase algo malo.

—Es ilógico, pero sí.

—Pues no es así, no podrás hacer nada por protegerle.

—No, no podré hacer nada salvo estar cerca por si acaso.

Mauricio levantó la vista y observó su expresión desolada. María dibujó una sonrisa triste y le ayudó a doblar las camisas.

—No sé qué os pasa a los españoles con la guerra.

—Mira, esta es la única arma que voy a disparar. —Y le señaló una de sus cámaras.

—Me preocupan las otras, las que pueden dispararte a ti.

Mauricio se apeó del tono ligero que había mantenido durante toda la charla y la miró a los ojos.

—Esta guerra es tan nuestra como de los ingleses o de los americanos. A nosotros nos incumbe más que a nadie que todo acabe bien, ¿lo entiendes?

—No, no lo entiendo, no entiendo que te vayas. ¿Me escribirás?

17

Que el gobierno de la República en el exilio era un gobierno sin rostro que regía sobre un territorio fantasma a una población difusa y diseminada, entre otros países, por Argentina, México, Francia, Venezuela, Rusia, Santo Domingo, Cuba e Inglaterra con poca o nula proyección en el exterior, era una sensación que en 1943 era compartida por muchos de los españoles que habían abandonado España en el 39. En parte se debía a que las instituciones de la República parecían haber optado por la hibernación mientras la guerra mundial extendida por cuatro continentes marcara la agenda internacional, en parte a que la actividad diplomática era exigua y la poca que se practicaba apenas tenía eco en la prensa, y en parte a que el exilio seguía dividido en corpúsculos y familias, y ante la más mínima posibilidad de que una familia quedara subordinada a otra estallaban todas las alarmas. Negrín, la figura más controvertida a uno y otro lado del Atlántico, no perdía ocasión de recordar al mundo desde Londres que España era un «territorio ocupado» por un gobierno faccioso y aunque su legitimidad era cuestionada por muchos exiliados, no consideraba extinguidos sus deberes ni caducado el mandato que había recibido. Los de Acción Republicana Española, la asociación de partidos republicanos creada en 1940, habían tratado de reagrupar a los exiliados y honrar a figuras preeminentes del exilio encarnando, sin mucho éxito, el primer intento de unidad de acción del republicanismo. La unión era constantemente invocada, pero a niveles prácticos eran pocos los avances conseguidos. Solo algunas cuestiones lograban el consenso republicano y una de ellas era el respeto y el aprecio por la gigantesca figura de Lázaro Cárdenas, responsable ahora de Defensa del gobierno de Ávila Camacho.

La Junta Española de Liberación, fundada en noviembre de 1943, pretendió acabar con esa sensación de que las instituciones republicanas se habían, en el mejor de los casos, inhibido respecto a sus responsabilidades hacia los ciudadanos a los que representaban. Iba a convertirse en el organismo que representara a la República, que obtuviese por fin reconocimiento internacional. Se propusieron impulsar la acción diplomática para conseguir una condena firme y «sonora» a la España de Franco. Falcó se postuló para asesorar en labores de propaganda a la JEL. En una de las reuniones de la Junta habló de la necesidad de dar más visibilidad a la situación de los exiliados. Planteó como instrumento de esa visibilidad la idea lanzada aquella tarde lejana en el Círculo Pablo Iglesias, la de poner un mojón que sea «como un faro que señale que aquí está la España progresista y demócrata y al que se pueda venir a recordar el exilio en México cuando hayamos vuelto a casa».

Hizo circular entre los presentes una fotografía de la Exposición Internacional de París de 1937. En ella se veían las dos grandes moles de los pabellones soviético y alemán enmarcando la Torre Eiffel. Nadie quería acercarse a aquel modelo de propaganda, pero hizo hincapié en el eco que aquellas dos construcciones había dejado en la memoria de los que visitaron la feria y años después aún recordaban su impacto.

—Sea lo que sea ese algo, debería evocar los valores de la Democracia —opinó una voz.

—Y los de la Memoria —dijo otra.

Y a ellas se sumaron otras opiniones:

—Y debe concitar unanimidad o el mayor acuerdo posible entre todos nosotros.

—Y hablar de la lejanía de nuestra tierra pero también de nuestra esperanza en el retorno.

Viendo el entusiasmo de los miembros de la JEL, Falcó tuvo que contener el suyo. Se visualizó inmediatamente proyectando y erigiendo aquel símbolo del republicanismo. Su mente se puso a dibujar aquellas puertas con las que soñaba desde hacía meses con tal apasionamiento que apenas prestaba atención a lo que los componentes de la Junta discutían:

—Está el señor Casals, auténtico activista a favor de la República, y están la Séneca de Bergamín y los artículos de Rejano, y las conferencias del doctor Puche y demás embajadores de nuestra causa, pero nos falta un símbolo físico y estable.

Entonces alguien lo dijo:

—Las cubiertas en forma de cascarón que Eduardo Toledo serían un buen símbolo de nuestro paso por México.

La propuesta fue bien recibida. Las cubiertas que había proyectado para varios edificios públicos y privados habían conseguido repercusión internacional. A medida que la idea iba ganando adeptos Falcó notaba cómo la sangre se le espesaba y se volvía ardiente como magma.

Todos se volvieron hacia él y le preguntaron cuál era su opinión como arquitecto. ¿Eran un buen símbolo de la España progresista y moderna en la que todos se querían proyectar? Falcó asintió pero apenas pudo argumentar sus razones, el magma ardiente había subido hasta su boca y espesaba tanto su saliva que no le salían las palabras.

Cuando Falcó entró en El Almacén, Eduardo discutía con Barón sobre la idea de encargar un mural para la fábrica de Colima. Eduardo no ocultó su sorpresa al verlo en su estudio. ¿A qué se debía su visita? Falcó transmitió fríamente el mensaje de la JEL, creían que los cascarones del arquitecto podían ser un hermoso símbolo de unidad y le invitó a que presentara una idea para el monumento del que todos hablaban.

—¿Qué compañeros participan? —preguntó Eduardo.

—Es una propuesta completamente abierta. Todo el mundo puede aportar ideas.

—Y usted, como miembro de la Junta, ¿va a presentar un proyecto?

—Todo el mundo puede aportar ideas —repitió como si no se quisiera saltar un guión preescrito que lo protegía de decir realmente lo que pensaba.

Cuando se fue, Barón bromeó sobre la sociabilidad del emisario que la Junta había elegido:

—En vez de invitarte a participar se diría que te estaba enviando una advertencia para que de ninguna de las maneras te presentes.

Eduardo había tenido la misma impresión. Volvieron al tema de la fábrica de Colima. Eduardo propuso a Marcial para el mural de La Ardorosa. Desde la marcha de Somoza, Marcial estaba muy abatido y un cambio de actividad le distraería. Barón también había pensado en él para el encargo. Lo enviaría a Colima a visitar la fábrica.

Marcial viajó a Colima acompañado de Santiago, Carlos e Inés. Le alegraba su compañía y era una buena ocasión para que los dos pequeños disfrutaran de los cuatro de días de vacaciones escolares. Estuvieron visitando la fábrica mientras Marcial hacía fotos y bocetaba algunas ideas para el mural. Se quedaron a dormir en un hotel céntrico de Colima.

A las ocho y diez de la mañana se sintió un temblor que duró un par de segundos. Estaban en el comedor del hotel y todos alzaron sus ojos y se miraron temerosos. Cuando cesó, del miedo pasaron a las risas nerviosas de alivio, no había pasado nada. Instantes después la tierra se estremeció de nuevo, al principio débilmente, luego un temblor acompañado de un rugido creciente surgió de las profundidades y se desató el pánico. Se abrieron grietas en las paredes, se descolgaron las lámparas. Marcial, los niños, los huéspedes y empleados se dirigieron a la salida del comedor. Las familias trataban de permanecer agrupadas, se oían nombres y gritos aislados. Las paredes crujían y el aire olía a gas. Alguien dijo que se había roto algún conducto. En la aglomeración que se produjo en la puerta del comedor Marcial se dio cuenta de que había perdido de vista a Inés. Preguntó por ella a los dos muchachos. Santiago volvió sobre sus pasos para buscarla. La encontró aterrorizada contemplando una grieta con los ojos muy abiertos, se había quedado paralizada y a pesar de que la llamaba no se movía. Santiago tuvo que luchar contra los huéspedes que trataban de salir para que no lo arrastraran de nuevo hacia la puerta. Llegó hasta ella y le dio la mano, le dijo que no tuviera miedo, él la sacaría de allí. Su voz sonaba serena y eso la tranquilizó. Oyeron un ruido terrible que venía del techo y al mirarlo se dieron cuenta de que parte del piso de arriba iba a ceder y a caer sobre ellos.

—Ay —suspiró Inés. Fue más una respiración que una palabra.

Antes de que todo se volviera oscuro, con su pequeño cuerpo, Santiago protegió el cuerpo de su niña amada.

18

Santiago e Inés permanecieron seis horas atrapados entre los escombros. Durante todo este tiempo Inés estuvo cantándole para que no se durmiera, lo mecía con su voz, quería transmitirle todo el amor que había despertado en ella su gesto protector. También ahuyentaba así su miedo y guiaba a los hombres de la cuadrilla de rescate que trataban de llegar hasta ellos. Cuando los encontraron, Santiago estaba inconsciente.

«Al final se quedó dormido», gimió Inés como si hubiera sido culpa suya.

Inés tenía una herida muy fea en la pierna y magulladuras y el hombro estaba fuera de su sitio, pero no había perdido el conocimiento. La tumbaron en una camilla. Tenía mucha sed. Quería ver a su madre y a su hermano Carlos. ¿También él estaba herido? Marcial y Carlos no habían sido alcanzados por el derrumbe. Marcial no se perdonaba haber salido antes que ellos. Explicaba a la cuadrilla de rescate que a Santiago no le dio tiempo a reaccionar. Fue todo muy rápido y él y Carlos salieron empujados por la avalancha de gente. Inés estuvo hospitalizada cinco días aunque le inmovilizaron el hombro durante cuarenta. Preguntaba por Santiago a todas horas. ¿Había despertado? ¿Podía visitarlo en su habitación? Santiago estaba aislado y sometido a pruebas para evaluar el daño interno. A las setenta y dos horas recobró el conocimiento. Para alivio de Anita, el chico se acordaba de todo, hasta de los últimos instantes del terremoto, cuando el piso cedió y cayó sobre ellos. Le daban los mensajes que Inés escribía o dibujaba para él en notitas. Barón consiguió que los trasladaran a un hospital de DF. Inés contaba una y otra vez a sus padres y hermanos la historia de cómo Santiago le había salvado la vida. Nunca había imaginado que cupiera en él tanta valentía.

Una semana después de recibir el alta, Inés fue a visitarlo acompañada de Blanca. A Santiago le dio pena verla entrar con el brazo en cabestrillo y el hombro inmovilizado pero Inés le quitó importancia, era la primera «herida de guerra» que tenía en su vida y eso le confería un estatus importante. Le prometió que cuando estuviera bien harían muchas cosas juntos. También en el colegio fue recibido como un héroe y por primera vez se sintió aceptado por sus compañeros. Inés había empezado a estudiar magisterio. A veces iba al Luis Vives a recoger a Carlos y a Santiago y los tres caminaban juntos hasta casa. El cambio en las relaciones de Santiago con sus compañeros e Inés supuso también un cambio en su manera de percibir y reflejar el mundo. Sus dibujos fueron abandonando poco a poco el ámbito de los sueños o, como decía Anita, el de las pesadillas. El sismo de Colima, un terremoto que solo causó daños materiales y ninguna víctima mortal, equilibró tanto a Santiago que a Anita le gustaba decir que era como si el temblor lo hubiera sacudido como a un sonajero y hubiera ordenado todas las partes que estaban desordenadas dentro de él. También Inés fue sensible a ese cambio porque, en parte, a ella le había ocurrido algo parecido. La transformación de Inés tenía que ver con algo de lo que no había hablado con nadie, había tenido una experiencia real con la muerte. Mientras estuvieron enterrados asistió a un duelo entre la pelleja y el Cristo de la Buena Muerte. Bajo los cascotes estaba todo tan oscuro que daba igual tener los ojos abiertos que cerrados. Los había estado abriendo y cerrando intermitentemente. A la vez había llamado a Santiago, del que apenas le separaban unos centímetros, pero él no le había contestado. Vamos a morir, pensó; él ya ha muerto, pensó también. Entonces notó su respiración, estaba vivo, pero su aliento era tan débil que temió que no le alcanzara para vivir mucho rato. Se puso a rezar aunque apenas sabía cómo se hacía. De pronto sintió la presencia «de alguien más» entre ellos. En la oscuridad le pareció ver el rostro del Cristo de la estampa de Tlachichuca. Sí, era el mismo Cristo. Le dio miedo la figura y apretó los ojos y empezó a cantar, era su manera de ahuyentar el miedo y conjurar a la muerte. Las voces de los hombres que habían ido a rescatarles empezaron a sonar justo a la vez que ella oyó que Santiago la llamaba débilmente. Inés, Inés... La muerte había pasado por su lado y apenas les había rozado, pero aquello había sido suficiente para que a partir de entonces mirara de manera diferente a la vida. Si era posible que alguien adquiriera en unos pocos segundos la madurez que solo se adquiere con el paso de los años, eso fue lo que en su opinión les pasó a Santiago y a ella bajo los escombros del hotel de Colima. Escribió a Mauricio una carta que envió a *El Nacional* y el periódico se la hizo llegar a Sicilia. En ella le decía que ahora que la mitad de su vida era de Santiago, él le había salvado al protegerla con su cuerpo, ya no podría hacerse novia suya pues eso le rompería el corazón. Y aunque en la carta le contaba todo lo ocurrido en el terremoto y le explicaba lo mucho que sentía que había crecido por dentro, nunca habló con él ni con nadie del Cristo de la Buena Muerte. Nunca.

Durante aquellas semanas, Eduardo pensó a menudo en el monumento del que ya todos hablaban. Visitó el Desierto de Los Leones como antes de él lo hicieran Falcó y otros arquitectos que se acercaron a examinar el lugar. Iban a hacerse una idea del emplazamiento, a escuchar el diálogo que establecería con la naturaleza que lo rodeaba. El gobierno del DF había hecho firme el ofrecimiento para que se pudiera levantar allí aquel «homenaje al republicanismo español». Los gastos de la obra se cubrirían mediante donaciones privadas y la JEL no tendría que invertir ningún dinero en ella. A Eduardo le gustaba pasear por el entorno del promontorio y observar la colina que lo iba a acoger, pero al poco de llegar sus pies lo arrastraban hacia el bosque, como si siguieran la llamada de algún misterio escondido entre los árboles. Se adentraba entre los pinos y caminaba bordeando los barrancos. Donde el agua proveniente de los manantiales corría libre por las rocas se creaba una zona húmeda que le hacía sentir como si estuviera en el interior de una cueva; no en una cueva cualquiera, sino en la cueva de Santa Lucía. Las torrenteras también le hacían pensar en la sierra del Montsant y lo transportaban a la guerra. Recordaba vívidamente momentos de la batalla del Ebro, momentos que adquirían de pronto la intensidad de un hecho recién acaecido y le dejaban trastornado como si un árbol lo hubiera golpeado en la cabeza. Pensaba en la enfermera Dawson y se preguntaba qué habría sido de ella. También pensaba en Bravo y en Saxton y en los demás médicos y sanitarios de aquel insólito hospital. Durante los días que estuvo en la cueva se había ofrecido a que le extrajeran sangre para las transfusiones. Bravo había llegado a decirle que gracias a su tipo de sangre había conseguido retenerle y evitar que lo trasladaran. Bravo había sido vital para poder superar su enfermedad, su mal, su trastorno, aquello que el joven doctor había denominado el «síndrome del corazón del soldado». Se acostumbró a pasear por aquel bosque a las afueras de la ciudad para pensar en los proyectos del estudio y llegó a familiarizarse con algunos de sus rincones y hacer un mapa mental con los manantiales y los senderos singulares. Una tarde que paseaba a cierta distancia de la colina alzó la mirada y divisó un solitario buitre volando en círculo sobre los árboles y las nubes. El día de su llegada también se había acercado al barco una bandada haciendo círculos sobre el mar. Susana Gamboa dijo que no eran buitres, allí los llamaban zopilotes, las aves «del abrigo negro». A algunos pasajeros les parecieron de mal agüero, pero a él le pareció un saludo, como una bienvenida a México. Contempló el magnífico vuelo del zopilote. Era un ave elegante y ligera. Imaginó que había algún animal muerto por los alrededores y trató de llegar a la zona que sobrevolaba para descubrir de qué se trataba. Como si supiera que Eduardo lo observaba, el buitre giraba lentamente y se pavoneaba. Su vuelo era como una danza. Le divirtió pensar que jugaba con él, que se comunicaba de aquel modo, sus giros eran como trazos de una escritura en el cielo. El ave dejó de hacer círculos y se alejó como si se hubiera desinteresado repentinamente de la comida y de su espectador. Eduardo se halló perdido en mitad del bosque pero no sintió inquietud. Más bien le invadió una calma cálida y reconfortante, sintió que el bosque lo abrazaba con confianza y familiaridad, como si ya fuera una parte de él. Retrocedió buscando el camino de vuelta hacia la colina pero se desorientó y al cabo de un rato vio a dos hombres que caminaban por un sendero. Trató de alcanzarlos y lo llevaron, sin saberlo, hasta el recinto de un convento. Una tapia lo rodeaba pero la verja por la que habían entrado estaba abierta. Entró en el jardín. Estaba dividido en huertos y zonas de paseo y a lo largo de él había lo que le parecieron pequeñas habitaciones sin ventanas. Los dos hombres a los que había seguido paseaban por el huerto y también había un grupo de mujeres que parecían visitantes, tal vez parientes de algún habitante del convento. Nadie reparó en él y después de cruzar el huerto entró en el templo. Una luz intensa y dorada inundaba el interior de la pequeña iglesia. Le pareció desangelada y hermosa. No tenía vidrieras sino pequeñas ventanas. Era modesta y humilde y en las paredes había retratos de santos. Se sentó en un banco y al cabo de unos instantes había sacado lápiz y papel y empezado a dibujar lo que veía. El silencio de aquel lugar sagrado lo inspiraba, le proporcionaba paz, un bienestar que le era difícil sentir en el estudio donde la soledad, desde que María se había ido, lo atenazaba. Se le acercó un hombre, un monje de mediana edad encargado de cuidar del templo. Lo había visto al entrar pero no había querido molestarlo. «No viene a orar, ¿verdad? Viene a escribir.» Eduardo dijo que no escribía, dibujaba. Explicó que era arquitecto y le habló del monumento que se iba a levantar en el bosque, en una de las colinas. «¿Creyente?», le preguntó el monje. Eduardo negó con la cabeza. El monje comprendió que era uno de los republicanos españoles que habían salido de España tras la guerra sin saber cuándo iban a poder volver. Informó a Eduardo de que estaba en un convento carmelita y que uno de los santos de las paredes era Elías profeta, patrón de la orden. Los carmelitas eran amantes de la vida retirada. Los fundadores de la orden habían sido eremitas y el monje se explayó hablando de estos y de las historias recogidas en la Edad Media sobre sus vidas. Eduardo solo sabía una historia de anacoretas, la de san Antonio y san Pablo, y no por devoción sino por el cuadro de Velázquez que tantas veces había visto de niño en sus visitas al Prado. Siempre le emocionó la historia del cuervo que llevaba en su pico el mendrugo de pan para que el santo ermitaño no muriera. Y también el final de la historia, cuando san Antonio, tras la visita a san Pablo, vio que dos ángeles portaban su alma y comprendió que su amigo acababa de morir. Hablaron de lo ocurrido en todas aquellas iglesias que en España habían ardido como antorchas. Eduardo admitió con culpa y vergüenza los desmanes que se habían cometido en el bando en el que él había luchado. Aquellas palabras dichas en voz alta en aquel lugar lo sosegaron. ¿Qué eran las habitaciones sin ventanas que había visto cerca del huerto? El religioso, que se llamaba Juan, le dijo que eran antiguos oratorios y celdas de los monjes, cuando la hermandad era más numerosa. Ahora solo se usaban cuando venía algún visitante buscando silencio, o contemplación, o trabajo en el huerto, o una clase de compañía diferente a la que tienen en su vida diaria. Antes de despedirse le dijo que las puertas del convento siempre estaban abiertas. Y las antiguas celdas de los hermanos, también. Nunca se cerraban.

Todos los dibujos que Eduardo realizó en el Desierto de Los Leones durante aquellas semanas, al llegar al estudio y salir de la atmósfera reconfortante del bosque, iban a parar a la papelera. Crecía en él la sensación de que vivían en una falsa seguridad, la del arraigo, y con la mirada puesta en una utopía, la del regreso, y que ambos sentimientos pujando como fuerzas opuestas debían estar presentes en aquel monumento que a ratos le obsesionaba. Pero nada le parecía apropiado para expresarlos. Se preguntó qué había en el fondo de su torpeza y llegó a la conclusión de que le exigía un ejercicio de entendimiento *del sentimiento de los otros* que no se veía capaz de realizar. Habló con Blanca; a pesar del interés que había despertado en él al principio, no se sentía capaz de presentar ningún proyecto porque no era capaz de hallar una expresión del sentimiento común de los republicanos en México.

Barón seguía visitándolo de tarde en tarde. La fábrica de La Ardorosa no había sufrido graves daños con el seísmo de Colima y en pocos meses estaría a pleno rendimiento. Barón sabía que Eduardo había desistido de participar en el proyecto de la JEL y le preguntó si ese rechazo tenía que ver con la actitud despótica y desafiante de Falcó el día que lo visitó. A Eduardo no le habían afectado sus maneras hasta ese punto, simplemente no se veía capaz de representar el *sentir del exilio*. Barón se rió. Ya sabía que Eduardo era del tipo «individualista», y aquello se lo había ratificado.

—Te dije que no sabía tratar a los idealistas. Creo que mi torpeza es aún mayor con los individualistas. Me parecen todos unos arrogantes.

—Así que ya no me incluyes en las «hordas».

—¿Lo ves? A eso me refería. La gente como tú no puede participar en una empresa colectiva, solo buscan su salvación personal.

—No tengo noticia de que se esté hundiendo ningún barco.

—No confían en la sociedad. O peor, no se sienten parte legítima de ella. No sé si porque pensáis que le debéis algo a la sociedad y que mientras no paguéis esa deuda no sois ciudadanos de pleno derecho, o si es al contrario, porque creéis que la sociedad os debe algo a vosotros y no es merecedora de vuestra participación.

Cuando Gabino volvió de Europa, Daniel estaba en Pachuca y Mauricio en Italia. Blanca y Leonora lo fueron a buscar al aeropuerto y lo acompañaron a casa. No fue un regreso victorioso, a pesar de que había realizado diecisiete misiones con éxito, sino motivado por un deterioro rápido y progresivo en su visión que le impedía volar. Había estado tres meses con la RAF antes de empezar a notar aquellos síntomas de que algo en sus ojos iba mal.

Al día siguiente de su llegada, Gabino fue al médico. El

doctor confirmó el diagnóstico. Se habían acabado para él los vuelos y los automóviles. No podía volver a conducir y mucho menos a pilotar.

Blanca lo visitó por la tarde. Sonaba el grifo abierto de la bañera.

—¿Necesitas ayuda para bañarte?

—Aún no estoy ciego del todo —respondió Gabino de mal humor.

—Pensé que a lo mejor te vendría bien...

—Te digo que no.

Blanca no se atrevía a preguntarle por su dolencia. Estaba claro que él eludía hablar de ella. También lo estaba que era la causa de su irritabilidad y de que quisiera atrincherarse aún más en su soledad.

—¿Quieres que me vaya?

—No, no quiero que te vayas. Pero voy a tomar un baño largo —le advirtió.

Blanca no tenía prisa. Mientras Gabino se perdía por el interior de la casa, entró en el cuarto de estar. Desde que Mauricio se había ido, la casa estaba descuidada. Era cierto que Gabino no había tenido tiempo para ocuparse de ella todavía, acababa de llegar de Europa, pero aquella negligencia en cuidar los detalles que hubieran podido hacerla confortable y acogedora no era coyuntural, parecía formar parte del estilo de vida de los dos hermanos. Como suele ocurrir en los domicilios habitados solo por hombres, todo cuanto había era funcional y útil, ningún toque la diferenciaba de la habitación impersonal de un hotel. Estaba concebida como sitio de paso, como lugar donde descansar entre intervalos de vida, la que tenía lugar fuera de aquellas cuatro paredes. Fernando, el muchacho de Morelia, estudiaba medicina en la UNAM, pero no había aceptado la invitación de instalarse con los Estrella y vivía en una residencia para estudiantes. Blanca pensó que mientras Mauricio siguiera fuera, Gabino se iba a sentir muy solo. Recordó el día que subió a la casa por primera vez. Ya no estaba el panel con las fotos del *Sinaia*. Se levantó y miró por la ventana. Luego, empujada por una curiosidad irresistible, salió al pasillo y escuchó a Gabino en el cuarto de baño. Con sigilo fue hacia su dormitorio. Contempló la habitación austera, la cama, la alfombra, la mesilla. Cerca de la ventana una estantería baja, con revistas de cine, fotografía y libros. Se acercó. Iba a abandonar la habitación cuando reparó en la revista que sobresalía de un estante. Era el ejemplar de *El Mono Azul* que Gabino se había llevado del taller de Marcial y Somoza. Sintió un vuelco al ver la foto de los reporteros y los miembros de las Brigadas Internacionales entre los que estaba ella. Nunca la había visto, ni siquiera era consciente de que alguien la había sacado. ¿Por qué Gabino nunca le había comentado nada? ¿Por qué no le había preguntado sobre ella? Temerosa de que saliera del baño y la encontrara allí, volvió sobre sus pasos.

Cuando Gabino entró en el salón ella hojeaba una revista. Traía una bandeja de la cocina. Había preparado té para los dos.

—No te lo tomes a mal —empezó a decir Blanca—, pero me preguntaba si te gustaría instalarte unos días con nosotros, hasta que tengas esto más organizado.

—Estás convencida de que no puedo arreglármelas, de que necesito a alguien para valerme.

—No seas tonto.

—Un lazarillo. Un mayordomo.

—No es eso, es que no creo que sea un buen momento para que estés solo.

A Gabino le habían pasado muchas cosas en la vida y que le dijeran que tenía un deterioro progresivo en la vista no iba a matarle. Había cosas peores. Mucho peores. Además, no hay mal que por bien no venga, dijo, todo el viaje desde Europa venía pensándolo. Iba a montar una agencia. Estaba convencido de que era el momento oportuno para hacerlo. Llevaba años con esa idea rondándole la cabeza. En realidad la tenía desde que habían llegado. Pero hasta ahora no se veía con fuerzas y ganas para montarla. Entonces tampoco las circunstancias eran las de ahora.

—Cuando Mauricio vuelva de Europa le voy a pedir que se asocie conmigo. Tendría que dejar el periódico, eso sí, y le gusta tanto trabajar allí que no sé si lo convenceré. Podríamos trabajar para varias publicaciones y con el tiempo, si todo fuera bien, tal vez podríamos contratar a más fotógrafos.

Blanca pensó que era una idea extraordinaria, estaba segura de que la enfermedad no iba a abatirle. También estaba segura de que ya no podría hacer con él aquel vuelo del que hablaron un día que ahora le parecía extrañamente lejano, como si perteneciera a la vida de otra persona. La madre de ese muchacho, Fernando, dijo ella. Escribí a mi cuñado, a Rafael, para ver si puede hacer algo por ella. No me ha contestado todavía. Pero creo que nos ayudará. A Blanca le pareció que acababa de ahuyentar el mal humor de Gabino y eso le alegró.

—No le voy a decir a Fernando nada todavía —dijo él.

—Claro, no le creemos esperanzas hasta no saber seguro si...

Cuando ella empezó a contar de qué hablaban las últimas cartas de sus cuñadas, él la interrumpió:

—¿Has visto algo interesante? En mi dormitorio.

Blanca se avergonzó y asintió, había encontrado la revista y la foto. Le contó lo ocurrido y a qué se debía su presencia en el frente. ¿Sabe Eduardo que estuviste en el Ebro? preguntó Gabino. Blanca dijo que no. No sabe que le busqué como una colegiala enamorada, dijo. No sabe que aún me hace sentir así, insegura, después de tanto tiempo.

19

Por algunas calles de la ciudad era donde el doctor Bravo percibía esa concentración de energía que daba siempre un impulso a su estudio. Había trabajado en bibliotecas y en cafés, sentado en un banco de la calle o bajo los magnolios de un parque. No lograba la misma energía cuando trabajaba en el hospital o en casa y su estudio se estancaba. Por eso, las primeras cuartillas que escribió fue al arrullo de una conversación entre dos clientes de una mesa vecina o del canto de los pájaros o de las bocinas de los coches o de los empleados municipales que cambiaban una bombilla de una farola del paseo. Esta mañana se disponía a presentar unas notas preliminares sobre *Casos de Neurosis de Guerra* ante el doctor Márquez. Quería que su antiguo profesor y la persona que lo recibió tan generosamente cuando llegaron a México le guiase en su trabajo. No importaba que su especialidad no fuera la psiquiatría. Cuando hubiera terminado el estudio y contrastado sus tesis lo presentaría a la sociedad psiquiátrica. De momento solo necesitaba un compañero en el camino, alguien en quien apoyarse a medida que avanzaba.

Susana y él ya sabían que su matrimonio no duraba mucho tiempo, no porque no se quisieran sino porque no sabían quererse como marido y mujer. Se habían hecho amigos, compañeros, su relación era profunda y hermosa pero su matrimonio había sido una aventura que no había salido bien. Susana no había logrado que Bravo le hiciera olvidar a su amor perdido. Él se había dejado arrollar por el torrente amoroso de Mariana.

Desde hacía meses Mariana y Bravo se encontraban en secreto en distintos puntos de la ciudad. Nadie sabía nada de estos encuentros. Solo ellos. Vivían en un planeta de dos. No se relacionaban con el mundo exterior y cuando se separaban después de haber pasado un tiempo juntos, cada uno volvía a su vida y esta discurría al margen del otro. Mariana no podía hablar de Juan con nadie. Bravo no podía hablar de ella con nadie. Su amor se nutría del amor del otro, de la pasión que compartían. Era un amor creciente y lleno de dificultades.

Blanca había notado que Mariana estaba más reservada. Pero ignoraba qué era lo que tenía lugar en la vida de su hija. Ignoraba que fue Mariana la que propició la primera salida con Bravo al poco tiempo de aquella visita que le hizo en el hospital. A esa primera salida siguieron otras. Solo hablaban o paseaban. No fue hasta algún tiempo después cuando él la cogió de la mano. Luego el primer beso en el interior del coche, las primeras palabras de amor. Mariana le preguntó por Susana, por su relación, por las mentiras que él tenía que construir para verla y Bravo le confirmó lo que ella supo desde la noche de la cantina; no era amor lo que había entre ellos, era otro sentimiento.

El día del hospital, Bravo le había contado a Mariana que su padre le había salvado la vida, si no hubiera sido por él habría muerto. De lo que no le habló fue de la crisis nerviosa, eso pertenecía a la intimidad del capitán. Mariana no volvió a preguntarle en qué circunstancias se habían conocido. Respetó la decisión de su padre, y de Bravo, de no hablar de ello. La imagen de su padre deteniendo al pelotón era tan poderosa que eclipsó su curiosidad sobre el encuentro con el doctor durante la guerra. Mariana observaba a su padre y notaba cómo día a día su figura se agigantaba a sus ojos.

A los ocho meses de su primer encuentro clandestino, Mariana confesó a sus padres que estaba enamorada de Juan Bravo, que había estado viéndose con él a solas y a escondidas. Eduardo y Blanca no supieron qué decir. Tardaron algún tiempo en reaccionar. Blanca le preguntó qué sentía él por ella. Mariana les confirmó que también la amaba.

—Entonces ¿va a dejar a su mujer? —preguntó Blanca.

—Sí. Supongo que antes o después...

—¿Antes o después, hija? —interrumpió Eduardo.

A Mariana le dolió la punzante mirada de su padre tanto como escuchar de sus labios una pregunta que tantas veces se había hecho a sí misma.

—Sí, papá. Él quiere a Susana, pero...

—Claro que la quiere, hija, es su mujer.

—Mariana, un matrimonio no se rompe tan fácilmente como tú crees —dijo Blanca.

—¿Y quién ha dicho que sea fácil? Yo sé que no lo es.

—No ha debido jugar con tus sentimientos —dijo Eduardo—. No ha hecho bien.

—No lo entendéis.

—Lo que entendemos tu madre y yo es que está engañando a su mujer contigo y a ti también te engaña al no aclarar su situación con ella.

Eduardo visitó a Juan Bravo en el hospital. Fueron a una cafetería cercana.

—Mariana nos lo ha contado.

—Sí, sabía que lo iba a hacer.

—No creo que hayas jugado limpio.

—Es difícil que nadie comprenda lo que estamos viviendo. Susana y yo hace tiempo que no somos... marido y mujer.

—Eso no me importa. Voy a tener que pedirte que no veas más a mi hija.

—Quiero a tu hija.

—Estás casado. Los problemas que haya entre vosotros no deberían de haber trascendido a Mariana. Lo que ocurre en un matrimonio solo incumbe al marido y a la mujer. No quiero que le hagas daño. Espero que lo entiendas y lo aceptes.

Era difícil concentrarse en la lectura. Con el corazón roto era difícil concentrarse en cualquier cosa. Mariana abrazó la causa de los presos en las cárceles franquistas como madame Bovary aquel pequeño bote de veneno, con la certeza de que era lo único que podía hacer para huir de los estragos del amor. No lloraba. Era incapaz de llorar. Blanca sabía por lo que pasaba, pero no podía ayudarla. La observaba desde la ventana errar cabizbaja frente a la acera de la casa. Descubrió algo que hasta ahora no había observado en su hija, una especie de resignación pasiva que la asustaba. Hubiera preferido que su hija se negara a aceptar la ruptura. Siempre había sabido que Mariana se adentraba por caminos difíciles, que elegía hombres inapropiados. Pero no. Ni Luis Leguina ni Juan Bravo eran hombres inapropiados, solo eran inapropiadas las circunstancias que los rodeaban. Mariana se había propuesto no hablar ni dejar que otros hablaran del doctor. Se deshizo de todos los recuerdos de Juan Bravo. Él le pidió que lo hiciera. También le pidió perdón por haber dejado que las cosas llegaran tan lejos. No había sido justo para Susana y no había sido justo para ella. La despedida había sido en un café cerca del hospital. El encuentro se había contagiado de cierta asepsia. Se volcó en el Comité de Ayuda a los Presos y en la orquesta de la escuela de magisterio con la que recorría algunos pueblos los fines de semana. Miguel fue un gran apoyo para ella en aquellos días. Inés dormía angustiada a su lado. Ahora era Mariana la que hablaba en sueños. Prefería eso a verla pasar noches en vela. Las semanas transcurrieron. Mariana seguía sin llorar. ¿Qué le pasaba? No sabía a qué lugar habían ido a parar sus lágrimas, había perdido el camino hacia ellas. Trataba de fingir que había superado el dolor pero había empezado a marchitarse por dentro. La música dejó de ser el bálsamo y el escudo que siempre había sido. La rosa se consumía y nadie podía hacer nada para evitarlo. Ahora miraba los sobres que habían llegado desde España a través de la Cruz Roja. Abrió la carta de Camilo Olmo, un bibliotecario que había sido archivero durante la guerra. Tenía cuarenta y siete años. Estaba preso en Porlier. Lo habían detenido en Francia y enviado a España.

Querida Mariana:

Cuando recibas esta carta ya me habré marchado. Nos han avisado de que mañana es el día. En estos últimos instantes de vida todo aparece pintado con una calma que hace tiempo que no sentía, el mundo se ordena y tu alma también se tranquiliza. Es bueno dejar de esperar.

He dado instrucciones para que repartan mis pocas pertenencias entre los compañeros, la fruta, la manta y los calcetines, también mis papeles y este lápiz. Como no tengo familia, creo que nadie reclamará mi cuerpo, que irá a parar a una fosa muy cerca de la tapia del cementerio del Este donde murieron otros compañeros.

Me llevo un bonito recuerdo de este mundo. El de un

concierto en Prades donde tuve ocasión de escuchas el más bello himno a la paz. Había muchos franceses y españoles y los catalanes ondeaban su bandera que llaman la *senyera*. Decían que era un concierto para reivindicar lo catalán, pero a mí me parece que la música no tiene fronteras y es para todos los hombres sin distingos de ninguna clase.

El señor Casals dio su concierto interpretando las suites de Bach que le habían dado tanta celebridad y al finalizar tocó una canción muy hermosa que yo no conocía. Era la primera vez que la tocaba por lo que pude saber. Cuando empezó a sonar se hizo un silencio mágico. Dicen que es una canción tradicional de los catalanes. Cuando sonaba miré el programa porque no había entendido cómo se llamaba, para aprenderme el nombre y recordarlo siempre, «El cant dels ocells» o «Canto de los pájaros». Qué música tan bella. El hombre que había a mi lado lloraba como un niño y luego vi que otros hombres que allí había también lloraban. Y luego dicen que los hombres no lloran. Era una cosa emocionantísima y yo mismo tuve que contener las ganas de llorar. Lo aplaudían a rabiar. El hombre que estaba a mi lado dijo que le oyó decir al maestro Casals que los pájaros con su vuelo escriben en el aire las necesidades de los hombres y que cuando dicen pío quieren decir paz. Por eso «El cant del ocells» es una canción para la paz. Aunque me pese decirlo, es mucho más hermosa que la Internacional. Esa canción debería ser de la humanidad entera. No debería ser para unos pocos hombres sino para todos los hombres de paz.

Ese recuerdo me llevo de este mundo. También el de tu bondad y una sola tristeza, que nunca podré saber cómo son tu voz y tu cara. No sabes el bien que me han hecho tus cartas.

No pudo seguir leyendo. La vista se le nublaba.

TLACHICHUCA

1

A las once de la mañana aterrizaba el avión procedente de Nueva York. En el aeropuerto, desde las diez y cuarto, aguardaban nerviosos Gabino y Fernando. Gabino se había pasado con la loción para el afeitado y hacia él se volvían todas las miradas. Vestía un traje elegante y se había lustrado tanto los zapatos que parecían de charol. Fernando le había dicho que parecía un novio. Llevaba los ojos cubiertos por unas gafas de sol. Por hacer más llevadera la espera, le hablaba a Fernando de los Mosquitos de la RAF y cómo desesperaban a los pilotos de la Luftwaffe.

—Una cosa buena era que al estar hechos de madera en su mayor parte no eran detectables por los radares. Por eso se empleaban mucho para fotografiar los objetivos que luego atacarían los bombarderos. Como no se los siente hasta que no están casi encima, da tiempo de localizar los objetivos, fotografiarlos y salir pitando antes de que el enemigo reaccione. Son más rápidos y ligeros que los cazas alemanes. Y las fotografías que se sacan con ellos son espectaculares.

—¿Cuándo va a acabar la guerra?

—En cuanto se libere París. Es una cuestión psicológica, no solo estratégica.

—Los alemanes no se van a rendir nunca.

—¿Y eso por qué lo dices? Tendrán que rendirse cuando se den cuenta de la superioridad de las fuerzas aliadas. No les va a quedar más remedio si saben lo que les conviene.

—No me va a conocer. Mi madre. No va a reconocerme.

—¿No le has enviado las fotos que te hice en tu cumpleaños?

—Sí.

—Pues entonces ya la has preparado. Ahora, que el susto no hay quien se lo quite. Se despidió de un niño y se va a encontrar con todo un hombre.

Habían pasado ocho años separados. Fernando le había contado muchas veces el último día que se vieron, en la estación, en el tren al que habían subido todos los niños que irían a México. Adela se había arrepentido en el último momento y había tratado de hacerle bajar del convoy, pero los organizadores de la evacuación la habían convencido de que era lo mejor para su hijo. Fernando se acordaba de cómo lloraban todas las madres. Y en el tren, también ellos lloraban y querían bajarse. Gabino observó a Fernando. Siempre tan tímido y cohibido. Hoy su nerviosismo ganaba a su timidez.

—Además, tú sí la vas a conocer a ella. Así que todo arreglado.

Gabino había comprado un ramo de flores para que Fernando la recibiera como Dios manda. Fernando lo pasaba de una mano a otra sin saber qué hacer con él.

—Anda, dámelas. Con tanto zarandeo las vas a echar a perder.

Gabino le cogió el ramo.

—No sé cómo voy a poder agradecerle lo que ha hecho.

—Voy a borrar las palabras «gratitud» y «agradecimiento» del diccionario. Además, para mí es una satisfacción cuidar de ti. Aunque a partir de hoy eso va a cambiar, claro. Ya no vas a necesitarme.

—Algún día...

—Algún día ¿qué?

—Voy a hacerle un regalo, voy a descubrir el remedio para sus ojos. Lo he estado pensando mucho y me voy a especializar en oftalmología.

—Entonces sí que me habrás pagado. ¡Y con creces! Entonces el que va a estar en deuda contigo voy a ser yo y vuelta a empezar. —Gabino rió.

A las once y media pasadas empezaron a salir los pasajeros que venían de Nueva York.

—Ya parece que hay movimiento —dijo Gabino.

La mayoría eran hombres trajeados con aspecto de empleados del gobierno y algún viajero despistado buscando a las azafatas de tierra.

—Habrá pasado mucho miedo. Mi madre. Como era la primera vez que volaba...

—¿Ves? Esa es una cosa que no logro entender. Cómo se puede tener miedo a los aviones. Pero si son el transporte más seguro que existe. A ti..., ¿a ti te gustaría que un día te llevara a dar una vuelta por las afueras de la ciudad?

Fernando no le escuchaba, no apartaba sus ojos de la salida. Se acercaron un poco más a la puerta.

—Ahí. Ahí está —dijo, casi gritó, Fernando.

Gabino había visto fotos de Adela. La mujer que vio salir de la zona de llegadas agarrada a una pequeña maleta conservaba la mirada y la sonrisa tímida de las fotografías. Sus rasgos eran hermosos, sus ojos serenos y puros, tenía leves arrugas en torno a la comisura de los labios y un mechón blanco que le nacía cerca de la frente alumbraba su melena recogida en un moño. El conjunto era armónico y bello como un retrato modernista.

—Muy guapa, tu madre. Vamos —lo apremió Gabino al ver que el chico se había quedado paralizado.

Gabino arrancó y empujó a Fernando suavemente por la espalda. Adela, al reconocerlo, se emocionó y sus labios temblaron como hojas. Él se fue aproximando a ella despacio, como si temiera asustarla. Adela posó la maleta en el suelo y corrió con los brazos abiertos hacia su hijo. Gabino fue a pasarle el ramo pero pensó que le estorbaría para abrazarla.

—Es la persona más encantadora que te puedas imaginar.
—¿Cómo es?
—Tímida. Muy reservada. Pero una sonrisa... De esas personas que, más que con los labios, sonríen con los ojos. Tiene unos ojos hermosísimos pero a la vez se ve que guardan un gran sufrimiento.
—Ya no, ahora ya se ha reunido con Fernando. Imagínate, ocho años separada de él...
—Te aseguro que están recuperando el tiempo perdido. En el aeropuerto no sé el tiempo que estuvieron abrazados. Era conmovedor verles allí, llorando, riendo...
—¿Dónde se aloja?
—Le he alquilado una habitación en el hotel Mallorca.
—Ah, sí. Lo conozco. Yo puedo ayudarte con los gastos, Gabino.
—Tú ya has hecho suficiente. Bueno, tú y tu cuñado Rafael.
—¿Qué tiene pensado hacer?
—Dice que de joven era archivera en una biblioteca en Paterna.
—Ah, archivera.
—Pero yo estoy pensando otra cosa.
—¿Qué estás pensando?
—Colocarla conmigo en la agencia.
—¿Trabajar en la agencia? ¿Y de qué la vas a emplear?
—Puede hacer muchas cosas. Para empezar, el trato con

los clientes siempre es más agradable si lo hace una mujer que un hombre.

—Ah, claro.

—Y contestar el teléfono, lo mismo.

—Sí, sí, claro, el teléfono.

—Todavía no se lo he ofrecido. No sé qué le va a parecer.

—¿Qué le va a parecer? Pues de mil amores.

—Pues si está aquí es gracias a ti y a tu cuñado. Está deseando conocerte.

—¿A mí?

—Naturalmente. Le he hablado mucho de ti y sabe lo que has hecho por ellos. Quería pedirte un último favor. Querría que me acompañaras a una tienda de ropa de señoras.

—¿Qué?

—Quiero hacerle un regalo.

—¿Un vestido?

—¿Te parece mal?

—¿A mí?

—Crees que es sobrepasarse.

—¿De verdad es tan encantadora?

—Lo es. Más de lo que puedas imaginarte.

—Entonces ¿están de luto y visten de flores?

—Aquí no es como allí, Adela. Aquí el negro no se estila como en España. El luto lo llevan por dentro. Por fuera llevan colores que hablan del sol y la luz. Y yo lo veo hasta bonito, a lo de llevar la pena por dentro y la alegría por fuera, me refiero.

—No digo que no sea bonito, pero las mujeres viudas...

—No tienen que vestir de negro toda la vida, mujer. Una cosa es sentir la muerte del marido y otra muy distinta que tengan que enterrarse en vida. Eso lo hacían en el antiguo Egipto, pero ahora, en pleno siglo veinte...

—De todos modos, yo no he traído más ropa que la que tenía, y es toda negra.

—A eso voy, que yo con su permiso me he permitido ir con Blanca a una tienda y ella ha elegido unos vestidos de quita y pon para usted.

—¿Que ha ido a qué?

—Ya me ha oído. Aquí los tiene. Los ha elegido Blanca y tiene mucho gusto y estilo, así que creo que serán bonitos y le sentarán bien.

—Pero ¡qué barbaridad, Gabino! ¿Cómo ha hecho eso? ¿Cómo voy a pagarle todo lo que está haciendo por nosotros?

—Ya veo a quién ha salido Fernando con lo de pagar y pagar. Ya me lo pagará con creces aceptando el trabajo que le he ofrecido. A mí me hace falta una secretaria en la agencia y a usted el trabajo, así que si no hay impedimento, como dicen en las bodas, asunto arreglado. El trabajo es suyo.

—Pero estos vestidos...

—También suyos. Y si no le gustan los puede tirar o regalar o deshacerse de ellos como mejor le convenga —gruñó cascarrabias.

—Ay, don Gabino, no me van a gustar...

2

Mucho tiempo tardó Marcial en saber de Somoza. Luchaba contra el amargo sentimiento que se alojaba en su corazón, estaba seguro de que su amigo había muerto. ¿Qué otra explicación podía haber para tanto silencio? Para Anita, una muy sencilla: los miembros del maquis no envían notas sociales. «¿Crees que salen de sus escondites para franquear una carta?» Anita y Santiago pasaban tiempo con él en el taller. Trataban de llenar de afecto y palabras el vacío dejado por la marcha de Pepe. A Marcial le reconfortaba su compañía, sobre todo le tranquilizaba tener cerca a Santiago después de lo ocurrido en Colima, seguía muy viva en él la conciencia de que había estado a punto de perderlo, pero apenas mitigaban su angustia por la suerte de su amigo. Qué pocas noticias fiables llegaban de Francia. Las oficiales no hablaban de lo que le desvelaba por las noches, le interesaba el menudeo, las historias que viven fuera de los periódicos y de los noticieros de la radio, lo que corría por la frecuencia baja, el boca a boca, lo que habían visto u oído testigos directos. Sabía de las acciones de las redes porque de vez en cuando llegaba alguna carta de los republicanos que seguían en Francia, pero no era bastante. Quería saber qué comían, qué vestían, qué cafés frecuentaban los miembros de una red, si andaban por las calles de la ciudad como ciudadanos modélicos o vivían escondidos en granjas, quería escuchar la canción de los partisanos y comprobar que era tan bella como decían, «Amigo, si tú caes, un amigo sale de la sombra en tu lugar. Mañana la sangre negra se secará por el sol en los caminos. Amigo, ¿escuchas el vuelo de los cuervos sobre nuestras llanuras?, ¿escuchas los gritos sordos de un país que encadenan? Eh, partisanos, obreros y campesinos, es la alarma. Esta tarde el enemigo conocerá el precio de la sangre y de las lágrimas», quería saber cómo era un salvoconducto y quiénes los falsificaban, qué armas usaban, cómo era una 6.35, cuánto pesaba, cómo se hacían con dinero para las acciones, cómo se comunicaban con los insurgentes de París, quién hacía los pasquines y cómo se distribuían, cómo era el rostro de los ciudadanos que cooperaban con ellos, qué señales se hacían para dar luz verde a una acción, si una maceta en una ventana era un mensaje cifrado, si lo era detenerse a atarse un zapato o portar un periódico doblado bajo el brazo, si a los trece años a uno lo admitían en la Resistencia por robarle la bicicleta a un policía o cómo eran los *parachutages*. Nada de eso salía en los periódicos.

De Inglaterra llegaron dos compañeros comunistas. Habían cruzado el canal de la Mancha en un barco pesquero. Marcial se acercó a casa de Gabino a conocerles y descargó todo el fardo de preguntas. En Toulouse, de donde habían salido hacía cinco semanas, los españoles trabajaban coordinados por los comunistas, esos no fallaban con sus estructuras férreas. En la calle Matabiau vivía un zapatero, era el enlace francés en Toulouse. No solo era enlace, también era estafeta y correo. Un tipo con los nervios templados. Alojaba a los que se escondían de los alemanes y de la policía francesa, siempre tenía un plato de comida para cualquiera que llamara a su puerta. A veces guardaba dinamita que habían robado en alguna acción y la almacenaba hasta que los grupos tenían que utilizarla. Dormía sobre un polvorín y no se inmutaba. Muchos españoles impacientes por la falta de acción robaban armas incluso a los otros combatientes de la Resistencia, no soportaban la idea de que hubiera armas inactivas. Decían que las balas no estaban hechas para el barbecho. Había peleas, trifulcas con los franceses, pero la sangre no llegaba al río. De lo que los franceses no dudaban era del valor español. Tampoco trascendía todo lo que los alemanes estaban perpetrando en Europa, la magnitud de los castigos colectivos, las torturas, las represalias o del horror de los campos porque nadie había vuelto de ellos: «Se sabe una décima parte de lo que están haciendo. Cuando toda la verdad salga a la luz, el mundo temblará». En el tiempo que Pepe llevaba en Francia los maquis habían llevado a cabo muchas acciones decisivas para el gran desembarco de las fuerzas aliadas. Ninguna acción era irrelevante por pequeña que fuera. Todo se retransmitía por el país como un juego de bolas en un billar: cada acción impulsaba otra y otra y otra. Marcial preguntó a los dos hombres por su amigo. Pero era difícil que supieran algo de él. Marcial ni siquiera sabía en qué zona operaba. Los dos camaradas no lo conocían. Allí todos habían perdido sus nombres verdaderos. Solo cuando Marcial comentó la nota que le había dejado de despedida en la que decía que iba a echar de este mundo a los tres cabrones, los dos hombres se miraron. «Eso lo dice mucho uno al que llaman Pablo», dijo uno de ellos. A Marcial se le aceleró el pulso. Gabino se levantó y rebuscó entre las fotografías que Mauricio había tomado en el barco. Encontró una foto de Somoza y se la enseñó a los dos hombres. Sí, ese era el tal Pablo. Lo habían visto por última vez en Lyon, decía que cuando acabara la guerra iba a ir a París a conocer a Picasso y a visitar su taller. Menuda perra tenía con eso. También dijeron que nadie sabía lo que iban a encontrar en París cuando llegaran los Aliados. A lo mejor se encontraban con una ciudad en ruinas. Se decía que antes de entregarla al enemigo los alemanes eran capaces de volarla con todos sus ciudadanos dentro.

Cuando el 6 de junio se produjo el desembarco en Normandía el mundo contuvo la respiración. Luego empezó el repliegue alemán. Cuando se llegó al corazón de París se supo que la guerra estaba ganada.

Dos meses después de la liberación de París por fin tuvo noticias.

La carta de Somoza había llegado al mediodía y Anita corrió a llevársela al taller. Cuando Marcial tuvo la carta en las manos se quedó mirándola.

—¿Ves que no le pasó nada?

—¡Ese! Bicho malo nunca muere.

Anita miró hacia la puerta de la calle, que había dejado entreabierta.

—¿A qué esperas para leerla? —le preguntó.

Se sentaron junto a la mesa. Marcial abrió el sobre sin desgarrarlo, como si este fuera tan preciado como su contenido. Leyó en voz alta:

Querido Marcial:

Arrancamos París de las manos de los alemanes. Se lo arrebatamos, amigo. Ya sé que debería empezar por contarte todo lo ocurrido desde que llegué pero ya me conoces, me gusta empezar por el postre. No me lo tomes a mal. *Paris est libéré.*

Dicen que los búhos tienen un truco para engañar a sus enemigos, desplegar las alas para parecer más grandes. Lo hacen cada vez que un bicho se les acerca con malas intenciones. Pues esa fue mi primera lección en la lucha contra los nazis. Cuando llegué, pasé por varias ciudades antes de ir a parar a un sitio llamado Varilhes. Allí los compañeros preparaban una acción contra la línea de ferrocarril. Quisieron engañar al enemigo y hacerle la del búho, multiplicar por diez nuestras fuerzas. O parecerlo. Mientras unos hacían maniobras de distracción que llevaron a los alemanes hacia un punto alejado del objetivo, otros pusimos la carga en los postes de alta tensión. Ese fue mi *baptême de feu*, o como decimos nosotros, así entré en harina.

Nadie creía que venía de México, creían que mentía o me había vuelto loco. ¿Volver al infierno después de haber salido de él? Yo sabía que era difícil explicarlo y después de intentarlo muchas veces al final me di por vencido. A ti puedo explicártelo, lejos de ganar en años es como si hubiera rejuvenecido desde que llegué a Francia, como si caminara por la esfera de un reloj marchando hacia atrás. Una cosa extraña.

Conocí al capitán Robert, apenas veinticinco años, y algo dentro de mí se rindió inmediatamente. Si me hubiera dicho que había que tomar una colina con una pistola de juguete, lo habría seguido. Los hombres le obedecen a ciegas. No hay misión por temeraria que parezca que no se atreva a cumplir. Le vi asaltar una caja de ahorros a pocos metros de una gendarmería con un aplomo que parecía que en vez de sangre era escarcha lo que le corría por las venas. Dicen que para su ejército lo quisieran los franceses y los americanos y que tiene el corazón de un león. Búhos, leones, creerás que he ido a parar a un circo...

El capitán Robert tomó una gran ciudad que se llama Foix y les hizo sacar la bandera blanca a los alemanes. Él solo con unos pocos hombres. Está hecho de la pasta de los héroes. Y, como te digo, solo tiene veinticinco años. Yo ya había marchado hacia París pero su fama se ha extendido como la de De Gaulle por toda Francia. Y es de los nuestros, un republicano español. Con más capitanes Robert nunca habríamos perdido nuestra guerra.

Y luego lo ocurrido en París, una cosa indescriptible. Habrá que dejar que pasen los años para comprender la magnitud de lo ocurrido, cómo se coordinaron los insurgentes que luchaban dentro de París con las fuerzas que venían de fuera para que la lucha calle a calle, edificio a edificio, acabara en victoria. Ha valido la pena volver aquí para vivir los acontecimientos. Los periódicos lo decían: «*Les républicains espagnols ont libéré Paris*». He recortado todo lo que ha salido en los periódicos, pero si te lo mando se hunde el avión correo. Los americanos de Patton habían llegado por el norte y decidieron rodear París. Temían el desgaste que una batalla final podría acarrear. Es natural si lo piensas. Sin contar con que no tenían medios para alimentar a tanta gente hambrienta. Ni carbón. Ni gasolina. Se achantaron y decidieron seguir acosando a los alemanes por el mapa de Francia. Dieron la consigna a los franceses, nada de marchar hacia la capital. «No hay que obedecer órdenes idiotas», fue la respuesta de Leclerc a las decisiones del mando aliado. Le faltó decir «toma del frasco». Me hubiera gustado ver la cara del americano, bueno, de los dos americanos, Patton y el general Eisenhower. Leclerc dijo al capitán Dronne que marchara a París con La Nueve, su compañía de republicanos españoles. Cuántos camaradas nuestros estuvieron al mando de sus tanques ayudando al capitán Raymond Dronne. Otro que está hecho de la pasta de los héroes. El desfile junto a De Gaulle de nuestros compañeros es algo que nunca borraré de mi memoria. *Ebro* se llamaba uno de los tanques que ayudaron a conquistar la ciudad. Y otros: *Jarama*, *Belchite*, *Guadalajara* y *Brunete*. Junto a la bandera de Francia, la bandera republicana adornaba las unidades en la marcha triunfal por los Campos Elíseos. Iban gritando: «¡Somos los rojos españoles!».

Marcial hizo una pausa para controlar la emoción. Se atragantaba y la voz le temblaba. Anita se levantó y le llevó un vaso de agua, luego se deslizó hacia la puerta de la calle, que seguía entreabierta. Marcial se quedó leyendo el final de la carta:

Y no es que me haya vuelto un sentimental, pero no paro de llorar desde lo de París y me acuerdo mucho de la falta que me hacéis. También me acuerdo de Dori y de lo mal que me porté al no despedirme de ella. Si llegara a perdonarme yo no sé lo que haría, sería capaz de cruzar el Atlántico. También sería capaz de cruzarlo por ver la cara que tú pondrías si volviera a México y te llevara yo mismo esta carta.

Entonces empezó el rumor. Marcial escuchó la voz cálida y todavía remota de un hombre que cantaba en el rellano de la escalera la canción de los partisanos, y levantó la mirada.

C'est nous qui brisons les barreaux des prisons, pour nos frères,
La haine à nos trousses, et la faim qui nous pousse, la misère.

No era posible. El sobre había quedado en la mesa y Marcial reparó en que los sellos no estaban franqueados. La carta no había sido enviada desde Francia.

Il y a des pays où les gens aux creux des lits font des rêves
Ici, nous, vois-tu, nous on marche et nous on tue... nous on crève.

La voz se fue haciendo más clara y audible a medida que el hombre se aproximaba.

Ici chacun sait ce qu'il veut, ce qu'il fait, quand il passe;
Ami, si tu tombes, un ami sort de l'ombre à ta place.

Se llevó la mano al pecho para evitar que el corazón se le saliera. Pepe Somoza asomó la cara por el pasillo y siguió cantando mientras avanzaba para abrazar a su amigo.

Demain du sang noir séchera au grand soleil sur les
  routes
Chantez compagnons, dans la nuit la liberté nous
  écoute...

Anita lo escoltaba. Reía y lloraba.

3

El doctor Bravo se dirigía a una concurrida audiencia de hombres y mujeres que ocupaban casi todas las filas del salón de actos. Una fotografía proyectada en un panel detrás de él mostraba la expresión alucinada, ausente, fantasmal, de un soldado norteamericano.

—... para hablar de los daños no físicos que afectan seriamente al funcionamiento de nuestro cerebro y que se agudizan en situación de estrés o violencia continuada. Se conocen como bajas sin sangre o bajas blancas aquellas que no provienen de trauma ni infección. Esta fotografía está tomada en el atolón de Eniwetock, en el frente del Pacífico. Es de un soldado bajo un fuerte shock. A su mirada extraviada y perdida se le ha puesto un nombre, «la mirada de las mil yardas».

Los asistentes lo miraban con expresión concentrada en medio de un silencio espeso interrumpido de vez en cuando por alguna tos aislada. El doctor iba a realizar un análisis comparativo entre el estudio sobre *Psychiatry in War* que acababa de publicar el departamento de Psiquiatría de la Universidad de Berkeley y el realizado por el doctor Maeztu Ramírez sobre *Psiquiatría Militar en zona republicana durante la contienda civil española*.

—Las neurosis son, a menudo, las enfermedades invisibles de las guerras —explicó volviéndose para contemplar la fotografía del soldado—, precisamente por la ausencia de signos externos tales como cicatrices, fracturas, heridas o mutilaciones. Pero ¿puede decirse que no hay rastro externo de la neurosis? En realidad ¿no deja pequeñas «cicatrices» en la expresión, como en el rostro de ese soldado, en su mirada vacía, en su aire ausente?

»Más de un tercio de los combatientes a los que se entrevistó para el estudio de la Universidad de Berkeley, todos ellos veteranos de la última guerra, manifestaron haber percibido como interminable el tiempo que tardaba un obús en impactar contra el suelo y estallar. Mismos problemas que el doctor Maeztu aborda en su estudio. Algunos pacientes del doctor Maeztu se referían a esa situación en la que el mundo se ensordecía y solo se escuchaba la caída del proyectil como "el silbido eterno".

La conferencia llevaba pocos minutos cuando vio entrar a la muchacha que había estado aguardando. Allí estaba Gypsy.

—Otros combatientes, cuando volvían de permiso a casa relataban haberse sentido más frágiles y expuestos al peligro, más vulnerables. En la guerra estaban preparados para defenderse, en la paz no. Emplearon todo tipo de analogías; uno de ellos dijo sentirse como un espantapájaros en medio de un incendio, impotente y paralizado.

Como siempre, Mariana se sentó en la última fila y se ocultó tras un hombre alto. Bravo no dio muestras de haberla visto y siguió con la exposición. Entre los trastornos de conversión que se producen de manera inmediata tras una situación de máximo estrés estaba el de la ceguera histérica. Una fotografía nueva sustituyó a la del soldado americano en el Pacífico; Hitler apareció en el panel y levantó un ahogado murmullo en la sala.

—En octubre de 1918, un cabo del ejército alemán fue ingresado en un hospital militar cerca de Bruselas. Su nombre era Adolf Hitler. Su regimiento había sido atacado con gas mostaza y varios compañeros, como él, perdieron la visión. A los pocos días todos se habían recuperado menos él. Los médicos no hallaron lesiones oculares que justificaran su ceguera. Concluyeron que se trataba de una ceguera histérica causada por un colapso nervioso. Fue trasladado a un hospital de Prusia para evitar que su caso afectara a la moral de los pacientes médicos y quirúrgicos.

Bravo expuso alguno de los cuadros de melancolía extrema que había tenido ocasión de presenciar durante la guerra.

—El primer ministro británico, Winston Churchill, ha admitido que él también padeció y padece intensos «ataques de melancolía». Ha bautizado ese estado de tristeza con un curioso nombre: «el perro negro».

Mariana, de vez en cuando, se asomaba detrás de la cabeza del hombre que la ocultaba y miraba por unos segundos el rostro de Juan. Bravo hablaba para ella aunque Mariana no lo supiera. Desde que la descubriera en la primera conferencia había sembrado su charla con mensajes secretos. A veces mencionaba el cine Encanto o La Especial de París u otros lugares en los que alguna vez hubieran estado juntos y esas alusiones eran como puntos y líneas que iban formando un morse dirigido a su corazón. Así se había establecido un juego amoroso entre ellos que Bravo no sabía adónde podía llevarles. Ella iba a verlo sin hacerse ver, creyendo que él no se percataba de su presencia. Él enviaba señales sutiles como las luces intermitentes de una luciérnaga, pero ella no daba ninguna muestra de verlas. ¿No las recibía? ¿O, como hacía él con ella, solo fingía no verlas?

4

Al General Charles De Gaulle, Presidente Gobierno Provisional Francés.

El rescate de París significa para los republicanos franceses una venturosa realidad y para los republicanos españoles, una alentadora esperanza. La Junta Española de Liberación asóciase cordialmente al júbilo de la Francia Libre legítimamente representada por el Gobierno que usted preside. Diego Martínez Barrio, Presidente.

Con este mensaje la JEL felicitó públicamente a De Gaulle. Hubo actos de fraternidad franco-española en varios puntos de México y la esperanza en que la suerte de los demócratas españoles también cambiaría prendió como una mecha. Después de París vinieron otras victorias pero también amargas derrotas.

En octubre de 1944, cuatro mil combatientes españoles cruzaron la frontera desde Francia e intentaron invadir el Valle de Arán. Algunos de ellos habían combatido junto a Leclerc y le habían ayudado a liberar París. Otros habían luchado contra la ocupación alemana en el sudeste y sudoeste francés. La operación se llamó «Reconquista de España». Se trataba de preparar el terreno para la vuelta a España de un gobierno de la República que instalaría su capital en Viella. Lo hacían confiados en que la población española, una vez hubieran obtenido con éxito sus objetivos iniciales, se sublevaría contra Franco. También contaban con una hipotética ayuda de las potencias aliadas que no se produjo. La operación acabó trágicamente y a los diez días se inició la retirada ante el avance de las fuerzas franquistas y la reconquista del valle.

Al tiempo que caían los combatientes de Arán, en los mapas de guerra se retraían las fronteras de la Europa alemana soñada por Hitler, los frentes se rompían ante el avance de los Aliados, un avance que no siempre fue tan imparable como los generales americano y británico habrían deseado. Los alemanes lograron rechazar a los hombres de Montgomery y Eisenhower en Holanda y Bélgica y alargar la guerra algunos meses. En septiembre de 1944, miles de paracaidistas se habían lanzado sobre Holanda y en diciembre se produjo la sangrienta batalla en las Ardenas que se saldaría con un alto número de muertos en los ejércitos aliado y alemán. Cuando se cruzó el Rin se supo que muy pronto todo habría acabado.

A medida que se acercaba el final de la guerra más real parecía la posibilidad del regreso. A muchos les parecía tocar con la mano el fin de su estancia en México. El corazón empezaba a temblar ante la posibilidad del retorno. Volver significaba abrazar de nuevo a la madre, al hermano, significaba poder ofrecer flores a los muertos, recuperar el nombre que los tuyos no se habían atrevido a pronunciar en tu ausencia por miedo a ser señalado, sintonizar de nuevo el reloj vital al reloj de la Historia, pero también un nuevo desgarro por abandonar este país que les había dado todo sin exigir nada a cambio. Todo a cambio de nada. Algunos se quedarían, los lazos aquí se habían enredado con tantas vueltas que ya era imposible desanudarlos. Los que querían volver y los que no, en los siguientes meses, seguirían con especial atención el curso del fin de la guerra en Europa.

Soplaban vientos favorables a cualquier acción que signifique propaganda para la República. Coincidiendo con la marcha a la Conferencia de San Francisco de una delegación de la Junta Española de Liberación que iba a tratar de convencer al mundo de que el problema español era en realidad «un problema internacional», Falcó hizo público su proyecto. Era la tercera semana de abril de 1945. Los dibujos de Las Puertas del Exilio y las propuestas de otros tres arquitectos para el monumento de la colina se expusieron en uno de los salones del Centro Republicano. Todo el mundo pudo visitar la muestra y opinar sobre ellos. Cuando Eduardo vio la propuesta de Falcó supo inmediatamente de dónde había sacado la idea. En 1936, un estudiante de la Escuela de Arquitectura de Madrid había presentado un proyecto para un monumento a la República que iba a instalarse en una explanada cercana al viaducto de los Quince Ojos en la Ciudad Universitaria de Madrid. Eran dos puertas unidas en ángulo muy semejantes a las que Falcó proponía. Falcó no podía negar que conocía el monumento a la República porque era profesor del muchacho. Nunca se había llegado a construir, pero los dibujos se habían expuesto durante semanas en el vestíbulo de la escuela junto a otros proyectos, y muchos arquitectos habían tenido ocasión de examinarlos; entre ellos, Eduardo.

El Primero de Mayo se celebraba algo más que el día del Trabajo. En muchos cafés del DF se preparaban celebraciones. Desde la tarde del día anterior ya se sabía que los soviéticos habían conseguido penetrar en el corazón de Berlín y los combates eran calle por calle. La ciudad caería en las próximas horas, en los próximos días como mucho.

Seis días antes, el 25 de abril, habían empezado en San Francisco las reuniones para redactar lo que sería el documento fundacional de las Naciones Unidas, su Carta Magna. Ahora que la guerra estaba a punto de acabar comenzaba una dura pugna entre el gobierno de la República en el exilio y la España de Franco por hacerse con apoyo internacional. Franco veía cómo sus aliados durante la Guerra Civil habían caído y el virus anti-Eje se había extendido como una plaga en contra de sus intereses por todo el hemisferio occidental. El siguiente en caer, si no jugaba bien sus cartas, sería él. Viendo venir la debacle para su régimen, escribió unos meses atrás una carta al primer ministro inglés en la que le hacía ver que España era el único aliado con el que podía contar en Europa para frenar el comunismo expansionista de la Unión Soviética. Pero el rechazo que producía Franco en Inglaterra y en el primer ministro no era un secreto para nadie y menos cuando saliera publicada la respuesta de Churchill a su carta. La Junta Española de Liberación sabía los hilos que Franco estaba manejando y por eso se adelantó a hacer un movimiento estratégico. El comité formado por Álvaro de Albornoz, Gordón Ordás, Fernando de los Ríos, Antonio María Sbert e Indalecio Prieto se había desplazado hasta San Francisco para aprovechar la internacionalidad del foro y hablar «del problema español». Se había redactado un Memorándum para exigir que la nueva organización no admitiese a países cuyos regímenes fueran antidemocráticos y para explicar las razones de que la España de Franco no entrase. Las reuniones entre los representantes de la Junta Española de Liberación y los delegados de todos los países que acudirían a las sesiones previas a la fundación del organismo internacional se multiplicaron: «Europa se ha liberado pero España sigue oprimida». Había comenzado la verdadera batalla diplomática para la República.

Esa mañana Nicolás Falcó se dirigía a la manifestación del

Primero de Mayo. Se cruzó en la calle con Eduardo. Ninguno de los dos eludió el encuentro. Eduardo le habló del proyecto que había presentado, Las Puertas del Exilio. Falcó lo interrumpió con un gesto de desprecio; si pensaba honrarle con una valoración sobre sus cualidades artísticas podía ahorrársela, no le interesaba conocer su opinión. Eduardo continuó como si no le hubiera oído. No le parecía ético que ocultara de dónde venía la idea de su monumento. Falcó preguntó a qué se refería. Eduardo recordó la propuesta que en el año 36 uno de sus estudiantes había hecho para el monumento a la República de la explanada de la Ciudad Universitaria, de ahí había tomado la idea de sus puertas. Falcó se revolvió contra él, negó que fuera un plagio.

—Si uno quiere rastrear el origen de todo lo que se crea podríamos llegar a decir que todos los templos son plagio del Partenón —se defendió Falcó.

Eduardo había leído la memoria del proyecto de Falcó. No solo había utilizado la idea de las puertas, había reproducido casi literalmente parte de la memoria de su estudiante.

Lejos de arrugarse, Falcó se revolvió, y le preguntó si no debería ser él quien se cuidara de proteger mejor su pasado. A él no le engañaba. Bajo su aparente superioridad moral se escondían secretos embarazosos.

—Llego tarde a La Capilla. Mis amigos me esperan —dijo Eduardo en un intento por eludir un altercado.

Se había alejado unos pasos cuando oyó la voz de Falcó:

—Sigue actuando como un cobarde.

Falcó había esperado aquel momento demasiado tiempo y vio con satisfacción que Eduardo se detenía. Se dirigió hacia él.

—Sé todo lo que pasó aquel día. Hay una diferencia entre extraviarse y huir —dijo mientras se aproximaba—. No se perdió en las montañas, *escapó* de la guerra. La única diferencia entre usted y yo es que a mí me delataron y usted fue capaz de levantar una mentira conveniente para ocultar su cobardía. Sí. La crisis mental fue algo muy oportuno —añadió.

Eduardo se volvió, lo miró sin decir nada. Falcó intentó leer en su silencio, tal vez era una señal de asentimiento, tal vez solo desprecio hacia sus palabras.

—Puede que usted sea el único que conoce la verdad, el único que sabe lo que ocurrió ese día más allá de coartadas médicas y explicaciones psicológicas. Puede que lo que cree que pasó, pasara realmente, que se extraviara, o puede que su subconsciente haya construido una mentira que le permita seguir mirándose al espejo cada mañana y no tenga que ver la cara de un cobarde. En cualquier caso, si alguien fuera por ahí diciendo que es usted un cobarde, el daño ya estaría hecho, la mancha de la cobardía es muy pringosa y difícil de quitar una vez ha penetrado donde no debía.

—¿Ha terminado? —preguntó Eduardo sin perder la calma.

—No creo que le convenga airear por ahí lo que hemos hablado. Sí, creo que ahora he terminado.

Aquel Primero de Mayo fue un día extraño en La Capilla, no solo por la incertidumbre sobre el final de la guerra en Europa y la vuelta a España o porque la radio apagara las conversaciones durante casi toda la tarde.

Cuando Eduardo entró en el café sus amigos ya estaban reunidos en torno a las noticias que la XEW emitía sobre lo que ocurría en Berlín. Solo Marcial y Gabino parecieron darse cuenta de su malestar, de su nerviosismo. No podía quitarse de la cabeza la amenaza vertida por Falcó, el silencio de Eduardo sobre el plagio del proyecto a cambio de que no lo acusara de ser un cobarde. Se preguntaba qué debía hacer. ¿No era callar un acto —uno más— de cobardía? Pero por otro lado, en ningún momento se le había pasado por la cabeza hacer público lo del plagio. ¿Por qué tenía que denunciarlo ahora si no había pensado hacerlo antes del encuentro? La amenaza de Falcó, lejos de amedrentarle, parecía tener el efecto contrario, actuaba de estímulo y eso le perturbaba. Si Falcó le acusaba de cobarde, ¿no sería eso un alivio?, ¿un descanso? Por fin saldría a la luz la verdad, por fin todos podrían saber la clase de hombre que era. O había sido.

La llegada de Blanca y sus dos hijas con Guillermo Barón le dio un momento de tregua. Pero por poco tiempo.

Después de un nuevo brindis por el cercano fin de la guerra, Guillermo preguntó si pensaban que la victoria aliada iba a cambiar algo para ellos. Jover creía que aún llevaría algo de tiempo cambiar las cosas, pero habían puesto sus esperanzas en la Conferencia de San Francisco, donde esperaban que por fin la comunidad internacional admitiese su corresponsabilidad en que Franco siguiera en el poder.

—¿Qué esperáis? —preguntó Guillermo—, ¿una intervención armada en España para quitarle el poder?, ¿otra guerra civil?

—Un rechazo internacional y la ruptura de relaciones diplomáticas con el régimen nos beneficiaría mucho y aceleraría el fin de Franco —dijo Mauricio.

—Eso y, por supuesto, la aceptación de todos los países democráticos de la legitimidad de las instituciones republicanas —añadió Somoza.

Gabino no tenía intención de volver a España «a todo correr» dejando en México todo lo que había creado. Había que pensarse muy bien las cosas. Con calma. Regresaría a España después de sopesar detenidamente lo que dejaba aquí. Tenía su negocio de fotografía y otros intereses en México que no quería desatender, su hermano Daniel y su sobrina, Fernando y su madre, su amistad con el presidente, ex presidente, Lázaro Cárdenas... Blanca miró a Gabino, quien, al notar su mirada, sintió encenderse sus mejillas. Marcial dijo que él también tendría que hablarlo despacio con Anita y tal vez su vuelta se demorara un poco. Todo el impulso de volver que habían mostrado antes de la llegada de Barón parecía haberse esfumado. Hasta Mariana e Inés parecían no estar muy seguras de si se querían ir de México o, por el contrario, preferían seguir atrapadas en esos lazos que también ellas habían creado. El lazo de Mariana seguía llamándose Juan Bravo. Recordó al doctor y todas las veces que, sin que él la viera, había asistido a sus conferencias en los ateneos de los partidos políticos y en las aulas magnas de la universidad. Iba a la conferencia, entraba confundida entre el público y se sentaba en la última fila esperando que él no reparara en ella. No sabía a qué iba ni qué aguardaba. Había empezado a hacerlo después de la carta de Camilo en la que este le había hecho comprender cuán hermosa era la vida.

Eduardo observaba al grupo pero permanecía al margen de las conversaciones. Tenía un incendio interior que la compañía siempre balsámica de sus amigos no lograba sofocar esa tarde. Gabino se inclinó hacia él y le habló del dibujo que había hecho. Era curioso que hubiera dibujado un fantasma. Eduardo no lo entendió. Había un rostro en el dibujo que no pertenecía a nadie que estuviera esa tarde en La Capilla. Gabino sacó la caricatura que había encontrado bajo el cenicero. Se la tendió a Eduardo, que después de examinarla la dobló y la guardó en un bolsillo.

Barón reía las bromas de Mauricio Estrella. El empresario estaba cómodo, eso era evidente, se sentía uno de ellos y no dejaba de ser extraño cuando tantas veces había dejado claro que los consideraba unos agitadores. Era curioso, pero no tanto como verle al lado de Blanca y percatarse de pronto de la sintonía que había entre ellos. Formaban una imagen armoniosa que a Eduardo le hizo pensar en los personajes de uno de esos cuadros de decadente hermosura de Sorolla. El secreto. Ese podía ser su título. Cayó en la cuenta de que esa armonía venía de lejos, tal vez del momento en que Barón les alquiló su casa. Blanca siempre había defendido a Guillermo de las críticas de Eduardo, a ella le parecía que la intransigencia que desplegaba era solo una fachada, una impostura que había elegido para desenvolverse entre ellos. Decía que era un hombre amable y cordial, más generoso de lo que aparentaba. Lo protegía como solo se protege a alguien muy querido y cercano. ¿Y si el encuentro en los alrededores de La Capilla no hubiera sido casual? ¿Cuántas veces se habían visto sin que Eduardo supiera nada de esos encuentros? Se dio cuenta de la deriva de sus pensamientos y quiso escapar de ellos. Se sentía enfermo, intoxicado. Pero no pudo. Sintió un sudor frío que le subía desde los pies, trepaba por su cuerpo y lo destemplaba. De un manotazo involuntario tiró uno de los vasos con los que habían estado brindando. Todas las miradas se volvieron hacia él. Pretextó haber recordado un asunto pendiente que le exigía volver al estudio y salió de La Capilla después de pedir a su familia que se quedara. Cuando Blanca y sus hijas llegaron a casa, Eduardo estaba en el dormitorio. Al entrar, Blanca vio una maleta abierta sobre la cama.

—Vaya. ¿Te vas de viaje?

—A San Cristóbal. He de ver al constructor a primera hora.

—¿Así, de repente?

—Iba a dejarte una nota.

—¿Una nota?

—No quiero llegar de noche.

—¿Cuándo vuelves?

—En unos días. Una semana tal vez.

Blanca guardó silencio unos segundos, parecía desconcertada y también algo irritada.

—¿Por qué no sales por la mañana?

—¡No! ¡Tengo que irme ahora!

Blanca no recordaba haberle oído nunca alzar la voz.

—¿Necesitas ayuda? —preguntó desconcertada.

Eduardo, avergonzado, suavizó el tono:

—No. Perdona.

Guardaron silencio mientras él terminaba de doblar la ropa.

—El encargo de Guillermo, la fábrica de Colima —dijo sin mirarla.

—¿Qué?

—La fábrica. ¿Tuviste algo que ver en el encargo?

Blanca no estaba segura de entenderle.

—¿Interviniste... de algún modo?

Esas palabras eran disparos ciegos, balas perdidas que la habían alcanzado. Sintió como si se contrajera algo dentro de ella y ese algo empezara a agrietarse. Temió que algún movimiento brusco, una palabra de más, abriera más aquella grieta e hiciera un daño irreparable. Eduardo se había arrepentido antes incluso de acabar de pronunciar aquellas palabras.

—Perdóname, no digas nada —se disculpó.

Pero Blanca, esta vez, no le obedeció:

—No tardes en hacer la maleta, querido.

5

Desde la ventana del salón, Falcó, asomado a la calle, vigilaba la salida de sus vecinos hacia sus trabajos. En realidad no vigilaba nada, miraba casi sin ver. Llevaba levantado desde las cinco de la mañana, envuelto en su bata de seda, con una atención dispersa puesta en las idas y venidas de los más madrugadores. Aún no se percibía un tráfico pesado por las principales avenidas de la ciudad. Aún México no había despertado del todo. Pero llegaba la claridad que tanto aguardaba. El amanecer ahuyentaba todo cuanto había de sombrío en la noche y le producía la sensación de que todo se podía lograr en un día que estaba por hacer, le hacía creer en la posibilidad de las cosas, en que todo estaba a su alcance si se esforzaba. Recordaba el júbilo del día anterior, cuando esos mismos vecinos acompañados de sus familias se dirigían con sus Judas a las manifestaciones del día del Trabajo. Padres, madres, niños. Cantaban canciones patrióticas e himnos del trabajo. También había sido un día de júbilo para él hasta el encuentro con Toledo en la calle. «Usted sabe de dónde ha salido esa idea», le había dicho Eduardo. «¿De dónde ha salido?», preguntó Falcó. «Usted lo sabe», había respondido Toledo. Pero no, lo cierto era que Falcó no lo sabía, nunca había pensado que Las Puertas del Exilio no fuera un proyecto suyo, original. Algo se había petrificado dentro de él al escuchar esa acusación. Le habría gustado hablar con algún colega de ello, poder liberarse de las palabras de Toledo que se habían alojado en su cabeza y desde el día anterior seguían atormentándole. O hablarlo con su mujer. Sí, con ella que tan pacientemente siempre lo había escuchado y comprendido. Pero ¿a quién tenía? Se sintió solo. La soledad no había sido un problema para él desde que llegara a México. Pero algo empezaba a cambiar de un modo perturbador y doloroso. La soledad pesaba, cansaba, ocupaba cada vez más espacio en su vida. En España había quedado su familia. Su vida se construía al margen de Falcó. Todos la llenaban con nuevas relaciones y prioridades. Y las cartas cada vez se espaciaban más. Los nietos acaparaban el tiempo de su mujer. Y las partidas de bridge en el club Velázquez también empezaban a hacerlo. Y las amigas. Y la Iglesia. Siempre había sido creyente. Ahora era beata. También su mujer trataba de lavar la mancha de tener un marido republicano acercándose a las damas de la Sección Femenina. Así se hacía perdonar. Tal vez tardaría algunos años en volver a ver a su mujer y a sus hijos y a sus nietos. Tal vez antes de volver a verlos ya se habría acostumbrado a su ausencia. Tal vez nunca volvería a verlos. Encendió un cigarrillo y contempló el cenicero donde había aplastado colillas desde la madrugada. Las palabras de Toledo sobre el plagio del proyecto le habían impedido dormir. Eran como agujas en la almohada. Lo inquietante del asunto no era que Toledo le hubiera descubierto, desenmascarado. Lo inquietante era que el plagio no había sido un plagio consciente. En ningún momento había pensado en aquel proyecto universitario, pero ahora comprendía que Toledo tenía razón, de allí venían sus puertas.

¿Qué debía hacer? ¿Retirar el proyecto? ¿Aguardar sin hacer nada a que Toledo lo denunciase? ¿Aguantar la respiración hasta asegurarse de que no lo hacía? ¿Tal vez rezar para que ningún otro colega hubiera visto aquel proyecto universitario y lo relacionara con su propuesta?

Sonó el timbre del teléfono. Resonó en el silencio de la casa. Lo dejó sonar. Fuera quien fuese no quería que percibiera emoción en su voz, no quería transmitir preocupación o tristeza. Pero lo cierto era que estaba preocupado y triste. Se sentía abatido y cansado. Esa mañana del 2 de mayo de 1945 dudaba de que pudiera recuperarse.

Metió la mano en el bolsillo de la bata y sacó su cédula militar. Había conservado su cartilla del ejército republicano porque era su anclaje a un pasado durante el cual había tenido ideales y luchado por ellos, aunque hubiera acabado traicionándolos. La abrió y vio su fotografía junto a sus datos, destino y empleo dentro del ejército. Como todas las cédulas de oficiales, contenía una alocución dirigida a los mandos:

> Oficial o Jefe. Eres el conductor de la tropa. Llevarla a la victoria es tu deber. Para ello has de cuidar de su moral, de su instrucción y de sus armas. Cuidar de su moral es estar constantemente atento a todas sus necesidades y remediarlas, dar ejemplo constante de abnegación y sacrificio, no imponerla fatigas inútiles, tratarla con afecto y cariño, igual y constante con todos y ser avaro de sus vidas QUE NO DEBEN SER DERROCHADAS INÚTILMENTE.

Había conservado aquel documento que le recordaba cuánto habían fracasado en el empeño. No él. Todos los responsables del ejército republicano. Siempre había pensado que mantener alta la moral de la tropa estaba en conflicto con inculcarles lo único que podía mantener a los soldados con vida: el miedo. El temor era lo único que garantizaba que fueran cautos. El miedo era protector de sus vidas y él se había aplicado devotamente en inculcárselo. Sabía que se había granjeado muchos odios. También sabía que gracias a su severidad había podido salvar muchas vidas.

Guardó la cartilla y volvió la vista a la ventana. Las calles iban llenándose del bullicio de los peatones y autos. Era un bullicio alegre. Le pareció un instante hermoso, uno de esos momentos en que todo relumbra y es tan placentera la comunión que uno siente con la vida que el tiempo se lentifica. Se sintió vivo y capaz de luchar y recuperar el statu quo anterior al encuentro con Toledo. Le gustaba estar en México y no quería que nada alterara la precaria estabilidad que había logrado construir a pesar de las dificultades y del aislamiento social en que vivía. Le gustaba México a pesar de su caos. Todas las ciudades tienen una respiración a la que los arquitectos son muy sensibles, y la de las que crecen en desorden es siempre arrítmica y algo asmática, con barrios de alientos largos y colonias de inspiraciones cortas; sin embargo, pese a su arritmia, le gustaba esa ciudad que lo había acogido, como a todos los demás republicanos, con tanta generosidad. Y para recuperar esa estabilidad que había visto en peligro durante la noche y la madrugada debía hacer algo con el conflicto creado por las palabras de Toledo. Tenía que actuar.

Días después, Falcó explicó a los miembros de la Junta Española de Liberación que su idea para el monumento no era «tan original» como ellos creían, pero no porque él hubiera tratado de engañarles, sino porque el subconsciente le había jugado una mala pasada haciéndole olvidar el origen de su inspiración. Explicó que años atrás, antes de la guerra, uno de sus estudiantes había proyectado un homenaje a la República que podía recordar a su proyecto. Los miembros de la Junta por entonces estaban expectantes ante las consecuencias que tendría la Conferencia de San Francisco para la causa del republicanismo y la confesión no tuvo en ellos ningún impacto. Falcó se dirigió entonces a la asociación de arquitectos del exilio. También allí explicó lo ocurrido, el parecido entre los dos proyectos era inocente y en ningún momento había pretendido plagiar a su estudiante. Sus colegas se dividieron y aunque algunos pensaban que eso invalidaba su proyecto, fueron mayoría los que valoraron su franqueza y concluyeron un veredicto casi unánime, inocente, y firmaron una sentencia absolutoria.

6

Las semanas que siguieron al fin de la guerra en Europa fue un período de hechos relevantes para la República. Negrín viajó a México e inició reuniones con todos los partidos y representantes políticos. Lo hacía como jefe del Gobierno de la República, cosa que muchos ya no le reconocían. Había que reorganizar las instituciones de cara a conseguir un reconocimiento internacional. La restauración de la legalidad republicana en torno a su figura era una cuestión que seguía dividiendo a unas fuerzas y a otras, y cada vez eran menos los exiliados que lo defendían.

Uno de estos hechos relevantes tuvo lugar el 19 de junio. Blanca estaba leyendo en el cuarto de estar cuando Mariana entró y puso la radio. Las dos contuvieron la respiración mientras escuchaban las noticias; la recién creada Organización de las Naciones Unidas había aceptado la propuesta mexicana de no admitir entre sus miembros a países cuyos regímenes hubieran sido establecidos con ayuda militar de países antidemocráticos. Eso dejaba fuera cualquier futura pretensión de Franco. Por fin se lograba el primer triunfo internacional de la República desde que acabara la guerra. Tuvo ganas de celebrarlo con Eduardo, pero no se atrevió a llamarlo. Como si leyera la mente de su madre, Mariana le preguntó:

—¿Quieres que llame a papá a San Cristóbal? ¿Quieres que vayamos a celebrarlo con él?

Blanca dijo que no. Ya habría tiempo para celebrarlo en otra ocasión.

—¿Cuándo, mamá? ¿Cuándo será esa ocasión? —preguntó Mariana—. Hace seis semanas que se fue.

—Esa ocasión será cuando sea —dijo Blanca.

En las primeras semanas desde su marcha no hubo un instante en que Blanca no pensara que en cualquier momento Eduardo irrumpiría en casa para pedirle perdón. Le sobresaltaba el sonido del teléfono y también los pasos de los vecinos por la escalera. Luego, a medida que pasaba el tiempo, dejó de esperarlo. Se centró en el trabajo y de noche se quedaba traduciendo hasta quedar agotada sobre los textos. No quería ir a la cama porque sabía que allí se desvelaría y la ausencia de Eduardo se haría más lacerante y dolorosa. Dormía en el sofá del cuarto de estar y solo cuando de madrugada oía a sus hijos removerse en la cama iba al dormitorio y fingía que había dormido allí. Hubo días que anhelaba encontrarse con su marido en los lugares frecuentados por ambos antes de su partida. Otros días, Blanca eludía ver a los amigos para no correr el riesgo de que le preguntaran por él y que notaran que algo iba mal. Con el tiempo fue armando un dibujo real de lo ocurrido. En las insinuaciones de Eduardo había miedo, pero un miedo que de ninguna manera podía achacarse a la posibilidad de que creyera que entre Guillermo Barón y ella hubiera podido haber algo. Le resultaba inconcebible que Eduardo lo hubiera pensado siquiera. Nunca había sido un hombre celoso y jamás había habido aquella clase de sentimientos, o de deslealtades, entre ellos. Así que debía de tratarse de otra cosa. Blanca sabía que había una historia no escrita entre María y

Eduardo y era posible que la frustración derivada de que no hubiera ocurrido algo más profundo entre ellos estuviera pasándole factura. Tal vez Eduardo se había visto entrando en la mediana edad rechazando, por lealtad a Blanca, la irrupción de la primavera que María representaba. Tal vez era el miedo a no volver a experimentar un sentimiento de plenitud sensual, de felicidad completa, de erotismo encendido lo que le había llevado a acusar a Blanca de estar engañándole. Pero, por otro lado, muchas veces pensaba que era posible que Eduardo nunca hubiera mirado a María de aquella manera ni abrigado hacia ella los sentimientos que Blanca le atribuía, y entonces su extraña reacción se debía a otra razón desconocida. La razón desconocida podía estar en la caricatura que Eduardo había realizado en La Capilla y en la que, además de los presentes, aparecía la figura de Nicolás Falcó. La había encontrado en el suelo de la habitación cuando él se fue a San Cristóbal. Falcó no había estado en el café, sin embargo su marido lo había incluido en aquel dibujo con el que desahogaba la ansiedad y exorcizaba sus fantasmas. Era probable que algún asunto pendiente entre Falcó y él lo hubiera alterado esa mañana. Pero si su extraño comportamiento solo se debía a un momento de enajenación, ¿por qué había dejado Eduardo pasar tanto tiempo sin intentar resolver el malentendido con ella? ¿No le preocupaban las consecuencias de dejar pasar el tiempo sin aclarar lo ocurrido? ¿Qué iba a ser de su matrimonio a partir de ahora?

Eduardo viajó no solo a San Cristóbal sino a todas las poblaciones donde había construido en los seis años que llevaba en México, y también visitó a María en Oaxaca. Huía del DF pero no podía huir de lo que más lo irritaba, de sí mismo. Se abstraía tanto al volante que a veces recorría centenares de kilómetros sin haber logrado salir del ámbito de su mente. Acabó en el convento carmelita del Desierto de Los Leones. El hermano Juan lo invitó a que se quedara en una de las celdas que había desocupadas. Eduardo se instaló en una que daba al extremo más alejado del huerto y se encerró en un silencio que el hermano Juan no trató de romper. Paseaba por el huerto o salía a caminar por el bosque. Comía con los monjes pero apenas hablaba. El silencio era la única compañía que necesitaba. Había salido del ecosistema familiar y le costaba respirar. Era como un pez que se ahogaba fuera del agua. Pasados unos días, una mañana inició con sus propias manos reparaciones en las dependencias, cubrió las grietas en las paredes y puso tirantes en los muros inclinados para evitar que cayeran, saneó los desagües y cavó zanjas. El trabajo físico fue el tratamiento que necesitaba, al menos le ayudó a salir del embotamiento que lo había llevado hasta allí. Un día el hermano Juan le dijo que los pensamientos que nos atormentan pero no sacamos se secan en nuestro cerebro como peladuras de fruta olvidadas al sol. ¿Tenía él algún pensamiento que quisiera compartir con él? Estaban en el huerto y Eduardo lo ayudaba a enterrar semillas con las manos. Tocó la tierra y se dejó manchar por ella los dedos y las palmas. Sí, tenía muchos pensamientos como esos a los que se refería. Como arquitecto sabía que una estructura no colapsa sin haber dado antes señales de peligro, como esas grietas que había reparado en el convento. Había visto señales, grietas en su espíritu, pero había preferido ignorarlas deliberadamente. Le contó la discusión con Blanca. Se sentía avergonzado por lo ocurrido. Indigno. Aquella escena en el dormitorio de su casa con su mujer el día que se fue, era heredera del peor melodrama. Que amaba a su mujer estaba fuera de toda duda; que había sido un miserable con aquellas insinuaciones, también. Le explicó al hermano Juan que le desconcertaba tanto su comportamiento, cómo había actuado aquel día, que no era capaz de enfrentarse cara a cara con ella. Estaba tan fragmentado por dentro como una gota de mercurio al chocar contra el suelo. Antes de verla de nuevo tenía que encontrar la manera de reunir todas aquellas minúsculas partículas en las que se había dividido su espíritu cobarde y maleable y hacerle recuperar su anterior forma. No solo le habló de su matrimonio, le habló también de Falcó y del incidente durante la guerra, de su creencia en que era un hombre cobarde y de su incapacidad de vivir por más tiempo la farsa que mantenía con los demás. Necesitaba que los demás supieran la clase de hombre que era o nunca llegaría a perdonarse. El hermano Juan lo escuchó sin intervenir hasta que una mirada de Eduardo lo invitó a hablar. ¿Qué hay que perdonar?, preguntó inocente. ¿Qué se tenía que perdonar?, repitió. Para el monje, Eduardo no tenía que perdonarse nada, era un hombre común y corriente que había tenido momentos de flaqueza y momentos de grandeza, como cualquiera. Para él lo cobarde y lo valiente eran distinciones huecas que no significaban nada: «Un hombre es más que una categoría y mucho más que una tan fatua como lo valiente, lo cobarde; un solo nombre nunca puede abarcar la complejidad de un ser humano. Si hay algo absolutamente valiente es vivir sin necesitar el paraguas de una etiqueta. Además, el pasado no se puede cambiar, lo hecho hecho está, pero sí podemos evitar que determine cómo debe ser nuestro presente. Eso sí que está en nuestra mano evitarlo. El pasado hay que dejarlo en el pasado».

Al volver al DF, algunas semanas después, Eduardo se instaló en El Almacén. Acondicionó como dormitorio una pequeña habitación que siempre había servido para archivar los planos. Pensaba en Blanca a todas horas. Se imaginaba volviendo a casa y comprendía que la vuelta era imposible porque aún se sentía enfermo y cansado. Pero ¿qué enfermedad era esa? No lograba ponerle nombre. Le parecía que durante seis años se había protegido detrás de una barrera de nihilismo insultante y le conmovía que durante todo este tiempo Blanca no le hubiera reprochado nada. Se daba cuenta de cuánto la necesitaba pero era consciente de que no podía volver prematuramente sin arriesgarse a que su regreso fuera un acto fallido.

Mariana, Inés y Carlos se habían hecho mil preguntas sobre su marcha. Aunque al principio Blanca solo les había hablado de un viaje imprevisto, una noche confesó que se había ido de casa tras una discusión y era probable que tardara «un tiempo en volver». Lo había dicho como si anunciara una lluvia ligera en vez de la posibilidad de un temporal de catastróficas implicaciones. Blanca atribuyó la situación anómala por la que pasaba su padre a un exceso de cansancio por su trabajo y a ciertas tensiones que acarreaba con algunos colegas; necesitaba un tiempo de reflexión que todos debían respetar. Los tres lo visitaron en El Almacén y empezaron a acompañarlo, como habían hecho desde que eran pequeños, en viajes cortos a visitar obras. Mariana achacaba los problemas de sus padres a los secretos que tenían, a las cosas que no se decían. Un poco de nieve sobre un tejado no hace nada, pensaba; mucha nieve acumulada acaba hundiendo el tejado. Eso les había ocurrido a ellos. Inés se acostaba algunas noches con Blanca y así fue como ella volvió a dormir en su cama y a conciliar el sueño.

Para Pepe Somoza el fin de la guerra trajo un regalo inesperado, el reconocimiento público de que su participación en ella no había sido inútil. Acción Democrática Internacional quiso reconocer públicamente el valioso papel que habían tenido los maquis en la victoria y celebró un Acto de Homenaje al

Maquis en el teatro de Bellas Artes de México. Dori, Anita y Marcial acompañaron a Somoza al homenaje. Todas las naciones que habían combatido contra Japón, Alemania e Italia designaron representantes para el acto. Se ensalzó el valor de los que habían dejado su vida por combatir en nazifascismo, se reconoció su sacrificio, el de los españoles incluido. Entre los asistentes estaba el piloto Rupérez a quien Somoza le debía el haberlo empujado a enrolarse en el maquis. Los dos hombres departieron largamente antes y después del acto. Por parte de los exiliados españoles habló el ex ministro anarquista García Oliver. Ensalzó a Francia como al país que desde la Revolución francesa había hecho de la causa de la libertad una bandera: «No debe olvidarse que siempre que haya que luchar por la Libertad en el mundo, el grito debe ser dado por Francia», y después del acto saludó a los españoles y habló con unos y con otros de la fraternidad de los pueblos y de crear algo parecido a una federación de países en Europa, una especie de Estados Unidos Europeos. No solo habló de Europa. García Oliver se había significado en los últimos tiempos por intentar conseguir la ansiada unidad de los españoles en el exilio. Y esa unidad no veía que fuera posible llevarla a cabo mientras órganos como la JEL —que a tantos exiliados había dejado fuera y que consideraba hecha a la medida de Indalecio Prieto— siguieran en pugna para que se les reconociese como únicos interlocutores válidos del republicanismo con aquellos que seguían hablando de un «Gobierno Negrín» que en su opinión ya no existía, o con los de la Junta Suprema de Unión Nacional propugnada por los del PCE. El exilio español seguía pulverizado, y él, en representación de la CNT, ofrecía la neutralidad de su organización como rincón de paz para poder tratar entre todos la cuestión de cómo reconstruir en el exilio la única y verdadera representación de la República.

—No parece anarquista —dijo Marcial al salir cuando iban caminando hacia La Capilla—, me refiero a García Oliver.

—Sí, tiene la cabeza demasiado bien plantada. Debería ser de los nuestros —dijo Somoza.

—Es de los nuestros, Pepe —repuso Marcial—, y ese es el quid del asunto.

—¿De qué quid hablas?

—Creo que deberíamos dejar de hablar de facciones y familias, de *ellos* y de *nosotros*. Creo que ha llegado la hora de sentir que todos estamos en el mismo barco. Anarquistas, republicanos, socialistas, comunistas o nacionalistas catalanes y vascos. O salimos a flote juntos, o juntos nos hundiremos. De eso iba el homenaje.

La tarde del Homenaje al Maquis Mariana entró en El Almacén. Le hizo a su padre una extraña petición:

—¿Volver a Tlachichuca? Creí que no guardabas buen recuerdo de aquel día —dijo Eduardo.

—Es verdad. Fue un día horrible.

—¿Entonces?

—Es mi pájaro carpintero. Me molesta mucho en la cabeza. ¿Me vas a llevar o no?

7

El Parque Nacional Pico de Orizaba les pareció más hermoso de lo que recordaban. La visión del Citlaltépetl cortaba la respiración. Mirándolo era fácil evocar la leyenda de Orizaba que Leonora les había contado. El motivo de la visita era deshacerse de presencias que se habían quedado atrapadas en sus vidas desde aquel lejano día y habían tenido tan mala influencia sobre ellos. Eduardo nunca había notado esas presencias pero respetó el sentir de su hija y no hizo comentarios. Solo preguntó cautamente cómo iban a deshacerse de ellas. Por el camino Mariana le había dicho que iban a repetir todos los pasos de aquel día. Eso bastaría.

—Me siento como si estuviéramos en una de esas novelas en las que los policías obligan al sospechoso a reconstruir los hechos del día del crimen.

—Espero hacerlo bien y convencerte de que soy inocente —bromeó.

Lo primero que hicieron fue adquirir un mapa del parque como el que Gabriel había comprado aquel día y luego Mariana quiso encontrar las cruces. Les costó buena parte de la mañana dar con ellas. No estaban cerca de ninguno de los caminos señalados en el plano y las indicaciones de los guardas del parque resultaron contradictorias y confusas. Mariana no se explicaba cómo Carlos e Inés podían haber llegado hasta ellas sin ayuda. Cuando por fin las distinguieron a lo lejos, Mariana aceleró el paso. Llegó hasta ellas antes que su padre. No estaba el anciano y el altar con las flores secas, y la estampa del Cristo de la Buena Muerte había desaparecido, pero la atmósfera a «sacrificios humanos», como había dicho Inés aquel día, seguía perturbando el aire y llenándolo de vibraciones extrañas. Mariana le explicó a su padre que el viejo de las cruces les había dicho que allí estaba enterrado un hombre y que él guardaba su tumba para que nadie lo molestara. Ese día Mariana pensó que él lo había matado con sus manos y luego, arrepentido, se había convertido en su protector. Pero seguramente no era así. Solo una fantasía que se le cruzó por la cabeza. Mariana tiritaba. Eduardo se quitó la chaqueta que llevaba y la puso sobre los hombros de su hija.

—¿Qué hacemos? ¿Quieres esperar a ver si ese señor...?

—¿No te importa?

Lo aguardaron. Eduardo se alejó unos pasos y buscó el volcán, pero desde donde estaban solo se divisaba la parte más alta. La cima nevada asomaba entre la bruma y más que de la tierra, parecía emerger de las nubes.

Mariana sacó algo de su bolsillo y lo depositó en el suelo, rozando uno de los pies de las cruces. Eduardo no preguntó qué era y dejó que se alejara unos pasos de él para estar sola.

Alzó la vista y ahora sí contempló las cruces. Sacó un papel del bolsillo y las dibujó. Su significado iba más allá de su connotación obvia, hablaban de algo más que del fervor religioso de quien las había levantado. Esas cruces decían que un hombre que había dejado este mundo aún era recordado por alguien, que su ausencia era importante para al menos una sola persona que honraba su vida y su recuerdo.

El anciano no llegó, y solo al cabo de un buen rato Mariana

consintió en buscar la cantina donde habían comido el día de la excursión. Primero ascendieron hacia el bosque a los pies del volcán. Dieron con la cantina y al entrar Mariana buscó los recortes del aviador Sanabria tras el mostrador, pero hacía tiempo que ya no estaban. Comieron lo mismo que entonces y Mariana dijo que allí escuchó por primera vez que la gente los llamaba «mugre». Hasta entonces había pensado que eran especiales, algo así como intocables, pero aquella palabra lo cambió todo. Después de comer descendieron en silencio hacia el lugar donde habían dejado el coche. Cuando Eduardo fue a entrar Mariana lo detuvo. Aquel día habían abierto el maletero y habían descubierto el robo de las maletas.

—Abre el maletero, papá.

Eduardo lo abrió y, para sorpresa de Mariana, encontró una maleta.

—¿Qué hay ahí?

—Me da vergüenza decírtelo.

—¿Qué hay?

—Ropa sucia.

Eduardo explicó a su hija que llevaba la ropa a lavar desde que se había ido de casa. A Mariana aquel descubrimiento le llenó los ojos de lágrimas. Le apenó imaginar a su padre acarreando su colada por las lavanderías de México. Entró silenciosa en el coche y se sentó mirando hacia la ventanilla. Como aquel día, también entonces hizo todo el camino hacia casa llorando.

Fue aquella noche, mientras conducía los doscientos cincuenta kilómetros que separaban el volcán de la ciudad, cuando Eduardo empezó a darle vueltas a una idea: hacer su propio homenaje a aquellos años pasados en México, expresar de algún modo lo que había sido una constante de aquel tiempo, el recuerdo de los muertos. Porque más que una cuestión de arraigo o nostalgia, era eso el exilio para él, la notable presencia de las vidas truncadas, la huella que habían dejado, su vacío. No había habido ocasión tras la guerra de asimilar aquellas pérdidas, no había habido un tiempo de duelo liberador, curativo. El exilio a México había sucedido a la salida de España de forma tan inmediata que no había dejado espacio para enterrar mental y emocionalmente a los muertos. Pero ahora sí podía transformar su obsesión en algo palpable.

Durante todo el camino de vuelta de Tlachichuca permaneció silencioso y reconcentrado. Temía abrir la boca y que la idea de ese *algo* se le escapara, tan inaprehensible y volátil le parecía todavía. Mariana también hizo el camino callada.

Eduardo aparcó el coche frente al portal.

—No me has preguntado qué he dejado a los pies de la cruz —dijo Mariana.

—¿Qué has dejado?

—Un escapulario.

—Ya lo sabía. Lo he visto cuando no me mirabas.

—Era del viejecito que cuidaba las cruces. Podía haber sido un talismán y ha sido como una plaga de Egipto, seis años de mala suerte.

—Ah, pues entonces todavía nos queda uno. Son siete años. Las plagas.

—¿Tú crees que seguirá vivo? Nos lo llevamos de allí el día de la excursión.

—¿Os lo llevasteis? ¿Los tres? La *Pinta*, la *Niña* y la *Santa María*.

—Sí.

—¿Y para eso querías que volviéramos? ¿Para devolverlo? ¿Ese escapulario viejo y roñoso? Vaya.

—Aquel día se torció todo. Había que devolverlo.

—Seguro que ahora se endereza.

—No bromees.

Mariana se quedó mirando al salpicadero del coche. Encima, el mapa doblado y sobado que habían utilizado para llegar a Tlachichuca. Lo cogió y lo abrió. Se quedó mirando las carreteras y los accidentes del terreno.

—Me gusta México —dijo.

—A mí también.

—Entonces ¿vamos a volver a España, sí o no?

—No lo sé. ¿Tú quieres volver?

—Yo quiero arreglar las cosas aquí, las que están estropeadas. No solo las mías. También las tuyas.

—Sí, nos pasan cosas muy parecidas.

—Tengo muy mala suerte con los amores, ¿verdad?

Eduardo no supo qué contestar. Mariana lo hizo por él:

—Siempre pongo mis ojos en la persona equivocada.

Eduardo se sintió torpe para ayudar a su hija. Él creía que aún era muy joven para llegar a esa conclusión, solo había tenido una experiencia que no había salido bien. Eso no la invalidaba para enamorarse de verdad en el futuro. Mariana le corrigió: ella ya estaba enamorada de verdad. Y lo que era peor: aunque no tuviera esperanza, quería seguir enamorada. Guardaron silencio unos instantes. Eduardo le agradeció que le hubiera invitado a acompañarla. ¿Sabes una cosa? Creo que yo también he dejado algo en Tlachichuca. Me he desprendido de un sentimiento que me angustiaba, dijo. ¿Qué sentimiento? preguntó Mariana. Uno que no me ha dejado hacer nada desde que vinimos. Angustia, resaca de la guerra, no sé cómo llamarlo. No es verdad que no hayas hecho nada, protestó Mariana; había hecho muchas cosas.

—No me refiero a que no haya construido nada, me refiero a no haber hecho nada para hacer feliz a tu madre. Y a vosotros. Me he dejado querer, pero creo que os he querido poco.

Mariana le convenció para que subiera a casa. Al verles entrar, Blanca tuvo el gesto inconsciente de atusarse el pelo y arreglarse el vestido con coquetería. Dio un beso a Eduardo sin mencionar el tiempo que había pasado desde que se fue, sin dejar que algún sentimiento turbio se interpusiera entre ellos. Preguntó cómo había ido el viaje y Eduardo les habló de la idea a la que había estado dándole vueltas durante el camino de regreso. En el *Sinaia* alguien había dicho que el viaje era un paréntesis entre dos vidas, la de allí y la de aquí. A Eduardo se le incrustó en algún lugar de su cerebro la idea de que estaban incomunicadas. Durante algún tiempo había sentido precisamente eso, que las dos vidas estaban disociadas, rotas, que eran ajenas la una a la otra. Pero ahora pensaba que en realidad era solo una vida y esa conciencia de continuidad lo había tranquilizado. Ese día, bajo el volcán, se sintió pequeño y humilde. Se preguntó qué habían hecho los que aprendieron a dejar la guerra atrás. Él quería dejarla atrás y creía que había encontrado un camino. ¿Y si hubiera algún modo de recuperar las vidas perdidas? ¿Y si hubiera algún modo de que no se hubieran perdido del todo?

Mariana miró a su padre y luego a su madre, no terminaba de entender lo que les decía. Las tres cruces de Tlachichuca, las que ellos, los adultos, no habían visto aquel día lejano cuando visitaron los alrededores del volcán, le habían metido una idea aún confusa y sin forma en la cabeza. ¿No era extraño que solo los niños hubieran llegado a ellas? Los niños, ese día, ya habían abierto los ojos, eran sensibles al lugar en el que estaban. Los adultos, sin embargo, fueron ascendiendo hacia el volcán, sí, pero tenían los ojos cerrados, el corazón cerrado, aún no habían desembarcado del todo en el país. Eso fue lo que trató de explicarles Eduardo, que los niños habían deshecho mucho antes que ellos sus maletas. En España, decían las cartas, no se podía hablar de los muertos que habían combatido al lado de la República, se vivía de espaldas a esa pérdida para no complicar la vida de los que habían quedado. En las casas donde había desaparecidos, de los que se sospechaba que podían haber sido fusilados, no se les buscaba. Sus nombres ya no eran mencionados a no ser en oraciones silenciosas. El miedo había sucedido a los combates y el miedo organizaba el silencio y obligaba al olvido. Pero ellos no tenían esa amenaza, nada les atenazaba, nadie fiscalizaba su dolor, su recuerdo: ¿y si hubiera un lugar que recordara a los que no pueden ser recordados y proporcionara un poco de consuelo? Sí, ya sé que suena a la palabra cementerio, dijo, pero no es eso lo que tengo en la cabeza. Pero no sabía todavía lo que tenía en la cabeza, una niebla lo tapaba, no sabía hasta dónde iba a llegar esa idea ni qué clase de lugar sería ese. Tu sueño, dijo Blanca. El muro. Pasabas la mano y notabas la pared horadada. Inés dijo que eran palabras pero en realidad creo que eran nombres. Los que no logras sacar de tu cabeza.

Durante días paseó por las calles sin poder apartar la idea de su mente. Luego, un día, trazó el muro tal y como lo imaginaba. Escribió los primeros nombres, los de los dieciséis reclutas de la batalla del Ebro. Los siguientes fueron los que Federico, aquel día del homenaje a Antonio Machado, había pronunciado en su casa, los nombres de los seminaristas fusilados.

No supo cómo se corrió la voz. La idea despertó tanto interés en la Junta Española de Liberación que Falcó sintió amenazado su proyecto Las Puertas del Exilio. Eduardo seguía instalado en el estudio, aún no se sentía preparado para volver a casa. Una mañana, al regresar de una obra, encontró a María dibujando en su tablero. Había logrado que usara El Almacén siempre que volviera al DF. También ella luchaba, a su manera, por mantener una relación sin esquinas incómodas con él, y aceptar su ofrecimiento era una manera de normalizarla. Sobre la mesa de Eduardo había tres cartas.

—¿Qué es eso?

—Las ha traído un hombre de la Junta —dijo María—. Dicen que tú sabrás qué hay que hacer con ellas.

—Están abiertas.

—Porque van dirigidas a la Junta. Ha dicho que en un par de días te llamarán.

—No necesito tanto tiempo para leer un par de cartas.

—Ah, no es solo un par de cartas. Ahí hay más.

María le señaló una caja llena de sobres. Eduardo, aún algo perplejo, cogió uno al azar y sacó una carta:

Muy señores míos:

Mi nombre es Laura Sánchez.

Corre el rumor de que en México va a levantarse un memorial. No sé si se tratará de uno de esos monumentos donde hay una llama encendida que nunca se apaga, uno de tantos monumentos a los soldados desconocidos, pero si no va a ser así, si van a recoger los nombres de los que cayeron, quiero que entre ellos figure el nombre de mi hermano, Benito Sánchez, muerto a los veintiún años en la defensa de Oviedo, minero de profesión. Si en algo puedo contribuir a que mi hermano sea recordado, su muerte tendrá un sentido para mi familia y para mí. Será como recuperarle un poco. Les envío un poco de dinero, no es mucho pero es a la vez tanto...

Suya afectísima,

LAURA SÁNCHEZ SÁNCHEZ

Eduardo abrió otro sobre y leyó en silencio: «La memoria es nuestra forma de resistencia contra la Historia falsa que escriben los libros», y después otro y otro más. Eduardo fue tendiendo a María aquellas cartas. Ninguno hablaba, callaban ante el grito de esperanza que emanaba de ellas. Era como si todos aquellos desconocidos ofrecieran sus recuerdos dolorosos para que los transformara en consuelo. Algunos sobres contenían solo cartas en las que se hablaba de Manuel Osorio Ramírez, albañil fallecido en Las Palmas, y de Toribio Prieto, médico muerto en la cárcel de Carabanchel, y de Laureano Ávila, campesino que dejó su vida en la Ciudad Universitaria de Madrid, y de José Cordón, bibliotecario, y de un largo etcétera. Otros contenían recortes de periódico, de bandos municipales donde se informaba de la muerte de sus familiares, transcripciones de las sentencias, dinero y fotografías. Aquellas cartas contenían la memoria familiar de mucha gente y Eduardo se sintió honrado de que quisieran compartirla con ellos.

Le dijo a María que iba a acercarse a la sede de la Junta para hablar de todo aquello; no había previsto esa repercusión y tenía que dejarles claro que no necesitaba su respaldo para levantar un memorial, no quería que fuera nada oficial ni institucional, encontrar el cauce para llevar a cabo aquella empresa tenía que ser cosa suya. Porque una cosa tenía clara: no quería apoyo de la JEL, pero aquel muro se iba a construir.

La noticia de que se iba a levantar un monumento para recordar a los hombres y mujeres cuyo olvido se había impuesto en España, salió publicada a principios de agosto. También se daba noticia de la llegada de las cartas, con fotografías, recuerdos, dinero. Mauricio consiguió que le hicieran una entrevista en *El Nacional* y en ella el arquitecto habló del significado que tenían aquellas modestas donaciones privadas. También defendió la figura de Negrín cuando el entrevistador le preguntó si él creía, como otros compatriotas, que era un político quemado y «el principal obstáculo para la unidad de acción de los republicanos exiliados en México». Eduardo no opinaba igual, creía que le había tocado el papel más difícil de la guerra, había cargado con demasiadas culpas y muchas de ellas no eran suyas, se le atacaba desde muchos frentes con tanta saña que cualquier ataque se volvía injusto, aunque hubiera tenido un origen justificado. Negrín era un hombre al que la Historia, algún día, pondría en su justo lugar.

Tras la publicación de la entrevista, los siguientes sobres con cartas y dinero no se hicieron esperar. En el estudio de Eduardo se recibió una avalancha y en tres meses las contribuciones habían alcanzado la cantidad de trece mil ochocientos dólares, una suma demasiado lejos aún del costo estimado para la obra. Un día llegó una carta que venía de Francia, incluía un talón con una cifra que multiplicaba por dos los fondos alcanzados hasta ese momento. No llevaba firma, o siendo más exactos, la firma era el dibujo de una paloma, aquella con la que Pablo Picasso firmaba tantos manifiestos por la paz. Otra carta contenía un poema:

> *Detened a la muerte,*
> *A esos muros siniestros, sanguinarios*
> *Oponed otros muros;*
> *Reconquistad la vida detenida,*
> *El correr de los ríos paralizados,*
> *El crecer de los campos prisioneros*
> *Reconquistad a España de la muerte*

La carta con el poema de Octavio Paz tampoco venía firmada. Pero también llegaban cartas que trataban de parar el proyecto; una mujer llamada Aurora, que había escrito antes de que saliera la entrevista de *El Nacional* y en la que pedía que incluyera el nombre de su marido en el monumento, ahora retiraba su petición. Le había irritado la defensa que Eduardo había hecho de Negrín en la entrevista: Negrín, era, según decía, el responsable de que su marido hubiera muerto. Estaba convencida de que de haber negociado una paz con Franco mucho antes, su marido aún estaría con ella. Otras tachaban de farsa la idea del memorial, había muchos hombres de los que aún no se sabía el paradero, eran desaparecidos, no se sabía si habían muerto en una cuneta o se estaban pudriendo en una cárcel, nombres que nunca formarían parte de esa «lista incompleta». Por no hablar de que la sangre de los muertos aún no estaba seca y un muro recordaba una tapia contra la que tantos habían sido fusilados, un muro era una afrenta macabra que añadía dolor a la pérdida. Todos esos que se oponían a que se levantara un monumento a sus muertos pedían a Eduardo que se olvidara de su idea y no contribuyera a una *mala representación* del dolor dejado por la guerra. Y frente a estas opiniones otros creían que no era una tapia, era un mural, un lugar de contemplación, no un mojón de muerte.

El eco de lo que ocurría en el estudio se extendió a otros puntos no solo de México sino también de otros países donde había republicanos que se querían sumar al proyecto: Cuba, Venezuela, Argentina, Inglaterra... y también España. Y desde allí llegaron cartas con la memoria de sus caídos y billetes y fotografías que Eduardo, ayudado por Mariana e Inés y Carlos y María, iba clasificando y ordenando. Y seguía sin comprender la repercusión que había alcanzado aquel monumento que tan distintos sentimientos generaba.

Y con cierta demora empezaron los ataques de algunos colegas. Falcó no estuvo entre ellos, se abstuvo de acusarle como otros de «necrologista» o de querer expiar algún oscuro pecado con aquel muro. ¿Qué había en el pasado de Eduardo que lo avergonzara?, ¿algún acto de cobardía?, se preguntaban los que lo criticaban. Otros opinaban que ahora que Las Puertas del Exilio había logrado reunir un amplio consenso, aquel memorial era innecesario y podía verse como una «fosa común» que no representaba más que el horror y la derrota. El memorial era solo una lista de nombres. ¿Por qué le tenían tanto miedo a los nombres?, se preguntaba Eduardo, tranquilo, y continuaba avanzando en su proyecto ajeno a aquellas voces que trataban de impedir que se levantara.

Una noche Blanca sintió unos golpes en la ventana, pequeñas piedras chocaban contra el cristal. Al asomarse vio a Eduardo que le hacía señales desde la acera. «Baja», silabeó. Al verla salir del portal él desplegó los planos que llevaba enrollados. Le mostró el boceto acabado. La firma en una esquina, el último paso de un proyecto, el primero para que se haga realidad. Ahí está, pensó Blanca reconociendo las emociones que bullían entre ellos, la pasión que él había recuperado, la complicidad, la atracción, las ganas, había vuelto a emerger ese caudal de afectos, esa combustión inocente y pura, un entendimiento solo sensual, casi táctil, que no necesitaba palabras.

El 17 de agosto, días después de que los americanos aterrorizaran al mundo con el lanzamiento de la bomba atómica sobre Hiroshima y Nagasaki y de que Japón se rindiera, se reunieron las Cortes de la República Española en el Salón de Cabildos del Zócalo de la Ciudad de México. A las diez de la mañana, en acto solemne, un batallón del ejército saludó con veintiún cañonazos a la bandera de la República que se había izado ante el centenar de diputados presentes. Tras una interminable serie de reuniones que duraron días se apartó definitivamente a Negrín, que había presentado su renuncia confiando en volver a ser elegido y que no logró los acuerdos que habría necesitado para gobernar. En los siguientes días trascenderían todas las maniobras que unos y otros hicieron para apoyar o impedir un gobierno encabezado por el científico canario. Muchos se sintieron traicionados por los pactos que por fin llevaron a la elección del nuevo gobierno encabezado por Giral. Negrín, según se supo, había jugado todas sus bazas hasta el último día. Contaba con un aval que, en el último momento, no fue tan determinante como creía: había tratado de convencer a los diputados de las Cortes de que si lo ratificaban en la presidencia de gobierno, la Francia de De Gaulle reconocería como único gobierno legítimo el de la República. Guillermo Barón y Eduardo hablaron de lo extraña que era la situación de aquellos transterrados que seguían sin conocer qué futuro les aguardaba; se daban pasos para hacer de las instituciones algo vivo y con peso en el mapa internacional, pero su aparente unidad seguía siendo un espejismo sobre el que los más escépticos se hacían pocas ilusiones.

—Puede que tengas razón, Guillermo. Pero qué vivo me parece esta tarde el espíritu de la República.

Barón le preguntó a qué se refería. Eduardo había lamentado muchas veces ver flaquear el sentido profundo de ese espíritu. Había visto cómo lo desvirtuaban muchos compañeros que trataban de convertir sus creencias personales en dogmas y recelaban de los que se salían de La Doctrina. Había sentido que ese espíritu era como el aliento de un agonizante, que titilaba como una llama a punto de apagarse cada vez que se trataba de amordazar a los que no pensaban como el grupo, cada vez que se despreciaba al disidente por temor a que su pensamiento recordara a los demás que no eran libres. Pero esa tarde, esa llama, parecía inextinguible como un incendio.

—Tú eres uno de ellos. Sabía que eras un idealista y un individualista, pero hasta ahora no me había dado cuenta de que también eres un disidente —dijo Barón.

Siempre había visto a Eduardo como uno de esos independientes a los que el pensamiento doctrinario teme y trata de aplastar. Pero hasta los solitarios sienten la llamada de la fraternidad y la solidaridad con el otro aunque sea de un modo incomprensible para la mayoría. Barón había comprendido hacía tiempo que pertenecía a la especie de aquellos que se ven criticados desde todos los ángulos porque ningún grupo logra atraerlo del todo y «hacerlo suyo», porque siempre son la *conciencia de los diferentes.*

Aquella tarde Barón había visitado a Eduardo con un propósito más práctico que cualquier debate que pudieran generar. Aunque estaba lejos de comprender la razón o la conveniencia de aquel monumento, le ofreció las piedras que necesitaba para su muro.

—¿Esto no es como pasarte un poco al enemigo? —le preguntó Eduardo.

—¿Regalarte unas piedras que no quiero para nada y que me estorban? Mas bien eres tú el que me hace a mí un favor librándome de ellas.

No solo le ofrecía las piedras. A falta de un lugar mejor, le habló de unos terrenos que poseía a las afueras. Quería que levantara allí el memorial, sería como una pequeña España sin necesidad de que se le concediese oficialmente la extraterritorialidad. Eduardo se sintió abrumado, arrepentido de todas las ocasiones en que había malinterpretado las intenciones del hombre que tenía delante. Su ofrecimiento era doblemente generoso pues no era solo económico, sino que hacía posible la materialización de un sueño que para el empresario no tenía sentido, y le hizo preguntarse a Eduardo quién de los dos era más idealista. Tenía que reconocerlo: cuantas veces lo había juzgado, lo había juzgado injustamente.

8

A la cárcel de Lecumberri la llamaban el «Castillo Negro». Alojaba a la población reclusa de ambos sexos más numerosa del país. Entre sus huéspedes más célebres estaba Ramón Mercader, el asesino de Trotski. Eduardo cruzó sus puertas aquella mañana y tras pasar los controles en oficinas, se dirigió a la sala de visitas. Por fin iba a encontrarse con el hombre de cuyo recuerdo no había podido desprenderse desde aquel lejano día de junio cuando aún no habían llegado a México. Tuvo que aguardar media hora antes de ver entrar a Rogelio Adín acompañado de un funcionario. Tras unos segundos incómodos agradeció a Adín que hubiera aceptado recibirle y le preguntó cómo estaba, cómo se las arreglaba y cuánto tiempo le quedaba para terminar de cumplir su condena. Se sentaron y Eduardo puso sobre la mesa un paquete de cigarrillos y cerillas. Hablaron de los españoles que había en Lecumberri y de cómo estaban las cosas fuera de la cárcel. Adín le preguntó por «los suyos», o sea, los anarquistas, y también por los demás exiliados.

—¿No vienen a visitarle sus compañeros? —dijo Eduardo, extrañado.

—¿A mí? Supongo que no soy tan popular como alguno de los huéspedes de este palacio.

—¿Mercader?

—Y antes de él, Siqueiros.

—Lo que empezó uno lo acabó el otro.

—Aquí hay muchos que hacen una genuflexión cuando se les nombra, y no hablo solo de reos, también de funcionarios. Para unos, unos héroes; para otros, dos monstruos.

—Así que no recibe muchas visitas de los suyos.

—Me extraña que no practique usted la misma política que el resto de los exiliados.

—¿Qué política?

—La de ignorarnos.

—¿A los anarquistas?

—Protestamos demasiado. Somos un incordio.

—Esa actitud victimista no me cuadra en alguien como usted.

—¿Como yo?

—Alguien que combatió y dejó lo mejor de sí en la guerra.

—¿Lo dice por esto? —Se señaló el antebrazo izquierdo—. Solo dejé el brazo que no me servía para nada. El mejor lo conservo todavía.

Hubo un silencio durante el cual los dos hombres se examinaron cautamente. Eduardo quería causarle buena impresión. Y darse cuenta de ello le puso nervioso.

—Nosotros también estamos divididos —dijo de pronto Adín—. Los que quieren la unión con otras fuerzas políticas, los que creen que ya tuvimos suficiente política y solo quieren la revolución... Creo que solo hay un tema en el que todos los exiliados nos hemos puesto de acuerdo desde el principio, en nuestro agradecimiento a Lázaro Cárdenas.

Era cierto. Sobre ese tema no había división entre los españoles. Adín dejó de compadecerse para centrar sus críticas, como había hecho en el *Sinaia*, contra los comunistas. Luchaban contra una sociedad de clases sociales pero habían creado otra:

—Una sociedad de clases políticas y ellos se consideran la aristocracia.

Eduardo sonrió al comprobar la fijación que tenía con ellos.

—¿Sabe lo que más me molesta de los comunistas?

Eduardo pensó que volvería a hablar de Líster, como aquel día en el barco.

—No es que piensen que todos los anarquistas vamos por ahí con una bomba incendiaria en el bolsillo para arrojarla al paso de nuestros enemigos. Sí, sí, no ponga esa cara, Toledo, no todos somos Mateo Morral; sí, hay anarquistas moderados en nuestras filas. Bueno, ríase si quiere. Lo que más me molesta de los comunistas es que nos quieran obligar a todos a comulgar con su doctrina, la que Stalin les dicta, por supuesto. Y después de las declaraciones de Potsdam, todavía le adoran mucho más.

—Así que sí está al día de todo lo que ocurre.

—¿En el mundo? Sí, claro, nos llegan periódicos y cartas. Los comunistas —dijo volviendo a su bestia negra— siempre poniéndose medallas, ahora parece que si Francia se ha liberado ha sido gracias a ellos. Son unos chillones y creen que gritando más alto pueden hacer pasar por verdades sus mentiras.

—¿Qué mentiras?

—La de que Francia está libre por ellos, la de que Europa está libre por ellos, la de que los éxitos del maquis fueron solo cosa suya y los demás no hicieron nada, o la de que si el golpe de Franco no triunfó en los primeros días fue solo gracias a los camaradas. Fuimos nosotros los que impedimos que el golpe triunfara, los anarquistas. Eso lo sabe todo el mundo aunque no se quiera reconocer.

A Eduardo no le apetecía hablar de la guerra pero no quiso interrumpirle. Adín reconocía que los comunistas eran valientes luchadores antifascistas, «que tienen cojones, no se lo vamos a negar», pero no aceptaba que quisieran obligar a todos a combatir de acuerdo con sus reglas. Adín reconoció una cosa: que un comunista «en solitario» no era un ser «tan despreciable». Solo se volvía despreciable cuando se disolvía como una gota de agua en el charco de agua putrefacta que era el Partido Comunista Español. A Eduardo le habían dejado pasar un paquete con dos camisetas, calzoncillos y calcetines y lo utilizó como excusa para cambiar de tema. Esperaba que lo aceptara como un regalo. Adín se lo agradeció.

—Ha costado mucho llegar a este momento —dijo Eduardo—, a que estemos reunidos aquí usted y yo, me refiero.

—Todavía no sé a qué ha venido y qué interés puede tener en hablar conmigo.

—Quería disculparme por lo que pasó en el barco. Quería... pedirle perdón.

—No recuerdo que ocurriera nada de lo que deba disculparse.

—¿No recuerda lo que le dije?

—No.

—Le dije que no tenía derecho a envenenar a nadie con su odio.

—¿Ha venido a verme para pedir perdón por haber dicho eso?

—Sí.

—No tengo nada que perdonarle, pero si se va a quedar más tranquilo, le perdono.

—No comprendí entonces que le estaba negando el derecho a expresarse y a desahogarse.

Adín parecía extrañado, desconcertado. Pero al mismo tiempo Eduardo intuyó que le agradaba que lo hubiera visitado. Adín abrió el paquete que había traído y encendió un cigarrillo. Se levantó y caminó hasta la ventana.

—¿Qué hace usted en México? —preguntó de espaldas a Eduardo.

—Soy arquitecto.

—Es uno de los de Bergamín.

—¿Perdón?

—De los niños bonitos de la Junta de Cultura. Bergamín sacó a muchos artistas y gente importante como usted de Francia.

—Las listas del exilio se hicieron intentando sacar de Francia al mayor número posible de refugiados.

—¿Sabe cuántos anarquistas han venido por cada comunista, socialista o republicano? Por cada nueve de ustedes hay uno o dos de nosotros.

—Sí, puede ser.

—¿Usted había pasado hambre alguna vez antes de la guerra?

—No.

—¿Nunca?

—Nunca.

—¿Había tenido dificultades económicas?

—No.

—¿Ha estado seis años sin olvidarse de aquello del barco?

—¿Le parece extraño?

—Me parece una pérdida de tiempo.

—No lo ha sido. Me ha ayudado a darme cuenta de cosas.

—¿Qué cosas?

—Cosas como que no debemos olvidar por qué fuimos a la guerra.

—¿Por qué fuimos? Yo fui por unas cosas y usted fue por otras.

—Fuimos para defender la República.

—Yo fui para que ningún obrero sintiera nunca más la zarpa de la miseria.

—Fuimos para defender el derecho a que cualquiera pueda pensar como crea conveniente sin que le retuerzan el brazo o lo que es peor aún, las palabras. Fuimos para defender los valores de la convivencia.

Adín caminó de nuevo hacia la mesa y se sentó junto a él.

—Mire, Toledo, a lo que yo fui fue a darle la vuelta a la sociedad como si fuera un calcetín, a acabar con muchos privilegios de los que aún gozaban gente como usted. Yo quería acabar con lo que la gente como usted representaba, la burguesía culta, cómoda, segura, que siempre ha tenido el riñón bien cubierto, privilegiados con acceso a todo aquello que se nos negaba a la clase trabajadora. Aunque lucháramos en el mismo bando, usted para mí era un enemigo.

—Ha dicho *era*. ¿Ya no lo soy?

—Uno con los años se va arrugando. Deja de pensar en ciertas cosas. De sentir ciertas cosas.

Eduardo sintió una curiosidad voraz por su vida.

—¿Está usted casado?

—Lo estuve.

Los dos hombres se miraron. Adín se detuvo ahí. En el aire, flotando, quedaron unos puntos suspensivos que Eduardo no se atrevió a interrumpir por miedo a ahuyentar la única posibilidad que había de que continuara. Era evidente que el recuerdo de su mujer lo había alterado, emocionado, aunque no fuera «un hombre de esos que se emocionan fácilmente».

—No he vuelto a verla desde que salí de España. Ni a saber nada de ella.

Eduardo percibió el temblor sutil en su voz.

—¿Y no le gustaría saber cómo está?

—No.

Aunque le hubiera gustado indagar la vida sentimental de Adín, comprendió que era mejor no intentarlo.

—Hábleme de su paso por la guerra —dijo Adín.

—Como ya le he dicho, soy arquitecto y trabajé en un batallón de obras y fortificaciones.

—Eso debía de mantenerle alejado de la línea de fuego.

—Sí, hacía mucho trabajo de despacho, me trasladaba mucho, y en los traslados tenía mucho tiempo para pensar.

—¿En qué pensaba?

—Que había estudiado para crear espacios de convivencia, y me veía construyendo lugares desde los que lanzar con más precisión granadas y obuses, trazando líneas de defensa, proyectando puentes no para unir dos orillas, sino para que pudieran pasar por ellos tanques y carros de combate. Le puse un nombre a todo aquello, la arquitectura del miedo.

—Para mí usted es un señorito.

—Tal vez lo sea.

—¿En qué partido milita?

—En ninguno. No soy hombre de partido, aunque... últimamente algo ha empezado a cambiar.

—¿Ahora quiere entrar en un partido?

—Más bien me gustaría sentir que formo parte de un proyecto que reúne muchas voluntades, que es capaz de agrupar en vez de desunir.

—La eterna canción de la unión. La unión es imposible porque cada uno queremos cosas distintas. Usted sigue apegado a una moral burguesa que yo detesto, ofensa y perdón. Yo... nunca he sentido que deba pedir perdón por nada. Ni siquiera por las equivocaciones que haya podido cometer, ni siquiera por el daño que haya podido causar.

—¿No pediría perdón al hombre al que dejó malherido tras el asalto si lo tuviera delante?

—¿No lo habrá traído con usted? —dijo Adín—. ¿No será esa otra sorpresa, como las camisas o el tabaco?

—No, no lo he traído conmigo. Aunque si usted quisiera, podría intentar que viniera en una próxima visita.

Adín guardó silencio.

—Creo que usted es más soñador de lo que aparenta —dijo Eduardo—. Usted fue a la guerra en busca de un sueño, un sueño de igualdad.

—Pues si solo fue eso, creo que ya he despertado.

—Me gustaría ser su amigo, aunque no me guste cómo piensa o cómo lo expresa.

—¿Quiere ser amigo de alguien que no le gusta?

—No he dicho eso, he dicho que tal vez lo que no me gusta sea su... estilo.

Adín, por primera vez, soltó una carcajada sincera.

—¿Estilo, yo?

Estuvo riendo unos instantes. Eduardo también sonreía.

—Me alegra verle reír.

—La gente como yo no puede permitirse tener estilo.

La conversación se alargó sin que ninguno de los dos hombres se percatara del paso del tiempo. El funcionario se asomaba de vez en cuando a la sala pero no les molestaba ni apremiaba a terminar su entrevista. Hablaron de España y del posible regreso de los exiliados aunque, en opinión de Adín, tampoco había que esperar demasiado de las potencias «democráticas» que ya les habían dado la espalda una vez y podían volver a dársela.

—¡Qué raro! —dijo Adín, mirando por la ventana.

—¿Qué?

—Se pone el sol, se hace de noche.

—Sí, falta poco. ¿Desde cuándo milita usted?

—Desde los dieciséis años. Hace veintiocho. Nunca había tenido una visita tan larga. ¿Ha sido usted quien ha conseguido que no nos molestaran?

Eduardo guardó silencio.

—Seguramente usted tendrá algún amigo influyente que nos haya permitido quedarnos hablando tanto rato —dijo Adín.

—Sí.

—¿Lo ve? A eso me refería antes.

—Me gustaría volver a visitarle en otro momento. Si usted me deja. Veintiocho años luchando por un sueño merecen mi respeto y me sentiría honrado si me permitiera conocerle mejor.

Adín levantó la mirada y se quedó pensativo.

—¿Cree que algún día el mundo cambiará tanto que no hará falta un hombre como Lázaro Cárdenas?

—¿Alguien que acoja como él a los que han sido expulsados de su país por sus ideas?

—Sí.

—Me gusta pensar que algún día no harán falta hombres como él, sí —respondió Eduardo.

Un funcionario entró en la sala y con amabilidad anunció que había que poner fin a la entrevista. Los dos hombres se levantaron. Eduardo le tendió la mano. Adín se la estrechó y luego cogió el paquete con las camisas.

—Se nos fue de las manos.

—¿El qué?

—El asalto a la fábrica. La paliza a aquel hombre. No pensábamos encontrar a nadie.

El funcionario los miró y ahora sí apremió a Adín a que lo acompañara a las celdas.

—No me ha contestado. ¿Me dejará volver? —insistió Eduardo.

—Saldré dentro de poco. No hace falta que vuelva a visitarme. En realidad creo que lo mejor que puede hacer es olvidarse de un pobre diablo como yo.

—No, Adín, no quiero olvidarme. Y no voy a hacerlo.

9

Bravo se había preparado para que su entrada no le distrajera. Pero la esperaba con impaciencia y eso le alteraba. Miraba de vez en cuando hacia la puerta del salón de actos donde iba a impartir la conferencia. Había subido al escenario y se había colocado detrás del atril para repasar sus papeles, pero cada vez que notaba que alguien entraba dirigía hacia allí su mirada. Esta vez, si aparecía, todo iba a ser distinto, iba a salirse del guión al que los dos se habían ceñido desde que ella empezara a ir a sus charlas. Sabía que era una apuesta arriesgada, pero también que las reglas del juego habían cambiado. Todo el mundo hablaba del traslado del gobierno de la República a Francia y muchos españoles preparaban sus maletas para volver a Europa. Había oído decir que los Toledo eran una de las familias que se estaban planteando dejar México. No sabía si era cierto, pero sabía que no podía dejar que se fuera sin hablar con ella.

Empezó la conferencia y captó, como siempre, la atención de la audiencia con un arranque singular, hablando de grandes estadistas que padecían los males más comunes a pesar de su supuesta fortaleza mental y emocional. Todos estaban expuestos a los mismos dolores del ánimo, a los mismos ataques de tristeza y melancolía. Mariana entró cuando habían transcurrido quince minutos y se sentó en la última fila. Bravo miró a su ayudante y este encendió el proyector. Las imágenes del Hospital Militar Mason donde se recuperaban soldados traumatizados por la guerra empezaron a aparecer por la pantalla. Se trataba de unos pocos minutos de la grabación del documental *Let there be light* que había realizado el cineasta John Huston y que el ejército de Estados Unidos evitaría, en pocos meses, que se estrenara comercialmente para no dañar la imagen del combatiente. La proyección duraba cuatro minutos, eso le daría tiempo. Mientras los ojos de los hombres y las mujeres que asistían a la conferencia se concentraban en la película, bajó del escenario y encaró el primer pasillo hacia el fondo de la sala. A medida que se aproximaba vio moverse la cabeza de Mariana semioculta tras la de un joven que estaba sentado delante de ella. Supo que trataba de esconderse de él. Siguió avanzando hasta su asiento y tres o cuatro filas antes de llegar hasta ella sus ojos se cruzaron. Al verla de cerca la notó más demacrada de lo que a distancia había percibido. El pelo ondulado caía sobre su rostro y remarcaba el óvalo de su cara. Le pareció que su belleza, lejos de ajarse, se había reafirmado, hecho más madura. Caminó entre los asientos y llegó hasta ella. Se inclinó sobre su oído. «Esta vez no te vayas, por favor. Tenemos que hablar», dijo. Mariana no musitó ni una palabra. No podía. Bravo salió de la fila y volvió hacia el escenario, donde la proyección estaba a punto de finalizar, y continuó con la conferencia. El corazón le latía con ímpetu, se sintió como un adolescente. Mariana recuperó el aliento que había perdido cuando lo vio avanzar hacia ella por la sala y miró a las dos mujeres que, a su lado, estaban giradas hacia ella. «Espérele, joven», dijo una de ellas. «Hágale caso y esta vez, como le ha pedido, no se vaya.»

Había abandonado la conferencia. La posibilidad de enfrentarse a su mayor temor, que le prohibiera seguir yendo a sus charlas, había sido demasiado aterradora. Si le quitaba esa triquiñuela con la que engañaba a su corazón, ¿qué le quedaba? Caminó de vuelta a casa pensando que estaba desquiciada, que sería una mujer desequilibrada toda la vida. El paseo tuvo un efecto sedante y su nerviosismo se fue aplacando hasta que lo divisó frente al portal, esperándola. Quiso recular pero comprendió que habría sido inútil, ¿para qué demorarlo? y se preparó para lo que viniera: «No vengas más. Olvídate de mí. Supera la ruptura», todas esas cosas que un amante cansado dice a la mujer que no ha sabido poner punto final a su historia. No hubo saludos, sonrisas.

—No subas todavía a casa, déjame hablar, por favor —dijo Bravo.

Mariana temió abrir la boca y comprobar que no salía nada de ella. Asintió con la cabeza. Bravo tardó en encontrar las palabras. La había visto en todas las conferencias a las que ella había asistido, dijo. Ella asintió de nuevo. Había visto su cabeza escondiéndose en un mar de sombreros y cabelleras. Dos golpes de cabeza más. Desde el primer día había esperado que ella se quedara para hablar con él, pero ella nunca lo había hecho. Mariana se encogió de hombros. Se había ido siempre sin decir nada, sin darle una oportunidad.

—No puedes seguir haciendo eso, Mariana.

—Lo entiendo. —Se atrevió a decir dos palabras.

—Parecemos dos críos.

—Tú no. —Añadió dos más.

Ella se fue acercando al portal de casa para subir corriendo en cuanto él le dijera las palabras finales: «no quiero volver a verte más». Pero no fue eso lo que oyó. De un solo impulso Bravo le explicó que hacía tiempo que Susana y él se habían separado. Ya no eran marido y mujer, solo buenos amigos.

Susana había comprendido y aceptado la situación antes que ellos mismos. Él no quería que se fuera a Francia, que abandonara México, sin escucharle decir que sus sentimientos seguían vivos. No quería envejecer viéndola, en su recuerdo, en la última fila de una sala de conferencias y sin cruzar con ella una sola palabra. Quería que los dos pudieran verse y hablarse como personas maduras y sensatas.

Si se iba a Francia, quería poder escribirle. Si no se iba, quería que ella le diera la oportunidad de arreglar lo que se había roto. Y si se iba, quería alimentar el sueño de que algún día ella estuviera para siempre a su lado. Y si no se iba, quería alimentar ese sueño también. A este o al otro lado del océano, en México, Francia, España o donde fuera. Necesitaba volver a hablar con ella. ¿Le pasaba a ella lo mismo que a él? ¿Qué es lo que ella quería?

10

En febrero de 1946, un grupo de españoles se reunieron en el lugar cedido por Guillermo Barón donde se levantaba el muro. No eran muchos. No había ninguna representación institucional por deseo de Eduardo, que no había querido que aquel encuentro entre amigos tuviera carácter oficial. Era la misma mañana en que la ONU condenaba el régimen fascista en España y lo excluía oficialmente como futuro miembro en respuesta a la insistencia de las instituciones del gobierno de la República para que las naciones democráticas no les dieran la espalda. Los perdedores de una guerra recordaban al mundo que los habían vencido pero que no estaban tan derrotados.

Guillermo Barón se encontraba entre los invitados. Rogelio Adín, que acababa de cumplir su tiempo en prisión, también estaba presente. Y compartiendo la emoción de aquel encuentro, el ex presidente Cárdenas. Había llegado en su coche privado. Doña Amalia no lo acompañaba. Gabino lo presentó a los amigos que aún no lo conocían personalmente. No hubo discursos. Hubo comida y vino. Se celebró la vida y el recuerdo. Los niños corrían por las praderas que rodeaban el muro. A lo lejos se veían rebaños de ovejas y se oían sus balidos y las esquilas y eso subrayaba la atmósfera bucólica y alegre del momento. El sol daba un aire festivo a la reunión a pesar del frío. El muro era de piedra basáltica. Medía cinco metros por dos y formaba una ele desigual. Los nombres de muchos caídos brotaban de la tierra como flores que se abrían a la vida y trepaban sobre el basalto en esa hermosa colina de México. Tal vez aquel bloque de piedra no sanaba las heridas, no curaba nada, pero devolvía una clase especial de vida a los que se había tratado de borrar de la historia, la vida que da la memoria. Los nombres se habían puesto de pie y era como decir que los hombres que los habían llevado aún importaban. Y la gente, al tocar aquel muro, al pasar sus dedos por la caligrafía de la piedra, podía sentir un latido. Era como si su voz siguiera viva y sonara.

A Lázaro Cárdenas aquel encuentro le pareció, aunque desprovisto de toda solemnidad, un hermoso acto de desagravio. En una guerra convencional, pensaba, cuando se firma la paz el ejército licencia a los soldados y estos vuelven a casa. Regresan a la vida civil y una sucesión de pequeños rituales van poniendo fin a la situación de guerra dentro de ellos. La paz va floreciendo en su espíritu, ahuyentando las sombras. Entregan sus uniformes y sus armas, vuelven a sus puestos de trabajo y a convivir con sus familias y amigos en un entorno seguro; se les reconoce el valor de lo que han hecho y la sociedad los protege y ensalza; van recuperando la confianza perdida gracias a gestos tan cotidianos como dormir en su cama, saludar a los vecinos y detenerse a hablar con ellos en el rellano de la escalera; los hijos reflejan la normalidad que han recuperado en su paso por las aulas de colegios y universidades, la sociedad se ocupa de recordarles el sentido que ha tenido participar en esa guerra, de devolverles el servicio prestado, surgen una serie de curas paliativas que van cerrando heridas y sanando almas. Nada de esto habían tenido los españoles a los que acompañaba en aquel acto. Les había sido negado. El olvido es un tipo de muerte. Los habían matado dos veces, con las balas y con el silencio. Y ahora, allí enfrente, aquel muro que los honraba les devolvía la voz.

—Bueno, un poco de calma, por favor, y no dramaticemos —dijo Blanca mientras bajaba la radio.

Pero nadie se callaba. Carlos, Mariana e Inés habían entrado en tromba en el cuarto de estar y se atropellaban y agitaban los pasaportes que habían encontrado en la mesilla de noche de su madre. ¿Se iban? ¿Cuándo se iban? ¿Ya había comprado los billetes? ¿Por qué no les habían dicho nada? No había quien se entendiera. Llamaron a la puerta. Aparecieron en el umbral Anita, Santiago y Marcial. Carlos les había llamado para darles la noticia de los pasaportes y de que «la marcha era inminente». Desde entonces Santiago no paraba de gritar «que había que impedirlo a cualquier precio». ¿Cuándo se iban?, preguntó Anita, asustada. Santiago corrió a reunirse con Carlos e Inés y volvieron las discusiones sobre maletas, billetes, aviones y viajes. Blanca, con paciencia infinita, los reunió a todos.

—Si no nos ponemos nerviosos, mejor. Un poco de calma —insistió—. A ver, callad un poco. Habla tú, Mariana.

Inés y Carlos callaron a regañadientes. Santiago también guardó silencio.

—Yo no me voy, mamá. Si volvéis a Europa, me quedo —dijo Mariana—. Eso es lo único que tengo que decir.

Hacía semanas que Mariana y Juan Bravo trataban de descubrir si había o no un futuro para ellos, y mudarse a Francia estaba completamente descartado para ella.

—Bueno, tú quieres quedarte en México. Tienes todo el derecho. Lo entiendo. Con todo el dolor de mi corazón, no puedo obligarte a acompañarnos.

—Si ella se queda, yo me quedo —dijo Inés, mirando primero a Mariana y luego a Santiago. El muchacho le hizo un gesto de aprobación con la cabeza.

—Yo no pienso irme solo con vosotros —anunció Carlos a su madre—. Además, a mí no se me ha perdido nada en Francia.

—Nosotros. Eso es lo que se te ha perdido en Francia si nos vamos. Aún no estás en edad de tomar decisiones —dijo Blanca sin mucha convicción.

—Yo me quedo en México y que me adopte alguna de mis hermanas —insistió Carlos.

Esta noche Blanca expuso la situación a Eduardo. ¿Se iban y provocaban un cisma familiar o se quedaban y seguían luchando desde allí por el regreso a España? Eduardo admitió que le costaba dejar México. Siempre podría dar el salto a Francia si el gobierno de la República instalado allí aceptaba su ofrecimiento de trabajar para ellos, Eduardo se había puesto a su servicio abandonando definitivamente su radical individualismo.

—¿Ir y volver? —preguntó Blanca—, ¿estar con un pie en Europa y otro aquí?

—México seguiría siendo nuestra casa. Viajaría cuando fuera necesario.

—Entonces ¿eso qué quiere decir?, ¿hacemos las maletas o nos quedamos en casa?

Guardaron los pasaportes. Ahora la cuestión a abordar era Betty. Seis años sin ella era mucho tiempo. ¿Cómo iban a hacerle salir de Londres cuándo no lo habían conseguido ni los discursos de Churchill ni las bombas alemanas?

11

En diciembre, una mañana, una avioneta despega de Coromuel, asciende a las afueras del Distrito Federal y atraviesa las nubes. Gabino, al mando, sobrevuela Tlalpan, los cerros de la sierra de Ajusco, el valle de México. Cuando pasa por la colina del Desierto de Los Leones trata de divisar, como hace siempre, el monumento de la memoria desde el aire. Desde que se inaugurara meses atrás cientos de ojos y manos han recorrido los nombres escritos sobre él. Sigue generando polémica pero algún día habrá un itinerario de la memoria de estos años y tal vez comience ahí precisamente. Esta mañana está optimista y dichoso. Si hiciera un balance de estos años sería positivo. Adela ya trabaja eficazmente en la agencia. Gabino, Fernando y ella forman una suerte de familia atípica, como tantas que se han formado por las circunstancias. No se trata de amor ni ninguna de esas zarandajas. Se trata de compañía. Sencilla y gratificante compañía, sin expectativas de que desemboque en una historia sentimental, sin planes para construir nada. Una compañía anclada en el presente más absoluto, sin mañana. Daniel y Nuria viven felices en Pachuca y esperan su tercer hijo. Mauricio dejó *El Nacional* y es su socio en la agencia de fotografía. No les falta trabajo. Mauricio cada vez pasa más tiempo con María Duque y Gabino se barrunta que algo saldrá de ahí. La joven arquitecto lidera ese movimiento a favor de una arquitectura social que tanto da que hablar dentro y fuera de México. A Gabino México le recuerda a cómo era España en tiempos de la República, una sociedad progresista, con honda conciencia social sintonizada al compás de los tiempos modernos y sus desafíos. Aún no sabe si el exilio irá o no para largo, pero hay muchas posibilidades de que pueda llegarse a una solución para los que quieren volver a España. La Asamblea General de las Naciones Unidas acaba de aprobar una resolución que llena su corazón de esperanza:

> Convencida de que el gobierno fascista de Franco en España fue impuesto al pueblo español por la fuerza, con la ayuda de las potencias del Eje, a las que prestó ayuda material durante la guerra, no representa al pueblo español y que por su continuo dominio de España está haciendo imposible la participación en asuntos internacionales del pueblo español con los pueblos de las Naciones Unidas, recomienda que se excluya al gobierno de Franco como miembro de los organismos internacionales establecidos por las Naciones Unidas hasta que se instaure en España un gobierno nuevo y aceptable, y recomienda que, si dentro de un tiempo razonable no se ha establecido un gobierno cuya autoridad emane del consentimiento de los gobernados, que se comprometa a respetar la libertad de expresión, de culto y de reunión, todos los miembros de las Naciones Unidas retiren inmediatamente a sus embajadores y ministros plenipotenciarios acreditados en Madrid.

Nadie, ninguno de sus amigos, ni siquiera Mauricio o Blanca, sabe que de vez en cuando va a Coromuel y alquila la avioneta. Había logrado fingir ante los empleados del aeródromo, que le conocieron antes del deterioro de su vista, que conservaba una visión intacta, perfecta.

Siente vibrar el mando en sus manos. «Un gobierno cuya autoridad emane del consentimiento de los gobernados», dice la resolución de las Naciones Unidas. Qué hermosas palabras. Inspira hondo. Volar, el único sueño al que se niega a renunciar. Porque allí arriba todas las renuncias, a su tierra, al amor ilegítimo por la mujer de su amigo, a la visión, no pesan, son ingrávidas como la luz. Se siente un privilegiado. Qué distinta se ve la vida desde el observatorio de los pájaros. El presidente Cárdenas, su amigo, lo había comprendido cuando compartió aquel sueño con él. La libertad, aliada de hombres como él, no hace felices a los hombres, simplemente los hace hombres. Lo había dicho otro presidente, Manuel Azaña.

Agradecimientos

Quiero agradecer a Rodolf y a Josep Sirera el haberme puesto en el camino del *exilio republicano* cuando en enero de 2013 nos reunimos para un proyecto televisivo que tenía como eje tan apasionante tema. A mis cómplices de lectura, Teresa, Ana, Elena, Chola, Odile, Marta, Yela, Mar y Regina, por su alentadora confianza y, sobre todo, por compartir conmigo su pasión contagiosa por los libros y la alegría del club de los miércoles. También agradezco a Bosco y a María que me animaran a dedicarme a tiempo completo a la novela. Y gracias a Emilia Lope, mi editora, por su apoyo y entusiasmo.

La música que sonaba*

México Lindo. Jorge Negrete
Le Chant des Partisans. Yves Montand
Negra Sombra. Orquesta Reino de Aragón y Orfeón Donostiarra
Maite. Orfeón Donostiarra
Rival / Mi Rival (Agustín Lara). Pedro Vargas
Aurtxoa Seaskan. Canción de cuna. Escolanía de El Escorial y Gustavo Sánchez
I'm beginning to see the light. The Ink Spots & Ella Fitzgerald
La Marsellaise.
La Viuda Alegre. Vals. (Franz Lehár.) Plácido Domingo y Ana María Martínez
Els Segadors. Orfeó Català
Las Mañanitas. Lucha Reyes
El cant dels ocells. Pau Casals
San Francisco. Jeanette MacDonald

*Esta lista la puedes encontrar en Spotify.

Bibliografía

LIBROS

Álvarez, Santiago, y Juan Negrín, *Negrín, personalidad histórica*, Ediciones De La Torre, 1994.

Artís Gener, Avel·lí, *La diáspora republicana*, Euros, 1976.

Aznar Soler, Manuel, *Escritores, editoriales y revistas del exilio republicano de 1939*, Editorial Renacimiento, Biblioteca del Exilio, 2006.

Buckley, Henry, *Vida y muerte de la República Española*, Espasa Austral, 2004.

Caudet, Francisco, *El exilio republicano en México. Las revistas literarias (1939-1971)*, Publicaciones Universidad de Alicante, 2007.

Corral, Pedro, *Desertores*, DeBolsillo, 2007.

Cortés Laíño, Joaquín, *Historia de la anestesia en España, 1847-1940*, Arán, 2005.

Esplá Rizo, Carlos, *Mi vida hecha cenizas. Diarios 1920-1965*, Biblioteca del Exilio, 2004.

Fabela, Isidro, y Luis I. Rodríguez, *Diplomáticos de Cárdenas. Una trinchera mexicana en la Guerra Civil (1936-1940)*, Trama Editorial, 2007.

García Oliver, Juan, *El eco de los pasos*, Federación Local de Sindicatos de la CNT-AITR de Martorell, 2008.

Monferrer Catalán, Luis, *Odisea en Albión: los republicanos españoles exiliados en Gran Bretaña 1936-1977*, Ediciones De La Torre, 2007.

Ruiz Funes-Montesinos, Concepción, *Palabras del exilio 2. Final y comienzo: El Sinaia.* (www.cervantesvirtual.com)

Sinaia, *Diarios*, Fundación Juan Rejano. (www.fundacionjuanrejano.es)

DOCUMENTOS SONOROS

Documentos RNE, *La historia del Guernica de Picasso.* (www.rtve.es)

ARTÍCULOS Y DOCUMENTOS

1945: Germany announces Hitler is dead, BBC. Home. (www.bbc.co.uk)

Del Cueto Ruiz-Funes, Juan Ignacio, «Cien años de Félix Candela. Vuelos impensados», *Revista de la Universidad de México*, n.º 69 (noviembre de 2009).

Dosil Mancilla, Francisco Javier, *Luces republicanas para una ciencia nacional. Los científicos del exilio español en México*, Instituto de Investigaciones Históricas, UMSNH.

«El exilio español en la Ciudad de México. Legado cultural», Catálogo exposición museo de la ciudad.

Estelles Salarich, José, *La Sanidad del ejército republicano del Centro.* (www.sbhac.net)

Giner de los Ríos, Francisco, *Algunos recuerdos personales.* (www.cervantesvirtual.com)

López Vallecillo, María, *Las enfermeras durante la Guerra Civil 1936-1939* (Power Point, Universidad de Valladolid).

«Los colegios del exilio en México», Catálogo exposición Residencia de Estudiantes.

Martínez Palomo, Adolfo, «Cárdenas, la ciencia y el exilio español en México», *Letras Libres* (octubre de 2006).

Pérez Viejo, Tomás. *El exilio republicano español y la imagen de España en México.* (www.academia.edu)

Picardo Castellón, Manuel, *Experiencia personal en un hospital quirúrgico de primera línea durante nuestra guerra civil.* (www.sbhac.net)

Toca Fernández, Antonio, *Héroes y herejes: Juan O'Gorman y Hannes Meyer.* (www.difusioncultural.uam.mx)

Vicente Garrido, Henry, *Exilios arquitectónicos.* (www.vitruvius.es)